शिखण्डी

नरेन्द्र कोहली

वाणी प्रकाशन

वाणी प्रकाशन

4695, 21-ए, दरियागंज, नयी दिल्ली 110 002

फ़ोन : +91 11 23273167 फ़ैक्स : +91 11 23275710

शाखाएँ

अशोक राजपथ, पटना 800 004, बिहार

कॉफ़ी हाउस कैम्पस, महात्मा गांधी मार्ग, इलाहाबाद 211 001, उत्तर प्रदेश

महात्मा गांधी अन्तरराष्ट्रीय हिन्दी विश्वविद्यालय, वर्धा 442 001, महाराष्ट्र

सुल्तानिया रोड, मोतिया पार्क, भोपाल 462 001, मध्य प्रदेश

www.vaniprakashan.com
marketing@vaniprakashan.in
sales@vaniprakashan.in

SHIKHANDI
by Narendra Kohli

ISBN : 978-93-89563-94-8
Novel

प्रथम संस्करण 2020

मूल्य : ₹ 499

सिटी प्रेस, दिल्ली-110 095 में मुद्रित

वाणी प्रकाशन का लोगो मक़बूल फ़िदा हुसेन की कूची से

काशी में स्वयंवर हो रहा है। एक नहीं, तीन–तीन कन्याओं का। क्षत्रिय समाज ने कन्याओं को अपना वर चुनने का अधिकार दिया है...पर साथ ही क्षत्रिय राजा के लिए कन्या–हरण भी गौरव का विषय है...

भीष्म चौंके।...क्या है उनके मन में? क्या वे काशिराज की कन्याओं के हरण की बात सोच रहे हैं?...किसी राजा की ओर से कन्यादान का प्रस्ताव नहीं आया है...विचित्रवीर्य इस योग्य नहीं है कि किसी स्वयंवर में जाकर किसी राजकुमारी का मन जीत सके।...तो फिर कुरु–कुल की लाज बचाने के लिए, कुरु–वंश के उत्तराधिकार की रक्षा के लिए, और अपने वचन को पूरा करने के लिए भीष्म को ही उद्यम करना पड़ेगा...

क्षत्रिय राजा कन्याओं का हरण करते हैं।...हाँ! पर अपने विवाह के लिए। और भीष्म ने अविवाहित रहने की प्रतिज्ञा की है...फिर हरण

में कन्या की अपनी इच्छा भी होती है...कन्या की इच्छा के विरुद्ध उसका हरण तो अपहरण हुआ...पर कन्या की इच्छा क्या है, यह कौन जानता है...इससे पहले कि कन्या अपने लिए वर का चुनाव करे, अपनी इच्छा प्रकट करे, भीष्म इन कन्याओं का हरण कर लें?

...पर क्या यह धर्मसंगत होगा?

कन्याओं का उनकी इच्छा के विरुद्ध, या कम–से–कम उनकी इच्छा के अभाव में हरण तो अधर्म होगा...

किन्तु भीष्म को लगा कि उनकी इच्छा के विरुद्ध धर्म के तर्क उनके मस्तिष्क में टिक नहीं रहे। अपनी प्रतिज्ञा के पालन की इच्छा उनके मन में इतनी दुर्दान्त थी कि अपने विरुद्ध कोई तर्क वह सुन ही नहीं रही थी।...उनकी इच्छा ने फुफकारकर कहा, 'क्षत्रिय द्वारा युद्ध–निमन्त्रण देकर, शस्त्र बल के द्वारा, सार्वजनिक रूप से कन्या का हरण, अधर्म कैसे हो सकता है? युद्ध तो क्षत्रिय का धर्म है। युद्ध में कुछ भी विजय किया जा सकता है–धरती, गोधन, सम्पत्ति, स्त्री... प्रत्यक्ष युद्ध में वीरतापूर्वक किया गया प्रत्येक कृत्य धर्म है...'

किन्तु भीष्म को अपने लिए स्त्री नहीं चाहिए...कहीं कोई भ्रम न रहे...विचित्रवीर्य के लिए कन्या–जय वह कैसे करें?...

'क्यों' उनके मन ने तर्क किया, 'राजाओं के लिए उनके सेनापति विजय प्राप्त करते हैं। भीष्म भी हस्तिनापुर के राजसिंहासन के...' उनका मन रुक गया, 'क्या हैं राजसिंहासन के? सेवक, सेनापति, मन्त्री, जनप्रमुख...?'

और उनके एक अन्य मन ने उन्हें डाँटा, 'सावधान भीष्म! तू राजा बनकर राज्य के मोह में नहीं फँसा तो अन्य पदों का क्या है।... तू राजसिंहासन का कुछ नहीं है। तू एक सभासद भी नहीं है। तू तो अपनी प्रतिज्ञा पूरी कर!'

'हाँ!' उन्होंने सोचा, 'मैं अपने प्रतिज्ञा–धर्म का पालन करूँ। मैं अपने छोटे भाई के लिए कन्या–हरण कर लाऊँ। इसमें धर्म–विरुद्ध क्या है?...'

'पर धर्म एकांगी तो नहीं है भीष्म!' उनके मन ने कहा, 'कहीं तुम अपनी इच्छा पूर्ण करने के अपने बलशाली अहंकार को ही तो धर्म का

पट नहीं पहना रहे? तुम्हें सोचना चाहिए कि कन्या की इच्छा क्या है।... 'हाँ! सोचना तो चाहिए।' उन्होंने मन के साथ तर्क किया, 'किन्तु विवाह के सन्दर्भ में तो कन्या की इच्छा कई बार उसके पिता भी नहीं पूछते...। वह दान की वस्तु है। काशिराज ने उसका दान नहीं किया। भीष्म अपने क्षात्र-बल से उसे जीत लायें और उसका दान कर दें...'

पर भीष्म का मन हँसा, 'साहसिक का दान भी कभी दान हुआ है क्या?...वह मात्र अपनी प्रतिज्ञा पूरी करने के लिए अपनी इच्छा बलात दूसरों पर आरोपित कर रहे हैं।'...उन्होंने मन को डाँटा, 'जब उन्होंने अपने पिता शान्तनु के लिए माता सत्यवती को प्राप्त करने के लिए दासराज को वचन दिया था, तब भी सत्यवती की इच्छा की चिन्ता उन्होंने नहीं की थी। राज्य त्यागने की प्रतिज्ञा की थी तो कुरु प्रदेश की प्रजा की इच्छा ही चिन्ता उन्होंने नहीं की थी...और जब अविवाहित रहने की प्रतिज्ञा की थी तो कुरु-वंश के भविष्य की चिन्ता भी नहीं की थी...तो अब ही वह काशिराज की कन्याओं की चिन्ता क्यों करें...उन्होंने प्रतिज्ञा की है। वह अपनी प्रतिज्ञा पूरी करेंगे। यही उनका धर्म है।'

अपनी प्रतिज्ञाओं के अन्धड़ के नीचे से एक धीमा-सा कोमल स्वर भी उन्हें सुनायी दे रहा था, 'तूने कंचन और कामिनी से दूर रहने के लिए प्रतिज्ञाएँ की थीं, या संसार में धँसे रहने के लिए?...'

और जैसे भीष्म लौटकर उस क्षण में जा खड़े हुए, जब वह माता सत्यवती को हस्तिनापुर लाये थे और पिता से मिलने गये थे। पिता ने कहा था, 'कर्म तुम्हारा है, स्वीकृति मेरी है...कह नहीं सकता कि कर्म-बन्धन कितना तुम्हें बाँधेगा और कितना मुझे...।'

'पिता!' भीष्म ने आकाश की ओर देखा।

2

"वीरसेन! रथ रोक दो।" भीष्म ने अपने सारथि को आदेश दिया।

वीरसेन ने घोड़ों की वल्गा खींची; किन्तु कहे बिना नहीं रह सका, "अभी नगर दूर है राजकुमार!"

"हमें नगर से दूर ही रहना है!" भीष्म ने धीरे–से कहा।

वीरसेन अपेक्षा–भरी दृष्टि से भीष्म की ओर देखता ही रह गया; किन्तु भीष्म और कुछ नहीं बोले। सारथि के मन में अनेक प्रश्न थे : जब काशिराज की कन्याओं के स्वयंवर के लिए आये हैं, तो नगर के बाहर वन में रुकने का क्या अर्थ है, कोई मृगया के लिए तो आये नहीं हैं।...पर वह राजकुमार से यह सब कह नहीं सकता था। उसे तो आदेश का पालन ही करना था।

भीष्म समझ रहे थे कि वीरसेन के मन में क्या है; किन्तु उसे इससे अधिक कुछ बताने का औचित्य वह नहीं मानते थे। अभी तो बहुत कुछ उनके अपने मन में भी स्पष्ट नहीं था कि उन्हें क्या करना है, किस समय करना है; और किस विधि से करना है। इतना निश्चित था कि वह यहाँ से विचित्रवीर्य के लिए पत्नी प्राप्त करके ही जायेंगे...

उन्हें या हस्तिनापुर के राज्य को काशी–नरेश ने इस स्वयंवर के लिए स्वयं निमन्त्रण नहीं भेजा था। हाँ! हस्तिनापुर के दूतों से अवश्य कहलवा दिया था।...ऐसा कोई नियम तो नहीं था कि बिना निमन्त्रण के स्वयंवर में जाया नहीं जा सकता था; किन्तु अधिक सम्माननीय तो यही था कि हस्तिनापुर के राजकुमारों को भी निमन्त्रित किया जाता। ...इस समय तो विचित्रवीर्य की पत्नी के रूप में उन्हें किसी उपयुक्त राजकन्या की खोज थी ही, अन्यथा भी शायद काशिराज द्वारा की गयी हस्तिनापुर की इस अवहेलना का दण्ड देने के लिए उन्हें काशी तक की यात्रा करनी ही पड़ती।...जो भी हो, वह नगर में प्रवेश कर, स्वयंवर के लिए आमन्त्रित क्षत्रिय समाज के बीच रहना नहीं चाहते थे। राजकर्मचारियों को यह सूचित करने की उनकी तनिक भी इच्छा नहीं थी कि निमन्त्रण के अभाव में भी वह स्वयंवर में सम्मिलित होने के इच्छुक हैं। न वह यह विचार किसी के मन में आने देना चाहते हैं कि काशिराज ने चाहे हस्तिनापुर की कितनी ही उपेक्षा क्यों न की हो, हस्तिनापुर काशी की उपेक्षा नहीं करता...

भीष्म रथ से उतर आये थे और गंगा के इस तट–प्रदेश को निहार रहे थे। गंगा तो हस्तिनापुर में भी थी। सहसा उनका ध्यान

इस ओर गया...अब तक तो उन्होंने सोचा ही नहीं था। हस्तिनापुर और काशी में तो यह एक विशिष्ट सम्बन्ध है। यह दोनों नगरियाँ गंगा के तट पर बसी हुई हैं। इनका पालन–पोषण गंगा ने ही किया है। ये दोनों गंगा की पुत्रियाँ हैं...और भीष्म तो गंगा के ही पुत्र हैं। तो फिर काशी ने हस्तिनापुर के साथ सौहार्दपूर्ण व्यवहार करने के स्थान पर यह उपेक्षा का भाव क्यों अपनाया है...यदि काशिराज ने हस्तिनापुर को भी बन्धु के रूप में अपने आयोजन में सम्मिलित होने का निमन्त्रण भेजा होता तो शायद भीष्म अत्यन्त सद्भावना के साथ आये होते। उन्होंने विचित्रवीर्य के लिए काशिराज से एक राजकुमारी की याचना की होती। काशी के इस मांगलिक आयोजन में आत्मीय बन्धु के रूप में सम्मिलित हुए होते...तब वह क्यों इस प्रकार नगर से बाहर, आमन्त्रित राजसमाज से विलग, वन में ठहरते...

उनकी दृष्टि गंगा–तट पर वृक्षों के एक झुण्ड पर पड़ी। कैसे पाँच–छह वृक्ष एक साथ जुड़े खड़े थे, जैसे परस्पर गले मिल रहे हों, या किसी गोपनीय परामर्श में संलग्न हों। छाया की दृष्टि से यह अच्छा स्थान था। तट से बहुत दूर भी नहीं था। कगार के नीचे उतरते ही गंगा की धारा थी। काशी आने–जाने वाले मार्गों से भी यह स्थान हट कर था। यहाँ रहने पर सभी आने–जाने वालों की दृष्टि में व्यर्थ ही पड़ने से भी वह बच जायेंगे। वह नहीं चाहते थे कि वे प्रत्येक यात्री की दृष्टि में पड़कर एक व्यर्थ की–सी उत्सुकता और जिज्ञासा को प्रेरित करें। लोग जानना चाहें कि यहाँ कौन ठहरा है, और जब पता चल जाये तो पूछें कि क्यों ठहरा है?...उनके द्वारा सूचनाएँ काशी तक पहुँचें और काशी की वीथियों में यह चर्चा फैल जाये कि भीष्म किसी दस्यु के समान वन में छिपे बैठे हैं...

"वीरसेन!" उन्होंने पुकारकर कहा, "इस स्थान पर अपना शिविर स्थापित करो!"

"राजकुमार!"

उन्होंने वीरसेन की ओर देखा : शायद वह यही कहना चाह रहा था कि वह वन में क्यों शिविर स्थापित कर रहे हैं, पर कहने का साहस नहीं कर पा रहा था।...

"वीरसेन! हम आमन्त्रित नहीं हैं। अपनी इच्छा से आये हैं। अतः काशिराज के आतिथ्य का लाभ नहीं उठाना चाहते।"

वीरसेन कुछ समझा, कुछ नहीं समझा। पर इससे अधिक की अपेक्षा भी वह नहीं कर सकता था। समझ गया कि राजकुमार के मन में बहुत कुछ है, पर शायद वे गोपनीय योजनाएँ हैं। उसे केवल आज्ञाओं का पालन करना है; अतः आज्ञापालन से ही सन्तुष्ट रहना होगा।

पीछे–पीछे आनेवाले दोनों रथ भी आ पहुँचे। उनमें कुछ सेवक थे और शेष शस्त्र–ही–शस्त्र। भीष्म अपने साथ एक भी योद्धा नहीं लाये थे।...

स्वयंवर–मण्डप एक व्यापक क्षेत्र को घेरकर बनाया गया था। यह स्थल नगर–प्राचीर के भीतर गंगा के घाटों के साथ लगता था और आमन्त्रित राजाओं के डेरे भी निकट ही थे। सैनिकों और सेवकों का स्थान वहाँ से कुछ हटकर था।

भीष्म स्वयंवर स्थल पर पहुँचे तो अनेक क्षत्रिय राजा अपने दो–एक निजी सेवकों के साथ वहाँ वर्तमान थे। काशिराज के सेवक और व्यवस्थापक लगातार उनके सत्कार में लगे हुए थे। स्वयंवर के आरम्भ होने के अभी कोई लक्षण नहीं थे; किन्तु शायद ये राजा लोग अभी से उसकी अपेक्षा भी नहीं रखते थे। यह शायद उनका सामाजिक स्नेह–मिलन था। वे परस्पर परिचय बढ़ाने में लगे थे। सम्भव है कि अनेक प्रकार के व्यक्तिगत और राजकीय सम्बन्ध यहाँ टूटते और जुड़ते हों। भीष्म को इसका कोई अनुभव नहीं था। भीष्म कभी इस सामाजिकता के अंग ही नहीं रहे। आज भी उनकी इसमें कोई रुचि नहीं थी...

भीष्म ने तटस्थ भाव से उस राजसमाज का निरीक्षण किया : विभिन्न वेश–भूषाओं में सजे, विभिन्न आकृतियों के राजा और राजकुमार एकत्रित थे वहाँ। अधिकांशतः नवयुवक थे, जो भीष्म को अत्यन्त

चुभती हुई दृष्टि से देख रहे थे...सहसा भीष्म का ध्यान अपने वय की ओर चला गया : वह अब पचपन वर्ष के होने को आये थे। केशों में कहीं–कहीं सफेदी आ गयी थी। दाढ़ी की श्वेत रेखाएँ तो दूर से भी दिखायी देती थीं...सहसा जैसे उन्हें उन नव–युवकों की दृष्टि का अर्थ समझ में आने लगा...कदाचित वे समझ रहे थे कि भीष्म भी स्वयंवर के प्रत्याशी हैं...भीष्म के भीतर जैसे एक चुहल–सी मचल गयी...स्वयंवर का प्रत्याशी और भीष्म!

उनकी दृष्टि अपने–आप से हटकर एक प्रौढ़ वय के राजा पर पड़ी : यह क्या कर रहा है यहाँ? सम्भवतः वह भी भीष्म के ही समान, किसी और के लिए आया होगा।...भीष्म के समान? पर भीष्म के समान कहाँ है वह। भीष्म के केश और दाढ़ी की श्वेतता उन्हें अपने वय से भी अधिक दिखा रही थी और उस प्रौढ़ राजा ने कदाचित अपने नापित...या शायद सैरन्ध्री की सहायता से उस श्वेतता को कलुषित कर रखा था...रंगे हुए बाल! भीष्म के मन में वितृष्णा जागी, क्या इन काले दिखनेवाले बालों से ही व्यक्ति युवक हो जायेगा? केशों की कालिमा क्या मुखाकृति की झुर्रियों को भी छिपा लेगी? और यदि झुर्रियाँ छिप भी जायें तो व्यक्ति का यौवन लौट आयेगा? युवा होना महत्त्वपूर्ण है या युवा दिखना? और किसलिए चाहिए इनको यौवन? नये विवाह के लिए? किसी राजकुमारी को भ्रमित करने के लिए? काम के दास बने रहने के लिए? यदि काम इन्हें छोड़ रहा है तो यह अपनी मुक्ति को पहचानने के स्थान पर लोलुप पंजों से उसे पकड़ने का प्रयत्न कर रहे हैं...केश ही नहीं रंगे, और भी अनेक आयोजन किये हैं...लगता है, गंगाजी में नहीं नहाये, सुगन्धित सरोवर में डुबकी लगाकर आये हैं...

उद्घोषक ने स्वयंवर की कार्यवाही आरम्भ होने की घोषणा की। राजा लोग अपने–अपने स्थानों पर आ गये; और भीष्म को भी परिचालक को अपना परिचय देना पड़ा, "सम्राट शान्तनु के पुत्र, हस्तिनापुर के राजकुमार देवव्रत भीष्म!"

परिचारकों ने आश्चर्य से उनकी ओर देखा; पर तत्काल ही उनके लिए सम्मानपूर्ण स्थान की व्यवस्था कर दी गयी।

भीष्म का परिचय क्षणभर में ही जैसे बहते हुए जल के समान फैलता चला गया। उनसे छिपा नहीं रहा कि अनेक उत्सुक और अनेक विरोधी दृष्टियाँ उन्हें देख रही थीं और अनेक प्रकार के स्वर भी उनके कानों से आ–आकर टकरा रहे थे। स्पष्टतः कहनेवाले लोग या तो सावधान नहीं थे या वे इस रूप में सावधान थे कि परस्पर के वार्तालाप में कही हुई उनकी बात, इतने उच्च स्वर में तो कही जाये कि भीष्म उसे सुन अवश्य लें।

"हमने तो सुना था कि भीष्म ने संन्यास ले लिया है।"

"संन्यास का तो पता नहीं, पर हाँ! यह तो मुझे भी बताया गया था कि उसने आजीवन ब्रह्मचर्य पालन करने की प्रतिज्ञा की थी।"

"ब्रह्मचर्य का पालन करने की ही तो प्रतिज्ञा की थी, स्वयंवर में सम्मिलित न होने की तो प्रतिज्ञा नहीं की थी।"

"अरे तो यहाँ ही कौन उसके गले में जयमाला डालने को उत्सुक बैठा है। बेचारा बैठा है, राजकुमारियों को देखकर कुछ नयन–सुख प्राप्त कर लेगा, तो किसी का क्या बिगड़ जायेगा...।"

"पर इसने तो राज्य भी त्याग दिया था न?"

"हाँ।"

"तो राजकुमारियों के स्वयंवर में इसे किसने घुसने दिया?"

भीष्म की इच्छा हुई कि मुड़कर कहनेवाले उस व्यक्ति को तनिक देखें।...पर दूसरे ही क्षण उनका विवेक जागा...क्यों देखना चाहते हैं, वह उस व्यक्ति को?...अभी तो वह मात्र स्वर ही है। यदि उन्होंने उस व्यक्ति को देख लिया तो वह स्वर साकार होकर उनको विरोधी, अपमान करनेवाला दिखने लगेगा। ऐसे में उनका हाथ अपने धनुष पर चला जायेगा...और क्षत्रिय का हाथ अपने धनुष पर चला जाये तो परिणाम प्रलयंकारी भी हो सकता है...

उनके चिन्तन ने नया मोड़ लिया...स्वयंवर में उनका उपस्थित होना मात्र, यदि क्षत्रिय राजाओं के इस समाज में यह प्रतिक्रियाएँ जगा रहा है, तो यदि उन्होंने काशिराज से आग्रह किया कि वह उन्हें विचित्रवीर्य के साथ विवाह करने के लिए, एक कन्या प्रदान कर दें...तो क्या प्रतिक्रिया होगी इस राजसमाज में?...

इस बीच काशिराज सभास्थल में आ गये; और स्वयंवर के सम्बन्ध में अपनी इच्छा और प्रतिज्ञाओं की घोषणा कर रहे थे, "मेरी ज्येष्ठ पुत्री अम्बा है..."

भीष्म की दृष्टि अम्बा पर पड़ी...राजकुमारी सुन्दर थी...असाधारण सुन्दरी! कैसे तेज से राजसमाज को देख रही थी, जैसे चुनौती दे रही हो...है कोई तुममें, जो मेरा पति बनने योग्य हो?...उसकी बड़ी–बड़ी आँखें थोड़ी देर के लिए झुकतीं भी तो पुनः उठकर जैसे राजाओं के उस समाज में किसी को खोजने लगतीं...उसमें वयसन्धि का विभ्रम नहीं था...नव–यौवना का संकोच नहीं था। वह तो पूर्ण युवती थी, जो अपने पति को सहज अधिकार के रूप में खोज रही थी।

उसका वय सत्ताईस–अट्ठाईस वर्ष से कम नहीं रहा होगा। सम्भव है, उससे वर्ष–दो वर्ष अधिक ही हो...अभी तक काशिराज ने राजकुमारी का...अम्बा का...विवाह क्यों नहीं किया?...इस वयस तक तो राजकुमारियाँ अविवाहित नहीं रहती हैं...

सहसा भीष्म के मन में एक नया भाव जन्मा–'स्वयंवर' का तो अर्थ यही है, जहाँ राजकुमारी स्वयं अपने पति का वरण कर सके। उसके लिए आवश्यक है कि राजकुमारी विकसित बुद्धि की तो हो। कम वय की राजकुमारियाँ स्वयं वर चुनने का दायित्व नहीं निभा सकतीं। वे तो स्वयंवर का नाम ही करती हैं, वे अपने पिता की ही इच्छा के अनुकूल चलती हैं...अम्बा, वस्तुतः स्वयंवर के लिए उपयुक्त वय में है...पर वय...हाँ! विचित्रवीर्य अभी छोटा है, कठिनाई से अभी सत्रह वर्ष का होगा। अम्बा उसके लिए उपयुक्त पत्नी नहीं हो सकती...

पर अम्बा सुन्दरी है। हस्तिनापुर की राजवधू होती तो राजप्रासाद की शोभा होती...और तभी जैसे भीष्म के भीतर का चिन्तक जाग

उठा–'क्या सुन्दर है अम्बा में?' भीष्म की दृष्टि उठकर अम्बा की मुखाकृति को निहारने लगी–'क्या सुन्दर है इस राजकुमारी में? क्या असाधारण है?'

'कुछ भी ऐसा सुन्दर नहीं है भीष्म!' उनके विवेक ने कहा, 'यौवन का आकर्षण ही सबकुछ होता है।...प्रकृति ने मनुष्य को बनाया ही ऐसा है। नारी के रूप में लोहे के कण डाल दिये हैं और पुरुष की दृष्टि में चुम्बक के तत्त्व! आकर्षण, नारी के रूप में नहीं, दुर्बलता पुरुष के हृदय में होती है...तुमने मात्र अविवाहित रहने की प्रतिज्ञा नहीं की है; तुमने ब्रह्मचर्य–पालन की प्रतिज्ञा की है। तुमने अपने पिता को देखा है : उन्होंने काम–सुख कम, काम–यातना अधिक पायी। यह जो कुछ भी कहलाता है, यह दुख का मायावी मुखौटा है। तुम्हें मुखौटे के पीछे छिपे चेहरे को पहचानना होगा।...अपने हृदय के चुम्बक को घिसकर, चूर्ण बनाकर बहा दे। तेरा संकल्प प्रकृति के बन्धनों को तोड़ने का है, अपनी सीमाओं के अतिक्रमण का है। प्रकृति के मायाजाल से निकलना है, तो उन खूँटों को पहचान, जो प्रकृति ने तुझे दास बनाये रखने के लिए, तेरे भीतर रखे हैं...'

भीष्म ने अपने मस्तिष्क को झटका। यह सब क्या सोच रहे हैं वह?...वह यहाँ विचित्रवीर्य के लिए एक पत्नी प्राप्त करने के लिए आये हैं। और उन्होंने देख लिया है कि अम्बा वय की दृष्टि से विचित्रवीर्य की पत्नी होने योग्य नहीं है...इससे अधिक राजकुमारी में उनकी रुचि का अर्थ...

और तभी दूसरी राजकुमारी आयी और काशिराज ने घोषणा की, "यह मेरी दूसरी पुत्री है अम्बिका!"

भीष्म ने देखा : अम्बिका, अम्बा से कम–से–कम पाँच–सात वर्ष अवश्य छोटी होगी। विचित्रवीर्य की पत्नी होने के लिए, वह भी बड़ी ही थी; किन्तु इनका अन्तराल कम था। आपद्धर्म के रूप में उसका विवाह विचित्रवीर्य से किया जा सकता था, यद्यपि वह आदर्श युगल नहीं होता...अम्बिका की मुखाकृति पर अम्बा जैसा तेज नहीं था। उसके रूप में प्रखरता के स्थान पर कोमलता थी। वह जैसे बौरायी–सी खड़ी

थी और शायद चाहती थी कि या तो तत्काल यहाँ से हट जाये, या फिर अपनी आँखें बन्द कर ले...

तभी तीसरी राजकुमारी आयी। और काशिराज ने कहा, "यह मेरी तीसरी पुत्री है अम्बालिका!"

अम्बालिका...यह अम्बिका से भी चार–पाँच वर्ष छोटी थी। सुन्दर थी...किशोरी–सी। हो सकता है, विचित्रवीर्य से दो–एक वर्ष बड़ी हो...किन्तु तीनों बहनों में वय की दृष्टि से वही विचित्रवीर्य के निकटतम थी...

'काशिराज ने अपनी बड़ी पुत्रियों का विवाह आज तक क्यों नहीं किया?' भीष्म के मन में प्रश्न पुनः गूँजा, 'क्या उनको भी अपनी पुत्रियों के लिए उपयुक्त वर नहीं मिला?...पर अम्बा को देखकर यह तो नहीं लगता कि ऐसी रूपवती राजकुमारी को कोई वर ही नहीं मिला होगा...या कोई और कारण?...'

राजकुमारियाँ वरमाला हाथों में लिए मंच को छोड़ नीचे उतर आयीं।

...भीष्म जैसे स्वप्नलोक से जागे....वे दार्शनिक चिन्तन करने, या विश्व–भर की समस्याओं को सुलझाने यहाँ नहीं आये हैं।...उनका निश्चित उद्देश्य है। वे अपने धर्म का पालन करने आये हैं।...उनका वचन...

राजकुमारियाँ धीरे–धीरे आगे बढ़ रही थीं। काशिराज के परिचारक उन्हें एक–एक राजा और राजकुमार का परिचय दे रहे थे। उनका परिचय समाप्त होता, तो राजा के अपने चारण उनकी प्रशंसा आरम्भ कर देते। राजकुमारियाँ सुनती रहतीं और फिर आगे बढ़ जातीं।

...सामान्यतः स्वयंवरों में राजकुमारियाँ एक बार सारे स्वयंवर–स्थल में घूमकर प्रत्याशियों का परिचय प्राप्त कर लेती हैं–ऐसा भीष्म ने सुना था–और फिर अपने चुनाव के अनुसार दूसरी बार जाकर अपने प्रिय व्यक्ति के गले में जयमाला डाल देती हैं। किन्तु...भीष्म हल्की चिन्ता के साथ सोच रहे थे, 'यदि यह चुनाव, पहले हो चुका हो। राजकुमारी

या उसके पिता पहले से निर्णय कर चुके हों कि सम्बन्ध कहाँ होना है, तो फिर स्वयंवर तो एक आडम्बर मात्र ही रह जाता है।...' और भीष्म की चिन्ता जैसे घनीभूत–सी होने लगी, 'यदि काशिराज की इन पुत्रियों ने भी पहले ही यह निर्णय कर लिया हो और भीष्म तक पहुँचने से पूर्व ही उन्होंने अपना वर चुन लिया तो?...जयमाला गले में डालते ही, विवाह सम्पन्न हो गया मान लिया जायेगा।...ऐसे में विवाहिता राजकुमारियों का अपहरण नहीं किया जा सकता...वह अधर्म होगा, अन्याय...ऐसा तो दस्यु लोग ही करते हैं...'

राजकुमारियाँ कुछ और आगे आ गयी थीं...पर भीष्म को लग रहा था कि उनकी आगे बढ़ने की गति अत्यन्त धीमी है। ऐसे तो उन्हें भीष्म तक पहुँचने में बहुत समय लगेगा...उनके मन में काशिराज के परिचारकों के प्रति खीझ जन्मी, क्यों उन्होंने भीष्म को यहाँ, इतनी दूर बैठा दिया...और सहसा वह खीझ पलटकर स्वयं भीष्म के अपने ऊपर आरूढ़ हो गयी। वे यहाँ बैठे ही क्यों? वे स्वयंवर में प्रत्याशी के रूप में भाग लेने नहीं आये हैं। तो फिर वह स्वयंवर के सारे नियम, सारे प्रतिबन्ध क्यों स्वीकार कर रहे हैं...या तब यदि वे इस स्थान पर बैठ भी गये थे तो अब क्यों उठ खड़े नहीं होते....वे उठें, आगे बढ़ें और कहें कि वे इस स्वयंवर के किसी नियम को नहीं मानते...

ऊहापोह में समय बीत रहा था और राजकुमारियाँ आगे बढ़ रही थीं। अब वे भीष्म से बहुत दूर नहीं थीं और संयोग से अभी तक उनमें से किसी राजा या राजकुमार को चुना नहीं था...

भीष्म की चिन्ता कुछ कम हुई। अब इतने थोड़े–से समय में ऐसा सम्भव नहीं है कि तीनों–की–तीनों राजकुमारियाँ किसी का वरण कर लें...

और क्रमशः वे आकर भीष्म के सम्मुख खड़ी हुईं। भीष्म ने देखा : अम्बा उनकी ओर देख रही थी, एक परख भरी दृष्टि से। उसकी दृष्टि में जिज्ञासा थी, कई प्रश्न थे।...अम्बिका की दृष्टि इतनी झुकी हुई थी, कि उसकी आँखें प्रायः बन्द–सी लग रही थीं। अम्बालिका का जैसे अपना कोई अस्तित्व नहीं था, वह अपनी बहनों के साथ बँधी–बँधी चल रही थी...दबी–झुकी, संकुचित–सी...

परिचारक ने भीष्म का परिचय दिया, "राजकुमारी! ये हस्तिनापुर के राजकुमार देवव्रत हैं। इन्होंने अपने पारिवारिक कारणों से, स्वेच्छा से राज्याधिकार त्याग दिया है; और आजीवन ब्रह्मचर्य के पालन की प्रतिज्ञा की है। इन्हीं प्रतिज्ञाओं के कारण इनके पिता ने इन्हें 'भीष्म' की संज्ञा दी है। विवाह न करने की प्रतिज्ञा करनेवाले ये राजकुमार इस स्वयंवर में..."

और तभी भीष्म उठ खड़े हुए, "ठहरो परिचारक! देवव्रत भीष्म इस स्वयंवर में विवाह के प्रत्याशी के रूप में नहीं आया है।"

अम्बा ने जैसे चौंककर भीष्म को देखा और भीष्म को लगा कि अम्बिका की आँखें भी जैसे खुल गयीं और अम्बालिका की अन्यमनस्कता भी कुछ दूर हो गयी। आस–पास बैठे राजाओं की आँखों में भी अनेक प्रश्न उभर आये थे।

भीष्म ने अपना स्वर ऊँचा किया और घोषणा–सी करते हुए कहा, "काशिराज, काशी का राजपरिवार और उपस्थिति सभी राजागण सुनें। मैं इस क्षत्रिय समाज के सम्मुख काशी की इन राजकुमारियों का हरण कर रहा हूँ। आप सब वीर हैं, शस्त्रधारी हैं और योद्धा हैं। मेरे साथ युद्ध करने और मुझे रोकने के लिए आप स्वतन्त्र हैं। मेरा वध कर, इन राजकुमारियों को पुनः प्राप्त भी कर सकते हैं।...यदि मेरा वध हुआ तो राजकुमारियाँ स्वयंवर में विधिपूर्वक अपना वर चुनने में स्वतन्त्र हैं और यदि आप पराजित हुए तो मैं क्षत्रिय धर्म के अनुसार इन्हें हस्तिनापुर ले जाऊँगा।"

भीष्म ने अपना विशाल धनुष उठाया, "राजकन्याओ! मण्डप से बाहर चलो। वहाँ मेरा रथ प्रतीक्षा कर रहा है...!"

अम्बा ने दृष्टि उठाकर अपने पिता की ओर देखा : काशिराज किंकर्तव्यविमूढ़–से खड़े कभी भीष्म को देख रहे थे, कभी अपनी कन्याओं को; और कभी राजाओं की उपस्थित भीड़ को।...पिता ने शायद अपनी कन्याओं के हरण जैसी किसी घटना की कल्पना भी नहीं की थी। उन्होंने अपनी सेना को ऐसी किसी आपात स्थिति के लिए सन्नद्ध भी नहीं रखा था। जहाँ–तहाँ कुछ प्रहरी अवश्य खड़े थे; किन्तु वे राजसी शोभा के ही अंग थे। वे भीष्म के साथ युद्ध जैसे

दुर्धर्ष कृत्य के लिए किसी भी रूप में प्रस्तुत नहीं थे।...और वैसे भी अम्बा को बहुत सन्देह था कि पिता की सेना यदि तैयार होकर लड़ने भी आये, तो क्या भीष्म जैसे योद्धा का सामना कर पायेगी?

तो फिर पिता ने स्वयंवर जैसा जोखिमपूर्ण आयोजन क्यों किया? जहाँ इतने राजा एकत्रित हों...और सारे–के–सारे योद्धा हों, वहाँ इस प्रकार की स्थिति तो उपस्थित हो ही सकती है। कोई भी राजा युद्ध की चुनौती दे सकता है...या कहीं, पिता को इन उपस्थित राजाओं का ही तो भरोसा नहीं था। कहीं इन्हीं राजाओं की शक्ति पर ही तो अपनी सुरक्षा का विश्वास नहीं किये बैठे थे पिता...

उसकी दृष्टि राजाओं की उपस्थित भीड़ पर पड़ी : वे सबके सब खड़े थे। उनके हाथों में धनुष–बाण नहीं, बहुमूल्य उत्तरीय थे। उनकी भुजाओं में अंगद और कंगन थे, गले में बहुमूल्य रत्नमालाएँ थीं...

"राजकन्याओ!" भीष्म ने उन्हें पुनः सम्बोधित किया, "मुझे बल प्रयोग न करना पड़े। तुम लोग चलकर रथ में बैठो। तब तक यह राजसमाज सोच ले कि इसे युद्ध करना है या नहीं।"

दोनों छोटी बहनों ने अम्बा की ओर देखा। अम्बा शायद अपना निर्णय ले चुकी थी। उसने संकेत किया, "चलो।"

राजकन्याएँ चलीं तो अम्बा को ही नहीं, स्वयं भीष्म को भी आश्चर्य हुआ कि योद्धाओं का वह समाज उनके मार्ग में आड़े आने के स्थान पर फटता चला गया और उनके लिए मार्ग बनता गया...

काशिराज ने चीत्कार किया, "राजागण! मेरा क्या है, मैं मान लूँगा कि मैंने स्वयंवर में अपनी पुत्रियाँ वीर्यशुल्का घोषित कर दीं। भीष्म ने वीरता दिखायी और उन्हें हर कर ले गया; पर तुम लोग संसार को क्या मुख दिखाओगे?..."

रथ पर पग धरते समय अम्बा की दृष्टि एक बार फिर राजाओं पर पड़ी।...सौभराज शाल्व ने अपना उत्तरीय शरीर से हटा दिया था। वह चिल्लाया, "भीष्म! रुको। तुम ऐसे नहीं जा सकते। और कोई तुमसे लड़े या न लड़े; पर मैं तुम्हें इस प्रकार नहीं जाने दूँगा। ठहरो! मैं कवच धारण कर लूँ...।"

भीष्म मुस्कुराये, "शाल्व! मैं खड़ा हूँ। तुम ही क्यों, इन सारे राजाओं से कहो कि ये लोग युद्ध–वेश सजा लें; कवच पहन लें; अस्त्र–शस्त्र धारण कर लें; रथ और सारथि मँगवा लें। मैं तुम्हें असावधान पाकर आकस्मिक आक्रमण कर कन्याओं को लेकर भाग जाने वाला दस्यु नहीं हूँ। मैं भरत वंश का क्षत्रिय हूँ। चुनौती दे चुका। अब तुम्हें तैयारी के लिए समय दे रहा हूँ। युद्ध का अवसर भी दूँगा। बिना युद्ध किये इन कन्याओं का हरण कर ले गया तो इन राजकुमारियों का ही महत्त्व कम हो जायेगा। मैं नहीं चाहता कि कल कोई कहे कि भीष्म ने उन कन्याओं का हरण किया, जिनके लिए युद्ध करने को कोई राजकुमार तैयार नहीं था।"

राजकुमारियाँ रथारूढ़ हुईं और भीष्म अपना धनुष लेकर सन्नद्ध खड़े हो गये। नगर से बाहर, शिविर में छोड़े हुए दोनों रथों को भी उनके सारथि हाँक लाये। उनमें शस्त्रास्त्र लदे थे। वे दोनों रथ, भीष्म के रथ के दायें–बायें खड़े हो गये।

भीष्म आश्वस्त थे। उनके पास पर्याप्त शस्त्रास्त्र थे। शस्त्र–परिचालन का कौशल उन्हें अपने महान गुरुओं से मिला था; और उनके विश्वसनीय सेवक उनके साथ थे। यह सारा राजसमाज मिल कर भी उनके सम्मुख टिक नहीं पायेगा...

अम्बा जैसे एक आँख से शाल्व को देख रही थी और दूसरी आँख से भीष्म को। शाल्व के सेवक उसके लिए कवच और शस्त्रास्त्र ले आये थे और वह कवच धारण कर रहा था। भीष्म आश्वस्त खड़े मुस्कुरा रहे थे, कैसा आत्मविश्वास था भीष्म में! ऐसा योद्धा तो अम्बा ने पहले कभी नहीं देखा था।

थोड़ी ही देर में स्वयंवर का मण्डप, रणक्षेत्र में परिणत हो गया। परिचारक हट गये, दासियाँ विलुप्त हो गयीं। राज–परिवार और उनके सम्बन्धी कहीं दिखायी नहीं दे रहे थे। जिन काशिराज को आतिथेय के रूप में इतना समर्थ होना चाहिए था, कि वे सारे क्षत्रिय राजा परस्पर लड़ पड़ते तो वह इन सबका अनुशासन कर सकते, इनकी सुरक्षा का दायित्व ले सकते; वह दूर एक कोने में असहाय–से खड़े थे...जाने क्या था उनके मन में!

युद्ध शाल्व ने ही आरम्भ किया। पहला बाण उसी ने छोड़ा, किन्तु तब तक अन्य अनेक राजा युद्ध के लिए तैयार हो गये थे। विभिन्न शस्त्रों की झंकार और मानव–कण्ठों का कोलाहल बहुत था, किन्तु प्रमुख तो धनुष ही था। दोनों ओर से बाण चल रहे थे।...किन्तु अम्बा ने आश्चर्य से देखा : कहीं ऐसा आभास नहीं हो रहा था कि एक ओर अकेले भीष्म हैं और दूसरी ओर अनेक वीर और युद्ध–प्रिय राजा! बराबर का युद्ध था। जितने बाण इतने सारे राजा मिलकर छोड़ते थे, उन सबका तोड़ अकेले भीष्म के पास था। शाल्व और अन्य राजाओं के बाण भीष्म तक नहीं पहुँच रहे थे। भीष्म के बाण उन्हें मार्ग में ही निरस्त कर देते थे।...और तब शायद अम्बा ने पहली बार समझा था कि युद्ध शरीर का बल नहीं था, युद्ध शायद मन का साहस भी नहीं था, युद्ध तो मात्र कौशल था। शस्त्रों का ज्ञान था। शस्त्रास्त्रों का चुनाव था। अकेले भीष्म का कौशल, इतने राजाओं के सम्मिलित बल पर भारी पड़ रहा था। आख़िर भीष्म के बाणों में क्या था कि शेषनाग के समान वे शत्रुओं के शस्त्रास्त्रों को ऐसे खा लेते थे, जैसे वे मात्र केंचुए हों। लगता था कि सम्मिलित राजसमाज केवल अन्धाधुन्ध बाण फेंक रहा था, जैसे कोई भीड़ लक्ष्यहीन पथराव कर रही हो; और भीष्म इस प्रकार निश्चित शस्त्र–परिचालन कर रहे थे, जैसे उनका एक–एक लक्ष्य देखा और परखा हुआ हो...

आधे प्रहर में ही स्पष्ट हो गया कि भीष्म के विरुद्ध युद्ध करने की क्षमता उस सारे राजसमाज की सम्मिलित शक्ति में भी नहीं है। अब तक प्रायः राजाओं का युद्धोत्साह भी क्षीण हो गया था; केवल एक शाल्व ही पूरे उत्साह के साथ बाण चलाता जा रहा था।

"क्षत्रिय!" भीष्म बोले, "मैं तुम्हारे उत्साह की प्रशंसा करता हूँ और तुम्हारे साहस के लिए भी मेरे मन में सम्मान है। पर, मैं यहाँ कन्या–हरण के लिए आया हूँ, निरीह हत्याओं के लिए नहीं।...अब यदि युद्ध आगे चला, तो तुम्हारे साथी युद्ध छोड़ जायेंगे और तुम वीरगति प्राप्त करोगे।...इसलिए मैं अब अपना रथ चलाता हूँ। तुम चाहो तो मेरा रथ रोक लो।"

भीष्म ने अपने सारथि को संकेत किया। उनके रथ ने सारे युद्ध–क्षेत्र में एक चक्कर लगाया, जैसे सर्वेक्षण कर रहा हो; और नगर के बाहर जाने वाले मार्ग पर मुड़ गया।

भीष्म का कथन सत्य प्रमाणित हुआ। सारे राजा जहाँ–के–तहाँ खड़े रहे। बस अकेले शाल्व का रथ उनके पीछे चला; और उसके बाणों के साथ–साथ उसका स्वर भी भीष्म तक पहुँचा, "रुक जाओ भीष्म! तुम मुझे पराजित किये बिना युद्ध–क्षेत्र से इस प्रकार नहीं भाग सकते।"

भीष्म के संकेत पर सारथि ने रथ रोक दिया।

"युद्ध की इच्छा पूरी कर लो।" वे बोले, "भीष्म युद्ध से भागने की कल्पना भी नहीं कर सकता।"

भीष्म के बाणों की गति सहसा ही बहुत तीव्र हो गयी। अम्बिका ने भय से आँखें बन्द कर लीं। अम्बालिका ने मुँह फेर लिया; और अम्बा कभी शाल्व को देख रही थी, कभी भीष्म को; जैसे निर्णय करना चाहती हो कि दोनों में अधिक वीर कौन है?

शाल्व का सारथि आहत होकर चलते रथ से गिरकर भूमि पर लुढ़क गया। सारथि विहीन रथ के घोड़े, बाणों की बौछार से अनियन्त्रित होकर इतनी असावधानी से दौड़ रहे थे, जैसे अभी रथ को उलट देंगे और रथी को भूमि पर पटककर अपने ही रथ के पहियों से कुचल देंगे...

तभी भीष्म के बाणों ने एक–एक कर दोनों घोड़ों को मार गिराया। रथ रुक गया।

भीष्म अपने रथ से उतरकर शाल्व के पास पहुँचे; उन्होंने अपना खड्ग उसके वक्ष पर रखा...

अम्बा का मन हुआ कि वह अम्बिका के समान आँखें बन्द कर ले। पर न अम्बा आँखें बन्द कर पायी और न भीष्म ने खड्ग का प्रयोग बन्द किया।

भीष्म बोले, "मैं निरीह हत्याएँ नहीं करता। स्वयंवर वध के लिए होता भी नहीं। मेरा लक्ष्य पूरा हो गया। अब मत कहना कि भीष्म रणक्षेत्र से भागा है।"

शाल्व भूमि पर पड़ा–पड़ा, फटी–फटी आँखों से भीष्म को देखता रहा। उसकी आँखों में मृत्यु का साक्षात्कार था...

भीष्म ने खड्ग कोश में डाला। लौटकर रथारूढ़ हुए और बोले, "चलो सारथि!"

3

काशी को पीछे छोड़कर रथ काफ़ी आगे बढ़ गया था, पर भीष्म सतर्क प्रहरी के समान सन्नद्ध बैठे रहे। अम्बा उन्हें देखती रही और सोचती रही कि यह व्यक्ति अब विश्राम क्यों नहीं करता? अब क्यों तन कर धनुष हाथ में लिए बैठा है? क्या समझता है वह कि काशी–नरेश अपनी सेनाएँ लेकर उसका पीछा करेंगे?...अम्बा का मन हुआ कि वह इस स्थिति में भी हँस पड़े। पर वह हँसी नहीं। उसने अपनी दोनों छोटी बहनों को देखा : कैसी सहमी बैठी हैं, जैसे किसी पक्षी के डरे हुए शावक हों। उसका मन हुआ कि अपनी इन दोनों छोटी बहनों को अंक में समेटकर आश्वासन दे। डरने की क्या बात है? काशी में भी तो वे स्वयंवर में ही खड़ी थीं विवाह के लिए। विवाह तो उनका अब भी हो ही जायेगा। अन्तर इतना ही है कि काशी के स्वयंवर में उनके सामने अनेक राजकुमार थे, राजा थे। वे उनमें से किसी एक को चुन सकती थीं, पर अब उनके सामने विकल्प नहीं था। भीष्म की इच्छा ही उनकी नियति थी, वही उनका भविष्य था।...वैसे पिता को भी क्या आपत्ति हो सकती थी। पिता इतना ही तो चाहते थे कि उनका विवाह हो जाये; तो विवाह तो हो ही जायेगा। ऐसे में पिता को सैन्य–संग्रह की, रक्तपात करने की क्या आवश्यकता थी। पिता, इस बात को समझते थे। शायद इसलिए वह शान्त रहे। वह स्वयं किसी वर को चुनते, तो उसका दायित्व उन पर होता। उसके अच्छा या बुरा होने पर टीका–टिप्पणी की जाती! पुरानी प्रथा के अनुसार वह अपनी कन्याओं को दान करते हुए उनके विनिमय में शुल्क लेते, तो शायद क्षत्रिय समाज उनकी निन्दा करता।...आजकल अनेक

राजघरानों में यह चेतना घर कर गयी है कि कन्या के विक्रय और उसके विवाह में अन्तर है। विवाह एक सम्मानजनक प्रथा है, जिसमें एक नये परिवार से सम्बन्ध जोड़ा जाता है। उसमें पिता कन्यादान करता है और साथ ही अपनी क्षमता–भर उपहार–स्वरूप कन्या को दहेज दिया जाता है। दहेज जितना अधिक होगा, ससुराल में कन्या का सम्मान भी उतना ही अधिक होगा। कन्या ससुराल में जाकर वहाँ सारी सम्पत्ति पुत्रों को उत्तराधिकार में देती है। भाई अपनी बहन को कुछ नहीं देंगे, इसलिए पिता अपनी पुत्री को घर से विदा करते हुए, अपनी सम्पत्ति में से उसका अंश उसे दे देता है...

पिता कुछ भी सोचते, उनको तीन बेटियाँ विदा करने के लिए काफ़ी कुछ देना पड़ता...अब विवाह तो इस ढंग से भी हो ही जायेगा; पिता को न कुछ देना पड़ा, न न देने के लिए निन्दा का भाजन बनना पड़ा।...यह सब सोचने पर पिता को प्रसन्नता नहीं होगी कि उनकी पुत्रियों को युद्ध–निमन्त्रण देकर, भरे–पूरे क्षत्रिय समाज में से हर लिया गया। वे हस्तिनापुर के राजपरिवार में गयीं। वीर क्षत्रियों का प्रमुख और प्रसिद्ध वंश...

क्या ऐसी ही किसी घटना की प्रतीक्षा में पिता ने आज तक अम्बा और अम्बिका का वय–प्राप्त होने पर भी विवाह नहीं किया था, या अपने अन्य कार्यों में व्यस्त रहते हुए उन्हें अवकाश ही नहीं मिला था। पिता, अन्यत्र इतने व्यस्त थे, उनमें सांसारिक व्यावहारिकता नहीं थी, वे पुत्रियों की ओर से उदासीन थे, या किन्हीं कारणों से वह उनका विवाह ही करना नहीं चाहते थे?...

अम्बा को आज भी याद है कि जिस दिन वह सोलह वर्ष की हुई थी, उसी दिन माँ ने पिताजी से कहा था कि वह अपनी कन्या के लिए वर ढूँढ़ने का प्रयत्न करें। तब अम्बिका दस वर्ष की थी, और अम्बालिका पाँच वर्ष की।

पिता ने हल्के–से गुनगुनाते हुए से स्वर में कुछ ऐसा कहा था कि क्षत्रिय राजाओं को बहुत सारे काम होते हैं। स्त्रियों के समान केवल शादी–विवाह की ही सोचते रहना उनके लिए जीवन का लक्ष्य नहीं होता।

माँ ने कुछ याचना और कुछ उपालम्भ के से मिश्रित स्वर में कहा था कि पिता को पिता का दायित्व निभाना ही पड़ेगा, चाहे वह सामान्य जन हो या राजा। रानी यह कहकर प्रसव से इनकार नहीं कर सकती कि वह रानी है। वह भी सामान्य नारी के समान सन्तान को जन्म देती है; और उसका पालन–पोषण करती है।

माँ और पिता में ऐसी कहा–सुनी अम्बिका की सोलहवीं वर्षगाँठ पर भी हुई थी और फिर अम्बालिका की सोलहवीं वर्षगाँठ पर भी। और अन्त में तो माँ ने झल्लाकर यहाँ तक कह दिया था, 'पुत्रियों के विवाह नहीं करोगे तो ये किसी की भार्या बनकर सन्तान उत्पन्न करने के स्थान पर, हमारी कन्याओं के रूप में ही सन्तान को जन्म देंगी। उनकी कानीन सन्तान को स्वीकार करोगे तुम?'

'ऋषि तो कानीन सन्तान को भी उतना ही पवित्र और सम्मानजनक मानते हैं।' पिता ने निश्चिन्त भाव से कहा था।

'पर क्षत्रिय समाज तो अब कानीन सन्तान को स्वीकार करने में आनाकानी करने लगा है न!' माँ ने कहा था, 'आनाकानी ही क्यों, हमारा समाज तो अब इसे कलंक मानने लगा है।'

पिता ने कुछ कहा नहीं, पर उनका भाव कुछ ऐसा ही था, जैसे कह रहे हों, 'मानता है तो मानता रहे।'

क्रमशः माँ का आग्रह उग्र होता गया और पिता उदासीन होते गये। लगता था, जैसे वह इस विषय में कुछ सुनना ही नहीं चाहते थे; पर माँ ने अपना आग्रह नहीं छोड़ा। किन्तु, इस आग्रह का भी दबाव माँ के मन पर ही था, पिता के मन पर नहीं। परिणामतः माँ रोगिणी होकर शैया से लग गयीं। माँ का आग्रह जिस अनुपात में बढ़ रहा था, उसी अनुपात में उनका रोग भी बढ़ रहा था; या जिस मात्रा में उनका रोग बढ़ रहा था, उसी अनुपात में उनका आग्रह भी बढ़ रहा था।

और फिर एक दिन सौभ नरेश शाल्व पिता से मिलने के लिए आये। किसी राजा का पिता से मिलने के लिए आना कोई नयी बात नहीं थी; पर इस प्रकार का राजा पहली बार ही आया था। उसने अम्बा को कैसी–कैसी आँखों से तो देखा था। जाने उन आँखों में क्या था कि अम्बा

का मन जैसे उसकी ओर उमड़–उमड़ आता था, मानो सागर की उत्ताल लहरें पूर्णिमा के राकेश की ओर खिंच–खिंच जाती हैं।

"राजकुमारी! तुम अत्यन्त सुन्दरी हो, असाधारण सुन्दरी! कहीं तुम उर्वशी तो नहीं हो।"

अम्बा का चिर–तृषित मन कैसा तो हो गया था। आज तक किसी ने उसे ऐसी आँखों से नहीं देखा था। आज तक किसी ने उसके रूप का बखान इन शब्दों में नहीं किया था। अम्बा आज तक यह जानती ही नहीं थी, कि पुरुष की ऐसी दृष्टि और उसके ऐसे शब्दों का प्रभाव नारी–मन पर क्या होता है।...उसके हृदय के कपाट जैसे पहली बार किसी आगन्तुक के खटखटाने पर खुले थे। आगन्तुक उसकी ओर देख रहा था, जैसे सोच रहा हो कि द्वार खटखटा तो दिया है, पर अब प्रवेश भी करना है क्या?...और अम्बा सोच रही थी, कपाट खोल तो दिये हैं, पर सामने आगन्तुक को देखकर संकोच से कपाट फिर से भिड़ा देने चाहिए या...पर यदि उसने कपाट भिड़ा दिये और आगन्तुक उस अस्वीकृति से निराश होकर लौट गया तो? उसने दूसरी बार कपाट खटखटाये ही नहीं तो?...

पर शाल्व ने इस असमंजस को अधिक देर तक नहीं टिकने दिया। बोला, "राजकुमारी! मैं तुमसे विवाह करना चाहता हूँ। तुम मेरी पत्नी बनना चाहोगी?"

"यह पिताजी को स्वीकार नहीं होगा।" जाने कैसे अम्बा ने बिना सोचे–समझे ही कह दिया।

"क्यों?"

क्यों–यह तो अम्बा स्वयं भी नहीं जानती थी। क्या ऐसा है भी, वह यह भी नहीं जानती थी। उसने तो माँ के द्वारा पिता पर लगाये गये आक्षेपों को सच मानकर ऐसा कह दिया था।...

"क्यों?" शाल्व ने पुनः पूछा।

"पता नहीं!" वह बोली, "मुझे ऐसा ही लगता है।"

"अम्बे!" शाल्व ने पहली बार उसे उसके नाम से सम्बोधित किया, "मैं सौभ का किरीटधारी राजा हूँ। मुझे काशिराज अस्वीकार कैसे कर सकते हैं?"

"आपको अस्वीकार करने की बात नहीं है।" अम्बा बोली, "वे शायद मेरा विवाह ही नहीं करना चाहते।"

"क्यों?" पुनः वही प्रश्न।

"मैं नहीं जानती!" अम्बा सहज भाव से कह गयी, "मुझे ऐसा लगता है।"

और कहने के साथ ही जैसे वह डर गयी, कहीं शाल्व ने पूछ लिया कि उसे ऐसा क्यों लगता है–तो?

पर शाल्व ने 'क्यों' नहीं पूछा। उसने कहा, "यदि काशिराज तुम्हारा विवाह मेरे साथ नहीं करेंगे, तो मैं तुम्हारा हरण करूँगा। यद्यपि मैं चाहता नहीं, किन्तु यदि आवश्यकता हुई तो मैं तुम्हारे पिता के साथ युद्ध भी करूँगा। संहार करना पड़ा तो संहार भी करूँगा। मैं रक्त की नदी में तैर कर, युद्ध–क्षेत्र में सहस्रों शवों को रौंदकर भी तुम्हें उठाकर ले जाऊँगा।"

अम्बा को शाल्व और भी अद्‌भुत लगने लगा। उसकी बातें अम्बा को बहुत प्रिय लगीं, जैसे वह युद्ध और रक्तपात की बातें न कर, उद्यान में खिल आये वसन्त के पुष्पों की चर्चा कर रहा हो।

"मैं तुम्हारे बिना जी नहीं सकता, राजकुमारी!"

अम्बा को लगा जैसे किसी ने अमृत घोल कर उसके कानों में टपका दिया हो।

पर जब शाल्व ने यह चर्चा काशिराज से की, तो उन्होंने एक बार भी मना नहीं किया। वह सहज तैयार थे। शाल्व चाहे तो अम्बा को आज ही ले जाये, इसी क्षण...

पर इस बार माँ, पुत्री के विवाह के लिए इतनी तत्पर नहीं दिखीं। उनका विचार था कि राजकुमारियाँ इस प्रकार ब्याह नहीं दी जातीं। उनके विवाहों में समारोह होते हैं, लोगों का जमघट होता है। राजा की मर्यादा भी कुछ होती है या नहीं?

"तो?" पिता ने पूछा।

"अम्बा का विवाह हो भी गया तो अम्बिका और अम्बालिका का क्या होगा?" माँ ने पूछा था, "उनका भी विवाह करना है या नहीं? या उन्हें भी अम्बा की अवस्था तक बैठाकर प्रतीक्षा करोगे कि शाल्व जैसा कोई राजा आकर स्वयं ही याचना करे?"

पिता ने माँ की ओर देखा, "पहेलियाँ मत बुझवाओ। अपना मन्तव्य स्पष्ट रूप से कहो।"

"क्षत्रिय राजा के समान स्वयंवर कीजिए। सारे जम्बूद्वीप के राजाओं को आमन्त्रित कीजिए।" माँ ने कहा, "अम्बा शाल्व का वरण करे और अम्बिका तथा अम्बालिका भी अपने मन–भावन चुन लें। मैं एक बार में ही इन तीनों को योग्य वरों को अर्पित कर मुक्त हो जाऊँ। जितने वर्ष मैंने अम्बा के लिए याचना भरी प्रतीक्षा की है, उतने–उतने वर्ष अब मैं इन दोनों के लिए प्रतीक्षा नहीं कर सकती।"

पिता सहमत हो गये।...और अम्बा सोचती ही रह गयी कि यदि पिता को स्वयंवर में कोई आपत्ति नहीं थी, तो उन्होंने पहले ही क्यों ऐसा नहीं किया। स्वयंवर आयोजित करने में उन्हें कठिनाई ही क्या थी?

स्वयंवर के लिए तैयारियाँ हुईं। इतने प्रत्याशी आये।...और अम्बा को लगा कि काम इतना ही सरल था...यदि विवाह के लिए निमन्त्रण–भर ही भिजवाना था, तो पिता इतने वर्षों से माँ के आग्रह की उपेक्षा क्यों कर रहे थे?...पर इस प्रश्न का उत्तर उसके पास था नहीं; और पिता से वह पूछ नहीं सकती थी...

स्वयंवर में भी कोई कठिनाई होती है, इसका आभास तो तब हुआ, जब भीष्म ने उठकर अपने मन्तव्य की घोषणा की।...शाल्व ने तो केवल कहा ही था कि वह सहस्रों शवों को लाँघकर, रक्त की नदी में से तैरकर उसका हरण कर ले जायेगा, किन्तु भीष्म ने तो सचमुच धनुष उठा लिया था। अम्बा को ही नहीं, अम्बिका और अम्बालिका को भी जैसे हाँककर ला, रथ में बैठा लिया...

शाल्व बहुत वीरता से लड़ा था। उसका तेज दर्शनीय था। उसकी एक–एक उक्ति, एक–एक क्रिया, एक–एक भंगिमा के साथ, अम्बा के मन में ज्वार उठता था–यह सब मेरे लिए है।...नारी को तो अपने

महत्त्व का आभास ही तब होता है, जब पुरुष उसके लिए अपने प्राणों का दाँव लगाता है...आज तक तो उसने सोचा ही नहीं था कि वह भी इस योग्य है कि उसके लिए कोई युद्ध करे, अपना रक्त बहाये या किसी दूसरे की हत्या करे...

अम्बा मुग्ध होती रही और शाल्व हारता रहा। जब उसके घोड़ों ने दम तोड़ दिया और उसका सारथि भूमि पर पड़ा कराह रहा था, तब उसने शाल्व को देखा। उसका असहाय क्रोध भी दर्शनीय था।... और तब अम्बा ने उसके विजेता भीष्म को जैसे पहली बार देखा था : राजसी वंश में मानो कोई संन्यासी हो। अलंकरण का नाम भी नहीं। मुख पर किसी प्रकार का भावावेश नहीं–विजय का दर्प भी नहीं। सहज रूप से भीष्म ने, बिना क्षोभ अथवा उल्लास के, शाल्व को जीत लिया था। और जीतने के पश्चात भी युद्ध की चुनौती देने वाले शाल्व के विरुद्ध इस व्यक्ति के मन में कोई वैर–विरोध, भय–द्वेष–कुछ भी तो नहीं था। कण्ठ पर रखा खड्ग हटाकर कैसे उससे कहा था, 'भीष्म निरीह हत्याएँ नहीं करता।'

रथ जब चला तो प्रहरी के समान खड़े भीष्म को अम्बा ने पुनः देखा : कैसी दृढ़ता थी, इस व्यक्ति की मुखाकृति पर। कठिन श्रम... या तपस्या से कसा शरीर! दाढ़ी और सिर के कुछ केश कहीं–कहीं से सफेद होने लगे थे, पर अवस्था बहुत अधिक नहीं थी। प्रसाधन की उपेक्षा ने, या फिर सांसारिक प्रलोभनों की कठोर अवहेलना ने ही शायद एक विशेष प्रकार की रुक्षता पैदा कर दी थी, इस व्यक्तित्व के चारों ओर...वह रुक्षता भी कैसी आकर्षक थी...

4

प्रयाग के निकट, गंगा के तट पर भीष्म ने सारथि को रुकने का संकेत किया।

रथ रुक गया। भीष्म रथ से उतरे।

अम्बिका और अम्बालिका उनकी ओर डरी–डरी देख रही थीं।

अम्बिका और अम्बालिका का भय देखकर, भीष्म कुछ विचलित हो गये। उनकी आँखों में असमंजस उतरा। सान्त्वना के लिए जैसे हाथ आगे बढ़ा और कुछ सोच कर संकुचित हो गया।

उन्होंने अम्बा की ओर देखा : उसकी दृष्टि में सहज जिज्ञासा थी। उस खुली हुई सहज आत्मीयता ने जैसे भीष्म को असहज कर दिया। उन्होंने दृष्टि फेर ली, माना वे उन आँखों का सामना करने का साहस नहीं कर पा रहे।

अम्बा के अधरों पर मुस्कान की चाँदी फैलते–फैलते जैसे सिमट गयी।

"हम यहाँ थोड़ा विश्राम करेंगे।" भीष्म मुड़ गये; पर पग आगे बढ़ाने से पहले बोले, "तुम थक गयी होगी!" वह दो पग आगे बढ़ गये, और फिर जैसे उन्हें कुछ याद आ गया, "इच्छा हो तो मुँह–हाथ धो लो। गंगा का जल तुम्हारा श्रम हर लेगा।..."

अम्बा को लगा, वह बहुत देर से भीष्म के साथ वार्तालाप करने का कोई अवसर ढूँढ़ रही है...पर अपहृत राजकुमारी की भी एक मर्यादा है, वह अपहरणकर्ता के प्रति आत्मीयता प्रदर्शित नहीं कर सकती...और फिर भीष्म की सतर्क उपेक्षा...नहीं शायद उपेक्षा नहीं, तटस्थता...नहीं! तटस्थता भी नहीं, दूरी रखने का सायास उपक्रम...

किन्तु भीष्म के एक वाक्य ने जैसे उसके वाग्प्रवाह का अवरोध हटा दिया था। वह अनायास ही कह गयी, "हम जानती हैं। गंगा तो हमारी माँ है।"

भीष्म जैसे तड़पकर पलटे : गंगा तो उनकी माँ है। यह और कौन है, जो गंगा को अपनी माँ बता रही है।

अम्बा पर दृष्टि पड़ते ही उनका आवेश कुछ संयमित हो गया, "वह कैसे?"

"हम काशी के निवासी हैं।" अम्बा के स्वर में न उनका भय था, न उनसे संकोच, "हम गंगा को अपनी माँ ही मानते हैं।"

'मानते हैं...' भीष्म होंठों–ही–होंठों में बुदबुदाये, और फिर स्पष्ट रूप से बोले, "थोड़ा जलपान भी कर लो।"

वह पलटकर दो डग भर चुके थे, किन्तु किसी अदमनीय आन्तरिक आकांक्षा के दबाव में फिर मुड़कर बोले, "अम्बे! अपनी छोटी बहनों से कहो, भय या असुविधा का कोई कारण नहीं है। उन्हें सान्त्वना दो। कुरु–कुल में नारी सम्मान की पात्र है। उनका कोई अहित नहीं होगा।"

अम्बा को भीष्म के मुख से अपना नाम सुनना अच्छा लगा : और वे उसे किस अधिकार से यह काम सौंप रहे हैं?...

उसकी इच्छा हुई कहे, 'आप निश्चिन्त रहें आर्य!' पर फिर कैसा तो लगा, मुख से शब्द नहीं निकले।

अन्य दोनों रथ भी आ गये थे। सेवकों ने बैठने की उचित व्यवस्था कर दी थी। भीष्म के कहे अनुसार जलपान का भी कुछ प्रबन्ध था...

अम्बा ने देखा : अम्बिका और अम्बालिका–दोनों वैसे ही परस्पर जुड़ी हुईं, सहमी–सी बैठी थीं। मन हुआ कि उनसे कहे, कि यदि स्वयंवर के बाद उनके चुने हुए वर काशि–नरेश द्वारा विदा करायी हुई उनकी डोली लेकर जाते, तो उनकी स्थिति इससे कुछ भिन्न होती क्या?...पर कहा नहीं। जानती थी, दोनों कोई उत्तर नहीं देंगी! और मान लो कि उन्होंने कह दिया, 'स्थिति भिन्न नहीं होती; तो भी वे इसी प्रकार भीत–संकुचित बैठी होतीं। पहली बार ससुराल जाती हुई वधू ऐसी ही तो भीत–संकुचित होती है।...'

हस्तिनापुर में प्रवेश करने से पहले वे लोग दो बार और भी रुके। अम्बा को लगा, भीष्म क्रमशः सहज होते जा रहे थे। अब वे विजेता भीष्म, अपहरणकर्ता भीष्म, उनके प्रहरी भीष्म न होकर, उनके अभिभावक थे। वे तीनों उनके संरक्षण में ही नहीं थीं, मानो सम्मान्य अतिथि थीं। उनकी सुख–सुविधा का ध्यान रखना भीष्म का काम था। वे प्रयत्न कर रहे थे कि उन्हें यथासम्भव कोई कष्ट न हो। पर यात्रा तो यात्रा ही है। यात्रा में प्रासादों की सुख–सुविधाएँ कहाँ से जुटाई जा सकती हैं।...

हस्तिनापुर के द्वार पर उनका भव्य स्वागत किया गया। कुरु–कन्याओं ने उनकी आरती उतारी। सजे–धजे सैनिकों ने उनकी अगवानी

की। और अम्बा सोचती रही...यदि भीष्म उनके अपहरण की बात सोचकर ही गये थे, तो अपने साथ अपनी सुरक्षा के लिए, युद्ध में विजय प्राप्त करने के लिए, सेना लेकर क्यों नहीं गये? क्या यह व्यक्ति मानता है कि सारे आर्यावर्त के राजाओं और उनकी सेनाओं से यह अकेला ही युद्ध कर उन्हें पराजित कर सकता है? इतना विश्वास है इसको, अपने युद्ध–कौशल और शस्त्र–विद्या पर?...इतना साहसी है यह? साहसी है या दुस्साहसी?...अम्बा की इच्छा हुई कि भीष्म के हाथ को अपनी हथेलियों में लेकर, उनकी आँखों में आँखें डाल कर, मुस्कुराकर उन्हें आदेश दे कि वह फिर कभी ऐसा दुस्साहस नहीं करेंगे...और फिर वह स्वयं, अपनी ही कल्पना से लजा गयी...क्या वह जीवन–भर स्वयंवरों में कन्याओं का हरण ही करते रहेंगे?...एक लाज भरी हल्की–सी मुस्कान उसके अधरों के कोने में उभरी और तत्काल सिमट गयी...

राजप्रासाद में उनका स्वागत राजमाता सत्यवती ने किया।

राजमाता ने उन्हें मुस्कुराकर देखा–परखा। उनके सामने ही उनके रूप की प्रशंसा में चार–छह वाक्य कहे। वैसे न भी कहतीं तो उनके चेहरे की प्रफुल्लता बता रही थी कि उन्हें काशिराज की कन्याएँ पसन्द आ गयी हैं। उन्होंने कृतज्ञ दृष्टि से भीष्म की ओर क्षण भर को देखा और फिर परिचारिका की ओर देखकर कहा, "यात्रा से थकी हुई आयी हैं। इनके विश्राम की व्यवस्था करो।"

"पधारें!" परिचारिका ने सम्मानपूर्वक झुककर, हाथ से मार्ग का संकेत किया।

अम्बिका और अम्बालिका आदेश का पालन करने की बाध्यता में चुपचाप परिचारिका के पीछे चल पड़ीं; पर अम्बा को यात्रा–भर में परिचित हो गये इस व्यक्ति को छोड़कर पुनः अपरिचित लोगों के साथ जाने की तनिक भी इच्छा नहीं थी। नारी–सुलभ लज्जा ने उसे पर्याप्त रोका, किन्तु उसकी आँखें, भीष्म की ओर उठ ही गयीं।

"जाओ अम्बे! विश्राम करो।" भीष्म ने भावना–शून्य तटस्थ स्वर में कहा।

अम्बा के पास अब और कोई विकल्प नहीं था।

अम्बा के जाने के पश्चात सत्यवती, भीष्म की ओर मुड़ी, "राजकुमारियाँ सुन्दर हैं।" वह बोली, "किन्तु भीष्म! विचित्रवीर्य के लिए तो अम्बालिका ही पर्याप्त थी, तुम तीनों को हरण कर लाये।..."

राजमाता ने पूछा नहीं था; किन्तु भीष्म को लगा, जैसे उनसे स्पष्टीकरण माँगा जा रहा हो। क्षण–भर रुककर बोले, "एक रानी तो किसी राजा के लिए पर्याप्त नहीं हुई माता! और फिर विचित्रवीर्य तो नारी–सौन्दर्य का गुणग्राहक है। बार–बार तो सम्राट को रानी उपलब्ध कराने के लिए जाना शायद सम्भव न हो। एक ही बार में अधिकतम लाभ...।" भीष्म ने हँसकर वाक्य अधूरा छोड़ दिया।

माता भी हँसी, "हाँ! जब तीन राजकुमारियाँ एक ही स्थान पर उपलब्ध थीं, तो...।" सहसा वे रुकीं, "पर पुत्र! क्या अम्बा का वय विचित्रवीर्य से बहुत अधिक नहीं है? बड़ी तो शायद अम्बिका भी है, पर अम्बा...।"

"हाँ! बड़ी तो है।" भीष्म बोले, "पर...स्वयंवर के बीच...किसका हरण हो और किसका न हो, यह चुनाव ही नहीं किया मैंने!"

"चलो ठीक है।"

भीष्म अपने कक्ष में आये तो जैसे माता सत्यवती फिर से उनके सम्मुख आ खड़ी हुईं, 'तुम जानते हो कि अम्बा वय में बहुत बड़ी है विचित्रवीर्य से। वह उसकी पत्नी होने योग्य नहीं है। तो फिर क्यों हरण कर लाये उसका? क्यों?? क्यों???'

क्या राजमाता के इस प्रश्न का कोई विशेष तात्पर्य था?...वह पूछ रही थीं, या कुछ कहना चाहती थीं? क्या कहना चाहती थीं?...और भीष्म का अपना मन अनेक प्रश्न कर रहा था उनसे! केवल प्रश्न ही नहीं कर रहा था, अनेक आरोप भी लगा रहा था...और भीष्म थे कि उन प्रश्नों को टाल नहीं पा रहे थे....वे बिस्तर से उठकर बैठ गये : उन्हें लगा वे सहसा ही बहुत अशान्त हो उठे हैं।...यदि तीनों बहनों का विवाह विचित्रवीर्य के साथ कर दिया गया, तो निश्चित रूप से विचित्रवीर्य को वय के कारण अम्बा शेष दोनों की अपेक्षा कम प्रिय

हो! सम्भवतः वह उसे एकदम प्रिय न हो...बलात हर कर लायी गयी राजकन्या यदि अपने पति के द्वारा उपेक्षित होगी तो उसके जीवन में जीने–योग्य क्या रह जायेगा?...क्या होगा अम्बा के जीवन का?... भीष्म ने बड़े गर्व के साथ घोषणा की थी कि, 'वह निरीह हत्याएँ नहीं करते।' पर यह क्या है? यह क्या निरीह हत्या नहीं है? अम्बा अपना शेष सारा जीवन उपेक्षिता, परित्यक्ता स्त्री के रूप में व्यतीत करेगी तो क्या करेगी सारा जीवन, सिवाय भीष्म को कोसने के? यह तो वध से भी अधिक कष्टप्रद हुआ। किसी को सारा जीवन तिल–तिल कर जलाना...

इससे तो अच्छा है कि अम्बिका और अम्बालिका का विवाह विचित्रवीर्य से कर दिया जाये...और अम्बा...? अम्बा का विवाह किससे हो? भीष्म से? उन्हें लगा कि उनके मन में कोई खलनायक अट्टहास कर रहा है...

भीष्म ने बहुत चाहा कि उस खलनायक को अपने मन से खदेड़ दें; किन्तु वह उससे कहीं अधिक धृष्ट था, जितना उन्होंने सोचा था।

'इसमें अवांछनीय क्या है?' खलनायक ने गम्भीर होकर पूछा।

'अवांछनीय!' भीष्म का जैसे सारा संयम टूट गया था, 'इसमें वांछनीय क्या है। मैंने प्रतिज्ञा की है कि मैं आजीवन ब्रह्मचर्य का पालन करूँगा।'

खलनायक हँसा, 'अनेक ऋषियों ने विवाह किये हैं। सन्तानें उत्पन्न की हैं। किन्तु, वे संसार के अन्यतम ब्रह्मचारी माने जाते हैं।'

'पर मेरे ब्रह्मचर्य का अर्थ है, अविवाहित रहना। स्त्री–प्रसंग से दूर रहना।'

'किन्तु दासराज ने तो इतना ही चाहा था कि तुम्हारी कोई सन्तान न हो, ताकि उसके दौहित्र को राज्य–प्राप्ति में किसी प्रकार की कठिनाई न हो। उसे तुम्हारे चरित्र से, तुम्हारे ब्रह्मचर्य से, तुम्हारे आध्यात्मिक उत्थान से कुछ लेना–देना नहीं है।'

'उन्हें न सही, पर मुझे तो सारा कुछ सोचना–समझना है।' भीष्म बोले, 'मैंने कंचन और कामिनी की माया को पहचान लिया है, तभी तो मैंने ऐसी प्रतिज्ञा की है। मैं माया के इन सारे बन्धनों को तोड़ देना चाहता हूँ, जिनमें बँधकर व्यक्ति सुख के लोभ में किसी ओर लपकता है और अन्ततः मृग–तृष्णा के भँवर में फँसकर कष्ट पाता है।'

'तोड़ सके?' खलनायक ने पूछा, 'अम्बा को देखते ही तुम्हारे मन में कामना नहीं जागी? सच बोलना।'

भीष्म जैसे उस पर आँखें गड़ाये, चुपचाप पड़े रहे।

'बोलो!' उसने आग्रह किया, 'देखो! मुझसे कुछ छिपाना मत!'

'छिपाना क्या है!' भीष्म ने जैसे खलनायक को अपने साथ एकाकार ही कर लिया, 'मैं बन्धन तोड़ना चाहता हूँ; पर मैंने यह तो नहीं कहा कि मैं बन्धन तोड़ने में सफल हो गया हूँ। इतना ही सरल होता बन्धन तोड़ना तो श्मशान–वैराग्य के क्षण में प्रत्येक व्यक्ति ने मोह–माया के बन्धन तोड़ दिये होते। प्रत्येक व्यक्ति मुक्त हो गया होता। विचित्र स्थिति है हमारी। जीव जैसे माया के सरोवर में आकण्ठ डूबा खड़ा है। अपने हाथों से वह शरीर के किसी अंग से पानी को परे धकेलता है और पानी है कि द्विगुणित आग्रह से पुनः लौट आता है। यह भी तभी तक, जब तक वह सजग है, सचेत है। उसकी चेतना तनिक–सी शिथिल हुई नहीं कि उसका पैर फिसलता है और वह जल में डूब जाता है। माया का यह जल उसके प्राण ही ले लेता है।'

'इसलिए तो कहता हूँ,' खलनायक फिर से उनके बीच से निकल आया और दूर खड़ा होकर, विरोधी के समान बोला, 'जब मुक्ति नहीं है, तो व्यर्थ ही उस जल को धकेलने का श्रम क्यों करते हो। न जल को परे हटा पाओगे, न शान्ति से खड़े रह पाओगे। जब अन्ततः डूबना ही नियति है तो जल से लड़–लड़ कर क्यों हाँफ रहे हो? जल से विरोध छोड़ो। उसकी शीतलता का सुख लो। उसमें थोड़ी क्रीड़ा करो। तैरो, नहाओ, छींटे उड़ाओ, डुबकी लगाओ–देखो, वह तुम्हारे शरीर और मन को कितना सुख देता है।'

पर भीष्म का विवेक खलनायक से तनिक भी सहमत नहीं हो सका; 'नियति चाहे डूबना हो, किन्तु नीति तो संघर्ष ही है।'

'निश्चित पराजय सामने खड़ी हो तो संघर्ष का क्या लाभ?'

'क्षत्रिय तो वीरगति को भी लाभ ही मानता है।'

खलनायक ने मुँह बिचकाकर उन्हें देखा, जैसे कहना चाहता हो, 'क्षत्रिय तो मूर्ख है;' किन्तु उसने कहा नहीं। बोला, 'तुमने बन्धनों से मुक्त होने के लिए प्रतिज्ञाएँ कीं; पर क्या तुम मुक्त हो? क्या तुम्हें नहीं लगता कि साधारण गृहस्थ अपनी गृहस्थी से बँधा हुआ तो है, किन्तु उसे उस बन्धन की स्थिरता भी प्राप्त है और स्निग्धता भी!... और तुम तो किसी अन्य के खेत में स्वेद बहानेवाले मूर्ख हो, जिसकी न धरती अपनी है, न उपज!...अब तो समझ जाओ। जब कृषि–कर्म ही करना है, तो अपने खेतों में आओ। प्रजा का ही पालन करना है, तो अपनी प्रजा का पालन करो। गृहस्थी ही चलानी है; तो अपनी गृहस्थी चलाओ...।'

भीष्म जैसे क्रोध से जल उठे, और फिर क्रोध का अवरोह रुदन में बदल गया। उन्हें लगा, उनकी आँखों में पानी आ गया है और उनका मन आज किसी के कन्धे पर मस्तक टेककर, सशब्द रुदन करना चाहता है : उसके मन में आज भी यह कलुष है?...इस खलनायक के रूप में उनके अपने मन का ही तो कोई अंश बोल रहा है...उन्होंने तो समझा था कि उन्होंने अब तक अपने मन का कलुष धो–पोंछ डाला था। अब उनके मन में न लोभ है, न भय; न द्वेष, न ईर्ष्या; न अपना, न पराया।...पर नहीं! उनके मन में तो सबकुछ है।...ऊपर से चाहे जो भी हो, किन्तु मन से तो वह किसी भी साधारण जन से तनिक भी भिन्न नहीं हैं।...उनके मन में भी तो वह सारा मल और अन्धकार ढका हुआ पड़ा है, जो मनुष्य के पैर तले की धरती खिसकाकर उसे प्रवाह के साथ बहा ले जाता है...

हृदय का आवेग इतना बढ़ा कि वह कक्ष में बैठ नहीं पाये। वे अपने कक्ष से बाहर निकल आये।

प्रतिहारी ने आकर सिर झुकाया, "आज्ञा करें देव!"

"कुछ नहीं!" भीष्म बोले, "तुम विश्राम करो। मैं माँ गंगा के दर्शन करूँगा।"

"अभी स्नान का समय नहीं हुआ देव!" प्रतिहारी बोला।

"घाट पर नहीं जा रहा हूँ।" भीष्म बोले, "थोड़ी देर तक छत पर टहलूँगा, खुले आकाश के नीचे। वहीं से माँ के दर्शन करूँगा।"

"देव का मन अशान्त है...।"

पर भीष्म ने उसे कोई उत्तर नहीं दिया, वह चुपचाप सीढ़ियाँ चढ़ गये।

छत पर से गंगा की धारा स्पष्ट दिखायी दे रही थी। चाँदनी का प्रकाश इतना स्वच्छ था, मानो किसी ने सहस्रों दीपाधार बाल रखे हों।

गंगा की धारा बहती जा रही थी...खेतों को सींचती, नगरों की पिपासा शान्त करती, नौकाओं को गोद में खेलाती...कितनी आतुरता से चली जा रही थी...सरित्पति के पास! सागर में जाकर विलीन ही तो होना था माँ गंगा को; फिर भी कितनी आतुरता से बहती जा रही थी।

'तुमने ठीक ही कहा था भीष्म!' जैसे माँ का स्वर भीष्म के मन में गुंजित हुआ, 'नियति चाहे पराजय हो, पर नीति तो संघर्ष ही है। पुत्र! क्षत्रिय की परम गति है वीरगति! वह उसकी पराजय नहीं है।'

...और भीष्म को लगा, मानो माँ ने उनके केशों में अपनी लहरों की अँगुलियाँ फिराकर, उनके मस्तिष्क का समस्त उद्वेग हर लिया हो...।

5

विचित्रवीर्य का राज्याभिषेक धूमधाम से हुआ।

सत्यवती को इतना सुख शायद चित्रांगद के सम्राट बनने पर भी नहीं मिला था। चित्रांगद सम्राट तो बना था, पर अपने विवाह से पहले ही वह वीरगति को प्राप्त हो गया था।...पर विचित्रवीर्य के साथ वैसा सम्भव नहीं था। वह स्वयं अपनी प्रकृति से ही युद्ध–प्रिय नहीं था। न वह मृगया के लिए जायेगा, न द्वन्द्व–युद्ध के लिए।...और फिर चित्रांगद के समय भीष्म उसका सहायक नहीं था। भीष्म हस्तिनापुर में ही नहीं

था। किसी शत्रु को सहज ही ज्ञात हो सकता था कि हस्तिनापुर के राजा को भीष्म का समर्थन प्राप्त नहीं है।...विचित्रवीर्य पूर्णतः भीष्म के संरक्षण में था। भीष्म उसकी रक्षा के लिए वचनबद्ध था।...और पहले तो सत्यवती ने भीष्म की वीरता की चर्चा ही सुनी थी। उस पर बहुत विश्वास नहीं था उसको। किन्तु, जब से वह काशिराज की कन्याओं का हरण करके लाया था, तब से उसकी वीरता के विषय में धारणा ही बदल गयी थी सत्यवती की। उसने भीष्म के सारथि वीरसेन को बुलाकर सारा विवरण पूछा था, उस अभियान का। वीरसेन ने उसे बताया था कि स्वयंवर में उपस्थित सारे राजा एक ओर थे और अकेले भीष्म दूसरी ओर। उधर से सहस्रों बाणों की वर्षा हो रही थी, जैसे शेषनाग अपने सहस्रों फनों से एक साथ फुफकार रहे हों; और दूसरी ओर अकेले भीष्म थे–शान्त, आत्मविश्वस्त और आवेगशून्य। जाने क्या जादू था उनकी बाण–विद्या में कि उनके सामने शत्रुओं के उन सहस्रों बाणों की स्थिति ऐसी हो जाती थी, जैसे आँधी के विपरीत उड़ने वाले पत्तों की। एक बाण भी नहीं पहुँच पाया था उनके रथ तक। न वीरसेन को एक भी बाण लगा, न रथ में बैठी राजकन्याओं को।...

सत्यवती नहीं जानती थी कि वीरसेन के विवरण में कितना सत्य था और कितनी अतिशयोक्ति। पर इतना तो सत्य था ही कि भीष्म उस स्वयंवर में से काशिराज की तीनों कन्याओं का हरण करके लाया था। वहाँ सम्पूर्ण आर्यावर्त के राजा वर्तमान थे। वे लोग भीष्म के मित्र नहीं थे, न उनको भीष्म द्वारा यह कन्याहरण रुचिकर हुआ होगा। उन्होंने अवश्य ही भीष्म का विरोध किया होगा। युद्ध हुआ होगा।...और यदि सत्यवती यह मान ले कि उन राजाओं ने भीष्म का विरोध नहीं किया था, युद्ध भी नहीं हुआ था...तो ऐसा उन राजाओं के भीष्म के प्रति स्नेह और सौहार्द के कारण नहीं हुआ होगा। भीष्म के तेज और शूरवीरता के कारण ही उन लोगों को साहस नहीं हुआ होगा कि वे भीष्म का विरोध करें।...इतना आतंक भी है भीष्म का... और वही भीष्म आज विचित्रवीर्य के रक्षक के रूप में खड़ा है...तो विचित्रवीर्य को किसी का क्या भय हो सकता है।...चित्रांगद ने भी

अपनी वीरता के स्थान पर भीष्म की वीरता का आश्रय लिया होता, तो इस प्रकार यमराज की दृष्टि उस पर न पड़ी होती। यदि भीष्म गन्धर्वराज को पराजित करता, तो सम्भव है कि हस्तिनापुर का राज्य कुछ और विस्तार पाता। गन्धर्वों की बहुत सारी भूमि अपने साम्राज्य में मिलायी जा सकती...और यदि किसी कारण से भीष्म गन्धर्वराज को पराजित न कर पाता और अपने प्राणों से हाथ धोता, तो मान लिया जाता कि हस्तिनापुर राज्य का एक महारथी नहीं रहा...इसके पश्चात चित्रांगद को गन्धर्वराज से लड़ने की आवश्यकता ही नहीं थी। वह उससे किसी प्रकार की सन्धि कर सकता था...पर अब चित्रांगद नहीं था, विचित्रवीर्य था। विचित्रवीर्य को चित्रांगद के अनुभवों से भी लाभ उठाना चाहिए। भीष्म जैसे समर्थ व्यक्ति का पूरा उपयोग होना चाहिए। भीष्म की भुजाएँ, साम्राज्य की रक्षा करें और साम्राज्य का भोग करे विचित्रवीर्य। प्रजा का पालन करे भीष्म, और उसका स्वामी हो विचित्रवीर्य...भीष्म को 'धाय' बना दिया जाये, जिसे माता के दायित्व तो सारे निभाने पड़ें, अधिकार उसे एक भी न हो...

एक क्षण के लिए सत्यवती के मन में एक प्रश्न जागा : क्या उसे भीष्म से तनिक भी स्नेह नहीं है? उसके प्रति सत्यवती के मन में कोई भी कोमल भावना नहीं है?...पर सत्यवती ने उस प्रश्न को टिकने नहीं दिया। प्रश्न की उस चिनगारी पर उसने जल का एक पूरा भाँड उलट दिया : 'प्रेम तो मुझे पराशर से भी था...'

पराशर के नाम से ही उसे कृष्ण द्वैपायन की स्मृति भी हो आयी।...सुना है कृष्ण अब ऋषि बन गया है। पिता के समान पूज्य माना जाने लगा है...किन्तु कैसी बाध्यता है सत्यवती की कि वह उसे विचित्रवीर्य के राज्याभिषेक में भी नहीं बुला पायी। यज्ञ करनेवाले पुरोहित के रूप में भी नहीं...

राज्याभिषेक के तत्काल बाद विचित्रवीर्य के विवाह की तैयारियाँ आरम्भ हो गयीं। सत्यवती का वश चलता तो वह राज्याभिषेक के साथ ही

या उसके अगले ही क्षण विचित्रवीर्य का विवाह कर देती : किन्तु भीष्म ही नहीं, मन्त्रि–परिषद का भी यही कहना था कि हस्तिनापुर के सम्राट का विवाह पूर्ण समारोह के साथ होना चाहिए...

सत्यवती उन्हें कैसे बताती कि वह पुत्र के विवाह के लिए कैसी व्यग्र है...पता नहीं चित्रांगद की असामयिक मृत्यु ने उसका मन कैसा तो कर दिया है। उसके मन में अनहोनी का भय समा गया है।...फिर भी किसी प्रकार उसने धैर्य रखा।...समारोह की तैयारी होती रही। प्रासादों का अलंकरण हुआ। फिर नगर का प्रसाधान हुआ। स्थान–स्थान पर तोरण खड़े किये गये। मार्ग चौड़े किये गये। साज–सज्जा के लिए जो सम्भव था, वह हुआ। अभ्यागतों के ठहरने के लिए व्यवस्था की गयी।...आगन्तुक राजाओं के साथ उनके रथ होंगे...रथों के साथ घोड़े होंगे, सारथि होंगे, सेवक होंगे, कुछ सैनिक होंगे...सबको ठहरने का स्थान चाहिए। उनको ठहराने के लिए गंगा के पार जैसे मण्डपों का एक नया नगर ही बसा दिया गया।

...निमन्त्रण भेजने का कार्य अलग चल रहा था। भीष्म को लग रहा था कि निमन्त्रण भेजने का काम भी अपने–आप में कम श्रम–साध्य नहीं है। पहले तो यही निश्चय करते–करते मस्तक में पीड़ा होने लगती है कि किसे निमन्त्रित किया जाये और किसे नहीं। फिर उन लोगों के सम्मान के अनुकूल दूत का चयन। और दूतों को भेजने की व्यवस्था। उनके लिए घोड़े–रथ।...इस समय जब हस्तिनापुर में ही इतना कार्य पड़ा था, आधी क्षमता अतिथियों को निमन्त्रण भेजने में लग रही थी।...आमन्त्रित राजा हस्तिनापुर में आ जायेंगे और उनके आवास, खान–पान तथा सम्मान की समुचित व्यवस्था नहीं होगी तो क्या उन्हें अच्छा लगेगा?...और यदि यहाँ पूरी व्यवस्था कर दी गयी और अतिथियों तक निमन्त्रण ही न जा सका तो?...

अम्बा अपने कक्ष में ही बैठी बहुत कुछ देखती और सुनती रही। अनायास ही उसके कानों में विभिन्न प्रकार की सूचनाएँ पड़ती रहती थीं। कुछ

दासियाँ उसे बता जाती थीं। कुछ परस्पर चर्चा के बहाने, उसे सुना जाती थीं। जब से वह हस्तिनापुर में आयी थी, यहाँ कुछ–न–कुछ हो ही रहा था।...पहले उसने विचित्रवीर्य के राज्याभिषेक की चर्चा सुनी। सब लोग इतने उल्लसित थे, पर उसे तनिक भी अच्छा नहीं लगा। किन्तु उसकी इच्छा का महत्त्व ही क्या था। जब काशी में ही उसकी इच्छा से कुछ नहीं हुआ, तो यह तो हस्तिनापुर था।...पर फिर भी उसके चिन्तन पर तो कोई बन्धन नहीं था। वह जो चाहे सोच सकती थी, कल्पना कर सकती थी।...

सैरन्ध्री ने अम्बा के कंगनों का नाप लिया और भर दृष्टि उसे देखा, "सम्राज्ञी बनकर राजकुमारी देव कन्याओं से अधिक सुशोभित होंगी।"

"सम्राज्ञी!" अम्बा चौंकी, "पर सम्राट के रूप में तो राजमाता सत्यवती के पुत्र विचित्रवीर्य का अभिषेक हुआ है न?"

"हाँ! क्यों?" सैरन्ध्री मुस्कुरायी, "उन्हीं की तो सम्राज्ञी बनेंगी आप।"

"पर हमारा हरण करने वाले तो राजकुमार भीष्म थे।" न चाहते हुए भी अम्बा के मुख से निकल ही गया।

"हाँ। महाराजकुमार ही थे हरण करने वाले।" वह बोली, "हमारे सम्राट तनिक भी युद्धप्रिय नहीं हैं। इसलिए ऐसे कार्य महाराजकुमार ही करते हैं।"

अम्बा ने देखा, उसके चेहरे पर एक रहस्यमयी मुस्कान थी।

अम्बा ने कुछ नहीं कहा। सैरन्ध्री चली गयी।

परिचारिका आयी तो अम्बा ने उससे पूछा, "हम यहाँ बन्दिनी तो नहीं हैं न?"

परिचारिका ने दाँतों–तले जिह्वा दबा ली, "हस्तिनापुर की भावी सम्राज्ञी ऐसी बात क्यों सोचती हैं?"

"मैं चाहूँ तो महाराजकुमार भीष्म से साक्षात्कार कर सकती हूँ?"

परिचारिका मुस्कुरायी, "इतनी–सी बात! सम्राट के विवाह–समारोह की तैयारियाँ चल रही हैं, इसलिए महाराजकुमार को अवकाश नहीं मिलता; अन्यथा वे स्वयं ही अब तक कई बार आपका कुशल समाचार पूछने आ चुके होते।"

"बुलाने पर आयेंगे?"

"क्यों नहीं।" परिचारिका बोली, "महाराजकुमार तो किसी अकिंचन याचक की इच्छा पर भी दौड़े चले आयेंगे। आप तो भावी सम्राज्ञी हैं।..."

"तो मुझ पर एक कृपा कर।" अम्बा बोली, "उन्हें अविलम्ब बुला ला।"

परिचारिका ने देखा : अभी तक सहज–स्वाभाविक रूप में बात करनेवाली अम्बा अकस्मात ही असहज हो उठी थी। कितनी व्यग्र लग रही थी वह।

"कोई विशेष प्रयोजन?"

"हाँ! है तो विशेष ही। किन्तु उन्हीं को बताऊँगी।"

सचमुच भीष्म के आने में तनिक भी विलम्ब नहीं हुआ। शायद वह कहीं समीप ही उपस्थित थे और परिचारिका के सूचित करते ही आ गये थे।

"क्या बात है अम्बे?"

कैसा आत्मीय सम्बोधन था–अम्बा ने सोचा–एक व्यक्ति एक ही समय में कैसे इतना आत्मीय और इतना पराया एक साथ हो सकता है।

"आप बहुत व्यस्त हैं?"

भीष्म ने उसे देखा : क्या यही पूछने के लिए अम्बा ने उसे बुलाया था? बोले, "आजकल हस्तिनापुर में सब ही व्यस्त हैं।" और फिर उनकी मुद्रा में थोड़ा–सा परिहास का रंग घुल गया, "तुम्हारे विवाह की तैयारियाँ हो रही हैं।"

"मेरे विवाह की या आपके सम्राट के विवाह की?" अम्बा के स्वर में व्यंग्य की धार स्पष्ट थी।

भीष्म ने चौंककर उसे देखा, "क्या बात है?"

"कुछ नहीं।" अम्बा बोली, "मैंने तो मात्र एक जिज्ञासा की थी।"

"किन्तु विवाह तो वर और वधू, दोनों का होता है।"

"तो वर सम्राट विचित्रवीर्य हैं और वधुएँ–हम तीनों बहनें?"

"हाँ। क्यों?"

"तो फिर हमारा हरण करने तुम क्यों गये थे?"

भीष्म चौंके : क्या हो गया है? अम्बा को वह उन्हें 'आप' के स्थान पर अकस्मात ही 'तुम' कहने लगी है और उसके स्वर में कैसा चीत्कार है यह! यह प्रश्न नहीं था। यह तो जैसे आरोप था, आक्षेप था।

"विचित्रवीर्य तुम लोगों का हरण करने में समर्थ नहीं था। मैंने उसके साथ विवाह करवाने के लिए ही तुम लोगों का हरण किया था।"

"तो यह कहा होता, काशी के स्वयंवर–मण्डप में।" अम्बा का स्वर, जैसे स्वर नहीं था, पीड़ा का चीत्कार था।

भीष्म अवाक् खड़े अम्बा को निहारते रहे।...क्या कहना चाहती है राजकुमारी? क्या अर्थ है इसका?...हाँ। ठीक है कि स्वयंवर में उन्होंने इतना ही कहा था कि वे इन कन्याओं का हरण कर ले जा रहे हैं।...यह शायद नहीं कहा था कि वे उनका विवाह विचित्रवीर्य से करेंगे।...पर उससे क्या? यह तो हरणकर्ता की इच्छा है कि वह अपहृत कन्याओं का विवाह जिससे चाहे कर दे...

"राजकुमारी! तुम्हारे परिचारक ने मेरा परिचय देते हुए कहा था कि मैंने आजन्म ब्रह्मचर्य का पालन करने की प्रतिज्ञा की है।"

"हमारे परिचारक ने तो कहा था महाराजकुमार!" अम्बा का स्वर वैसे ही तेजोमय था, "किन्तु उस परिचय से ही क्षुब्ध होकर तुमने हम तीनों के हरण की घोषणा की थी।..."

भीष्म समझ रहे थे कि अम्बा का अभिप्राय क्या है।...पर क्या लाभ! वह असम्भव था।...पर फिर भी भीष्म का वक्ष कैसा शीतल हो गया था। मन था कि जैसे द्रवित ही होता जा रहा था। पर यह द्रवणशीलता रोकी न गयी तो महँगी पड़ सकती है।

"हाँ।" भीष्म बोले, "मुझे उस सारे वातावरण में एक व्यंग्य की गन्ध आ रही थी। मुझे लगा कि सब लोग जैसे मुझ पर कटाक्ष कर रहे हैं।...पर शायद भूल मेरी ही थी। मुझे यह घोषणा कर देनी चाहिए थी। मैं चूक गया...।"

"तो महाराजकुमार! एक चूक मुझसे भी हो गयी थी", अम्बा की वाणी की करुणा, भीष्म के वक्ष को जैसे छील दे रही थी,

"मैं भी तब तुम्हें नहीं बता पायी कि मैं अपनी इच्छा और अपने पिता की सहमति से सौभ नरेश राजा शाल्व को अपने पति के रूप में वर चुकी हूँ। स्वयंवर में तुमने मेरा हरण न किया होता, तो मैं उन्हीं का वरण करती।" उसने रुककर भीष्म को देखा, "तुम धर्मज्ञ हो महाराजकुमार! इस सूचना के पश्चात जो तुम्हारी इच्छा हो, करो।"

भीष्म के मन में क्षोभ उठा। मन हुआ, पूछें, 'जब शाल्व मुझसे युद्ध कर रहा था, जब वह अपने प्राणों पर खेल रहा था; तब तुम चुपचाप क्यों बैठी रहीं? वह कोई कौतुक था क्या? क्यों नहीं बोलीं तब तुम? मैं उसी क्षण तुम्हें रथ से उतारकर शाल्व को समर्पित कर देता।...तब तुम मुँह खोलतीं, तो मेरी समझ में आ भी जाता कि क्यों शाल्व अपने प्राण देने पर तुला हुआ था। क्यों वही इतना उग्र हो गया था। क्यों उसी ने मेरे विरुद्ध अभियान छेड़ा था।...' पर भीष्म कुछ पूछ नहीं सके।...अम्बा ने उन्हीं का तर्क तीखे बाण के समान उन्हीं की ओर लौटा दिया था।

"इतना तो मैं अपनी धर्म–बुद्धि से कह सकता हूँ कि ऐसी स्थिति में तुम्हारा विवाह विचित्रवीर्य के साथ नहीं होना चाहिए।" भीष्म अत्यन्त शान्त स्वर में बोले, "किन्तु कोई निर्णय करने से पहले मुझे धर्मज्ञ ब्राह्मणों और माता सत्यवती से पूछना पड़ेगा।"

"यदि वे न मानें तो मेरा विवाह मेरी इच्छा के विरुद्ध विचित्रवीर्य से होगा?" अम्बा बोली, "क्या महाराजकुमार की प्रतिज्ञा की चिन्ता किये बिना उनका विवाह किसी और की इच्छा से हो सकता है?"

"नहीं।" भीष्म रोष के साथ बोले, "मेरी प्रतिज्ञा को भंग करने का अधिकार किसी को नहीं है।"

"तो महाराजकुमार, मेरी प्रतिज्ञा का भी महत्त्व समझें और उसकी रक्षा करने में मेरे सहायक हों।"

अम्बा की बात का उत्तर देने के लिए भीष्म को उपयुक्त शब्द नहीं मिल रहे थे। वे देख रहे थे कि इतने क्षोभ में भी अम्बा का मस्तिष्क अत्यन्त सन्तुलित था–वह भीष्म को उन्हीं के तर्कों में बाँध

रही थी। और भीष्म थे कि सिवाय छटपटाकर रह जाने के और कुछ नहीं कर पा रहे थे।

"मैं प्रयत्न करूँगा।" भीष्म बोले और अम्बा पर दृष्टि डाले बिना बाहर चले गये।

अम्बा ने जाते हुए भीष्म को देखा : वे पीड़ित थे–क्या अपराध–बोध से? या कोई और बात थी? वे अम्बा की आँखों में देखने का साहस नहीं कर पा रहे थे...अम्बा को लगा, भीष्म को पीड़ित कर, वह भी प्रसन्न नहीं है...

विवाह–कार्य सम्पन्न करवाने के लिए आये विद्वान और धर्म के ज्ञाता ब्राह्मणों को भीष्म की बात सुनकर निर्णय करने में एक क्षण भी नहीं लगा। जो कन्या, मन–ही–मन किसी अन्य पुरुष का वरण कर चुकी है, वह एक प्रकार से उस पुरुष की विवाहिता ही है, अतः किसी अन्य पुरुष से उसका विवाह नीति–संगत नहीं है।...वैसे भी यदि अम्बा का विवाह विचित्रवीर्य से न भी हो, तो भी विचित्रवीर्य के लिए दो रानियाँ पर्याप्त थीं।...

राजवैद्य का परामर्श नहीं माँगा गया था, फिर भी उन्होंने एकान्त में भीष्म से कहा, "महाराजकुमार! सम्राट के लिए एक ही रानी पर्याप्त है। एकाधिक रानियाँ सम्राट के स्वास्थ्य के लिए शुभ नहीं हैं।"

"अपना मन्तव्य स्पष्ट कहें वैद्यराज।"

"बड़ी राजकुमारी ने तो अस्वीकार कर ही दिया है; सम्भव हो तो दूसरी राजकुमारी का विवाह भी किसी अन्य स्थान पर कर दें। सम्राट के लिए तीसरी राजकुमारी ही पर्याप्त है।"

"यह आपका निश्चित मत है?"

"सम्यक सुचिन्तित।" राजवैद्य बोले, "मैं तो सम्राट को एक पत्नी की अनुमति भी जोख़िम ही मानता हूँ।"

इन विचारों को लेकर भीष्म सत्यवती के पास पहुँचे। सत्यवती ने भीष्म की सारी बात सुनी और पूछा, "तुम्हारा क्या मत है?"

भीष्म ने देखा : सत्यवती के चेहरे की सहज उत्फुल्लता विलीन हो गयी थी। कदाचित यह सारा प्रसंग ही उसके मनोनुकूल नहीं था। ...तो क्या माता चाहती हैं कि तीनों राजकुमारियों का विवाह विचित्रवीर्य के साथ हो?...पर क्यों? क्या लाभ? मनोनुकूल एक पत्नी भी पति के लिए जीवन–भर का आनन्द होती है।

पर माता ने उनका मत पूछा था। वह समझ रहे थे कि माता को उनका मत पसन्द नहीं आयेगा; किन्तु सत्य तो बोलना ही पड़ेगा, "मेरा विचार है कि विद्वान ब्राह्मणों का मत ही स्वीकार्य है।"

"अर्थात?"

"अम्बा का विवाह विचित्रवीर्य के साथ न किया जाये?"

"पर तुमने उसका हरण तो उसी प्रयोजन से किया था।"

"हाँ।" भीष्म बोले, "किन्तु तब तक मुझे मालूम नहीं था कि वह शाल्व की अनुरागिनी है।...और फिर..." भीष्म ने रुककर सत्यवती को देखा, "आपने भी तो कहा था कि उसका वय विचित्रवीर्य से अधिक है।"

"हाँ। पर यह भी तो कहा था कि राजकुमारी सुन्दर है।"

तो यह कारण है–भीष्म ने सोचा–राजमाता को सुन्दर राजकुमारी का मोह है। माता का मन शायद सन्तान से भी अधिक लोभी होता है। सन्तान भोग को विष मान भी ले तो माता सन्तान को भोग से निरत नहीं होने देगी। वह अपने मोह में अपनी सन्तान के लिए उस विष का संचय ही नहीं करेगी, उसके पान का आग्रह भी करेगी...

सहसा सत्यवती की मुखाकृति पर आवेश झलका, "वह शाल्व की अनुरागिनी थी, या वाग्दत्ता थी...तो इतने दिनों तक वह मौन धारण किये क्यों बैठी रही? हरण के समय तुम्हें बताती। काशी से हस्तिनापुर आने तक के बीच में बहुत समय था। हस्तिनापुर आने के पश्चात भी इतने समय तक वह वाक्–शून्य प्रस्तर–प्रतिमा बनी रही। अब, जब विवाह की पूर्ण तैयारी हो चुकी है, तो आज शाल्व के प्रति उसका अनुराग जाग उठा है। हस्तिनापुर के राजपरिवार की मर्यादा के साथ खिलवाड़ कर रही है वह।"

भीष्म चुपचाप सुनते रहे। उन्हें कहना ही क्या था।

पर शायद राजमाता का आवेश चुका नहीं था, "तुमने उससे पूछा नहीं कि वह आज तक मौन क्यों रही?"

"नहीं।"

"क्यों?"

"कोई लाभ नहीं। जब वह किसी अन्य पुरुष का वरण कर ही चुकी है... ।"

भीष्म चुप हो गये; किन्तु उनका मन चीत्कार करता रहा, 'राजमाता! तुम तो नारी हो। क्यों नहीं समझतीं नारी–मन को। यदि अम्बा से यह प्रश्न पूछा गया, तो वह हस्तिनापुर के राजकुल की मर्यादा के लिए घातक भी हो सकती है।'

भीष्म चुप रहे। सत्यवती भी कुछ नहीं बोली।

"तो?" अन्ततः भीष्म ने ही पूछा।

"उसे पुनर्विचार का एक अवसर और दो।"

"उसकी इच्छा के विरुद्ध?"

"अपहृत राजकुमारियों की अपनी कोई इच्छा नहीं होती।" सत्यवती ने प्रायः आदेशात्मक स्वर में कहा।

भीष्म थोड़ी देर खड़े विचार करते रहे : कहें या न कहें?...

"कोई और बात भी है?"

"हाँ! माता!" भीष्म धीरे–से बोले, "राजवैद्य का मत है कि सम्राट के लिए एक से अधिक रानियाँ हितकर नहीं हैं।"

सत्यवती के चेहरे पर चिन्ता की रेखाएँ उभरीं। और फिर जैसे उसने अपनी इच्छा के विरुद्ध कहा, "तो फिर अम्बा को जाने दो।..."

भीष्म मुड़े।

"किसी दासी को आदेश दो," सत्यवती ने जोड़ा, "कि उसे कह आये कि वह अपनी इच्छानुसार कहीं भी जाने के लिए स्वतन्त्र है।"

भीष्म ने सत्यवती की ओर देखा, तो उनकी आँखों में प्रतिवाद था। किन्तु उनकी वाणी ने प्रतिवाद नहीं किया। धीरे–से बोले, "मैं उपयुक्त व्यवस्था कर देता हूँ।"

और भीष्म जब कक्ष के द्वार तक पहुँचे तो उन्हें लगा कि उन्होंने

राजमाता की एक सिसकी में लिपटे हुए धीमे–से शब्द सुने, 'यदि मेरा चित्रांगद जीवित होता।...'

भीष्म ने पलटकर नहीं देखा। देखने का क्या लाभ?...माता की स्वामित्व तृष्णा का शायद कोई अन्त नहीं था।

"राजकुमारी!" भीष्म ने कहा। "विद्वान ब्राह्मणों का मत है कि यदि तुम सौभराज शाल्व की अनुरागिनी हो, तो तुम्हारा विवाह सम्राट विचित्रवीर्य के साथ नहीं होना चाहिए। अतः हस्तिनापुर का राजकुल तुम पर से अपने स्वामित्व का अधिकार और प्रतिबन्ध हटा रहा है।"

अम्बा ने भीष्म की ओर देखा : एक सुखद सूचना देने का अभिनय करने के पूर्ण प्रयत्न के बाद भी उनकी वाणी में से उल्लास नहीं, विषाद ही ध्वनित हो रहा था।

...भीष्म ने भी देखा, इस सूचना को सुनकर अम्बा के जिस आह्लाद की कल्पना उन्होंने की थी–वह किसी भी अंश में प्रकट नहीं हुआ था।

भीष्म अम्बा के उत्तर की प्रतीक्षा करते रहे, किन्तु अम्बा कुछ बोली नहीं। और उनके अपने पास कहने को और कुछ था नहीं।...

अन्ततः मौन को अम्बा ने ही तोड़ा, "तुम क्रूर हो भीष्म! निष्कासन के समय भी 'अम्बा' कहकर सम्बोधित नहीं कर सके।..."

अम्बा का एक वाक्य, भीष्म के हृदय में उतना ही उत्पात कर गया, जितना उनचास पवन मिलकर सागर तल पर मचा सकते हैं।...किन्तु उस उत्पात को प्रकट करने से मर्यादा भंग होती, भीष्म की प्रतिज्ञा दुर्बल पड़ती...। उत्पात का दमन वे कर नहीं सकते थे। पर उसे अनदेखा तो किया ही जा सकता था। अब तो उन्हें पर्याप्त अभ्यास भी हो गया था, चीज़ों को अनदेखा करने का। सबसे अधिक अनदेखा तो उन्होंने अपने हृदय की भावनाओं को ही किया था...।

"मेरा सारथि वीरसेन तुम्हें मेरे रथ में सौभनरेश शाल्व के पास ले जायेगा।" भीष्म अपने स्वर को यथासाध्य सन्तुलित करके बोले, "इच्छा

तो थी कि जैसे काशी से लाया था, वैसे ही स्वयं अपने रथ में बैठा कर तुम्हें सौभ ले जाता और स्वयं अपने हाथों तुम्हें तुम्हारे प्रिय को समर्पित करता। किन्तु हस्तिनापुर में सम्राट के विवाह का आयोजन है। सारे दायित्व मुझ पर हैं। मैं हस्तिनापुर छोड़ नहीं पाऊँगा।..."

अम्बा का चेहरा कुछ और आक्रामक हो गया, "दाह चन्दन–काष्ठ से हो, या बबूल की लकड़ी से–शव के लिए दोनों में कोई भेद नहीं है।"

"राजकुमारी! शव–दाह करते हुए जो अपना हृदय दग्ध होता है, चन्दन–काष्ठ उस पर हल्का–सा शीतल लेप कर देता है।" भीष्म कहे बिना नहीं रह सके।

अम्बा के चेहरे पर छाये अन्धकार में हल्की–सी दरक पड़ गयी, जैसे प्रभात के समय काले अन्धकार के सलेटी होने से पड़ती है।

"आश्वस्त हुई!" अम्बा के स्वर की कटुता की धार कुछ मन्द हो गयी थी, "इसी को पर्याप्त मानूँगी।"

"एक अनुग्रह मुझ पर करना।" भीष्म बोले, "मार्ग में ही कहीं रथ छोड़ मत देना। वीरसेन को अपने गन्तव्य तक पहुँचने देना। मार्ग में विघ्न मत डालना। तुम्हें शाल्व के पास पहुँचाकर, उसकी ओर से सन्देश लेकर वीरसेन लौटेगा, तो ही मेरे मन को सन्तोष होगा।"

"तुम्हारे सन्तोष को अपनी उपलब्धि मानूँगी।" अम्बा की आँखें डबडबा आयीं।

अम्बा अपनी बहनों से विदा लेने गयी, तो वे दोनों ही अत्यन्त विचलित हो उठीं। अपनी दशा छिपाने के लिए अम्बिका ने अपनी आँखें बन्द कर लीं और अपने जबड़े कस लिए। किन्तु, अम्बालिका, अम्बा के जाने की सूचना पाकर भय से एकदम पीली पड़ गयी; और घबराहट के मारे उसके शरीर में हल्की–सी कँपकँपी दौड़ गयी, "दीदी! हम यहाँ अकेली कैसे रहेंगी?"

अपने विषाद के बीच भी, अम्बा अपनी मुस्कान रोक नहीं पायी, "पगली। यदि हम तीनों का इस प्रकार एक साथ हरण न हुआ होता, और तुम अपने मनभावन वर के साथ अपने ससुराल गयी होतीं, तो वहाँ भी तुम्हारे साथ तुम्हारी दीदी होती क्या?"

अम्बालिका का स्वर कुछ खुला, "पर दीदी! वहाँ हम अपने ससुराल में होतीं। यहाँ इस प्रकार अपरिचित अपहरणकर्ताओं के बीच।..."

अम्बिका की आँखें खुल गयीं। वह अम्बालिका की बात पर हल्के से मुस्कुरायी पर बोली कुछ नहीं।

"अब तुम अपरिचित अपहरणकर्ताओं के बीच नहीं हो।" अम्बा गम्भीर स्वर में बोली, "सम्राट के साथ तुम दोनों के विवाह का आयोजन हो रहा है। तुम दोनों सम्राज्ञियाँ बनोगी। यह तुम्हारा ससुराल ही तो है।...फिर तुम दोनों तो साथ हो, अकेली तो मैं जा रही हूँ।" अम्बा ने रुककर देखा : आसपास कोई नहीं था, "और एक बात याद रखना।"

दोनों बहनें अम्बा के निकट सरक आयीं।

अम्बा धीमे स्वर में बोली, "यहाँ तुम्हारे सबसे बड़े हितैषी, तुम्हारा हरण करके लाने वाले महाराजकुमार भीष्म ही हैं। आवश्यक होने पर, उनसे कहने से मत चूकना।"

अम्बा ने अपनी आँखें पोंछीं और उठ खड़ी हुई, "अच्छा। चलती हूँ।"

वह कक्ष से बाहर निकली तो देखा, वीरसेन उसकी प्रतीक्षा में खड़ा था–अकेला।

अम्बा को निराशा हुई।...

'किस बात की निराशा है?' उसने अपने–आपसे पूछा–'भीष्म उससे विदा लेकर जा चुके हैं...और फिर अब भीष्म आयें न आयें...।'

पर उसने पूछ ही लिया, "महाराजकुमार नहीं आये?"

"उन्होंने कहा था कि आपसे कह दूँ कि उन्हें कार्यवश अन्यत्र जाना पड़ रहा है। वे आ नहीं सकेंगे। आप उन्हें क्षमा करें।" वीरसेन ने बताया।

अम्बा कुछ नहीं बोली। चुपचाप चलती हुई बाहर आयी। रथ तैयार खड़ा था। वह उसमें जा बैठी।

रथ चला तो अम्बा की आँखें अनायास ही प्रासाद की ओर उठ गयीं...शायद किसी गवाक्ष से दो नयन झाँक रहे हों...शायद किसी द्वार पर कोई अपनी आँखों में विषाद की छाया लिए खड़ा हो...

पर कहीं कोई बात नहीं थी।

अम्बा के मन में भावों के कई द्वन्द्व परस्पर गुँथे हुए, एक–दूसरे को परास्त करने का प्रयत्न कर रहे थे...

अब कोई आये या न आये, गवाक्ष से एक जोड़ी आँखें झाँकें या ना झाँकें, किसी द्वार पर कोई निराश–सा खड़ा हो या न हो...क्या अन्तर पड़ेगा...वह तो जा ही रही है...भीष्म अपनी प्रतिज्ञा का पालन कर रहा है...

पर इन द्वन्द्वों के आवेग को झेलते हुए क्या वह शाल्व के साथ प्रसन्न रह पायेगी?...शाल्व उसे पाकर कितना प्रसन्न होगा। कितने उत्साह से उसका स्वागत करेगा। अपने प्राणों को जोख़िम में डाल कर उसने भीष्म से युद्ध किया था। अपने प्राणों के मूल्य पर भी जिसे वह पा नहीं सका...वह भीष्म की अनुकम्पा से, उसे सहज ही प्राप्त हो गयी...उसके जीवन में तो उत्सव होगा...किन्तु अम्बा के मन की यह ग्रन्थि...अपनी इस ग्रन्थि के साथ शाल्व के उत्सव को झेल पायेगी अम्बा?...

यदि भीष्म उसके मार्ग में न आया होता...उसने शाल्व के कण्ठ में जयमाला डाल दी होती। वे पति–पत्नी आजीवन प्रेम–युगल का–सा उत्सव मनाते रहते...पर विधाता की क्रीड़ा–वृत्ति कैसे परितृप्त होती... अब यह एक कलंक...एक फफोला...एक क्षत लेकर जीना...और कहीं उसका कोई घाव उद्‌घाटित हो गया, तो दाम्पत्य जीवन में उत्पन्न होने वाली समस्याएँ...ओ मेरे विधाता!...

अम्बा का मस्तक उसकी हथेली पर आ टिका।

हस्तिनापुर का नगर–द्वार आ गया।

अम्बा की चेतना बहिर्मुखी हुई। उसने चारों ओर देखा : शायद नगर–द्वार के बाहर भीष्म रथ पर बैठे थे। वीरसेन ने उनके निकट पहुँचकर वल्गा खींच ली।

"राजकुमारी! मैं तुम्हें हस्तिनापुर लाया था," भीष्म धीरे–से बोले, "इसलिए तुम्हें हस्तिनापुर से विदा करने का दायित्व भी मेरा ही है।

मैंने सोचा, इस अवसर पर मेरा उपस्थित न होना, शालीन कृत्य नहीं होगा...।"

"कृपा है तुम्हारी भीष्म!" अम्बा बोली, "जाते हुए एक कृपा की याचना और कर रही हूँ।"

"क्या?"

"एक अभिभावक के समान मेरी बहनों की देखभाल करना।" अम्बा ने अत्यन्त कोमल स्वर में कहा, "वे दोनों मूर्ख होने की सीमा तक अबोध हैं। देखना, उन्हें कोई कष्ट न हो।"

"मुझे तुम्हारा वचन याद रहेगा अम्बे!" भीष्म ने कहा, और रथ से परे हट गये।

वीरसेन अपने स्वामी का संकेत समझ गया। उसने रथ हाँक दिया।

अम्बा और अम्बालिका का विचित्रवीर्य के साथ बहुत धूमधाम से विवाह हुआ। भीष्म इस विवाह के विभिन्न कार्यों में ऐसे जुटे हुए थे, जैसे वर उन्हीं का पुत्र हो, और वधुएँ उनकी पुत्रियाँ।

कुछ लोगों ने टोका भी! स्वयं माता सत्यवती ने समझाया, "इस प्रकार अपने साथ अत्याचार मत करो। ऐसा न हो तुम्हारा स्वास्थ्य ढीला पड़ जाये। फिर इन सारे कार्य–कलाप को सँभालेगा कौन?"

पर भीष्म जैसे स्वयं अपने हठ के दास हो गये थे। विचित्रवीर्य के विवाह के सम्बन्ध में हुए प्रत्येक समारोह के नियन्ता वे ही थे। कहीं किसी भी कार्य में न्यूनता न रह जाये...

और मन–ही–मन भीष्म जानते थे कि वह अपने–आपसे लड़ रहे थे। विदा होती हुई अम्बा की वह छवि, उनके हृदय में ऐसी अंकित हुई थी कि मिटना तो दूर, वह तनिक–सी धूमिल भी नहीं हुई।...एकान्त का एक क्षण मिलते ही जैसे हृदय में अंकित अम्बा की छवि सजीव हो उठती, 'तुमने मेरे साथ अत्याचार किया है भीष्म!...शाल्व के प्रति मेरा आकर्षण अवश्य था, क्योंकि मेरे जीवन की वाटिका में पवन का कोई दूसरा झोंका आया ही नहीं था।...किन्तु जब तुम आये, मुझे अपने

हृदय को टटोलना पड़ा...शाल्व के लिए मेरे मन में क्या था...अनुराग? या...तुमने मेरा हरण किया...और मैं तुम्हारी वीरता पर रीझ–रीझ गयी। कोई सन्देह नहीं कि शाल्व ने भी वीरता दिखायी थी। वह अनेक राजाओं के साथ मिलकर अपनी 'प्रिया' के लिए तुमसे लड़ पड़ा था...और तुम अकेले...मैंने तुम्हारा रूप देखा, तुम्हारा संकल्प देखा, तुम्हारा साहस और धैर्य देखा, तुम्हारी शस्त्र–कला देखी, तुम्हारा युद्ध–कौशल देखा...और जैसे–जैसे तुम्हारी तुलना शाल्व से करती रही, तुम पर रीझती गयी।...वह हस्तिनापुर तक की यात्रा...तुम्हारे एक सम्बोधन 'अम्बे' पर मेरा हृदय जाने कैसी–कैसी कल्पनाएँ कर गया। मेरे जीवन में जो वसन्त कभी नहीं जागा था, वह तुम्हारा एक सम्बोधन जगा गया...और अन्ततः तुमने जैसे मुझे हिमालय के उच्चतम शिखर से सागर की अतल गहराई में धक्का दे दिया, 'मैंने तुम तीनों का हरण विचित्रवीर्य के साथ विवाह करने के लिए किया था...'

भीष्म अपने मन में बोलती अम्बा की छवि को बड़ी कठिनाई से चुप कराते।...वे मानते थे, यह सब उनका भ्रम है। नहीं! शायद यह भ्रम भी नहीं है, उन्होंने आज तक अपनी जिन कामनाओं का बलात दमन किया था, उन सबने ही मिलकर जैसे अम्बा का रूप धारण कर लिया था...उनका अपना हृदय ही उन्हें छल रहा था।...वे समझते थे कि उन्होंने अपनी कामनाओं को जीत लिया है, काम को पराजित कर दिया है। पर ऐसा कुछ भी नहीं हुआ। अधिक–से–अधिक, उन्होंने अपने संकल्प से उन सबको दबा रखा है। उनके संकल्प के शिथिल होने का कोई बहाना उपस्थित हुआ और उनकी सारी दुर्बलताएँ साँप–बिच्छुओं के समान कुलबुलाने लगती हैं...और ऐसे में भीष्म का मन काँप–काँप जाता है...युवावस्था में अपनी दुर्बलताओं को वे संकल्पपूर्वक बाँधे रहे...और प्रौढ़ावस्था या वृद्धावस्था आने पर उनका संकल्प शिथिल हो जाये...तब अपने पिता के समान बढ़ी अवस्था में उनका काम जागा तो क्या होगा भीष्म का? प्रतिज्ञा निभाने का यश उतना नहीं मिलता जितना दुर्बल पड़ने पर अपयश...क्या अन्त में भीष्म के भाग्य में कलंक ही लिखा है?...

भीष्म जैसे स्वयं अपने–आप पर मुस्कुराये : ...उन्होंने पिता को काम–यातना में तड़पते देखकर समझा था कि उनके अपने मन में जैसे काम का आकर्षण है ही नहीं। तभी तो वैसी प्रतिज्ञा कर पाये थे वे।...उनका विवेक आज भी जानता है कि काम तो एक दाम है, जीव को बाँधने के लिए...किन्तु मन...मन मानता है क्या?...कैसे तड़पता है मन...और विवेक खड़ा देखता ही रह जाता है।...कहीं एक क्षण के लिए विवेक सोया और मन ने अनर्थ किया...

पिता ने उनकी प्रतिज्ञा सुनकर उनका नाम भीष्म रख दिया था। सारा संसार यह मानता है कि भीष्म जैसा दृढ़ संकल्प किसी में नहीं है। दृढ़ता और संकल्प...भीष्म का मन हुआ, स्वयं पर ज़ोर–ज़ोर से हँसें। वे जानते हैं अपने संकल्पों को...अम्बा ने कैसे डिगा दिया है उनके संकल्प को...नहीं अम्बा ने क्या डिगाया है। उनका अपना मन ही इतना लोलुप है कि लपके बिना नहीं रहता...बाहर क्या रूप है भीष्म का...और भीतर...

भीष्म को लगा, वे अपने–आपसे डरने लगे हैं।

6

विचित्रवीर्य प्रातः जागा, तो उसे हल्का–सा ज्वर था। शरीर बहुत दुर्बल लग रहा था और सिर का भारीपन भी कुछ बढ़ गया था...वैसे उसके लिए अपनी इस अवस्था में कोई नवीनता नहीं थी। वर्षों से वह ऐसा ही चल रहा था। वह तो एक प्रकार से उसका अभ्यस्त भी हो गया था।...मन तनिक स्वस्थ हुआ और तन ने साथ दिया तो दासियों को बुला लिया।...शरीर दुर्बल लगा, मन भारी हुआ तो मदिरा के कई पात्र...फिर न शरीर की दुर्बलता का भान रहता, न मन के भारीपन का।...पर जब से भीष्म और माता सत्यवती में कोई समझौता हो गया था, तब से दासियों की अपेक्षा उसे अपना अधिक समय ब्राह्मणों की संगति में बिताना पड़ता था; और मदिरा से अधिक उसे राजवैद्य की तिक्त औषधियों का पान करना पड़ता

था।...और ऊपर से माता ने भीष्म के साथ मिलकर उसके विरुद्ध षड्यन्त्र रचा था।...उन्होंने उसे सम्राट बना दिया था। सम्राट बनने तक उसे कोई आपत्ति नहीं थी, किन्तु उसके बाद प्रतिदिन जाकर राजसभा में सिंहासन पर बैठे रहना और मन्त्रियों, जन–प्रमुखों, ब्राह्मणों...और जाने किस–किसके भाषण सुनना...और फिर उन पर विचार करना...यह सब विचित्रवीर्य के वश का नहीं था। इससे तो अच्छा था कि उसे मदिरा का एक भाँड देकर, अपने कक्ष में छोड़ दिया जाता...

"आर्यपुत्र!"

विचित्रवीर्य ने आँखें खोलीं : अम्बिका और अम्बालिका, दोनों ही सामने खड़ी थीं।...ये दोनों इस प्रकार एक–दूसरी से क्यों चिपकी रहती हैं–उसने सोचा–जब देखो, तब एक साथ! विचित्रवीर्य तो दो दिन में ही ऊब जाये, यदि उसे किसी एक के साथ इस प्रकार जुड़ कर रहना पड़े।

"उठिए।" अम्बिका बोली, "विलम्ब हो रहा है। राजसभा आपकी प्रतीक्षा में है।"

'राजसभा।' विचित्रवीर्य का मन हुआ, वह ऊँचे स्वर में चिल्लाये ...पर उसके सिर का भारीपन उसे चिल्लाने की अनुमति ही नहीं दे रहा था। इससे पहले कि वह सिर के भारीपन पर खीझता, उसका ध्यान दूसरी ओर चला गया, "मैं आज सभा में नहीं जाऊँगा।..." वह धीरे–से बोला, "मेरा स्वास्थ्य ठीक नहीं है।"

अम्बिका ने उसके माथे पर हाथ रखा : उसे ज्वर का आभास हुआ।...उसने अम्बालिका की ओर देखा। अम्बालिका ने उसका तात्पर्य समझकर अपनी हथेली विचित्रवीर्य के माथे पर रखी।

"ज्वर है।" वह बोली।

"माता को सूचित करें?" अम्बिका ने पूछा।

"माता को क्या सूचित करना है!" विचित्रवीर्य ने खीझकर कहा, "मुझे विश्राम करने दो।"

"पर माता को सूचित करने में क्या आपत्ति है आपको?"

"क्योंकि मैं बच्चा नहीं हूँ, कि मेरे सम्बन्ध में प्रत्येक छोटी–बड़ी बात की सूचना माता को दी जाये।"

"तो क्या हैं आप?"

"मैं अब युवक हूँ।"

"आपके यौवन से पर्याप्त परिचित हैं हम!" अम्बिका के स्वर का कटाक्ष प्रत्यक्ष था।

"क्या परिचित हो यौवन से..." विचित्रवीर्य की खीझ उभरी; किन्तु अगले ही क्षण उसका स्वर दब गया, "अस्वस्थ हूँ इन दिनों, अतः दुर्बल हूँ।"

"तो माता को सूचित क्यों नहीं करने देते?"

"जाओ! सूचित कर दो माता को।" विचित्रवीर्य की खीझ मुखर हो उठी, "वे वैद्य को बुलाएँ। वैद्य मुझे विष के समान तिक्त औषधियाँ पिलायें।...जाओ। बता दो माता को।"

किन्तु सत्यवती को बताने के लिए किसी को जाना नहीं पड़ा। वह स्वयं ही कक्ष में आ गयी, "क्या बताना है माता को?"

"आर्यपुत्र का स्वास्थ्य?..." अम्बिका बोली।

"क्या हुआ मेरे बच्चे को।" सत्यवती झपटकर विचित्रवीर्य के पास आयी और उसके माथे पर हाथ रखकर बोली, "इसे तो ज्वर है।"

उसने अम्बिका की ओर देखा : अम्बिका ने सिर झुका लिया, जैसे इसमें उसी का दोष हो। अम्बालिका जाकर अम्बिका के पीछे खड़ी ही नहीं हुई, उसने स्वयं को बड़ी बहन की ओट में पूर्णतः छिपा लिया था।

सत्यवती ने साथ आयी परिचारिका की ओर आँखें फेरीं, "राजवैद्य को सूचित करो। तुरन्त! किसी तीव्रगामी अश्वारोही को भेजो...या ऐसा करो, किसी सारथि को भेजो, वैद्य को अपने रथ पर बैठाकर ले आये।"

"जो आज्ञा।" परिचारिका चली गयी।

सत्यवती की इच्छा हुई, पीछे से पुकारकर कहे कि किसी को भेजकर भीष्म और महामन्त्री को भी सूचित कर दे...किन्तु फिर कुछ सोचकर चुप ही रही।

परिचारिका चली गयी।

उन्हें अब राजवैद्य की प्रतीक्षा ही करनी थी। पर इतनी देर तक सत्यवती निष्क्रिय तो नहीं बैठ सकती थी।...वह जाकर विचित्रवीर्य के सिरहाने बैठ गयी।

"लाओ! तुम्हारा सिर दबा दूँ मेरे लाल!"

विचित्रवीर्य ने संकोच से अपनी पत्नियों की ओर देखा।

सत्यवती की दृष्टि ने उसकी आँखों का पीछा किया; और सहसा वह रोष मिश्रित स्वर में बोली, "खड़ी देख क्या रही हो। तुम्हारा पति अस्वस्थ है। उसकी सेवा करनी चाहिए। पैर दबाओ अपने पति के।"

अम्बिका और अम्बालिका ने एक–दूसरी की ओर देखा और एक मूक समझौते के अधीन आकर विचित्रवीर्य के पैरों के पास, पलँग के दोनों ओर बैठ गयीं। वे दोनों धीरे–धीरे पति की टाँगें चाँपने लगीं।

विचित्रवीर्य ने एक झुरझरी–सी ली और अपनी टाँगें खींच लीं। उसने सत्यवती की ओर देखा, "बन्द करो माँ! यह सब।"

"क्यों?" सत्यवती चकित थी, "क्या बात है मेरे लाल? कोई असुविधा हुई? क्या शरीर को आराम नहीं मिलता?"

"इनके स्पर्श से मेरे शरीर का ताप बढ़ता है।"

अम्बिका और अम्बालिका ने संकोच से दृष्टि भूमि में गाड़ ली।

सत्यवती को विचित्रवीर्य की असुविधा समझने में थोड़ा समय लगा।...समझने के पश्चात् उसे थोड़ा आश्चर्य हुआ।...पत्नी का स्पर्श भी उसके शरीर में ताप बढ़ाता है...इतना कामातिरेक है विचित्रवीर्य में...

राजवैद्य ने आकर विचित्रवीर्य की नाड़ी देखी। सम्राट की आँखों, जिह्वा और त्वचा का परीक्षण किया। थोड़ी देर सोचते रहे और बोले, "राजमाता! मेरे साथ आयें।" उसने मुड़कर अम्बिका और अम्बालिका की ओर देखा, "आप लोग जायें। सम्राट को विश्राम की आवश्यकता है।"

राजवैद्य के साथ सत्यवती दूसरे कक्ष में आयी।

"क्या बात है वैद्यराज?"

"सम्राट की कामेच्छा असाधारण रूप में प्रबल है। शरीर दुर्बल है।...और आपने उन्हें एक नहीं, दो–दो सुन्दरी पत्नियाँ उपलब्ध करा रखी हैं।..."

सत्यवती को लगा, राजवैद्य ने पूरी बात नहीं कही थी।

"स्पष्ट कहें वैद्यराज!"

"और स्पष्ट क्या कहूँ राजमाता!" राजवैद्य ने सिर झुका लिया। उसका स्वर और भी धीमा हो गया, "मुझे सम्राट में क्षय रोग के लक्षण दिखायी दे रहे हैं।..."

सत्यवती फटी–फटी आँखों से राजवैद्य को देखती रही...शब्द जैसे सारे–के–सारे खो गये थे...

"मैंने तो राजमाता से पहले भी निवेदन किया था कि सम्राट को स्त्री–प्रसंग से दूर रखें।" राजवैद्य के शब्दों में विषाद की ध्वनि स्पष्ट थी, "सम्राट के विवाह से पहले भी मैंने महाराजकुमार से निवेदन किया था कि सम्राट के स्वास्थ्य के लिए एक पत्नी भी जोख़िम का कारण हो सकती है। फिर भी दो रानियाँ...।"

"किन्तु राजाओं के लिए दो रानियाँ कोई अतिरिक्त विलास का प्रमाण नहीं है वैद्यराज!" सत्यवती के स्वर में प्रतिवाद की ध्वनि थी।

"वे राजा सैकड़ों योजन की यात्रा घोड़े की पीठ पर करते हैं और आठ–आठ प्रहर शस्त्र–परिचालन करते हुए भी थकते नहीं हैं राजमाता! हमारे सम्राट का शारीरिक स्वास्थ्य उस कोटि का नहीं है।" राजवैद्य ने कहा, "कृपया रानियों को सम्राट से दूर रखें ताकि न तो रानियों पर सम्राट के रोग का प्रभाव पड़े और न ही सम्राट व्यर्थ ही कामोत्तेजना के कारण अपने स्वास्थ्य का और भी क्षय करें...।"

सत्यवती का मन जैसे एकदम बुझ गया।

क्या है यह सब? कौन–सा पाप किया है सत्यवती ने, जिसका उसे यह दण्ड मिल रहा है। पहले अपना प्रिय तापस छूटा, नन्हे कृष्ण द्वैपायन को त्यागा; फिर वृद्ध पति पाया, विधवा हुई, चित्रांगद छोड़ गया और अब यह विचित्रवीर्य...क्या यह सब केवल इसलिए कि सत्यवती और उसके बाबा ने राज्य का लोभ किया, या इसलिए कि

उसने भीष्म के अधिकार का अपहरण किया...पर क्या पाया उसने? सब कुछ तो खोया ही खोया है...क्या यह सब उसका अपना कृत्य है...या किसी और का?...भगवान का या मनुष्य का?...

सत्यवती को लग रहा था कि वह या तो सशब्द रो पड़ेगी और दीवारों से अपना सिर टकरायेगी, या फिर वह किसी का मुँह नोच लेगी...उसे मालूम तो होना चाहिए कि उसी के साथ यह सब क्यों हो रहा है?...राजवैद्य कहता है कि उसने भीष्म को बताया था कि सम्राट के लिए एक भी पत्नी...तो भीष्म बार–बार क्यों कहता रहा कि विचित्रवीर्य का विवाह कर दिया जाये? वह विचित्रवीर्य को पत्नी उपलब्ध कराने के लिए इतना व्यग्र क्यों था?...इसलिए कि पत्नी को पाकर अपनी कामासक्ति के कारण विचित्रवीर्य अपने स्वास्थ्य का नाश कर ले और प्राणों से हाथ धोये...हाँ! क्यों नहीं चाहेगा, भीष्म ऐसा?...वह कैसे भूल सकता है कि उसे राज्याधिकार से अपदस्थ करने वाली मैं हूँ...मुझे और मेरी सन्तान को वह सुखी देख ही कैसे सकता है।...जब चित्रांगद मृत्यु से जूझ रहा था, तो यह तपस्या का ढोंग कर गंगा पार अपनी कुटिया में जा बैठा था।...कोई बड़ी बात नहीं है, यदि इसी ने गन्धर्वराज को उकसाकर चित्रांगद से लड़ने को भेजा हो।...और अब मुझसे मीठी–मीठी बातें कर, मेरे पुत्र को पत्नी का लोभ दिखा, तीन–तीन कन्याओं का हरण कर लाया...वह जानता था कि विचित्रवीर्य के लिए काम–प्रसंग घातक है, तो भी वह तीन–तीन कन्याएँ हर लाया...

यह भीष्म मेरा और मेरी सन्तान का नाश करके ही छोड़ेगा...

सत्यवती आवेश में बाहर निकली। सारथि को रथ लाने का संकेत किया और रथारूढ़ होकर कहा, "महाराजकुमार के प्रासाद में ले चलो।"

भीष्म के प्रतिहारी ने राजमाता को प्रणाम किया।

"महाराजकुमार हैं?"

"हैं राजमाता!" उसने कहा, "वे सारथि वीरसेन से चर्चा कर रहे हैं। वीरसेन अभी–अभी सौभ से लौटे हैं।"

सत्यवती ने और जिज्ञासा व्यर्थ समझी। कक्ष में प्रवेश किया तो जिस व्यक्ति पर सबसे पहले उसकी दृष्टि पड़ी, वह अम्बा थी। लम्बी–ऊँची गौर–वर्णा नारी। बड़ी–बड़ी काली आँखें, तीखी नाक, लम्बे काले बाल, आकर्षक नारी अवयव। पूर्ण और विकसित नारीत्व की स्वामिनी!...किन्तु इस समय थकी हुई, एक लम्बी यात्रा से धूल–धूसरित। बिखरे हुए केश। कुछ–कुछ लालिमा लिए आँखें, जैसे अभी–अभी रोयी हो...

पर यह यहाँ क्या कर रही है? यह तो सौभ गयी थी।

"राजकुमारी तुम!" सत्यवती का आश्चर्य प्रकट हो ही गया।

पर अम्बा ने न तो राजमाता के प्रश्न का उत्तर दिया : और न प्रणाम ही किया। उसने उपेक्षा से मुख फेर लिया; और सत्यवती को लगा, उसने ओट में होकर अपनी आँखें पोंछी हैं।

भीष्म और वीरसेन ने राजमाता को प्रणाम किया।

"भीष्म! यह?" सत्यवती ने पूछा।

"हाँ माता! शाल्व ने राजकुमारी को स्वीकार नहीं किया। वह कहता है कि वह क्षत्रिय राजा है। युद्ध में जीत सकता तो जीत लेता, वह भीष्म का दिया दान नहीं ले सकता।" भीष्म धीरे–से बोले।

"पूरी बात क्यों नहीं बताते तुम!" सहसा अम्बा रुदन और आक्रोश–भरे स्वर में बोली, "मुझसे सुनो राजमाता!" उसकी आँखें सत्यवती पर जम गयीं, "वह कहता है कि जिस क्षण भीष्म ने स्वयंवर–मण्डप में मेरी बाँह पकड़ मुझे अपने रथ पर बैठाया–मैं उसी क्षण से स्वयंवर में जीती हुई भीष्म की वीर्यशुल्का पत्नी हो गयी। और जो धर्मतः भीष्म की पत्नी है, उसे धर्मज्ञ सौभराज शाल्व अपनी पत्नी के रूप में कैसे स्वीकार कर सकता है। वह परस्त्रीगामी नहीं बनना चाहता।..."

"पर यह झूठ है।" सत्यवती का मन ऐसा काँपा, जैसे आकाश उस पर टूट पड़ा हो, या धरती फट गयी हो और वह रसातल तक गिरती ही चली जा रही हो।

"झूठ और सच का निर्णय कौन करेगा राजमाता—एक स्त्री का स्वार्थ?"

"क्या कहना चाहती हो?" सत्यवती को लग रहा था, जैसे उसके चारों ओर सहस्रों भूत–पिशाच जाग कर अट्टहास कर रहे हों।

"मैं सम्राट शान्तनु के ज्येष्ठ पुत्र की भार्या हूँ। मुझे मेरा अधिकार मिलना चाहिए।"

"तुम झूठी हो।" सहसा सत्यवती असह्य वेदना से फट पड़ी, "भीष्म ने आजीवन ब्रह्मचर्य का पालन करने की प्रतिज्ञा की है। वह तुम्हारा हरण अपने छोटे भाई विचित्रवीर्य के लिए करके लाया था। तुमने स्वयं ही कहा था कि तुमने मन–ही–मन सौभराज शाल्व का वरण कर रखा है। अन्यथा तुम्हारा विवाह विचित्रवीर्य से हो ही जाता और तुम कुरु साम्राज्य की सम्राज्ञी होतीं।"

"वह तो मैं हूँ ही!" अम्बा एक–एक शब्द को चबा–चबा कर बोली, "किन्तु मैं शान्तनुनन्दन देवव्रत भीष्म की भार्या हूँ। हस्तिनापुर के राजकुल को मुझे इसी रूप में स्वीकार करना होगा।..."

सत्यवती का मन हुआ कि वह चीख कर इतना रोये कि राजप्रासाद की दीवारें हिल जायें—वह क्या इस प्रकार प्रवंचित होने के लिए कुरुकुल की रानी बनकर आयी थी। शान्तनु और भीष्म ने जो वचन दिये थे, उनको यह स्त्री इस प्रकार उससे छीन लेगी...या क्या यह भी भीष्म का ही तो कोई षड्यन्त्र नहीं है। वह एक ही दाँव में अपनी दोनों प्रतिज्ञाओं का निराकरण कर लेना चाहता है।...

"भीष्म!" सत्यवती ने चीत्कार किया।

"धैर्य धारण करें माता!" भीष्म ने यथासम्भव शान्ति से कहा, किन्तु उनके मन की उद्वेलित स्थिति अनुद्घाटित न रह सकी। फिर वे सारथि की ओर मुड़े, जैसे इस बवण्डर में वे कुछ देर तक उसका अस्तित्व भूल गये हों, और अब सहसा ही उसके प्रति सचेत हो गये हों, "तुम जाओ वीरसेन! थके हुए हो। नहाओ, धोओ! विश्राम करो।"

और तब उन्होंने सत्यवती से कहा, "आप आसन ग्रहण करें माता! काशी की राजकुमारी इस समय अत्यन्त उद्वेलित मनःस्थिति में है। वह दुखी है। उसकी पीड़ा मैं समझता हूँ... ।"

"मुझे बहलाने का प्रयत्न मत करो।" अम्बा बीच में ही बोली, "यदि तुम क्षत्रिय हो, तो मैं भी क्षत्रिय–कन्या हूँ। तुम अपनी प्रतिज्ञा पर अटल हो, तो मैं भी अपना संकल्प पूरा करूँगी।"

"सुनो राजकुमारी!" भीष्म बोले, "तुम्हारे दुर्भाग्य पर मुझे दुख है; किन्तु तुम्हारा अपराधी मैं नहीं हूँ।...तुम्हारे अपहरण में कहीं अधर्म नहीं था। तुमने शाल्व के प्रति अपना अनुराग प्रकट करके भी कोई अन्याय नहीं किया। और शाल्व का तुम्हें अंगीकार न करने का कारण भी धर्म–विरुद्ध नहीं है... ।"

"सबने अपने धर्म का ही निर्वाह किया है तो यह अधर्म क्यों हो रहा है?" अम्बा क्षुब्ध स्वर में बोली, "पिता के घर से मैं स्वयंवर में हरी गयी। अतः मैं लौटकर अपने पितृ–कुल में नहीं जा सकती। जो मुझे हर कर लाया, वह मुझे ग्रहण नहीं करता, क्योंकि वह ब्रह्मचर्य की प्रतिज्ञा में बँधा हुआ है; और जो मुझसे प्रेम करता था और विवाह करना चाहता था, वह मुझे इसलिए अंगीकार नहीं कर रहा, क्योंकि वह मेरा हरण नहीं कर सका...जब किसी ने भी अधर्म नहीं किया, किसी ने पाप नहीं किया, किसी ने अन्याय नहीं किया–तो फिर यह सारी यातना मेरे ही लिए क्यों?...तुम क्यों नहीं मेरे समान वन–वन और नगर–नगर भटक रहे?..."

"राजकुमारी! यह दुर्भाग्यपूर्ण स्थिति है।" भीष्म यथासम्भव शान्त स्वर में बोले, "कभी–कभी जीवन में परिस्थितियों के ऐसे विचित्र समीकरण बन जाते हैं कि व्यक्ति कष्ट भी पाता है, और उसके लिए किसी को दोषी भी नहीं ठहरा सकता। तुम ऐसी ही एक स्थिति में खड़ी हो इस क्षण!...किन्तु ऐसी कोई कठिनाई नहीं है, जिसका पार हम धैर्य और विवेक से नहीं पा सकते। तुम धैर्य रखो। हम तुम्हारी सहायता करेंगे। तुम पितृ–कुल में लौटना चाहो तो, विचित्रवीर्य से विवाह करना चाहो तो..."

और सहसा सत्यवती के मन में ज्वार उठा, 'नहीं! नहीं!! भीष्म, ऐसा मत करना। राजवैद्य विचित्रवीर्य को स्त्री–प्रसंग से दूर रखने का आदेश दे रहा है और तुम उसके लिए एक और पत्नी की व्यवस्था कर रहे हो...हत्या करोगे क्या उसकी?'

पर सत्यवती बोली कुछ नहीं।

"क्या बात है माता? आप इतनी उद्विग्न क्यों हैं?" भीष्म ने पूछा।

किन्तु इससे पहले कि सत्यवती कोई उत्तर देती, अम्बा बोली, "मुझे न अब पितृ–कुल में लौटना है, न निर्वीर्य विचित्रवीर्य से विवाह करना है, न कुरु–कन्या बनकर हस्तिनापुर में रहना है, न सौभ–नरेश शाल्व के पास जाना है...।"

"तो क्या इच्छा है राजकुमारी?"

"मैं जिसकी भार्या हूँ, वह मुझे अंगीकार करे। मुझे कुरुकुल में अपना उचित, उपयुक्त, धर्मयुक्त स्थान प्राप्त हो, नहीं तो...।"

"नहीं तो?"

"नहीं तो मैं अपने अपमानित जीवन के प्रतिकार–स्वरूप भीष्म! कोई भयंकर कृत्य करूँगी..." उसने भीष्म की ओर देखा, "इस एक स्त्री के सुख के लिए, तुम मेरा जीवन इस प्रकार नष्ट नहीं कर सकते। यह अपने जिस वंश के सुख के लिए यह सब कर रही है, मैं उस वंश का सम्पूर्ण नाश कर दूँगी।..."

सत्यवती की इच्छा हुई कि वह अपनी आँखें बन्द कर ले : उसके सामने काशिराज की पुत्री अम्बा नहीं, जो उसे और उसके वंश का सर्वनाश करने पर तुली हुई थी, यह तो कोई भयंकर कृत्या थी, शापग्रस्त, उद्विग्न प्रेतात्मा...यदि उसकी बात मान ली जाये। सत्यवती यदि भीष्म को उससे विवाह करने की अनुमति दे दे, तो अगले ही क्षण हस्तिनापुर की सम्राज्ञी के रूप में अधिकार ग्रहण कर, भीष्म का राज्याभिषेक करवायेगी और सम्भव है कि विचित्रवीर्य को बधिकों के हवाले कर दे...और यदि उसकी बात न मानी जाये तो...कहीं वह भीष्म का वध न करवा दे...भीष्म का, जिसका जीवन, सम्पूर्ण कुरु–साम्राज्य का जीवन है...भीष्म की आवश्यकता आज सत्यवती से अधिक किसे होगी...अपने

प्रासाद से चलते हुए सत्यवती ने सोचा था कि भीष्म उसका सबसे बड़ा शत्रु है...तब वह उसका नाश चाह रही थी...किन्तु इस समय अम्बा उसे समझा रही थी कि भीष्म का नाश, सत्यवती का ही नाश है...अम्बा भीष्म को उससे छीन लेना चाहती है...जीवित या मृत!...अम्बा भीष्म की नहीं, सत्यवती की सबसे बड़ी शत्रु है।...भीष्म ठीक कहता है कि कभी–कभी परिस्थितियों के ऐसे समीकरण आ उपस्थित होते हैं...सत्यवती ने तो अम्बा को कभी हानि नहीं पहुँचायी...

"तो अम्बे!" भीष्म के स्वर में सहसा किंचित माधुर्य घुल गया, "विधाता का यही विधान है, तो वही सही! मैं नहीं जानता था कि दुर्बलता का एक क्षण इस प्रकार हमारे विनाश की घड़ी ले आयेगा।"

सत्यवती को लगा, अम्बा के चेहरे पर भी हल्की–सी कोमलता उभरी, "तुम जानते हो भीष्म! मैं तुम्हारी प्राण भी हूँ और विनाश भी।" और सहसा, वह फिर तटस्थ हो गयी, "तो क्या सोचा है मेरे लिए?"

"राजकुमारी! तुम्हारी इच्छा इस जन्म में तो पूरी नहीं कर पाऊँगा।"

"यह अन्तिम उत्तर है?"

"सर्वथा अन्तिम!"

"तो फिर मुझे शैखावत्य मुनि के आश्रम तक पहुँचवाने की व्यवस्था कर दो, ताकि मैं हस्तिनापुर के विनाश का प्रबन्ध कर सकूँ।"

"जैसी तुम्हारी इच्छा!" भीष्म बोले। उन्होंने परिचारिका को बुला कर आदेश दिया, "राजकुमारी थकी हुई हैं। उनके स्नान, भोजन और विश्राम का प्रबन्ध करो।"

अम्बा परिचारिका के पीछे चली तो उसने एक दृष्टि भीष्म पर भी डाली। भीष्म ने देखा, उसकी आँखों में कितनी करुणा थी...और कितनी प्रचण्डता।

"दीदी हस्तिनापुर आयी तो हैं," अम्बिका ने कहा, "किन्तु हमसे मिलने की उन्होंने तनिक भी उत्सुकता नहीं दिखायी।"

"क्यों?" अम्बालिका ने किसी अबोध बालिका के समान जिज्ञासा की।

"भगवान जाने।" अम्बिका बोली, "वे इस प्रकार क्यों बदल गयी हैं।"

"कहीं ऐसा तो नहीं कि उनका विवाह नहीं हो रहा तो...।"

"तू तो एकदम पागल है अम्बालिका।" अम्बिका के स्वर में स्नेह–मिश्रित डाँट थी, "अपने दुर्भाग्य में वे हमारा स्नेह चाहेंगी या हमारा विरोध।"

"उन्हें ईर्ष्या भी तो हो सकती है।"

"फिर वही मूर्खता वाली बात।" अम्बिका ने इस बार स्पष्ट रूप से डाँटा, "उन्होंने सम्राट से विवाह करने में अनिच्छा न दिखायी होती तो वे सम्राज्ञी होतीं, इस समय। जो वस्तु उन्होंने स्वयं अपनी इच्छा से ठुकरा दी, उसके लिए क्या ईर्ष्या करेंगी हमसे।"

"तो फिर क्यों मिलने नहीं आयीं हमसे?"

"वे ही जानें कि उनके मन में क्या है," अम्बिका ने कहा, "किन्तु मुझे लगता है कि वे इतनी परेशान हैं कि उन्हें अपनी ही सुध नहीं है, ऐसे में उन्हें हमारा स्मरण कहाँ से आयेगा।"

"परेशानी में ही तो व्यक्ति आत्मीय जनों को याद करता है।" अम्बिका समझ नहीं पायी कि अम्बालिका, अम्बा के व्यवहार के प्रति अपना विरोध प्रकट कर रही थी, या बिना सोचे–समझे उसने एक सिद्धान्त–वाक्य उछाल दिया था, जैसे कि उसकी आदत थी।

"आत्मीय जन का स्मरण करता है, कोई अपनी करुणा के क्षण में, कोई अपनी असहायता के क्षण में।" अम्बिका ने जैसे छोटी बहन को समझाया, "अम्बा दीदी में करुणा और असहायता है ही नहीं। तुम जानती हो, उनका क्रोध और विरोध कितना प्रचण्ड होता है। उनके आत्मविश्वास ने कभी किसी से सहायता माँगी है क्या? वे स्वयं को इतना समर्थ मानती हैं कि जिसके पीछे पड़ जायेंगी, उसे प्राप्त करके ही छोड़ेंगी।"

"किसे प्राप्त करेंगी–महाराजकुमार भीष्म को?" अम्बालिका ने कहा, "शाल्व के पीछे तो पड़ी नहीं। नहीं तो उनके साथ तो तत्काल विवाह हो जाता। उन्होंने तो ब्रह्मचर्य की प्रतिज्ञा नहीं कर रखी।"

"कहती तो तुम ठीक हो।" अम्बिका जैसे अपने–आपसे बातें कर रही थी, "पर मुझे लगता है कि सौभराज शाल्व तो उनके मन

से उसी क्षण उतर गया था, जिस क्षण उन्होंने महाराजकुमार भीष्म को देखा था। जैसे–जैसे वे महाराजकुमार को जानती गयीं; उन पर मुग्ध होती गयीं। नहीं तो जैसी वे हैं–यदि सौभराज को चाहतीं, तो महाराजकुमार के रथ से कूद पड़ी होतीं। कैसी मौन–मूक बनी बैठी रहीं। तनिक–सा भय भी नहीं माना महाराजकुमार का। उनसे वार्तालाप के लिए भी उत्सुक रहीं।...मुझे लगता है अम्बालिके!" अम्बिका ने रुककर अम्बालिका को देखा, "कि वे कदाचित इसी भ्रम में रहीं कि महाराजकुमार स्वयं ही उनके साथ विवाह करेंगे..."

"दीदी! क्या तुम्हें ऐसा नहीं लगा था?"

"लगा तो मुझे भी यही था," अम्बिका बोली, "पर मुझे तो वे एक अत्यन्त रुक्ष और हिंस्र प्रौढ़ योद्धा लगे थे। मुझे उनके सारे व्यक्तित्व में कहीं कोई कोमल और स्निग्ध भाव दिखायी ही नहीं दिया था। इसलिए मेरे मन में उनके प्रति कोई आकर्षण नहीं जागा था। मुझे तो वे केवल एक कन्या–अपहर्ता दिखायी पड़े थे, जो हमें, हमारी और हमारे अभिभावकों की इच्छा के विरुद्ध बलात् अपहृत कर ले जा रहे थे।...पर मुझे विश्वास है कि दीदी को महाराजकुमार स्वयंवर में ही भा गये थे, या जब वे रथ में बैठीं और उनके लिए शाल्व और भीष्म युद्ध कर रहे थे, तो वे परीक्षा कर रही थीं, कि श्रेष्ठ वीर कौन है। वे वास्तविक वीर्य–शुल्का हैं...।"

अम्बालिका चुपचाप बैठी अपनी बहन को देखती रही। बोली कुछ नहीं।

"क्यों? तुझे ऐसा नहीं लगता?"

"सम्भव है कि ऐसा ही हो।" अम्बालिका बोली, "पर यदि ऐसा था, तो उन्होंने स्वयं महाराजकुमार से यह क्यों कहा कि वे मन–ही–मन शाल्व का वरण कर चुकी हैं?" अम्बालिका पहली बार अबोध बालिका से कुछ बड़ी होकर बोली, "मैं तो अपने प्रिय के सम्मुख कभी इस प्रकार, किसी अन्य पुरुष को अपना प्रेमी न बताऊँ।"

"सम्भवतः कोई न बताये," अम्बिका मन्द स्वर में बोली, "किन्तु यदि वे ऐसा न कहतीं तो उनका विवाह भी हमारे ही समान कुरु–सम्राट विचित्रवीर्य के साथ कर दिया जाता...।"

"तो क्या इससे भी बुरा होता दीदी! जो अब उनके साथ हुआ है?"

अम्बिका ने एक बार अम्बालिका को देखा, जैसे सोच रही हो कि क्या यह सचमुच कुछ नहीं समझती?

"उन्होंने एक दाँव तो खेला, एक जोख़िम तो झेला। अब सफल नहीं हुईं, यह दूसरी बात है। सफल हो गयी होतीं तो उन्हें शाल्व जैसा समवयस्क, सक्षम योद्धा और समर्थ पुरुष, पति के रूप में मिला होता।" फिर जैसे दूसरा विचार मन में कौंधा, "और वैसे अब भी क्या बिगड़ा है। वह इस समय महाराजकुमार भीष्म के पीछे पड़ी हैं। कौन जानता है कि वे उन्हें प्राप्त करने में सफल हो ही जायें।"

"सफल हो भी जायें तो क्या," अम्बालिका जैसे इस सारे विचार का उपहास करती हुई–सी बोली, "वे सम्राज्ञी नहीं हो सकतीं।"

अम्बिका के मन में आया, अम्बालिका को डाँट दे : कैसी मूर्ख है यह।...पर फिर उसके प्रति हल्का–सा स्नेह उमड़ा। सचमुच यह मूर्खा तो शैशव से ही ऐसी रही। तीनों में सबसे छोटी थी। हर बात में बड़ी बहनों की बराबरी करती और अपने खिलौनों को भी उनकी उपयोगी वस्तुओं से बहुमूल्य बताती। वे दिन अभी बहुत पीछे नहीं छूटे, जब वह अपने गुड्डे राजकुमार को वास्तविक वीरों से बड़ा योद्धा मानती थी; और सबको धमकाया करती थी कि अपने गुड्डे राजकुमार को कहकर वह उनको पिटवा देगी। आज भी वह, वही कर रही थी।

"सुन अम्बालिके! छोटी बच्ची नहीं है अब तू। तुझे जीवन का कुछ यथार्थ तो समझना चाहिए।" अम्बिका बोली, "नारी को पति के रूप में सम्राट से पहले एक पुरुष की आवश्यकता होती है...और महाराजकुमार सम्राट चाहे न हों, पर सम्राटों के नियन्ता वे ही हैं।...मुझे लगता है कि दीदी ने ठीक ही किया। इस अवस्था तक उन्होंने एक पति की प्रतीक्षा की है। तो अब वे अपनी इच्छानुसार अपना प्रिय पुरुष ही पति के रूप में स्वीकार करेंगी, नहीं तो पुरुष–संग नहीं करेंगी।" अम्बिका का स्वर कुछ मन्द हुआ और उदास भी, "दीदी हम जैसी नहीं हैं। हम तो पदार्थ हैं, वस्तु...दीदी मनुष्य हैं। उनमें प्राण हैं...इच्छा है, इच्छा को मनवाने के लिए संघर्ष की क्षमता है..."

"क्यों? हम मनुष्य नहीं हैं, हममें प्राण नहीं हैं?"

"अरे हमारा अस्तित्व भी कोई अस्तित्व है।" अम्बिका बोली, "निर्जीव पदार्थ के समान कोई उठा लाया और अपनी इच्छानुसार किसी की गोद में डाल दिया। क्या अन्तर है ऐसे प्राणों के होने या ना होने में; अस्तित्व और अनस्तित्व में। हम हुईं, न हुईं–एक जैसी हैं अम्बालिके।"

लगा, अम्बालिका का ध्यान अम्बिका की बात से हटकर कहीं और चला गया। अपनी अन्यमनस्कता में शायद उसने उसकी बात सुनी भी नहीं। कुछ देर तक अपने उसी लोक में टँगी रहकर वह वापस लौटी, "तुम सम्राज्ञी बनकर प्रसन्न नहीं हो दीदी?"

"तुम प्रसन्न हो?" अम्बिका ने पलटकर पूछा; और फिर जैसे अम्बालिका का उत्तर आवश्यक नहीं समझा, "हाँ। तुम प्रसन्न हो भी सकती हो। तुम्हें यह तो दिख रहा है कि तुम कुरु–सम्राट की पत्नी हो। कुरु–साम्राज्य तुम्हारा है, ये प्रासाद, नगर, सेनाएँ, धन, सम्पत्ति... पर तुम यह नहीं समझ पा रही हो कि तुमने खोया क्या है। जो तुमने खोया है, वह प्राथमिक है, और जो तुमने पाया है, वह आनुषंगिक है। मनुष्य की मूल आवश्यकता वह है, जो तुमने खोया है। और जो तुमने पाया है, वह तुम्हारी आवश्यकता नहीं, तुम्हारे अहं के सन्तोष का कारण हो सकता है, प्रदर्शन की वस्तु हो सकती है... ।"

अम्बालिका कुछ देर तक अपलक अम्बिका को निहारती रही और फिर बोली, "तुमने फिर वही सब कहना आरम्भ कर दिया, जो मेरी समझ में नहीं आता।"

"ओह अम्बालिके! क्यों यह सब तेरी समझ में नहीं आता।" अम्बिका जैसे आवेश में बोली; और फिर उसका स्वर कुछ धीमा हुआ, "अच्छा ही है कि तुम नहीं समझतीं, नहीं तो तुम भी मेरे ही समान कुढ़तीं। दीदी हैं कि समझती हैं तो कुछ करने में भी समर्थ हैं, तुम हो कि समझती ही नहीं हो।...एक मैं हूँ कि समझती भी हूँ और कुछ कर भी नहीं सकती... ।"

7

प्रातः भीष्म से मिलने के लिए आनेवाले प्रथम व्यक्ति राजवैद्य थे।

"कहिए वैद्यराज!" भीष्म बोले, "कैसे कष्ट किया?"

"महाराजकुमार!" राजवैद्य बहुत धीरे–से बोले, "अपने धर्म का निर्वाह करने आया हूँ।"

"राजवैद्य का धर्म?" भीष्म ने वैद्य की ओर कुछ चकित होकर देखा; और जैसे अपने–आप से पूछा : 'राजवैद्य का ऐसा कौन–सा धर्म है, जिसके निर्वाह के लिए उसे उनके पास आना पड़ा है।'

"राजवैद्य का नहीं, वैद्य का धर्म।"

"वैद्य का धर्म तो रोगी के निकट होता है वैद्यराज!" भीष्म बोले, "उसके निर्वाह के लिए आप मेरे निकट..."

"आपने सत्य ही कहा महाराजकुमार!" राजवैद्य ने कहा, "वैद्य के धर्म का निर्वाह रोगी के निकट होता है; किन्तु कभी–कभी हमारा धर्म द्वन्द्वयुक्त हो उठता है।"

"मैं समझ नहीं पा रहा वैद्यराज!" भीष्म सचमुच चकित थे, "आप अच्छे वैद्य और ज्योतिषी–दोनों माने जाते हैं; किन्तु इस प्रकार पहेलियाँ...आपको तो स्पष्ट वक्ता होना चाहिए।"

"महाराजकुमार ने पुनः सत्य ही कहा है।" राजवैद्य ने कहा, "किन्तु जैसा कि मैंने अभी–अभी निवेदन किया है न, कि कभी–कभी हमारा धर्म द्वन्द्वयुक्त हो जाता है...।"

भीष्म ने कुछ नहीं कहा : वे वैद्य की ओर प्रतीक्षारत दृष्टि से देखते रहे। जाने वे क्या कहना चाहते हैं।

"सम्राट रुग्ण हैं।" वैद्य ने धीरे–से कहा, "किन्तु वे एक रोगी के समान हमारे नियन्त्रण में नहीं हैं। हमारी इच्छा उन पर पूर्णतः लागू नहीं हो सकती। उनकी अपनी इच्छा सर्वोपरि है।...आप मेरी बात समझ रहे हैं न महाराजकुमार?"

"समझ रहा हूँ वैद्यराज!" भीष्म बोले, "आप कहिए।"

"विधाता ने हमारा जो यह शरीर बनाया है, यह बहुत समर्थ है

और दूसरी ओर बेचारा बहुत असहाय है—पराधीन जो ठहरा। विधाता ने शरीर की आवश्यकताओं को अभिव्यक्ति देने के लिए मन को उसके साथ लगा दिया है; किन्तु मन स्वेच्छाचारी है। वह शरीर की आवश्यकताओं को समझने और अभिव्यक्त करने में मनमानी करता है। परिणाम यह है कि उसके कारण शरीर को कष्ट होता है।...भोग की इच्छा शरीर की भी है, और मन की भी; किन्तु भोग का कर्म करना पड़ता है शरीर को..."

"आप यह आयुर्विज्ञान मुझे क्यों पढ़ा रहे हैं वैद्यराज?" भीष्म कुछ अटपटा गये थे। राजवैद्य का व्यवहार आरम्भ से ही उनकी समझ में नहीं आ रहा था।

"महाराजकुमार धैर्य रखें।" राजवैद्य मुस्कुराये, "सारी गुत्थियों को सुलझाऊँगा; आपकी सारी जिज्ञासाओं का समाधान करूँगा।..."

भीष्म धैर्यपूर्वक बैठ गये। जाने इस वृद्ध राजवैद्य को आज यह क्या सूझी है।

"भोग की जितनी आवश्यकता शरीर को है, उतना भोग पाकर शरीर प्रसन्न होता है; किन्तु मन अपनी स्वेच्छाचारिता नहीं छोड़ता। उसे भुगतना कुछ नहीं पड़ता न! वह तो स्वामी है। दास तो शरीर है। तो स्वामी की इच्छा पूरी करने के लिए भी शरीर को ही श्रम करना पड़ता है। और स्वामी है कि अपने दास के सुख—दुख की चिन्ता नहीं करता। तब जितना भोग शरीर पर आरोपित किया जाता है, वह भोग नहीं शरीर का क्षय होता है...आप समझे महाराजकुमार?"

"समझ गया," भीष्म जैसे अपने—आप में डूबे हुए—से बोले, "क्या आप सम्राट के स्वास्थ्य की सूचना दे रहे हैं?"

"हाँ महाराजकुमार! अब समय आ गया है कि आप सम्राट के शरीर और रोग की स्थिति समझ लें।" राजवैद्य बोले, "सम्राट का मन न केवल शरीर की आवश्यकता और क्षमता को नहीं समझता, वरन उसके प्रति सर्वथा आततायी हो गया है। उनका शरीर क्षय के सोपान चढ़ता जा रहा है, और उनका मन भोग का आह्वान करता जा रहा है। वैद्य का धर्म रोग का निदान करना, और उसके लिए औषध प्रस्तुत करना है। सम्राटों

का नियन्त्रण, वैद्य का कर्म नहीं है। वह सम्राट के आत्मीय जनों का कर्म है।...इसलिए मैं यह सूचना आपको देने आया हूँ कि सम्राट का रोग हमारी पहुँच से बाहर जा रहा है। उन्हें सँभालना कठिन हो रहा है।... यदि आप सम्राट को सँभाल लेंगे, तो आज भी हमारा विश्वास है कि हम उनके रोग को सँभाल लेंगे... ।" राजवैद्य ने रुककर भीष्म को देखा, "आपने देखा महाराजकुमार! कभी–कभी वैद्य का धर्म रोगी के निकट नहीं, रोगी के आत्मीय जनों के निकट भी होता है।"

भीष्म गम्भीर दृष्टि से वैद्य की ओर देखते रहे। फिर धीरे–से बोले, "कोई चिन्ताजनक बात तो नहीं है।"

"अब वैद्य के रूप में आपके सम्मुख बोल रहा हूँ," राजवैद्य ने कहा, "बात चिन्ताजनक स्थिति तक पहुँच गयी है, और बहुत ही शीघ्र चिन्तातीत स्थिति में पहुँच जायेगी।"

"आपने राजमाता को बताया?"

"ऐसी स्थिति में रोगी के सामने हम स्पष्ट और सत्य नहीं बोल सकते।" राजवैद्य ने कहा, "रोगी के ऐसे आत्मीय को भी हम ठीक स्थिति नहीं बता सकते, जो उसे सुनकर स्वयं रुग्ण हो जाये। आप समझ रहे हैं न मेरी बात..." राजवैद्य ने उन्हें देखा, "सम्राट और राजमाता को रोग की स्थिति के विषय में ठीक–ठीक नहीं बताया जा सकता।...मैंने आपको कहा था कि वैद्य का धर्म स्पष्ट बोलना है; किन्तु कभी–कभी हमारा धर्म द्वन्द्वयुक्त हो जाता है।"

राजवैद्य चले गये और भीष्म बैठे–के–बैठे रह गये।...इसलिए तो आये थे राजवैद्य कि अपने मन की चिन्ता भीष्म के मन में उतार कर स्वयं निश्चिन्त हो जायें। अब यह भीष्म का काम था कि वे सोचें कि किस–किसको सूचना देनी है, कैसे देनी है और कब देनी है...

भीष्म जानते थे कि ऐसी सूचना पाकर राजमाता पर जैसे पहाड़ टूट पड़ेगा।...सह पायेंगी वे प्रकृति के इस क्रूर प्रहार को?...जाने प्रकृति इस प्रकार की क्रीड़ा क्यों करती है?...कभी–कभी भीष्म का मन, बच्चों के समान एक परीलोक की कल्पना करता है, जहाँ किसी को कोई कष्ट नहीं है, कोई दुख नहीं है, कोई अभाव नहीं। सब लोग स्वस्थ,

सुखी और प्रसन्न हैं। सबके पास अपनी इच्छाओं से अधिक धन और सुख–सुविधा है। सब लोग एक–दूसरे से प्यार करते हैं; घृणा, लोभ, विरोध और भय का कहीं नाम भी नहीं है...

और फिर भीष्म सोचते हैं कि भगवान ने भी ऐसा ही संसार बनाया होता, तो उसका क्या बिगड़ जाता? उसने क्यों ऐसा संसार बनाया, जिसमें दुख, पीड़ा और अभाव हैं; घृणा, द्वेष, और विरोध है; हिंसा, वंचना और तिरस्कार है?...सोचते–सोचते भीष्म प्रकृति की विडम्बनाओं पर पहुँच जाते...प्रत्येक व्यक्ति कहीं–न–कहीं दुखी है...और सबसे बड़ी बात यह है कि जिसको वह अपना सुख मान कर बढ़ता है वही उसको दुख देता है...राजमाता ने क्या सोचा था, उन्होंने जो सुख अपने पुत्र को उपलब्ध कराने के लिए जीवन का दाँव लगाया था, वही सुख आज विचित्रवीर्य के लिए यम–फाँस बन गया है। किसी की सन्तान अभाव से मर जाये, तो वह किसी प्रकार सन्तोष कर लेगा कि उसके पास था ही नहीं, पर उसने स्वेच्छा से भोग उपलब्ध करा कर पुत्र को मृत्यु के मुख में धकेला हो?...क्या प्रत्येक व्यक्ति अपने ही पाप को नहीं भुगत रहा?...कोई अपनी चतुराई को भुगत रहा है, और कोई अपनी मूर्खता को; कोई अपनी व्यावहारिकता को भुगत रहा है, और कोई सिद्धान्तों को...

पर यह समय दार्शनिक गुत्थियाँ सुलझाने का नहीं था, इस समय तो विचित्रवीर्य के स्वास्थ्य की चिन्ता करनी होगी...और माता सत्यवती को सूचना...

परिचारक ने कक्ष में प्रवेश कर भीष्म को प्रणाम किया।

"क्या है?" भीष्म ने पूछा।

"महाअथर्वण जाबालि के आश्रम से दो ब्रह्मचारी द्वार पर उपस्थित हैं महाराजकुमार! वे आपके दर्शनों की अनुमति चाहते हैं।"

भीष्म के मन के सारे विचार वायु में विलीन हो गये : महाअथर्वण के आश्रम के ब्रह्मचारी! क्या सन्देश लाये हैं वे...भीष्म का महाअथर्वण

से कोई सीधा सम्बन्ध नहीं रहा है।...वे किसी असुविधा में फँसकर कोई कष्ट तो नहीं पा रहे? या राज्य से किसी प्रकार की सहायता चाहते हैं...या संरक्षण?...सामान्यतः ऋषिकुल अर्थ की समस्या लेकर राजधानियों में कम ही उपस्थित होते हैं...उनकी बड़ी समस्या रक्षण की होती है, दुष्ट–दलन की...पर महाअथर्वण स्वयं ही सक्षम हैं...

"आने दो।" अपने विचारों के बीच में से उबरकर भीष्म बोले।

परिचारक चला गया और ब्रह्मचारियों ने कक्ष में प्रवेश किया।

भीष्म ने उन्हें प्रणाम किया, जैसे वे महाअथर्वण के ब्रह्मचारी न हों, स्वयं महाअथर्वण हों।

"कहें ब्रह्मचारिगण! महाअथर्वण ने क्या सन्देश भेजा है।"

"हम आपके लिए एक सुखद समाचार लाये हैं महाराजकुमार!" एक ब्रह्मचारी ने कहा, "आपके गुरु महाभार्गव भगवान परशुराम के आश्रम से हमारे आश्रम में यह सूचना आयी है कि वे आज से तीसरे दिन कुरुक्षेत्र में पवित्र सरस्वती के तट पर हमारे आश्रम में पदार्पण करेंगे। उन्होंने आपसे भेंट करने की इच्छा प्रकट की है।...किन्तु वे हस्तिनापुर में प्रवेश करना नहीं चाहते, अतः उनकी इच्छा है कि आप कुरुक्षेत्र में पधारने का कष्ट करें।"

भीष्म के लिए यह सूचना सचमुच सुखद थी और आकस्मिक भी। जब से भीष्म ने भगवान परशुराम के आश्रम से विदाई ली है, वे लौटकर आश्रम में नहीं जा पाये; और आश्रम के बाहर भी उनकी अपने गुरु से कहीं भेंट नहीं हो पायी। अब वर्षों बाद उनसे मिलने का अवसर प्राप्त हो रहा है।

"मैं अवश्य उनके दर्शन करूँगा।" भीष्म बोले, "यह मेरा सौभाग्य है कि उन्होंने मुझे स्मरण किया है।...वैसे वे हस्तिनापुर में आते तो मुझे प्रसन्नता होती।"

ब्रह्मचारी मुस्कुराया, "कुरुश्रेष्ठ! हम तो उनके शिष्यों द्वारा दी गयी एक सूचना लेकर आपके सम्मुख उपस्थित हुए हैं। आपका निमन्त्रण उन तक पहुँचाने की स्थिति में हम नहीं हैं।"

"ओह!" भीष्म जैसे सचेत हुए।...ब्रह्मचारी ठीक कह रहा है, "अच्छा!

आप लोग विश्राम करें।" भीष्म ने परिचारक को बुलाया, "इनका पूर्ण सत्कार हो। ये मेरे गुरु का सन्देश लेकर आये हैं।"

संयोग से राजवैद्य की सूचना के बाद ही भगवान परशुराम के आगमन का सन्देश भी मिला था। भीष्म को लगा, एक की आड़ में दूसरी सूचना भी राजमाता को दी जा सकती है। अन्यथा राजमाता तक विचित्रवीर्य के रोग की सूचना पहुँचाना विकट कार्य हो रहा था।

उन्होंने सत्यवती को भगवान परशुराम के आगमन की सूचना दी और बोले, "मैं कल ही कुरुक्षेत्र के लिए प्रस्थान करना चाहूँगा। सम्भवतः मुझे दो–तीन दिन लग जायें।...आप विचित्रवीर्य के स्वास्थ्य का ध्यान रखें," और भीष्म ने सामान्य रूप में सूचना देने के साथ–साथ प्रयत्न किया कि राजमाता इस सूचना की गम्भीरता भी समझें, "राजवैद्य का कहना है कि सम्राट उनके नियन्त्रण में नहीं हैं, इसलिए औषध के नियन्त्रण में भी नहीं हैं। यदि स्थिति न बदली तो सम्राट का स्वास्थ्य चिन्ताजनक हो जायेगा और फिर उनके लिए अश्विनीकुमार भी कुछ नहीं कर पायेंगे।"

सत्यवती की आँखें भीष्म के चेहरे को टटोल रही थीं : क्या चर्चा हुई है राजवैद्य और भीष्म में? वह चिन्ताजनक बात को साधारण बना कर कह रहा है या साधारण बात को चिन्ताजनक बना रहा है?...और सहसा सत्यवती के मन में एक दूसरा ही विचार उभरा, "भीष्म! मैंने सुना है कि परशुराम और महाअथर्वण जाबालि दोनों ही महान वैद्य भी हैं। वे अपनी औषधियों और मन्त्रबल से मृत व्यक्ति में भी प्राण डाल सकते हैं। क्या यह सत्य है पुत्र?"

"सत्य है माता।"

"तो मैं भी तुम्हारे साथ कुरुक्षेत्र जाऊँगी भीष्म!" सत्यवती बोली, "मैं उन दोनों ऋषियों से विचित्रवीर्य का जीवन माँगूँगी। ऐसा क्यों है कि राजवैद्य की कोई औषधि उसका उपचार नहीं कर पा रही है। अवश्य ही राजवैद्य के ज्ञान में कहीं कोई कमी है। या तो वे विचित्रवीर्य के रोग का ठीक निदान नहीं कर पा रहे हैं, या फिर उसके लिए उचित

औषधि नहीं ढूँढ़ पा रहे हैं।"...सत्यवती ने भीष्म को देखा, "ऐसे में यदि संयोग से इन दो महान ऋषियों के दर्शन का अवसर उपलब्ध हुआ ही है, तो हम क्यों न उसका लाभ उठायें...।"

भीष्म के मन में आवेश–सा उठा। इच्छा हुई, कहें, 'माता! न राजवैद्य के ज्ञान में कोई न्यूनता है न औषधि का अभाव; किन्तु कोई रोगी, रोग की अवस्था में भी यदि सात्विक जीवन का पालन नहीं करेगा तो कोई भी वैद्य उसकी रक्षा नहीं कर सकता...।'

पर राजमाता को यह सब कहना सरल था क्या?...भीष्म ने मात्र इतना ही कहा, "जैसी आपकी इच्छा।"

8

भीष्म हस्तिनापुर से चले तो ऐसा नहीं लग रहा था कि कोई शिष्य अपने गुरु से मिलने जा रहा हो।...वह तो किसी राज–परिवार की पूरी शोभा–यात्रा थी।...

राजमाता, भगवान परशुराम से मिलने भी जाना चाहती थीं, और हस्तिनापुर में छूटे विचित्रवीर्य की चिन्ता भी उन्हें पर्याप्त थी। उनका वश चलता तो वे पुत्र और पुत्र–वधुओं को भी साथ ही ले चलतीं; किन्तु राजवैद्य ने इसकी अनुमति नहीं दी थी। उनका विचार था कि स्वास्थ्य की इस स्थिति में यात्रा, सम्राट के लिए कष्टप्रद तो होगी ही, अस्वास्थ्यकर भी हो सकती है।...

विचित्रवीर्य साथ नहीं चल सकता था, इसलिए अम्बिका और अम्बालिका भी साथ जाकर क्या करतीं। किन्तु पुत्र को पीछे छोड़ कर जाने से पहले राजमाता ने उसकी देखभाल, सेवा–शुश्रूषा तथा औषध–सेवन इत्यादि का पर्याप्त प्रबन्ध किया। वैद्यों, परिचारिकाओं, दासियों तथा रानियों को अनेक निर्देश दिये गये...और फिर राजमाता की अपनी तैयारी आरम्भ हुई...

भीष्म अकेले कहीं जाते हैं, तो कब जाते हैं, कब लौट आते हैं– किसी को पता भी नहीं चलता। उनका आना–जाना तो लगा ही रहता

है। किन्तु राजमाता का साथ जाना, बिना सबकी आँखों में आये कैसे रह सकता था। राजपुरोहित और महामन्त्री को भी भगवान परशुराम के दर्शनों का अवसर उपलब्ध हो रहा था। उन्होंने भी साथ चलने की अनुमति चाही।

आगे–आगे भीष्म, सत्यवती, महामन्त्री, विष्णुदत्त और राजपुरोहित वसुभूति के रथ थे। उनके पीछे सेवकों, सैनिकों और सामग्री से भरे हुए रथ और छकड़े थे। यह सब, जैसे भीष्म की इच्छा के अनुकूल नहीं था।...वे तो एक शिष्य के रूप में जाकर अपने गुरु के चरणों में बैठना चाहते थे, जैसे वे अपने आश्रम–वास के दिनों में बैठा करते थे। उनकी बालकावस्था जैसे फिर से लौट आयी थी...और कोई बालक यह कब चाहता कि उसके परिवार के लोग उसके और उसके गुरु के सम्बन्धों को अपने प्रभाव या उपस्थिति से कोई और रूपाकार दे दें...

जन्म के तत्काल बाद ही भीष्म को माता गंगा त्याग गयी थीं, और पिता उद्विग्न और भ्रान्त–से वनों में मृगया करते घूम रहे थे... भीष्म के जीवन का वह काल विभिन्न गुरुओं के आश्रमों में ही बीता था। वैसे तो प्रत्येक राजकुमार के ब्रह्मचर्य की अवधि गुरुकुलों में ही व्यतीत होती है; किन्तु उनकी स्थिति भीष्म की–सी नहीं होती।...भीष्म राजकुमार थे, उनके माता–पिता, दोनों ही वर्तमान थे; किन्तु उनकी देखभाल करने के लिए या उनके साथ अपना कुछ समय बिताने का अवकाश, न पिता को था, न माता को।...माता शायद नारी–स्वातन्त्र्य पर किसी प्रकार की आँच नहीं आने देना चाहती थीं, इसलिए पिता से पृथक् पूर्णतः स्वतन्त्र रूप में अपना जीवन व्यतीत कर रही थीं। और पिता अपने मन के घाव को भरने की प्रतीक्षा में वन्य पशुओं को घाव देने में समय नष्ट कर रहे थे।...इसलिए भीष्म को आश्रम में ही रहना था...अपनी शिक्षा–दीक्षा के लिए भी और इसलिए भी कि हस्तिनापुर के राजप्रासाद में ऐसा कोई नहीं था, जो उनकी प्रतीक्षा कर रहा हो...

गुरु परशुराम कठोर अनुशासन के प्रतिष्ठाता थे। उनके लिए कोई भूल छोटी और कोई भूल बड़ी नहीं थी। प्रत्येक भूल, मात्र एक भूल थी; इसलिए वह अक्षम्य थी। वे किसी भूल को क्षमा नहीं करते

थे...एक बार किसी एक शिष्य द्वारा अपनी भूल के लिए क्षमा–याचना पर उन्होंने कहा था, 'तुम परशुराम के शिष्य हो। अपनी भूल के लिए क्षमा नहीं, दण्ड माँगना सीखो।' उन्होंने सारे आश्रमवासियों से कहा था, 'न्याय और सत्य का सिद्धान्त यह कहता है कि यदि हम अपने धनात्मक कार्य के लिए पुरस्कार की अपेक्षा करते हैं, तो अपने ऋणात्मक कार्य के लिए दण्ड की अवज्ञा नहीं करनी चाहिए। कर्म–सिद्धान्त को काट कर आधा मत करो। फल तो प्रत्येक कर्म का होगा–ऋणात्मक कर्म का भी और धनात्मक कर्म का भी। तुम एक को पुरस्कार कहते हो और एक को दण्ड। एक की अपेक्षा तुम्हें है, दूसरे की नहीं। प्रकृति के नियम सार्वभौमिक हैं; वे आंशिक सत्य नहीं हैं।...परशुराम के शिष्य को सत्यवादी होने के नाते सत्य का सामना करना चाहिए।'

अश्व पूरे वेग से भाग रहे थे। रथ के पहियों की गड़गड़ाहट एक व्यापक निनाद के समान सारे परिवेश में छायी हुई थी। रथ के हिचकोले भी कम नहीं लग रहे थे,...किन्तु भीष्म जैसे अपने अतीत के साथ एकतार हो चुके थे। उनके स्मृति–पटल पर आश्रम की अनेक घटनाएँ–विशेषकर गुरु से सम्बन्धित घटनाएँ–अभियानपूर्वक वैसे ही छाती जा रही थीं, जैसे सागर की लहरें सागर–वेला पर अधिकारपूर्वक अपने–आपको आरोपित करती हैं...

गुरु का अनुशासन कठोर था, किन्तु गुरु स्वयं कठोर नहीं थे। अनुशासन के सन्दर्भ में वे रूक्ष हो जाया करते थे, किन्तु उनके मन में कितना स्नेह था अपने शिष्यों के प्रति।...

आश्रमवासी विद्यार्थियों के माता–पिता कभी–न–कभी आकर मिल जाया करते थे। कभी–कभी तो कोई अपने बच्चे को ले जाया करते थे–कुछ दिन अपने साथ रखने के लिए, या फिर भ्रमण के लिए–किन्तु बालक देवव्रत के साथ तो उस सारी अवधि में एक बार भी ऐसा नहीं हुआ था...गुरु ने दो–चार बार कहा भी कि देवव्रत का मन आश्रम के जीवन से ऊबने लगेगा। उसे भी तो थोड़ा मनोरंजन चाहिए। आश्रम के एकरस उबाऊ जीवन में कोई तो परिवर्तन हो...किन्तु जब उसके माता–पिता को ही चिन्ता नहीं थी तो...

शरद ऋतु आयी। गुरु और गुरु–पत्नी भ्रमण के लिए तैयार हुए। वे हिमालय के मनोरम आश्रमों में जाने वाले थे। कुछ आश्रमवासी उदास भी थे। गुरु और गुरु–पत्नी आश्रम में न हों, तो सारे आचार्यों, मुनियों और ब्रह्मचारियों के होते हुए भी आश्रम कैसा उजाड़–सा लगने लगता है, जैसे आत्मा न रहे तो सारे अवयवों के वर्तमान रहते भी, शरीर में कोई सौन्दर्य नहीं रह जाता।...

और तभी गुरु ने देवव्रत को बुला भेजा। देवव्रत मन में कुछ आशंकाएँ लेकर गुरु के सम्मुख उपस्थित हुआ, जाने गुरु क्या कहें, क्या न कहें...

'देवव्रत!' गुरु ने स्नेह से कहा, 'पुत्र! तुम बहुत दिनों से आश्रम के बाहर नहीं गये हो। तुम्हारा मन ऊब रहा होगा। हम कल भ्रमण के लिए आश्रम छोड़ रहे हैं। तुम हमारे साथ चलने के लिए तैयार हो जाओ। तुम्हें हम प्रकृति के कुछ अद्भुत दृश्य दिखायेंगे। हिमालय की मनोरम छटा।...अध्ययन की एकरसता का बोझ मस्तिष्क से कुछ दिनों के लिए झटक दो।...'

स्वयं को बहुत संयत करने पर भी देवव्रत पूछ ही बैठा, 'और कौन–कौन जा रहा है गुरुदेव?'

'मैं, तुम्हारी गुरु–पत्नी, तीन–चार मुनि और तुम!'

देवव्रत का बहुत मन था कि कहे, 'गुरुवर! अपने संगी–साथी मित्रों के बिना, मुझे इस भ्रमण में क्या आनन्द आयेगा।'...पर उसी समय उसके विवेक ने कहा, 'मूर्ख! यह गुरु की अनुकम्पा है। वह तुझे अपने साथ भ्रमण के लिए ले जा रहे हैं, जैसे माता–पिता अपने पुत्र को ले जाते हैं।'

और देवव्रत ने गद्‌गद होकर हाथ जोड़ दिये थे।

...और सचमुच वह भ्रमण कितना अच्छा रहा। गुरु उन स्थानों से परिचित थे। उस यात्रा के लिए आवश्यक उपकरणों का उनको ज्ञान था, अपेक्षित सावधानियों से उनका परिचय था। उन दुरूह और दुर्गम क्षेत्रों के आश्रमों में उनका सम्मान था। तीन मास के उस भ्रमण में गुरु ने उन्हें इतना कुछ नवीन और मनमोहक दिखा दिया, जो कदाचित देवव्रत अपने–आप कभी न देख पाते...

अन्ततः जब भीष्म ने अध्ययन पूरा कर आश्रम छोड़ा तो विदाई के समय कितने स्नेह से गुरु–पत्नी ने कहा था, 'पुत्र! तुम्हारा एक घर तो वह है, जहाँ तुमने जन्म लिया है; और दूसरा घर यह है; जहाँ तुमने शिक्षा पायी है। जैसे हस्तिनापुर का आकर्षण तुम्हें खींचता रहा है, वैसे ही इस आश्रम को भी याद करना...'

और अब भीष्म सोचते हैं कि उन्हें यह स्वीकार करते हुए संकोच होता है कि उन्होंने आश्रम को कभी वैसे स्मरण नहीं किया, जैसे कोई अपने घर को याद करता है। कभी अवसर ही नहीं आया कि वे लौट कर गुरु और गुरु–पत्नी के चरणों में सिर नवाते।...एक आश्रम से दूसरे आश्रम में भटकते रहे, और अन्त में हस्तिनापुर में आकर फँस गये। एक बार आ गये तो आ गये, फिर हस्तिनापुर छोड़कर जाना उनके लिए सम्भव नहीं हुआ।...

धर्मक्षेत्र में सरस्वती नदी के दर्शन होते ही, भीष्म जैसे अपने सुख–संसार से बाहर आये...अब वे भगवान परशुराम के आश्रम के ब्रह्मचारी नहीं हैं...तब से अब तक के बीच, काल का एक लम्बा अन्तराल है। वे छोटे बालक नहीं हैं...वयस्क हैं। प्रौढ़ता की ओर बढ़ रहे हैं...राजा तो वे नहीं हैं, किन्तु कुरु–साम्राज्य के कर्ता–धर्ता हैं। आज वे गुरु से प्रायः उसी प्रकार मिलने जा रहे हैं, जैसे शायद तब बालकों के अभिभावक उनसे मिलने आया करते थे। वयस्क, प्रौढ़ और वृद्ध–समान धरातल पर गुरु से मिलने के इच्छुक, किन्तु उनके प्रति सम्मान, आदर और श्रद्धा का भाव लिए हुए...

सहसा उनकी दृष्टि उठी–सामने, मार्ग पर चार अश्वारूढ़ ब्रह्मचारी उद्दण्डता से न केवल उनका मार्ग रोके खड़े थे, वरन उन्हें रुक जाने का संकेत भी कर रहे थे...

भीष्म का आक्रोश जागा : मन में आया कि चार बाण छोड़कर अभी इन्हें धराशायी कर दें।...पर फिर अपने आवेश को समझाया...जाने क्या कहना चाह रहे हैं ब्रह्मचारी...

रथ रोककर सारथि वीरसेन ने पूछा, "क्या चाहते हो ब्रह्मचारी?"

"हम भगवान परशुराम के शिष्य हैं। आपके स्वागत के लिए आये हैं।" एक ब्रह्मचारी ने आगे बढ़कर कहा, "भगवान आ गये हैं। आश्रम में आपकी प्रतीक्षा कर रहे हैं। आइए।"

उन्होंने अपने अश्व मोड़े और सरपट भाग चले।

भीष्म के मन ने उन्हें धिक्कारा : कितना साधा है, उन्होंने आज तक अपने–आपको; किन्तु मन का अहंकार नहीं गया। न क्रोध मिटा, न रजोगुण से मुक्ति पायी।...वे उनके स्वागत के लिए खड़े थे और भीष्म उन पर बाण–प्रहार करने की सोच रहे थे...उन्हें क्यों याद नहीं रहा कि उनके गुरु महाभार्गव साधारण वनवासी तापस नहीं हैं, वे शस्त्रास्त्रों के प्रकाण्ड पण्डित और युद्ध–कला के अन्यतम विशारद हैं। जैसे अश्व महाभार्गव के आश्रम में होते हैं, और कहीं नहीं होते। उनके साधारण शिष्य बड़े–बड़े अतिरथियों से अधिक दक्षता से अश्व–संचालन करते हैं...

सामने, सरस्वती के तट पर भगवान परशुराम का अस्थायी आश्रम दिखायी दे रहा था। आश्रम क्या था, छोटा–मोटा युद्ध–शिविर ही था। सशस्त्र ब्रह्मचारी प्रहरी के रूप में खड़े थे।

रथ रुके और प्रहरी आगे बढ़े।

"पधारिए!" एक प्रहरी बोला, "रथों से उतर आइए। रथों तथा अश्वों की व्यवस्था हमारे साथियों पर छोड़ दीजिए। आप लोग आइए, भगवान आपकी प्रतीक्षा कर रहे हैं।"

अपने रथों तथा सेवकों को प्रहरियों के पास छोड़, भीष्म, सत्यवती, विष्णुदत्त और वसुभूति आगे बढ़े। प्रहरी–नायक ने उन्हें आगे चल कर एक ब्रह्मचारी तक पहुँचा दिया। वह उन्हें लेकर आगे चला।

चारों ओर अस्थायी कुटीर बने थे। उनके मध्य में से होकर एक मार्ग जाता था, जो आश्रम के केन्द्र तक पहुँचाता था। वहीं भगवान परशुराम स्वयं विद्यमान थे...

भीष्म ने गुरु को देखा : जिन दिनों भीष्म ने उनके चरणों में बैठकर विद्याभ्यास किया था, उन दिनों वे युवक थे। अब वे प्रौढ़ वय

पार कर वार्द्धक्य की ओर जा रहे थे। केशों और दाढ़ी में पर्याप्त मात्रा में धवलता आ चुकी थी। उनका गौरवर्ण अब जैसे हिम–ताप सह कर ताम्रवर्णी हो गया था। शरीर पर मांस कुछ कम हो गया था, किन्तु वे पूर्णतः स्वस्थ और प्रसन्न दिखायी दे रहे थे।

भीष्म ने उनके चरणों में प्रणाम किया।

"धर्म में तुम्हारी आस्था दृढ़ रहे।" परशुराम ने आशीर्वाद दिया, "प्रसन्न तो हो वत्स?"

"आपकी कृपा है गुरुवर!"

"तुम्हारे यश के साम्राज्य का तो ख़ूब विस्तार हो रहा है। अब तुम देवव्रत से भीष्म हो गये हो। तुमने राज्य छोड़ा; पत्नी और सन्तान का मोह छोड़ा। उनके माध्यम से प्राप्त होने वाले सारे सुख त्याग दिये।"...गुरु ने प्रसन्न–वदन कहा, "पुत्र! जैसे भोजन में से नमक और मीठा निकाल दिया जाये तो शेष स्वाद अपने–आप छूट जाते हैं, वैसे ही कंचन और कामिनी का मोह छोड़ दिया जाये तो जीवन के शेष मोह तो अपने–आप ही छूट जाते हैं। क्या तुम्हें ऐसा नहीं लग रहा?"

"अभी तो इतना ही लग रहा है गुरुदेव!" भीष्म बोले, "कि सारे राग–द्वेष, जीवन के सारे भोग और स्वाद, मैंने बलात दबा रखे हैं। तनिक–सा अवसर मिलते ही सब सिर उठा देते हैं। मुक्त तो अभी मैं किसी से भी नहीं हो पाया।"

"कोई बात नहीं!" परशुराम बोले, "अभी बहुत समय है तुम्हारे पास। धर्म पर दृढ़ रहो। मैंने तुम्हारे धर्म की ही परीक्षा लेने के लिए तुम्हें यहाँ बुलाया है देवव्रत भीष्म!"

"परीक्षा तो उत्तीर्ण होने का स्वर्णावसर है गुरुदेव!" भीष्म बोले, "आप आदेश दें।"

"तनिक धैर्य रखो।" परशुराम मुस्कुराये, "इतने वर्षों के पश्चात तुमसे भेंट हुई है। थोड़ा सुख–संवाद तो हो ले।" परशुराम मुस्कुरा रहे थे, किन्तु उनकी मुस्कान के मेघों के पीछे तपते हुए प्रखर सूर्य का आभास भीष्म को हो रहा था।...

"ये तुम्हारी माता हैं–सत्यवती?" गुरु ने पूछा।

"हाँ! गुरुदेव! ये मेरी माता हैं। ये आचार्य वसुभूति हैं और ये हैं कुरु–राज्य के महामन्त्री आर्य विष्णुदत्त।"

सबने प्रणाम किया। गुरु ने आशीर्वाद की मुद्रा में हाथ उठाया।

सत्यवती का मन हुआ कि भगवान से तत्काल अपने विचित्रवीर्य के स्वास्थ्य की चर्चा करे। वे यदि कोई औषध दें...

"महर्षि! एक निवेदन मैं भी करना चाहती हूँ।"

"तुम्हारी व्यथा भी सुनूँगा राजमाता।" परशुराम बोले, "किन्तु तुम लोग थके हुए आये हो। जाओ, थोड़ा विश्राम करो।...सन्ध्या समय भेंट भी होगी और चर्चा भी।"

परशुराम उन्हें छोड़कर चले गये।

उनके एक शिष्य ने आगे बढ़ाकर कहा, "इधर पधारें राजमाता!"

सत्यवती के पास कोई विकल्प नहीं था। वह देख रही थी, जिस राजसत्ता के मोह में उसने अपना तापस छोड़ा था, उसका इस तपस्वी परशुराम के सम्मुख तनिक भी मूल्य नहीं था।...

सन्ध्या समय सूचना मिलने पर कि गुरु उनकी प्रतीक्षा कर रहे हैं, भीष्म सभामण्डप में आये। उन्हें लगा, यह मात्र गुरु की भेंट ही नहीं है। यह तो कुछ और है। प्रातः भी गुरु की मुस्कान के पीछे से उनका जो तेज झाँक रहा था, वह भीष्म की समझ में नहीं आया था।...इस समय भी मण्डप में पूरा समाज जुटा था।...गुरु ने कहा था कि वे भीष्म के धर्म की परीक्षा लेने आये हैं...

"आओ देवव्रत भीष्म!" गुरु ने कहा, "वहाँ बैठो।"

गुरु ने भीष्म को अपने साथ का आसन नहीं दिया था। वह आसन उनके ठीक सम्मुख, कुछ दूरी पर था। गुरु सचमुच ही उनकी परीक्षा लेने वाले थे।...क्या मौखिक परीक्षा? या...

भीष्म बैठ गये। सत्यवती, विष्णुदत्त और वसुभूति को भी बैठने के लिए ससम्मान आसन दिया गया।

"ये मेरे साथ शैखावत्य ऋषि बैठे हैं।" परशुराम बोले, "और ये

रजोगुण से देदीप्यमान महापुरुष हैं राजा होत्रवाहन! ये काशी की राजकुमारी अम्बा के नाना हैं।..."

भीष्म को लगा, उनके कानों के नीचे नगाड़े बज उठे हैं...अत्यन्त दुखी और पीड़ित होकर अम्बा ने जब हस्तिनापुर त्यागा था, तो वह शैखावत्य ऋषि के आश्रम में ही गयी थी...और अब अम्बा के नाना का भगवान परशुराम और शैखावत्य ऋषि के साथ वहाँ वर्तमान होना ...क्या अर्थ है इसका?

भीष्म के मन में अनेक बवण्डर एक साथ उठने लगे : गुरुवर का इस प्रकार यहाँ आ उपस्थित होना आकस्मिक है, या इसका भी सम्बन्ध अम्बा से ही है। क्या अम्बा के नाना किसी विशेष प्रयोजन से गुरुवर को साथ लेकर आये हैं?...धर्मक्षेत्र में पवित्र सरस्वती नदी के तट पर गुरु ने कोई ऐसा आदेश दे दिया, जो भीष्म के धर्म के विरुद्ध पड़ा तो?...पर तभी उनके मन में बैठी गुरु की आस्था बोली, 'भीत पशु के समान प्रत्येक शब्द पर मत भड़क...शब्द त्रास का ही पर्याय नहीं है, शब्द तो संगीत भी होता है...गुरु ऐसा आदेश देंगे ही क्यों? गुरु का सारा जीवन धर्ममय है...उनका चिन्तन, उनका कर्म, उनका जीवन—सब कुछ धर्म के निमित्त है, तो फिर वे धर्म—विरोधी आदेश देंगे ही क्यों?'

"देवव्रत!" गुरु बोले, "तुम्हारा सारा यश तुम्हारे त्याग पर आधृत है। यद्यपि संसार में असंख्य लोग बिना राज्य और बिना नारी के अपना जीवन व्यतीत करते हैं; और फिर भी वे महान नहीं कहलाते। किन्तु तुमने जिस प्रकार प्रतिज्ञापूर्वक सहज उपलब्ध भोगों का त्याग किया है, वह प्रशंसनीय है। यह देखकर मुझे प्रसन्नता हुई है कि तुम रजोगुण से परास्त नहीं हुए।...किन्तु वत्स! क्या तुमने कभी सोचा कि व्यक्ति प्रतिज्ञा क्यों करता है?"

"मैंने तो... ।"

परशुराम ने भीष्म को अपना वाक्य पूरा नहीं करने दिया, "तुमने तो प्रतिज्ञा इसलिए की थी कि तुम्हारे पिता की आकांक्षापूर्ति के मार्ग में जो बाधा है, वह हट जाये।"

"हाँ गुरुदेव!"

"अर्थात दूसरों के सुख के लिए, उनके हित के लिए।...उसमें तुम्हारा अपना स्वार्थ तो कोई नहीं था।"

"अपना स्वार्थ भी था," भीष्म निस्संकोच बोले, "मैं धर्म की ओर अग्रसर होना चाहता था। भोग, धर्म का विरोधी है। मुझे अपनी इस प्रतिज्ञा से भोग से दूर रहने का अवसर मिल रहा था। मैंने उस संयोग का लाभ उठाया।"

"अर्थात धर्म तो दूसरे के हित में ही है, उसके कारण संसार के जिन भोगों से तुम्हें वंचित होना पड़ा, उन्हें भी तुमने अपना हित माना। तुम्हें अपना कष्ट भी अपना धर्म प्रतीत हुआ। जिसे सारा संसार वंचित होना कहता है, तुमने उसे ही अपनी उपलब्धि माना।..."

भीष्म चुपचाप गुरु की ओर देखते रहे : जाने गुरु की यह तर्क–शृंखला उन्हें किस निष्कर्ष तक ले जाये...कहीं वे भीष्म के लिए कोई जाल तो नहीं बुन रहे हैं?...

"तो भीष्म!" गुरु पुनः बोले, "इतना तो निश्चित है कि तुमने अपने जीवन में धर्म के इस तत्त्व को तो ग्रहण किया ही है कि सांसारिक दृष्टि से परहित करते हुए, तुम अपना स्वार्थ नहीं देखोगे..." और गुरु ने अपनी बात रोककर, शिविर के पृष्ठ भाग की ओर से आती हुई अम्बा का स्वागत किया, "आओ बेटी!"

भीष्म के मन में जैसे कोई विस्फोट हुआ : तो यह भी यहीं है।... अब उन्हें और अनुमान लगाने की आवश्यकता नहीं है। सारी स्थिति पूर्णतः स्पष्ट हो चुकी थी। यह सारा समारोह इसी का है। यह अपने नाना होत्रवाहन के पास गयी होगी। वे उसे लेकर शैखावत्य ऋषि के पास पहुँचे होंगे। और शैखावत्य ऋषि ने भीष्म से अपनी बात मनवाने का एकमात्र मार्ग देखा होगा, गुरु का आदेश...

अम्बा ने सब लोगों को नमस्कार किया और नत–मस्तक बैठ गयी।

"वत्स भीष्म!" परशुराम ने कहा, "प्रत्येक कन्या के पिता की इच्छा होती है कि वह उपयुक्त वर खोज कर अपनी कन्या उसे सौंप दे। अम्बा के पिता ने भी यही कामना की थी।...तुमने स्वयंवर–

मण्डप में से उसका हरण किया, तो फिर तुमने उसके साथ विवाह क्यों नहीं किया?"

"ब्रह्मचर्य के पालन की अपनी प्रतिज्ञा के कारण।"

"स्वयंवर में यह घोषणा क्यों नहीं की?"

भीष्म कुछ अटपटा–से गये, "किन्तु मेरी प्रतिज्ञा की घोषणा स्वयं काशिराज के चारण ने की थी।"

"तुमने उस घोषणा से सहमति प्रकट नहीं की, वरन तुमने अपनी ओर से घोषणा की कि तुम राजकन्याओं का हरण कर रहे हो।" परशुराम बोले, "इसका अर्थ यह भी तो हो सकता है कि तुम उस सूचना से सहमत नहीं थे। अतः उसका विरोध करने के लिए कन्याओं का हरण कर रहे थे।"

"मेरा अभिप्राय यह नहीं था।"

"किन्तु इस भ्रम के लिए अवकाश तो हो सकता था।" परशुराम बोले, "मान लो कि तुम्हें देखकर अम्बा तुम पर मुग्ध हो गयी हो। उसकी हार्दिक इच्छा हो कि तुम उससे विवाह कर लो..."

अम्बा ने तमककर परशुराम की ओर देखा : ऋषि क्या कह रहे हैं? कहीं उन्होंने अम्बा के हृदय का सत्य तो नहीं जान लिया...

"मनुष्य की यह दुर्बलता है कि वह सांसारिक तथ्यों और घटनाओं को भी अपनी इच्छाओं में रंग कर देखता है। तटस्थ व्यक्ति के लिए वह दृष्टि दूषित हो सकती है, किन्तु उस व्यक्ति का सत्य वही होता है।...ऐसी स्थिति में यदि अम्बा ने यही समझा हो कि तुम उससे विवाह करने के लिए ही उसका हरण कर रहे हो, तो तुम उसे क्या कहोगे?"

"उसका दृष्टिदोष!"

"तो क्या तुम्हारे लिए उचित नहीं था कि उसके दृष्टिदोष का परिमार्जन करते?"

भीष्म कुछ देर चुपचाप बैठे रहे और फिर धीरे–से बोले, "गुरुदेव! स्वयंवर की उत्तेजना में, सम्भवतः मेरे मन में यह बात नहीं आयी। क्या मेरे सन्दर्भ में मानवीय दुर्बलता के लिए आप तनिक भी अवकाश नहीं छोड़ेंगे?"

लगा, परशुराम का स्वर जैसे स्नेह से आर्द्र हो गया, "मानवीय दुर्बलताएँ तो प्रत्येक मनुष्य में हैं पुत्र! तुम्हारे ही सन्दर्भ में मैं इतना कठोर कैसे हो सकता हूँ।" वे बोले, "किन्तु तुम्हारी इस नगण्य–सी चूक से इस कन्या का जीवन नष्ट होने जा रहा है।" उन्होंने अम्बा की ओर संकेत किया, "शाल्व ने इसे ग्रहण नहीं किया, क्योंकि हरण के क्षण से वह इसे तुम्हारी पत्नी मानता है।"

"पापं शान्तम्! गुरुदेव!" भीष्म बोले, "मैंने तीनों कन्याओं का हरण किया था। दो का विवाह मैंने अपने छोटे भाई के साथ कर दिया है। यदि हरण के क्षण से देवी अम्बा को मेरी पत्नी मान लिया जायेगा, तो अम्बिका और अम्बालिका का हस्तिनापुर के सम्राट के साथ विवाह भी असम्भव हो जायेगा।"

परशुराम ने एक क्षण रुककर सोचा, फिर बोले, "यह शाल्व की मान्यता है पुत्र!"

"तो गुरुदेव! किसी और की मान्यता मेरा बन्धन कैसे हो सकती है?"

परशुराम का धैर्य छीजने लगा था। उन्होंने अपने शिष्य के साथ लम्बा तर्क–वितर्क कर लिया था। बोले, "मैं यह नहीं कह रहा हूँ। मेरी दृष्टि तो केवल एक बात पर है : तुमने इसका हरण किया और शाल्व ने इसे अस्वीकार किया। तुम दोनों की इस कन्दुक–क्रीड़ा में अम्बा का जीवन नष्ट हो रहा है। इस अत्याचार की अनुमति मैं नहीं दे सकता। तुम्हें इसको ग्रहण करना होगा।"

"क्या आपने यही बात शाल्व से भी कही है?" भीष्म ने पूछा।

"नहीं!"

"क्यों?"

"राजकुमारी की ऐसी इच्छा नहीं थी।"

भीष्म की दृष्टि अनायास ही अम्बा पर जा टिकी। अम्बा का मुख लज्जा से अरुण हो रहा था...और उसकी आँखें झुककर प्रायः बन्द हो गयी थीं।

"क्यों?" भीष्म बोले, "जब राजकुमारी ने अपनी इच्छा से शाल्व का वरण किया था, तो अब वह क्यों चाहती है कि आप मुझे ही आदेश

दें?..." गुरु का उत्तर सुने बिना भीष्म पुनः बोले, "यदि राजकुमारी ने सौभराज के वरण की बात न कही होती, तो उनका विवाह हस्तिनापुर के सम्राट के साथ हो चुका होता। तब यह समस्या भी नहीं उठती।" भीष्म ने रुककर गुरु को देखा, "राजकुमारी अपनी वर्तमान स्थिति को मेरी और शाल्व की कन्दुक–क्रीड़ा के कारण नहीं, अपने मन के द्वन्द्वों और हृदय के लोभ के कारण पहुँची हैं।...एकनिष्ठता के अभाव का परिणाम यही हो सकता था गुरुदेव! अन्यथा शाल्व या विचित्रवीर्य..."

"वह विचित्रवीर्य को नहीं, तुम्हें अपने पति के रूप में पाना चाहती है।"

"इस जीवन में यह सम्भव नहीं है गुरुवर!"

"किन्तु यह अन्याय होगा।" परशुराम बोले। उन्होंने भरपूर आँखों से भीष्म को देखा, जैसे उन्हें सम्मोहित करने का प्रयत्न कर रहे हों, "भीष्म! क्या तुम नहीं देख रहे कि तुम्हारी प्रतिज्ञा अपने लक्ष्य से भटक गयी है। जिस प्रतिज्ञा का लक्ष्य परहित था, वह अब परपीड़न करने लगी है?" उनके स्वर ने समझाने की भंगिमा अपनायी, "तुम्हारी प्रतिज्ञा का लक्ष्य पूरा हुआ...सत्यवती का पुत्र हस्तिनापुर के सिंहासन पर आसीन है। उसका विवाह हो चुका है। उसकी सन्तान भी होगी और कुरुओं का राज्य सँभालेगी।...अब यदि तुम अम्बा का जीवन नष्ट होने से बचाने के लिए विवाह कर लेते हो, तो किसी का अपकार तो नहीं ही होता, उपकार अवश्य होता है...।"

सत्यवती का मन हुआ, चीत्कार कर कहे, 'नहीं ऋषिश्रेष्ठ! ऐसा अनर्थ मत कीजिए।...यह अम्बा राजकुमारी नहीं नागिन है। इसका जन्म सत्यवती को डसने के लिए ही हुआ है। कहीं भीष्म ने इसे अंगीकार कर लिया...यदि इसने उसे पति बनाया, तो यह उसे हस्तिनापुर का सम्राट भी अवश्य बनायेगी...अम्बा के साथ अन्याय न हो...पर सत्यवती का भी सर्वनाश न हो...गुरुवर! प्रतिद्वन्द्वी पक्ष भीष्म और अम्बा नहीं हैं...सत्यवती और अम्बा हैं...और सत्ता है भीष्म! जो स्त्री भीष्म को प्राप्त करेगी, वह हस्तिनापुर की सारी सत्ता को भी हस्तगत करेगी...सत्यवती ने भीष्म को पुत्र के रूप में प्राप्त किया...और अम्बा उसे पति–रूप

में प्राप्त करना चाहती है...सत्यवती अपने अनुभव और सहज बुद्धि से जानती है कि पुरुष पर उसकी माँ से अधिक उसकी पत्नी का नियन्त्रण होता है। माँ बनकर स्त्री प्रतिद्वन्द्विता में सदा हारी है...अम्बा के अधिकारों की रक्षा अवश्य करें ऋषिवर! किन्तु मुझे वंचित करके नहीं, मेरे अधिकारों को मुझसे न छीनें...'

पर सत्यवती को लगा, अभी इसका अवसर नहीं आया है। अभी तो भीष्म ही गुरु की बात स्वीकार नहीं कर रहा...

"और पुत्र!" परशुराम कह रहे थे, "पिता ने तुम्हें आज्ञा भी नहीं दी थी। उनकी इच्छा मात्र जानकर, तुमने जीवन के सारे भौतिक सुखों को तिलांजलि दे दी थी।...गुरु का अधिकार, पिता से भी अधिक होता है। मैं तुम्हें आज्ञा दे रहा हूँ, अम्बा को ग्रहण करो। गृहस्थी के सुख का भोग करो और अम्बा को सुखी करो।"

"यह आपका आदेश है?"

"हाँ।"

"और यदि मैं इस आदेश का पालन करने में स्वयं को असमर्थ पाऊँ तो?"

परशुराम ने भीष्म को इस प्रकार देखा, जैसे भीष्म ने कोई बहुत ही अप्रत्याशित और बचकानी बात कह दी हो। फिर जैसे स्वयं को बहुत सहेजकर बोले, "कुरुकुल के राजकुमारों से यह अपेक्षित नहीं है कि वे गुरु की आज्ञा का उल्लंघन करें। फिर भी यदि तुम मर्यादा का उल्लंघन करोगे, तो मुझे मर्यादा की प्रतिष्ठा के लिए कुछ करना होगा।"

भीष्म ने गुरु को देखा, जैसे पूछ रहे हों, 'क्या करेंगे आप?'

"मर्यादा की प्रतिष्ठा के लिए मुझे तुम्हें बाध्य करना होगा कि तुम मेरी आज्ञा का पालन करो।" परशुराम बोले, "शब्दों से नहीं मानोगे, तो मुझे शस्त्रबल की सहायता लेनी होगी।..." उन्होंने भीष्म को देखा, "गुरु से युद्ध करोगे?"

भीष्म को धक्का लगा। उन्हें गुरु से यह अपेक्षा नहीं थी कि वे इस सीमा तक उन पर दबाव डालेंगे।...गुरु से युद्ध...अपने आप में ही यह कम कलंक नहीं है...और यदि गुरु से पराजय...एक वृद्ध ब्राह्मण से

पराजय...क्षत्रिय समाज में मुँह दिखाने लायक नहीं रह जायेंगे भीष्म! ...और यदि कहीं विजय प्राप्त कर ली...गुरु को पराजित किया...हठी गुरु का वध करना पड़ा...तो गुरु–हत्या, ब्रह्म–हत्या का अपराध...कैसे संकट में डाल दिया गुरु आपने...?

फिर जैसे भीष्म ने सायास स्वयं को शान्त किया...गुरु को समझाना चाहिए। गुरु समझ जायेंगे...

"मुझे कुछ कहने की अनुमति है, या आपका आदेश हो चुका?" भीष्म ने बहुत विनीत भाव से पूछा।

"कहो।"

"गुरु से तर्क करने का अपराध क्षमा करें।" भीष्म बोले।

"बोलो। मेरी अनुमति है।" परशुराम हँसे, "तर्क में कोई दोष नहीं, कुतर्क मत करना।"

गुरु हँस रहे थे, अर्थात अभी उनका धैर्य चुका नहीं था। अभी युद्ध की स्थिति नहीं आयी थी, अभी वे शान्त थे और दूसरे व्यक्ति की बात ग्रहण कर सकते थे। एक बार क्रुद्ध हो जायें, तो फिर किसी की सुनते ही नहीं।

"धर्म ने क्षत्रिय को शस्त्र धारण करने की अनुमति क्यों दी?"

"न्याय के लिए। अपने स्वार्थ की पूर्ति के लिए शस्त्र धारण करना दस्यु–वृत्ति है। शस्त्र धारण किया जाता है, सामान्य जन के हित के लिए। दलित, दमित प्रजा के उद्धार के लिए।"

"अपनी इच्छा किसी अन्य पर आरोपित करने के लिए तो नहीं गुरुदेव?"

"नहीं।" परशुराम बोले, "वह आततायी का काम है। धर्म उसकी अनुमति नहीं देता।"

"तो आप अपनी और राजकुमारी की इच्छा मुझ पर आरोपित करने के लिए शस्त्र–बल का आश्रय क्यों ले रहे हैं?"

परशुराम के चेहरे पर आकस्मिक जल–प्लावन के समान आवेश छा गया।...पर जाने कहाँ से उनकी स्मृतियों में से निकलकर एक नन्हा–सा बालक, उनकी आँखों के सम्मुख खड़ा हो गया, जो उनकी

ही प्रत्येक बात को मोड़कर, फिर उनके ही मार्ग में खड़ा कर देता था; और यह सोचकर हँसता था कि उसने उनका मार्ग अवरुद्ध कर दिया है, और गुरु को जैसे अब प्रत्यावर्तन ही करना पड़ेगा।...बालक देवव्रत सदा यही करता आया था...

गुरु के अधरों पर मुस्कान जागी।

"काशी की राजकन्या से मेरा विवाह करवाने के लिए धनुष उठाने में कौन–सा धर्म है गुरुदेव?"

"नारी के सम्मान की रक्षा, प्रत्येक प्राणी का धर्म है देवव्रत भीष्म!" परशुराम बोले, "एक अबला राजकन्या नगर–नगर भटक रही है; और दो शस्त्रधारी सत्तावान योद्धा उसका अपमान कर रहे हैं। उन्हें न्याय को स्वीकार करने के लिए बाध्य करने हेतु, अथवा उन्हें उनके अपराध का दण्ड देने के लिए मुझे शस्त्र उठाना पड़ रहा है पुत्र।...यह मेरी अहम्मन्यता नहीं है, न ही अपनी इच्छा का आरोपण। इच्छा केवल सर्वनियन्ता की है। वही इच्छा धर्म कहलाती है। मैं धर्म को वाणी दे रहा हूँ : या तो अम्बा को पत्नी के रूप में अंगीकार करो, अथवा अपने प्राण देकर अपने अपराध का परिमार्जन करो।"

परशुराम उठ खड़े हुए, "धनुष उठाओ।"

"ठहरें गुरुदेव!" भीष्म शान्त स्वर में बोले, "क्षत्रिय युद्ध–दान से मुँह नहीं मोड़ सकता, आह्वान चाहे गुरु की ओर से ही आया हो। पर, पहले युद्ध की अनिवार्यता से तो सहमत हो लूँ।" उन्होंने रुककर गुरु की ओर देखा, "आपकी आज्ञा का पालन करूँ तो मेरी प्रतिज्ञा की रक्षा कैसे होगी?"

"यह तो तुम्हें अम्बा का हरण करते हुए सोचना चाहिए था!" लगा, जैसे परशुराम का धैर्य चुक गया था, "एक प्रतिज्ञा तुमने की है, और दूसरी प्रतिज्ञा मैंने की है–असहायों की सहायता की। राजकुमार हो, इसलिए तुम्हें एक अबला के साथ दुर्व्यवहार करने का अधिकार नहीं दिया जा सकता। समाज के उच्च वर्ग की स्वेच्छाचारिता से मैं पहले ही बहुत पीड़ित हूँ...।" और सहसा वे क्षण–भर के लिए रुककर, नये आवेश के साथ बोले, "तुम तो मेरे शिष्य हो। तुम पर विशेष दायित्व

है कि तुम निर्बल और असहाय लोगों की सहायता करो।...तुम नारी की मर्यादा की रक्षा न करो—यह मैं कैसे सम्भव होने दूँगा।...जिनका कोई रक्षक नहीं, उनका रक्षक मैं हूँ।"

"मैं आपकी प्रतिज्ञा से परिचित हूँ।" भीष्म बोले, "नारी की मर्यादा की रक्षा के आपके आदेश का भी पालन होगा। काशी की राजकन्या कुरु—कन्या के रूप में हस्तिनापुर में आश्रय पा सकती है...।"

"नहीं!" अम्बा का स्वर चीत्कार भरा था, "मुझे आश्रय का अभाव नहीं है।"

"आप लोगों की अनुमति से एक बात मैं भी कहना चाहूँगा।" होत्रवाहन ने सारे वार्तालाप में पहली बार अपना मुख खोला, "यह न समझा जाये कि अम्बा सर्वथा अनाथ है, और उसे कोई आश्रय चाहिए।...वह अपने पिता के पास लौट सकती है। मेरे पास रह सकती है। शैखावत्य ऋषि के आश्रम में रह सकती है।...प्रश्न उसके जीवन की सार्थकता और सम्मान का है। पिता अथवा नाना के घर जीवन को व्यतीत करने में किसी भी युवती के जीवन की सार्थकता नहीं है। उसे अपना मन—भावन पति मिले, ताकि उसका यौवन सार्थक हो और सन्तति के रूप में उसके जीवन का विकास हो। यह आवश्यक है।" उन्होंने भीष्म को देखा, "प्रश्न यह है कि क्या कुरु राजकुमार उसे पत्नी के रूप में अंगीकार करने को प्रस्तुत हैं? यदि हाँ, तो मुझे कुछ कहना ही नहीं है।...और यदि नहीं, तो अम्बा का जीवन नष्ट होगा। ऐसी स्थिति में कुरु राजकुमार एक सम्भावनापूर्ण महत्त्वाकांक्षी जीवन नष्ट करने के अपराधी हैं। उसके लिए उन्हें दण्डित होना होगा।"

"बोलो भीष्म!" परशुराम कुछ व्यग्र होकर बोले, "अम्बा को भार्या के रूप में अंगीकार करते हो?"

"अपनी प्रतिज्ञा के कारण असमर्थ हूँ।"

"तो धनुष उठाओ।"

"किन्तु मैं दोषी नहीं हूँ गुरुदेव!" भीष्म के दाहिने हाथ ने धनुष उठाया..."और साथ ही मैं गुरु—हत्या का अपराध नहीं करना चाहता...।"

परशुराम ने ये वाक्य उपेक्षा भरे कानों से सुने। उन्होंने धनुष साधा। लगा कि वे बाण छोड़ेंगे।

भीष्म उनके सामने खड़े थे। उन्होंने भी धीरे–से अपने धनुष की प्रत्यंचा चढ़ाई...न परशुराम का ब्रह्मतेज उन्हें डिगा पाया था, न क्षात्र–तेज...

"भृगुश्रेष्ठ!" सहसा जाबालि बोले, "क्या युद्ध अनिवार्य है?"

"हाँ!"

"दोषी भीष्म ही है?"

"हाँ!"

"क्या भीष्म का वध करने से अन्याय का प्रतिकार हो जायेगा?"

"और कोई विकल्प नहीं है!"

"राजकन्या की मनोकामना पूर्ण हो जायेगी?..."

परशुराम को लगा, अभी तक उनके असमंजस ने उन्हें छोड़ा नहीं है...वे न्याय के लिए भीष्म का वध कर रहे हैं, या अपने सिद्धान्तों में बँध कर अम्बा की कामनापूर्ति का साधन बन रहे हैं...?

और सहसा राजमाता सत्यवती उठकर आयीं और हाथ जोड़ कर परशुराम के सामने खड़ी हो गयीं, "ऋषिवर! धर्म क्या है, यह आप जानते हैं। मैं तो एक अबोध सांसारिक स्त्री हूँ। किन्तु इतना आश्वासन तो मैं भी आपको दे सकती हूँ कि अम्बा का जीवन व्यर्थ नहीं जायेगा। मैं उसकी सास बनने को भी प्रस्तुत हूँ और माँ भी। वह चाहे तो विचित्रवीर्य से विवाह कर मेरी पुत्रवधू बन जाये, हस्तिनापुर की सम्राज्ञी; या चाहे तो मेरी पुत्री बन जाये...यदि वह इन दोनों में से कुछ भी स्वीकार नहीं करती तो वह असहाय नहीं है, वह अनाथ नहीं है। वह विनाश का हठ ठाने, हस्तिनापुर को ध्वस्त करने वाली कृत्या है; और आप न्याय की आस्था लिए अपनी सांसारिक अव्यावहारिकता में नारी–मन को समझे बिना, उसके उपकरण बन रहे हैं। क्या आप नहीं देख पा रहे हैं कि वह भीष्म की कामानुरागिनी है; और इससे कम में वह कहीं समझौता नहीं करेगी। वह न्याय के लिए नहीं, वासना के लिए हठ कर रही है।...मैं तो आपसे विचित्रवीर्य का जीवन माँगने आयी थी, और आप मुझसे भीष्म को भी छीन रहे हैं...।"

परशुराम अवाक्–से सत्यवती को देखते रहे...और फिर जैसे कुछ चिन्तित हो गये...उनका धनुष शिथिल होता दिखायी दिया।

और तभी भीष्म बोले, जैसे लोहे को गर्म देखकर उस पर समय से प्रहार कर लेना चाहते हों, "गुरुवर! मैं राजकुमारी का अपराधी नहीं हूँ। उसने स्वयं अपने मुख से शाल्व के प्रति अनुराग और वरण की बात कही। वह स्वयं अपना प्राप्य छोड़कर चली गयी...।"

परशुराम ने अम्बा की ओर देखा, "कुछ कहना चाहती हो, राजकुमारी?"

"ऋषिश्रेष्ठ! मुझे भी दुर्बलता के एक क्षण का क्षमादान मिले।" अम्बा बोली, "दुर्बलता के उस क्षण में मैं भीष्म–प्रतिज्ञा को लौह प्राचीर मान, विचित्रवीर्य से बचने के लिए, शाल्व के पास चली गयी थी। तब भी मन में कहीं था कि शायद वह मेरी चपलता थी; किन्तु शाल्व की अस्वीकृति ने मेरे सम्मुख अपनी स्थिति तथा कामना दोनों को स्पष्ट कर दिया...।"

"एक बात मैं भी कहूँ महर्षि!" हस्तिनापुर के वृद्ध महामन्त्री विष्णुदत्त बोले, "अनुमति है?"

"कहें ब्राह्मणदेव!" परशुराम बोले, "मैं जल्दी में नहीं हूँ। आज सबकी सुनकर ही निर्णय करूँगा।"

"हस्तिनापुर का साम्राज्य और कुरुओं का राजवंश तो महाराजकुमार भीष्म के बाहुबल पर टिका ही है; इस समस्त प्रदेश के लोगों की धर्म के प्रति आस्था भी शान्तनुनन्दन भीष्म के आधार पर ही टिकी है।" उन्होंने रुककर परशुराम को देखा, "महाभार्गव! यद्यपि भीष्म के विवाह से, सबसे अधिक प्रसन्नता व्यक्तिगत रूप से मुझे ही होगी; किन्तु आप बतायें कि यदि भीष्म ने अपनी प्रतिज्ञा तोड़ दी तो आर्यावर्त का सामान्य जन किसके वचन पर विश्वास कर पायेगा?...यदि अपनी प्रतिज्ञा पर टिके रहने के लिए भीष्म, आप जैसे धर्मधुरन्धर से दण्डित होंगे तो प्रजाजन की धर्म में आस्था की रक्षा कौन करेगा?..."

परशुराम अब तक द्विविधाग्रस्त थे, अब वे चिन्ताग्रस्त हो गये। चिन्ता ने जैसे उनकी ऊर्जा को निचोड़ लिया था। कर्म बाधित हो

गया था।...थोड़ी देर में वे अम्बा से सम्बोधित हुए, "राजकुमारी! क्या चाहिए तुम्हें—लोक—धर्म, लोक—हित और मर्यादा की रक्षा करते हुए, अपने जीवन का सम्मानजनक समाधान या भीष्म?"

"भीष्म!" अम्बा ने निर्द्वन्द्व स्वर में कहा, "भीष्म मेरा है। हस्तिनापुर का राज्य मेरा है। उससे कम मुझे कुछ भी स्वीकार्य नहीं है।"

परशुराम की आँखें भीष्म की ओर उठीं।

"इस जन्म में तो यह सम्भव नहीं है गुरुवर!" भीष्म के स्वर में पीड़ा थी।

अम्बा की आँखों में अश्रु आ गये, "तो मेरे लिए तुम्हें दूसरा जन्म लेना पड़ेगा। तुम्हारा यह जीवन या तो मेरा होकर रहेगा, या समाप्त कर दिया जायेगा।..."

परशुराम की आँखों में से अनिर्णय और असमंजस के जाले मिट गये। चेहरे पर स्पष्टता की द्युति आयी, "यह तो धर्म—याचना नहीं, काम—याचना है। परशुराम ने असहाय जन को न्याय दिलाने की प्रतिज्ञा की थी, कामनाओं के बवण्डर में भटकते लोगों की इच्छाओं की पूर्ति के लिए मैं शस्त्र नहीं उठा सकता।..."

"तो?" अम्बा उनकी ओर देख रही थी।

"तुम अपना प्रयत्न किसी और माध्यम से चलाये रखो राजकुमारी!" परशुराम बोले, "मैं अब तुम्हारी कोई सहायता नहीं कर पाऊँगा। होत्रवाहन!" परशुराम ने अम्बा के नाना को सम्बोधित किया, "तुम राजकुमारी को अपने साथ ले जाओ...परशुराम आज एक महा—अपराध से बच गया है।"

"भीष्म!" अम्बा का स्वर थरथरा रहा था, "मैं अपना जीवन तपस्या में दग्ध कर दूँगी, ताकि तुम्हारा यह जीवन, जो मेरा नहीं हो सका, नष्ट हो सके।..."

"मुझे दुख ही होगा राजकुमारी!"

"मरूँगी भी तो यह कामना लेकर कि अगले जन्म में तुम्हारे इस शरीर को नष्ट कर दूँ, जो तुम्हारी सीमा है। हमारे मिलन में विघ्न—स्वरूप खड़ा, तुम्हारा यह शरीर, जितनी जल्दी विलीन हो जाये,

उतना ही अच्छा...” अम्बा उठकर खड़ी हो गयी, “न्याय माँगने से नहीं मिलता। वह तो प्राप्त करना पड़ता है।”

अम्बा ने और किसी की ओर नहीं देखा। वह सिर झुकाये, जैसे इस अस्थायी आश्रम से बाहर जाने के लिए चल पड़ी।

होत्रवाहन ने एक क्रुद्ध दृष्टि भीष्म पर डाली और शायद उसकी वही दृष्टि परशुराम की ओर भी मुड़ती; किन्तु कुछ सोचकर वह रुका और उठकर अम्बा के पीछे–पीछे चला गया।

भीष्म की दृष्टि बहुत दूर तक अम्बा का पीछा करती रही...

अम्बा बहुत दुखी थी, इसमें कोई सन्देह नहीं।...भीष्म उसके लिए स्वयं को दोषी नहीं मानते; किन्तु अम्बा के दुख के निमित्त तो वे थे ही...वह कैसे कह सकते थे कि अम्बा के दुख से उनका कुछ भी लेना–देना नहीं था...

पर यह सब क्या था?

उन्होंने अम्बा को अंगीकार किया होता, तो वे अवश्य कर्म–बन्धन में बँध गये होते।...किन्तु क्या वे पूरी दृढ़ता से कह सकते हैं कि उसे त्याग कर वे मुक्त हो गये हैं...क्या इस त्याग के फलस्वरूप अम्बा ने उन्हें ऋणात्मक रूप में ही सही, बाँध नहीं लिया है?...अम्बा का ऋण तो उन पर है ही। उन्हें उसका ऋण तो चुकाना ही होगा। उसके दुख का प्रतिकार...या उसे स्वयं को शान्त करने का अवसर तो देना ही होगा...

पिता ने ठीक ही कहा था–ग्रहण ही नहीं, त्याग भी एक कर्म होता है। उस कर्म का भी फल होता है। वह कर्म भी व्यक्ति को बाँधता है...

भीष्म ने अपने लिए तो कुछ नहीं चाहा था; उन्होंने तो मात्र पिता के प्रति अपना धर्म निभाना चाहा था। पिता की इच्छा पूर्ण करने के लिए, जिसे माता बनाकर ले आये, उस सत्यवती की इच्छा का सम्मान वे कैसे न करते...और माता सत्यवती की इच्छा पूरी करते–करते, वे अम्बा की इच्छा के जाल में कहाँ से आ फँसे?...यद्यपि उन्होंने अम्बा

की इच्छा पूरी नहीं की। उसके जाल में वे बँधे नहीं; पर क्या सचमुच नहीं बँधे? क्या कह गयी है अम्बा...यह जन्म...अगला जन्म...क्या वे पूर्ण विश्वास के साथ कह सकते हैं कि वे अम्बा के साथ जन्म–जन्मान्तर के लिए बँध नहीं गये?...

भीष्म का मन कोई स्पष्ट उत्तर देने की स्थिति में नहीं था।

9

"दशार्णराज हिरण्य वर्मा के विशेष दूत के रूप में आये, दशार्ण के राजपुरोहित, महाराज के दर्शनों की अनुमति चाहते हैं।" मन्त्री ने हाथ जोड़कर पंचालराज द्रुपद से निवेदन किया।

"उन्हें उपस्थित करो।" द्रुपद के चेहरे पर स्वागत की मुस्कान उभरी।

...यह तो बहुत ही अच्छा हुआ कि हिरण्य वर्मा ने स्वयं ही अपने राजपुरोहित को भेज दिया... द्रुपद सोच रहे थे... नहीं तो इन्हीं दिनों उनके मन में भी हिरण्य वर्मा के पास सन्देश भिजवाने का विचार उभरा था।... शिखण्डी का विवाह हो गया था। हिरण्य वर्मा की पुत्री काम्पिल्य के राजप्रासाद में सुख से रह रही थी। अब द्रुपद को अपने उस लक्ष्य की ओर बढ़ना ही चाहिए था, जिसके लिए उन्होंने यह सम्बन्ध स्वीकार किया था। हिरण्य वर्मा जैसा शक्तिशाली राजा जिसका समधी हो, उस द्रुपद को कौरवों से युद्ध को टालना नहीं चाहिए। पांचालों और दशार्णों की सम्मिलित सेना की शक्ति देखकर, सम्भव है, कुछ अन्य राजा भी उनके पक्ष में आना चाहें। अब अपने अपमान का प्रतिशोध लेने में और विलम्ब करने का कोई कारण नहीं है।...

"महाराजा की जय हो!" दूत ने उपस्थित होकर कहा, "मैं आपके लिए अपने महाराज के सौहार्द के साथ–साथ एक सन्देश भी लाया हूँ।"

"राजपुरोहित!" द्रुपद बोले, "दशार्णराज हिरण्य वर्मा हमारे समधी हैं। अब उनके और हमारे परिवार एक हैं। हममें कोई भेद नहीं है, अतः निःसंकोच उनका सन्देश कहें। मैं उसे सुनने को अत्यन्त उत्सुक हूँ।"

किन्तु दूत ने सन्देश कहा नहीं। वह संकोचपूर्वक द्रुपद की ओर देखता हुआ मौन खड़ा रहा।

"क्या बात है राजपुरोहित!" द्रुपद पुनः बोले, "आप सन्देश कह क्यों नहीं रहे?"

"पंचालराज! मेरे महाराज का सन्देश राजनीतिक नहीं, पारिवारिक है। मेरी इच्छा है कि मैं वह सन्देश या तो पूर्ण एकान्त में कहूँ, या केवल परिवारजनों के मध्य!" दूत ने रुककर कहा, "उस सन्देश का राजसभा में सार्वजनिक रूप से कहा जाना, इस समय दोनों ही राजपरिवारों के लिए शोभनीय नहीं होगा।..."

द्रुपद के चेहरे पर चिन्ता की छाया प्रकट हुई... ऐसा कौन–सा सन्देश है जो राजसभा में नहीं कहा जा सकता?...किन्तु वैसा आग्रह करना भी उचित नहीं था। जब दूत कह ही रहा है कि सन्देश राजसभा के उपयुक्त नहीं है, तो उसकी बात स्वीकार कर ही ली जानी चाहिए। पारिवारिक सन्देश...

"आइए!" अन्ततः द्रुपद बोले, और सभा से उठकर साथ के निजी प्रकोष्ठ में चले गये।

द्रुपद जब आसनासीन हो गये तो दूत ने निकट उपस्थित हो कर अत्यन्त शालीनता से कहा, "महाराज! हमारे महाराज हिरण्य वर्मा ने कहलाया है कि पंचालराज ने उनके साथ कपट किया है। यह उनके लिए कष्टप्रद भी है और अपमानजनक भी।..."

द्रुपद राजदूत को देखते ही रह गये... और फिर जैसे अनायास ही उनके मुख से निकला, "...मैंने हिरण्य वर्मा के साथ कपट किया है? अपने ज्येष्ठ पुत्र के साथ उनकी पुत्री का विवाह कर उनका अपमान किया है?..."

"महाराज, मुझे यह कहने के लिए क्षमा करें, किन्तु दशार्णराज को यह सूचना मिली है कि आपने अपने जिस पुत्र का उनकी पुत्री के साथ विवाह किया है, आपका वह पुत्र, पुरुष न होकर, स्त्री है।..."

"क्या?" द्रुपद अपनी उत्तेजना में आसन पर बैठे नहीं रह सके, "मैं अपनी उस सन्तान के विषय में, जिसका उसके जनम से आज

तक मैंने पालन–पोषण किया है, नहीं जानता कि वह स्त्री है या पुरुष, वह मेरा पुत्र है या पुत्री!" उन्होंने आग्नेय नेत्रों से दशार्णराज के दूत को देखा, "महाराज हिरण्य वर्मा अपने घर में बैठे यह जान गये हैं और मुझे सन्देश भिजवा रहे हैं कि मेरा पुत्र स्त्री है...!"

"हाँ, महाराज! उन्हें यही सूचना मिली है।" दूत ने सहज भाव से कहा।

"किससे सूचना मिली है उन्हें?" द्रुपद ने पूछा, "क्या मेरे प्रासाद में उन्होंने अपने गुप्तचर नियुक्त कर रखे हैं?"

"नहीं महाराज!" दूत गम्भीरता से बोला, "आपके साथ अपने सम्बन्ध को देखते हुए, वे ऐसी अशिष्टता कैसे कर सकते हैं।..."

"तो फिर उन्हें किसने यह सूचना दी है? कौन है जो मेरे पुत्र को मुझसे भी अधिक जानता है?"

"आपकी पुत्रवधू ने अपनी दासियों के माध्यम से यह सूचना अपने पिता तक पहुँचायी है।" दूत ने उत्तर दिया।

द्रुपद स्तब्ध रह गये...यदि शिखण्डी की पत्नी कह रही है कि वह पुरुष नहीं है, तो द्रुपद उसका प्रत्याख्यान कैसे कर सकते हैं?... किसी पिता को यह कैसे ज्ञान हो सकता है कि उसका पुत्र क्लीव है, निर्वीर्य है?...किन्तु यह दूत तो शिखण्डी को स्त्री कह रहा है...

"दशार्णराज की पुत्री ने क्या सूचना दी है?" द्रुपद का स्वर कोमल और जिज्ञासु हो गया, "मेरा पुत्र क्लीव है? निर्वीर्य है? वह पति नहीं हो सकता या पिता नहीं बन सकता?..."

"राजकुमारी की सूचना है कि राजकुमार शिखण्डी पुरुष नहीं हैं। वह पौरुष–शून्य पुरुष, क्लीव, नपुंसक अथवा निर्वीर्य नहीं, पूर्ण स्त्री है–स्त्री! और स्त्री के लिए किसी राजकुमारी को वधू के रूप में ग्रहण अन्याय और अत्याचार है।"

"ठहरो राजपुरोहित! ठहरो!" द्रुपद ने अपना सिर पकड़ लिया, "मेरे जीवन में अनेक चमत्कारी घटनाएँ घटी हैं, किन्तु इतना चकित मुझे किसी ने भी नहीं किया। तुम्हारी सूचना ने वस्तुतः मुझे चकित ही नहीं, ध्वस्त कर दिया है...ओह! इतने वर्षों तक अपनी जिस सन्तान

को मैं पुरुष समझता रहा, वह वस्तुतः स्त्री है।..." अपनी उद्विग्नता में द्रुपद एक स्थान पर खड़े नहीं रह सके, "किसी और ने यह बात कही होती, तो उसका सिर उसके कन्धों पर दिखायी न देता...किन्तु यह सूचना स्वयं मेरी पुत्रवधू ने दी है...वह क्लीवता का आरोप लगाती, उसे नपुंसकता से लांछित करती, किन्तु स्त्री...शिखण्डी स्त्री है?...मैंने पुत्र के रूप में उसका पालन–पोषण किया है, राजकुमारों के अनुरूप उसे शस्त्र–शिक्षा दी गयी है। वह द्रोण का शिष्य रहा है...और वह स्त्री है!..."

वे रुक गये। उन्होंने अत्यन्त स्थिर दृष्टि से राजपुरोहित को देखा, "आपको कुछ और कहना है राजपुरोहित?"

"महाराज! दशार्णराज ने कहा है कि यदि यह सिद्ध न हुआ कि राजकुमार शिखण्डी पूर्ण पुरुष है, तो वे अपने इस अपमान का प्रतिशोध लेने के लिए, अपनी तथा अपने मित्र राजाओं की सेना के साथ पांचालों पर आक्रमण करेंगे और आपको, आपके परिवार तथा मन्त्रियों सहित समूल नष्ट कर देंगे..."

द्रुपद की आँखों में आक्रोश झलका...द्रोण ने उन्हें पराजित क्या कर दिया, जिसे देखो, वही उन्हें आँखें दिखा रहा है...उन्होंने अपने आक्रोश को संयत किया...यह दर्शार्णराज का न तो अहंकार था, न अकारण शक्ति–प्रदर्शन।...यदि उनका यह आरोप सत्य था तो निश्चय ही उन्हें अधिकार था कि वे अपने अपमान का प्रतिशोध लेने के लिए पांचालों पर आक्रमण करें...यदि कल द्रुपद की अपनी पुत्री कृष्णा के साथ ऐसी ही कोई दुर्घटना घट जाये तो क्या द्रुपद उसे क्षमा कर देंगे? कभी नहीं...यदि शिखण्डी के विषय में यह सूचना सत्य है तो द्रुपद निश्चय ही अपराधी हैं और दण्डनीय हैं...

"दशार्णराज के क्रोध और पीड़ा को मैं समझता हूँ राजपुरोहित!" अन्ततः द्रुपद बोले, "किन्तु इतना समय और अवसर तो मुझे मिलना ही चाहिए कि मैं स्वयं इस सूचना के सत्य का अन्वेषण कर सकूँ।"

"कौन इसका विश्वास करेगा कि आपको यह ज्ञात नहीं है कि शिखण्डी स्त्री है?" राजदूत ने कहा, "वह आपकी सन्तान है।"

"आप ठीक कहते हैं राजपुरोहित!" द्रुपद बोले, "मुझ पर कपटी, पाखण्डी और प्रवंचक होने का ही आरोप है अथवा महामूर्ख होने का भी?..."

"शिव! शिव!!" राजदूत ने अपने कानों को हाथ लगाया, "यह हम कैसे कह सकते हैं! पंचालराज को उनका बड़े से बड़ा शत्रु भी मूर्ख नहीं कह सकता।"

"तो राजपुरोहित!" द्रुपद बोले, "यदि मैंने अपनी पुत्री को पुत्र बना कर, संसार के सम्मुख प्रस्तुत करने का कपट और पाखण्ड किया है, तो मैं उसका विवाह करने की मूर्खता क्यों करता? कोई भी व्यक्ति समझ सकता है कि विवाह के पश्चात् यह कपट और पाखण्ड चल नहीं सकता; तो मैं स्वयं ही अपने कपट का भेद प्रकट करने का प्रयत्न क्यों करूँगा? क्या मैं इस कोटि का महामूढ़ हूँ?"

दूत मौन खड़ा रहा। द्रुपद का तर्क उसकी समझ में आ रहा था; किन्तु कितने आश्चर्य की बात थी कि स्वयं पिता नहीं जानता है कि उसकी सन्तान स्त्री है या पुरुष!...

"इसलिए कहता हूँ राजपुरोहित! मुझे भी यह अवसर मिलना चाहिए कि मैं सत्य जान सकूँ और आरोपों का परीक्षण कर सकूँ...।"

"आप ठीक कहते हैं महाराज!" अन्ततः दूत बोला, "यह अधिकार तो किसी को भी मिलना ही चाहिए।"

"तो राजपुरोहित! आप अतिथिशाला में विश्राम करें।" द्रुपद बोले, "मुझे अवसर दें कि मैं अपने मन का पूर्ण सन्तोष कर लूँ और आपको दशार्णराज के लिए कोई उपयुक्त उत्तर दे सकूँ।"

"जैसी महाराज की इच्छा!" दूत सहमत हो गया।

द्रुपद फिर राजसभा में नहीं जा सके। उन्होंने महामन्त्री को सूचना भिजवा दी और विश्राम–कक्ष में चले आये। दासी को आदेश दे दिया कि किसी को भी भीतर न आने दे...और आकर वे गवाक्ष पर खड़े हो गये। गवाक्ष से गंगा की धारा दिखायी देती थी और कुछ एक घाट भी। इस प्रकार एकान्त में अपने चक्षुओं से गंगा–सेवन करने से, उन्हें प्रायः अपनी चिन्ताओं से विश्राम मिलता था...

आरम्भ में तो द्रुपद के मन में जैसे एक ज्वार उठा था कि वे इसी समय शिखण्डी को बुलाकर सार्वजनिक रूप में कहें कि वह सिद्ध करे कि वह स्त्री नहीं, पुरुष है...और यदि वह पुरुष नहीं है, तो उसने अपने माता–पिता को भी भ्रम में क्यों रखा?...पुरुष–वेश का यह कपट किसलिए?...किन्तु अगले ही क्षण उनके विवेक ने उनके क्रोध के ज्वार को भाटा में परिणत कर दिया...क्रोध में कुछ भी करना उचित नहीं था...यदि शिखण्डी स्वयं को पुरुष प्रमाणित न कर सका तो यह उसके लिए ही नहीं, स्वयं उनके अपने लिए भी अत्यन्त अपमानजनक होगा...यदि शिखण्डी का पुरुषत्व मिथ्या सिद्ध हुआ तो उसके लिए कौन शिखण्डी को दोषी मानेगा...और शिखण्डी उसके लिए दोषी हो भी कैसे सकता है? वह आज युवक है, किन्तु जब उसका जन्म हुआ था...उस समय तो उसने नहीं कहा होगा कि वह कन्या नहीं है...उसकी धाय और उसकी माता ने स्वयं देखा होगा कि सद्यःजात शिशु कन्या है या कुमार!...शिखण्डी ने तो उन्हें आकर सूचना नहीं दी थी कि उन्हें पुत्र–लाभ हुआ है!...यह सूचना तो उन्हें दासी ने दी थी...और दासी को यह सूचना प्रसाविका ने दी होगी...किन्तु प्रसाविका मिथ्या–भाषण क्यों करेगी?...क्या केवल अधिक पुरस्कार के लोभ में?...क्या वह यह नहीं जानती कि जिस दिन यह भ्रम भंग होगा, उस दिन उसे इस अनृत के लिए मृत्यु–दण्ड भी मिल सकता है?...और यदि आरम्भिक असत्य प्रसाविका के मुख से ही निकला, तो भी इतने वर्षों तक इस भ्रम को किसने बनाये रखा? किसने शिखण्डी को पुरुष–वेश दिया? किसने उसे बताया कि वह कुमारक है, कन्या नहीं...?

...उन दिनों पटरानी से निराश होकर द्रुपद ने सन्तान के लिए दूसरा विवाह किया था और उन्हें आज भी स्मरण है...उन्होंने अपनी दूसरी रानी मनस्विनी से कहा था, 'रानी! मुझे पुत्र की तीव्र आकांक्षा है। मेरा पुत्र नहीं होगा तो उस कुरु–वृद्ध भीष्म का वध कौन करेगा?'

मनस्विनी ने उन्हें निःसंकोच देखा था–'राजन्! अपनी वंश–परम्परा चलाये रखने के लिए तो अनेक लोग पुत्र की कामना करते हैं; किन्तु किसी के वध के लिए...'

'तुम नहीं जानतीं रानी!' द्रुपद ने कहा था–'हमारा तो इतिहास ही कुछ ऐसा है। कुरुओं से पांचालों की परम्परागत अमैत्री है। प्रत्येक पीढ़ी उस अमैत्री को थोड़ा–सा और खिसकाकर, शत्रुता की ओर बढ़ा देती है...और प्रत्येक पांचाल राजा अपने पुत्र से कहता है; कि वह कुरुओं से प्रतिशोध अवश्य ले। कुछ–न–कुछ होता भी रहता ही है; किन्तु भीष्म के जीवित रहते पांचाल कुछ नहीं कर सकते। भीष्म का वध आवश्यक है। पांचालों को एक ऐसा राजकुमार चाहिए, जो भीष्म का वध कर, कुरुओं को पांचाल–शक्ति का बल दिखा सके।...मुझे तुमसे एक पुत्र चाहिए देवी! एक पुत्र, जो भीष्म का वध कर सके।...'

तो द्रुपद का यह पुत्र–सम्बन्धी अनुरोध इस प्रकार पूरा किया गया?...द्रुपद को लगा, उनके पग केवल चल नहीं रहे, धमक उत्पन्न कर रहे हैं। उनका आक्रोश उन्हें निरन्तर तपा रहा था और उनका विवेक था कि उन्हें अपने आक्रोश को रंच मात्र भी अभिव्यक्त नहीं करने दे रहा था...

शिखण्डी को देखकर उन्हें सदा ही लगा था कि यह कन्या–राशि का बालक है...कोमल...भीरु...मौन...संकोची! जब तक उसकी बाल्यावस्था थी, तब तक तो फिर भी उनका ध्यान उसकी ओर अधिक नहीं गया... तब तक वह अपने समवयस्कों से न अध्ययन में पीछे था, न क्रीड़ाओं में, न शारीरिक बल में, न शारीरिक विकास में।...किन्तु किशोरावस्था के आते ही, जैसे वह अपने समवयस्कों से पिछड़ने लगा। वह उनके समान न ऊँचाई में बढ़ रहा था, न उसकी भुजाएँ उस प्रकार पुष्ट थीं। उसका अधिकांश समय एकान्त में व्यतीत होता था। वह अपने शरीर को अन्य किशोरों की तुलना में ढँके भी अधिक रहता था...क्या यह सब केवल इसलिए था कि शिखण्डी किशोर न होकर किशोरी है?...वे यह तो देखते रहे और कहते रहे कि वह कोमल है, आकार–प्रकार में भिन्न है, कन्या राशि का किशोर है; किन्तु यह कभी नहीं सोचा कि वह सचमुच ही कन्या है...उन्होंने तो उसे राजकुमारों जैसी शिक्षा प्राप्त करने के लिए द्रोणाचार्य के पास भेज दिया था। क्या द्रोण भी उसकी वास्तविकता नहीं जान सके?...शिष्य, गुरु के निकट रहता

है तो असंख्य अवसर ऐसे आते हैं, जब ऐसे तथ्य छिपाये नहीं जा सकते—व्यायाम के समय, सरिता—स्नान के समय, अभ्यास के समय ...किन्तु द्रोण ने तो कभी शिखण्डी को यह कहकर नहीं लौटाया कि वह किशोर नहीं; किशोरी है!...क्या शिखण्डी ने द्रोण को भी भ्रम में रखा? अथवा द्रोण ने स्वयं ही द्रुपद को भ्रम में रखा?...अथवा...अथवा ...शिखण्डी पुरुष है और हिरण्य वर्मा और उसकी पुत्री ही भ्रम में हैं?

द्रुपद ने रुककर द्वार की ओर देखा, "रानी मनस्विनी को बुला लाओ। इसी समय, तत्काल!"

रानी को सन्देश मिला तो वह धक्—सी रह गयी। उसको इतना तो ज्ञात था ही कि काम्पिल्य से हिरण्य वर्मा का दूत आया है; किन्तु उसे यह ज्ञात नहीं हो सका था कि दूत क्या सन्देश लाया है...फिर भी उसका आशंकित मन, प्रत्येक श्वास पर चौंकता था...वह जानती थी कि वर्षों से छिपाया गया यह भेद अब और नहीं छिप सकता...शिखण्डी का विवाह इस रहस्य से आवरण उतार ही देगा। शिखण्डी सारे विश्व को भ्रम में रख सकता है, किन्तु अपनी पत्नी को कैसे भ्रम में रखेगा?...

सम्भव है कि कोई और ही बात हो—रानी ने अपने मन को समझाया—महाराज उसके पति हैं। पति द्वारा पत्नी को बुलाया जाना कोई ऐसी असम्भावित बात तो नहीं है। सम्भव है, राजा को उनसे कोई काम हो; सम्भव है, अपने किसी बोझ को रानी के साथ बाँट कर हल्का करना चाहते हों; सम्भव है, वे कुछ समय के लिए उनकी संगति चाहते हों...रानी की बुद्धि, एक के पश्चात् एक नया तर्क खोज रही थी, और उसका मन था कि एक ही रट लगाये हुए था—'नहीं, और कोई भी बात नहीं हो सकती। हिरण्य वर्मा का दूत आया है, तो और कोई बात हो ही नहीं सकती...'

रानी ने कक्ष में प्रवेश किया।

द्रुपद रानी की ओर मुड़े : रानी के मन का भय, उसकी आशंकाएँ और दुविधाएँ—सब कुछ उसके आनन पर प्रतिबिम्बित था। द्रुपद ने दासी को बाहर जाकर, कपाट भिड़ा देने का संकेत किया। दासी ने वैसा ही किया।

"मनस्विनी!"

"महाराज!"

"हिरण्य वर्मा का दूत कहता है कि हमारा पुत्र शिखण्डी, पुरुष नहीं, स्त्री है...कन्या है..."

रानी ने देखा, यही एक क्षण था, जब वह अपनी त्रुटि सुधार सकती थी। यदि आज उसने सत्य नहीं कहा तो वह कभी यह स्वीकार नहीं कर सकेगी; और झूठ को प्रमाणित कर दिखाने का उसके पास कोई उपाय नहीं था...किन्तु उसके कण्ठ से शब्द तो फूटे...

द्रुपद रानी के निकट आ गये और अत्यन्त कोमल स्वर में बोले, "क्या यह सत्य है रानी?"

रानी ने अपना सम्पूर्ण साहस जुटाकर द्रुपद की ओर देखा मगर जैसे अनायास ही उसके मुख से निकल गया, "हाँ, आर्यपुत्र!"

द्रुपद का नियन्त्रित आवेश उनके एक–एक रोम से प्रकट हो रहा था; और रानी का आशंकित मन अनवरत एक ही रट लगाये हुए था कि यह नियन्त्रण किसी भी क्षण टूट सकता है...

"तो मुझे भ्रम में क्यों रखा गया?" द्रुपद का स्वर कठोर नहीं था, किन्तु उसकी ध्वनि सर्वथा निर्मम थी।

रानी ने अपनी असहायता में सहमकर राजा की ओर देखा। ...किन्तु द्रुपद ने भी देखा कि उन आँखों में भूल की स्वीकृति नहीं, असहायता और उपालम्भ ही अधिक था...

"मुझे भ्रम में क्यों रखा?" उन्होंने दुहराया; किन्तु इस बार कदाचित् वे स्वयं अपने–आप से ही प्रश्न कर रहे थे।

रानी को कुछ बल मिला। राजा आक्रामक नहीं थे। वे रानी को उसका अपराध बताकर उसे ताड़ना देने के लिए यह सब नहीं कह रहे थे। वे तो जैसे एक जाले में फँस गये थे और उसमें से मुक्त होने के लिए तड़प रहे थे। यदि वे मुक्त हो गये, तो क्या मुड़कर देखेंगे कि जाल किसका था? किसने फैलाया था? किस पदार्थ का बना था?...कदाचित् नहीं...

"महाराज!" रानी बोली, "आपको स्मरण होगा, मैं आपकी दूसरी रानी थी।..."

"हाँ! क्यों?" द्रुपद रानी के इस प्रश्न की प्रासंगिकता नहीं समझ पा रहे थे।

"आपको यह भी स्मरण होगा कि पहली रानी के होते हुए भी, आपने दूसरा विवाह क्यों किया था?"

"पटरानी का तब तक कोई पुत्र नहीं था।..."

"पटरानी का कोई पुत्र नहीं था, इसलिए पुत्र के लिए आपने दूसरा विवाह किया। विवाह के पश्चात् मुझे बार–बार याद दिलाया गया कि आपको एक ऐसा पुत्र चाहिए, जो कुरुश्रेष्ठ भीष्म का वध कर सके।..."

"हाँ, रानी!"

"ऐसे में यदि प्रसव के पश्चात् मैं आपको यह सूचना भिजवाती कि कन्या का जन्म हुआ है, तो आपके प्रासाद में मेरी क्या सार्थकता रह जाती? सम्भवतः आप तीसरा विवाह करते..."

द्रुपद अपनी आँखों में शून्य भरे रानी को देखते रहे। उनकी स्थिति ऐसी हो रही थी, जैसे वे कोई ऐसा स्वप्न देख रहे हों, जिसमें वे देख और सुन तो सकते हों, किन्तु कर कुछ नहीं सकते हों...बोलते हों तो कण्ठ से शब्द न फूटता हो, हिलना चाहते हों तो शरीर उनका आदेश न मानता हो...

"किन्तु आर्यपुत्र! आपको भ्रम में रखने की मेरी तनिक इच्छा नहीं थी... ।"

"तो क्या इच्छा थी तुम्हारी?" द्रुपद जैसे बड़े प्रयत्न के पश्चात् ही कह पाये।

"मैं कुछ समय प्राप्त करना चाहती थी...दूसरे प्रसव तक का समय!" रानी सिर झुकाकर धीरे–से बोली, "मुझे आशा थी कि दूसरे प्रसव में मैं पुत्र को जन्म दूँगी। पुत्र के जन्म के पश्चात् मैं आपको शुभ सूचना देती और पिछले भ्रम का निवारण भी कर देती...किन्तु...!" उसने रुककर राजा की ओर देखा, "दूसरे प्रसव का अवसर ही नहीं आया तो मैं पिछले भ्रम का निवारण कैसे करती...?"

द्रुपद एक ठण्डी भावहीन दृष्टि से अपने आस–पास देखते रहे... फिर अकस्मात् रानी की ओर मुड़े, "यदि तुम जानती थीं कि शिखण्डी पुरुष नहीं है, तो इस शिखण्डिनी का विवाह क्यों किया तुमने? क्या तुम्हें इतनी भी बुद्धि नहीं है कि समझ पातीं कि उसके विवाह के पश्चात् यह रहस्य किसी भी प्रकार अनुद्घाटित नहीं रह सकेगा? शिखण्डिनी के जन्म पर नहीं बताया था, तो उसके विवाह के पूर्व तो मुझे सावधान कर देतीं।..." द्रुपद का स्वर कातर हो उठा, "तुम नहीं जानतीं कि तुमने किस संकट में डाल दिया है, हम सबको..."

"आर्यपुत्र!" मनस्विनी अत्यन्त शान्त स्वर में बोली, "अब जब सब कुछ उद्घाटित हो ही गया है, तो अपने मन का पाप आपसे कह ही देती हूँ..."

द्रुपद ने सिर उठाकर रानी की ओर देखा...अब यह कौन–सा नया रहस्य उद्घाटित करने जा रही है?

"पटरानी की जुड़वाँ सन्तानों के जन्म के पश्चात् मुझमें तनिक भी साहस शेष नहीं रह गया था कि मैं आपको शिखण्डी के कन्या होने की सूचना देती...आपने पटरानी का तिरस्कार कर पुत्र के लिए मुझे स्वीकार किया था...और अब स्थिति यह थी कि तिरस्कृत रानी ने आपको पुत्र भी दिया था और पुत्री भी; और एक मैं थी जो आपकी अपेक्षा पर खरी नहीं उतरी थी...यह भ्रम बना हुआ था कि मैं ज्येष्ठ पुत्र की माता थी...आपको पहला पुत्र देने वाली... ।"

"तुम शिखण्डी को युवराज बनाना चाहती थीं?" द्रुपद जैसे तड़प कर बोले।

"नहीं आर्यपुत्र!" रानी ने भी उसी तत्परता से उत्तर दिया, "राज्य का लोभ कभी नहीं रहा मुझे; किन्तु मैं राजपरिवार में अपना सम्मान बनाये रखना चाहती थी...पुत्रवती से पुत्रहीन नहीं होना चाहती थी।..."

"तुम स्त्रियों की ईर्ष्या, स्पर्धा और आकांक्षा..." द्रुपद पहली बार अनियन्त्रित होकर बोले, "अपने प्रासाद की प्राचीर के भीतर तुम अपनी सपत्नी से युद्ध करती रहतीं, तो और बात थी; किन्तु अब तुमने मुझे दशार्णराज की सेना के सम्मुख निरीह स्थिति में डाल दिया है।

उन्होंने मुझे मित्रों, सम्बन्धियों और मन्त्रियों सहित यमलोक भेज देने की धमकी दी है...यदि हमने तत्काल शिखण्डी के पुरुष होने का प्रमाण नहीं दिया तो वे पांचालों पर आक्रमण करेंगे।"

"तो क्या हो गया आर्यपुत्र!" मनस्विनी बोली, "वे अपनी शक्ति के मद में डूबे पांचालों पर आक्रमण करना चाहते हैं, तो कर लें–न आर्यपुत्र दुर्बल हैं, न पुत्र धृष्टद्युम्न, न पांचाल ही भीरु हैं। दशार्णराज आक्रमण नहीं कर रहे, अपनी मृत्यु को निमन्त्रण दे रहे हैं।"

"तुम ठीक कह रही हो रानी!" द्रुपद टहलते हुए रानी से दूर चले गये, "किन्तु द्रुपद, धृष्टद्युम्न तथा पांचालों का क्षत्रियत्व, अधर्मयुद्ध के लिए नहीं है। हम हिरण्य वर्मा के अपराधी हैं; किन्तु इसलिए अपनी शक्ति के बल पर एक धर्मप्राण राजा तथा उसकी सेना को नष्ट नहीं कर सकते। धृष्टद्युम्न ने अग्नि–दीक्षा इसलिए नहीं ली कि अपनी माता के असत्य की रक्षा करने के लिए, अपनी पुत्री के सत्य के लिए युद्ध करने वाले हिरण्य वर्मा को अपने शस्त्रबल से नष्ट कर दे। हमारे शस्त्र अधर्म और अन्याय के दमन के लिए हैं रानी! उनको स्थापित करने के लिए नहीं!"

"तो आप उनसे युद्ध नहीं करेंगे?"

"यदि शिखण्डी पुरुष नहीं है, तो हिरण्य वर्मा से युद्ध करना अधर्म है।...अपने पापों का दण्ड हम दूसरों को नहीं दे सकते रानी! अपनी शक्ति का दुरुपयोग हम नहीं करेंगे। पांचालराज द्रुपद, किसी को प्रवंचित भी करे और अपनी सैनिक शक्ति से उसे नष्ट भी कर दे–ऐसा सम्भव नहीं है। मैं क्षत्रिय राजा हूँ, अनार्य दस्यु नहीं।...तुम्हारा धर्म था कि शिखण्डी के विवाह से पूर्व, तुम मुझे वास्तविकता बता देतीं...।" द्रुपद का स्वर कातर हो उठा था।

"आर्यपुत्र!" रानी बोली, "आप स्मरण करने का प्रयत्न करेंगे तो आपको याद आ जायेगा कि इस विवाह के लिए मैं उत्सुक नहीं थी। इसके लिए आप ही अधिक उत्सुक थे और उत्कण्ठित थीं आपकी पटरानी..."

"मैं उत्सुक था कि अपने पुत्र का विवाह कर एक धर्मपरायण शक्तिशाली क्षत्रिय राजपरिवार से सम्बन्ध स्थापित करूँ, ताकि

हस्तिनापुर के विरुद्ध हम अधिक बलवान हो सकें। मैं अपने पुत्र के विवाह के माध्यम से धर्मपरायण शक्तिशाली आर्य राजाओं को अधर्म के विरुद्ध संगठित करने का प्रयत्न कर रहा था...।"

"और आपकी पटरानी इस सम्बन्ध से अपनी सपत्नी और उसके पुत्र को ध्वस्त करने का प्रयत्न कर रही थीं।..."

"धृष्टद्युम्न की माता?"

"हाँ, महाराज!"

"उसने विमाता होकर भी यदि शिखण्डी के विवाह में उत्साह दिखाया तो यह उसकी उदारता है मनस्विनी!"

"नहीं महाराज! उन्हें किसी प्रकार यह सन्देह हो गया था कि शिखण्डी वह नहीं है, जो वह दिखायी देता है। इसलिए वे चाहती थीं कि उसके विवाह की चर्चा चले। यदि शिखण्डी अथवा मेरी ओर से विवाह का विरोध होता तो वे हमारा रहस्य प्रकट कर सकती थीं; और यदि विवाह हो जाता तो कुछ इस प्रकार की स्थिति उत्पन्न हो सकती थी, जैसी अब हो गयी है। वे जानती थीं, कि मैं और मेरा पुत्र न विवाह को स्वीकार करने की स्थिति में थे, न उसका तिरस्कार करने की..." मनस्विनी बोली, "स्वयं को असहाय पाकर मैंने विधाता के सम्मुख पूर्ण समर्पण कर दिया था आर्यपुत्र! किन्तु आपको सत्य बताने का साहस न कर सकी...।"

द्रुपद चुपचाप टहलते चले गये।...जब कक्ष के कई चक्कर लगा चुके तो बोले, "अब मुझे बताओ, मैं क्या करूँ?...मैं निरपराध दशार्णराज के साथ युद्ध कर व्यर्थ ही निरीह हत्याएँ करना नहीं चाहता और न ही यह देख सकता हूँ कि उनके शस्त्रों के सम्मुख पांचाल निर्विरोध कटते रहें।"

"मैं क्या कह सकती हूँ देव!" मनस्विनी धीरे से बोली, "हम दशार्णराज के अपराधी तो हैं ही। यदि उनसे संघर्ष नहीं चाहते, तो हमें अपना अपराध स्वीकार कर लेना चाहिए...।"

द्रुपद ने मनस्विनी की ओर इस प्रकार देखा, जैसे न तो उससे सहमत हो पा रहे हों और न ही उसका विरोध कर पा रहे हों। फिर

बोले, "यदि बात मेरे और हिरण्य वर्मा के मध्य ही होती तो कदाचित् मैं क्षमा माँग भी लेता; किन्तु जब यह घटना प्रचारित होगी, तो सारा आर्यावर्त्त ही नहीं, सारा जम्बूद्वीप जानेगा कि द्रुपद प्रवंचक है। वह इतना पतित है कि उसने अपनी पुत्री के लिए हिरण्य वर्मा की दुहिता को वधू के रूप में अंगीकार किया...।"

मनस्विनी ने अपने पति को इस प्रकार देखा, जैसे पूछ रही हो–तो?

द्रुपद कुछ देर आत्मलीन रहे; फिर जैसे किसी निष्कर्ष पर पहुँचकर बोले, "तुम जाओ रानी! और शिखण्डी को मेरे पास भेजो। मैं उससे पूछूँ तो सही कि उसने इतने दिनों तक मुझे भ्रम में कैसे रखा...?"

"उसमें उसका क्या दोष है आर्यपुत्र! सद्यःजात शिशु क्या जानता है कि वह कन्या है अथवा कुमारक! उसे तो जैसे रखा गया, वैसे ही रहा। सत्य जानने पर, उसे प्रकट करने की इच्छा हुई भी होगी, तो वह अपना संकोच न छोड़ पाया होगा...।"

"मैं उसके दोष की बात नहीं कर रहा हूँ।" द्रुपद बोले, "मैं उसके कौशल की चर्चा कर रहा हूँ। उसने इतने वर्षों तक सारे संसार को भ्रम में रखा था : क्या वह अपनी पत्नी को भी भ्रम में नहीं रख सकता था?" द्रुपद कुछ रुककर बोले, "इस समय तो मुझे उससे यही कहना है कि या तो वह अपने श्वसुर को विश्वास दिलाये कि वह पुरुष है, या फिर अपनी पत्नी से कोई ऐसी सन्धि करे कि वह इस रहस्य को सदा के लिए अनावृत ही रहने दे; अन्यथा मेरे पास सिवाय आत्महत्या के और कोई मार्ग नहीं बचेगा...।" वे गवाक्ष की ओर मुड़ गये, "जाओ! किसी से कहलवाकर उसे मेरे पास भेज दो।"

मनस्विनी ने दासी को शिखण्डी के पास भेजना उचित नहीं समझा। उसे बिना सारी स्थिति समझाये, बिना कोई चेतावनी दिये, इतनी बड़ी चुनौती का सामना करने के लिए भेज देना, किसी भी प्रकार न्याय नहीं है। अब तक जो कुछ हुआ, उसके लिए न वह दोषी था और न ही उसका दायित्व उस पर डालना ही उचित था। उसका जिस रूप में पालन–पोषण किया गया, वह उसी को स्वीकार कर बड़ा होता गया...

रानी शिखण्डी के कक्ष में आयी। संयोग से वह उसे अपने कक्ष में ही मिल गया। वह काम्पिल्य में घटी इन सारी घटनाओं से अनभिज्ञ, आखेट पर जाने की तैयारी में था।...रानी को उस पर दया आयी। वस्तुतः उसकी यह पुत्री, माता की परिस्थितियों के दुर्भाग्य के जाल में फँस गयी थी; और उसी को अपनी नियति मानकर तदनुरूप जीवन व्यतीत कर रही थी। यह शिखण्डिनी, जिसे इस समय या तो अपने पति के घर होना चाहिए था, अथवा पति के स्वप्न देखने चाहिए थे—क्षत्रिय राजकुमार के समान आखेट की तैयारी कर रही थी।...जिसे अपने रूप को सँवारकर, पुरुष मन को मथने का प्रयत्न करना चाहिए था, वह विभिन्न व्यायामों, मुद्राओं, अभ्यासों तथा वस्त्रों की सहायता से अपने सारे नारी सौन्दर्य को नष्ट करने पर लगी थी। जिन समृद्ध उरोजों और नितम्बों को, उनके आकार—प्रकार को एक नैसर्गिक आकर्षण देना चाहिए था, वे उसके कठोरता से बँधे वस्त्रों में स्वयं को विलीन करने को बाध्य थे; जिन नैनों को कटाक्ष बरसाने चाहिए, वे अपनी चपलता त्याग, गम्भीरता के जाल बुन रहे थे; जिन अधरों पर संसार का मधुरतम संगीत होना चाहिए था, उनको वह अपनी दृढ़ता के प्रतिनिधि बनाने पर तुली थी...

"आओ माता!" शिखण्डिनी ने स्नेह से मुस्कुराते हुए उसका स्वागत किया।

"पुत्र शिखण्डी!" मनस्विनी ने अपने अभ्यासानुसार उसे सम्बोधित किया, "मैं एक बड़ी जटिल समस्या लेकर तुम्हारे पास आयी हूँ।"

"आदेश करें माता!" शिखण्डिनी बोली, "क्षत्रिय राजकुमारों का तो जीवन ही जटिल समस्याएँ सुलझाने के लिए होता है।"

"पुत्र!"

"क्या बात है माता?" शिखण्डिनी के स्वर में वह आश्वासन था, जो असहाय सन्तान से बात करते हुए पिता के स्वर में होता है।

"क्या तुम्हारे मन में कभी नहीं आता कि तुम सहज रूप से अपना श्रृंगार करो, अपने नारीपन से पुरुष मन को आकृष्ट करो?"

"आज यह क्यों पूछ रही हैं माता?"

"तुम्हें अपने साथ यह अत्याचार करते देखकर सहज ही मन में यह जिज्ञासा उठती है पुत्र!..."

"यदि ऐसा हुआ होता तो कदाचित् मैं कब से अपने इस छद्मवेश को उतार फेंकता माँ!" शिखण्डिनी बोली, "मुझे तो अपने इस शरीर पर रोष आता है–क्यों मुझे नारी का शरीर मिला...!"

"क्योंकि तुम एक नारी हो।..."

"नहीं!" शिखण्डिनी बोली, "आपका विचार सत्य नहीं है माता! मैं नारी होकर पुरुष वेश धारण किये हुए नहीं हूँ। मैं पुरुष हूँ, जिसे विधाता ने किन्हीं अज्ञात कारणों से नारी शरीर वहन करने के लिए बाध्य कर दिया है।"

"शिखण्डी!"

"हाँ, माता!" शिखण्डिनी बोली, "मुझे यह वेशभूषा कभी बोझ नहीं लगी; वरन् मुझे आक्रोश इस बात का था कि मुझे अपने नारी शरीर को छिपाने के लिए अनावश्यक वस्त्र क्यों धारण करने पड़ते हैं। अपने नयनों के कटाक्ष से किसी प्रशस्त–वक्ष पुरुष को आहत करने की आकांक्षा मेरे मन में कभी नहीं जागी; वरन् मैंने तो सदा अपने बाणों से वन में उन्मुक्त घूमते व्याघ्रों को असमर्थ कर देने का स्वप्न देखा है...।"

"विचित्र संयोग है पुत्र!" मनस्विनी समझ नहीं पायी कि वह शिखण्डिनी से कह रही है अथवा स्वयं अपने–आपसे, "अपने स्वार्थ के कारण अपनी जिस पुत्री के शरीर को मैंने पुरुष–वेश दिया था, उसका शरीर तो परिवर्तित हुआ नहीं, उसका मन परिवर्तित हो गया।..."

"मुझे मालूम नहीं है माता, कि आपके द्वारा दिये गये पुरुष–वेश के कारण मेरा मन परिवर्तित हो गया, अथवा मेरा मन जन्म से ही पुरुषमन था, इसलिए उसे पुरुष–वेश ही प्रिय रहा...।"

सहसा मनस्विनी चौंकी, "पुत्र! इस समय हम सब संकट में हैं। इसलिए तुम्हारे पास आयी हूँ...।"

"क्या हुआ माता?"

"तुम्हारे श्वसुर को ज्ञात हो गया है कि तुम स्त्री हो, इसलिए वे

अपने अपमान का प्रतिशोध लेने के लिए पंचाल पर आक्रमण करने वाले हैं; और तुम्हारे पिता यह युद्ध, किसी भी मूल्य पर करना नहीं चाहते...।"

"ओह!"

"एक प्रश्न पूछती हूँ पुत्र!" मनस्विनी बोली, "यदि उत्तर न देना चाहो तो तुम्हें बाध्य नहीं करूँगी।"

"पूछें माता!"

"मैं तुम्हारे विवाह का प्रस्ताव अस्वीकार करने का साहस न कर सकी; किन्तु तुमने उसका विरोध क्यों नहीं किया?" मनस्विनी ने शिखण्डिनी की ओर देखा, "क्या तुम्हें यह भय नहीं था कि तुम्हारा रहस्य उद्‌घाटित हो जायेगा और तुमको सबके सम्मुख लज्जित होना पड़ेगा?"

शिखण्डिनी ने तत्काल उत्तर नहीं दिया। उसके हाथ अपने बाणों से खेलते रहे और उसका मन कुछ सोचता रहा। अन्ततः वह बोली, "रहस्य खुलने का भय मुझे था; किन्तु एक कमनीय, कोमल, नारीत्व पूर्ण किशोरी मेरी भुजाओं में होगी, इस सुख की कल्पना इतनी मादक थी कि मेरी बुद्धि मदान्ध हो गयी थी।...उस समय मैंने इस पक्ष पर तनिक भी विचार नहीं किया कि इस कमनीय, कोमल, नारीत्व से पूर्ण किशोरी को मद में विह्वल कर देने के लिए, एक पूर्ण पुरुष शरीर चाहिए, जो मेरे पास नहीं है...।"

मनस्विनी स्तम्भित रह गयी : उसने तो कभी अपनी पुत्री के मन को जानने का प्रयत्न ही नहीं किया था। वह क्या जानती थी कि अपनी जिस पुत्री को उसने अन्य लोगों के लिए रहस्य बना रखा है, वह स्वयं उसके लिए भी रहस्य ही है...

"तो तुमने अपने नारीत्व को दशार्णराज कुमारी से छिपाया भी नहीं?..."

"नहीं माता! यदि मैं स्वयं को उससे छिपाता, तो उसके लिए मुझे उससे दूर रहना पड़ता।" शिखण्डिनी बोली, "जिस कमनीय कन्या की कल्पना ने मुझे मदान्ध कर रखा था, उसे अपने कक्ष के एकान्त में अपने बिस्तर पर पाकर, मैं अपने–आपको रोक नहीं सका। मैंने उसे समझाया कि काम–सुख के उपकरण अपने ही शरीर में होते हैं।

दूसरा व्यक्ति तो उन्हें प्रेरित भर करता है। इससे कोई अन्तर नहीं पड़ता कि प्रेरित करनेवाले का शरीर स्त्री का है या पुरुष का।...मैंने अपने इस शरीर के साथ भी उसे पूर्ण सुख दिया माँ! और स्वयं भी काम–सुख से आह्लादित हुआ...।"

"किन्तु वह उस सुख से आप्यायित नहीं हुई पुत्र!" मनस्विनी बोली, "उसने अपनी दासियों को इस सूचना के साथ अपने पिता के पास भेज दिया कि तुम पुरुष नहीं, स्त्री हो...।"

"ओह!" शिखण्डिनी कुछ देर के लिए जैसे अन्यमनस्क हो गयी; और फिर जब उसका ध्यान अपनी माता की ओर लौटा तो उसने पूछा, "अब आप क्या चाहती हैं माता?"

"मैं तो केवल तुम्हारा सुख चाहती हूँ पुत्र!" मनस्विनी बोली, "किन्तु इस समय मैं तुम्हारे पिता का सन्देश लायी हूँ।"

शिखण्डिनी ने अपनी माता की ओर देखा।

"वे चाहते हैं कि या तो तुम अपने श्वसुर के सम्मुख अपना पुरुषत्व प्रमाणित करो, या फिर अपनी पत्नी से किसी प्रकार से ऐसी सन्धि कर लो, जिससे वह तुम्हारा रहस्य उद्‌घाटित न करे...।"

"और यदि मैं दोनों में असफल हुआ माता, तो?" शिखण्डिनी ने कुछ मौन रहकर पूछा।

"ऐसी स्थिति में यदि तुम्हारे पिता ने आत्महत्या न कर ली तो दशार्णराज हिरण्य वर्मा पंचाल पर आक्रमण करेंगे और राजपरिवार के किसी भी सदस्य को जीवित नहीं छोड़ेंगे; क्योंकि तुम्हारे पिता उनका प्रतिरोध करना धर्मसंगत नहीं मानते...।" मनस्विनी ने शिखण्डिनी की ओर देखा, "तुम्हारे पिता इसी क्षण तुमसे मिलना चाहते हैं...।"

मनस्विनी को लगा, उसका कण्ठ अवरुद्ध हो रहा है और अपनी असहायता पर वह एक बार वक्ष फाड़कर रो लेना चाहती है...

"माता!" शिखण्डिनी ने माँ के कन्धे पर हाथ रखा।

उस स्पर्श ने जैसे मनस्विनी के मन में आये सारे अवरोध हटा दिये। वह फफककर रो पड़ी, "संसार में कोई मेरे जैसी भी अभागी माता होगी पुत्र!" वह बोली, "मैंने अपने स्वार्थवश तुम्हें इस कठिनाई

में डाला। तुम्हारा सारा जीवन नष्ट किया; और मैं ही तुम्हें यह सन्देश दे रही हूँ कि अपना पुरुषत्व प्रमाणित करो...।"

शिखण्डिनी गम्भीर हो गयी, "इन सब बातों के लिए, यह समय नहीं है माता! इस समय तो पांचालों को बचाना है, सोमकों की रक्षा करनी है और काम्पिल्य की शान्ति को अक्षुण्ण बनाये रखना है...।"

"तो तुम क्या करोगे पुत्र?"

"आप जायें! निश्चिन्त होकर विश्राम करें।" शिखण्डिनी बोली, "मैं कोई–न–कोई मार्ग निकाल लूँगा।..."

द्रुपद प्रतीक्षा करते रहे, किन्तु शिखण्डी उनसे मिलने नहीं आया। उन्हें आश्चर्य हुआ। पंचाल के राजप्रासाद में माता–पिता के आदेशों की इस प्रकार उपेक्षा नहीं की जाती...

उन्होंने दासियों के साथ सैनिक सन्देशवाहक भी भेजे; किन्तु शिखण्डी नहीं आया। सन्देशवाहकों ने लौटकर बताया कि शिखण्डी अपने कक्ष में नहीं था। उसकी परिचारिकाओं ने बताया कि उसने अपनी माता, रानी मनस्विनी के साथ देर तक वार्तालाप किया था। उसके पश्चात् वह अपने कक्ष से निकलकर, कहीं बाहर चला गया था। जाने से पूर्व वह एक पत्र अपनी निजी परिचारिका को दे गया था कि जब महाराज स्वयं अथवा उनके सैनिक उसे खोजते हुए आयें तो वह पत्र उनको दे दिया जाये; किन्तु उस पत्र को पढ़ने का अधिकार, केवल महाराज द्रुपद को ही होगा।...

द्रुपद अपने हाथ में पत्र लिए बैठे रहे...कहाँ चला गया शिखण्डी?... उन्हें इस कष्ट में फँसा देख, वह स्वयं को बचाने के लिए भाग गया?...पर भागकर कहाँ जायेगा?...कहीं वह अपने श्वसुर के पास ही तो नहीं चला गया?...

उनके मन में आशा की एक किरण जागी। उन्होंने पत्र खोला, शिखण्डी ने अपने हस्तलेख में लिखा था :

पिताजी,

मैं जा रहा हूँ। मुझे खोजने का प्रयत्न न कीजिएगा। मैं अब नहीं मिल सकता। दशार्णराज हिरण्य वर्मा को सन्देश भेज दीजिए कि आप उसके सामने मेरा पुरुषत्व प्रमाणित नहीं कर सकते; वे

आपके सामने मेरा नारीत्व प्रमाणित करें और पांचालों को जो दण्ड देना चाहें, दे लें।...

आपका पुत्र
—शिखण्डी

द्रुपद हाथ में पत्र पकड़े बैठे–के–बैठे रह गये।

10

इन दिनों द्रुपद अत्यन्त व्यस्त हो उठे थे।...कार्य आरम्भ करने से पहले भी वे जानते थे कि वह एक बहुत बड़ा आयोजन था; किन्तु फिर भी उन्होंने इसके इतने विस्तार–प्रसार की कल्पना नहीं की थी। ऐसा लगता था कि आजकल सम्पूर्ण काम्पिल्य नगर में सिवाय स्वयंवर की व्यवस्था के और कोई भी कार्य नहीं हो रहा था। प्रातः उठकर द्रुपद अत्यन्त अधीरता से किसी प्रकार अपने दैनिक कृत्य पूरे करते थे; और फिर स्वयंवर की व्यवस्था में खो जाते थे। ध्यान, आराधना और स्वाध्याय के लिए एक तो समय ही बहुत कम निकल पाता था, दूसरे, जितना समय वे निकालते भी थे, उसमें एकाग्र नहीं हो पाते थे। वे आँखें बन्द कर प्रार्थना के लिए ईश्वर के सम्मुख हाथ जोड़ते थे, तो उनके ध्यान में अनेक वे कार्य हाथ जोड़े आ उपस्थित होते थे, जो उन्हें आसन से उठते ही करने थे...उन्हें लगता था कि वे आजकल ब्रह्म का ध्यान नहीं करते, 'स्वयंवर' का ध्यान कर रहे थे...आसन से उठते ही वे आदेश देने आरम्भ कर देते थे और राजपरिवार, राज–कर्मचारी तथा काम्पिल्य की सारी प्रजा, उनके आदेशों का पालन करने लगती थी; किन्तु फिर भी जितने कार्य होते थे, उनसे कहीं बड़ी संख्या में नये–नये कार्य जन्म लेकर उनके सामने भीड़ बढ़ाने के लिए खड़े हो जाते थे...कई बार तो द्रुपद को स्वयं आश्चर्य होने लगता था कि वे आदेश ही तो देते हैं, फिर थक किस बात से जाते हैं?...और तभी वे अपने मन के भारी बोझ को पहचानते थे, जिसे हटाने के लिए वे इतना उद्यम कर रहे थे...

द्रुपद ने हाथ जोड़कर प्रभु को नमस्कार किया और आसन छोड़ कर उठ खड़े हुए।

द्वारपाल ने उनके सम्मुख आकर उन्हें प्रणाम किया; लगा वह उनके आसन से उठने की प्रतीक्षा ही कर रहा था।

"क्या बात है?" द्रुपद ने पूछा। उनकी वाणी में, द्वारपाल के इस त्वरित प्रणाम के प्रति स्पष्ट अप्रसन्नता थी।

"महाराज!" द्वारपाल अत्यन्त विनीत भाव से बोला, "राजकुमार शिखण्डी, प्रासाद में लौट आये हैं और महाराज के दर्शन करना चाहते हैं।..."

"क्या? राजकुमार शिखण्डी?" द्रुपद के मुख से अनायास ही निकल गया।

"हाँ, महाराज!"

द्रुपद को लगा, इस समय इस समाचार से उन्हें कोई विशेष प्रसन्नता नहीं हुई। शिखण्डी, उन्हें एक विकट कठिनाई में असहाय छोड़कर कहीं विलीन हो गया था। वे ही जानते हैं कि उन्होंने हिरण्य वर्मा को कैसे–कैसे समझाया था, और अब, जब किसी प्रकार वह अन्धड़ शान्त हो गया था और वे कृष्णा के स्वयंवर की व्यवस्था में व्यस्त थे–शिखण्डी लौट आया था।...क्या वे सारी समस्याएँ, जो शिखण्डी की अनुपस्थिति के कारण विलीन हो गयी थीं, अब उसके लौट आने से, जाग नहीं उठेंगी?...क्या फिर हिरण्य वर्मा का पुरोहित आकर उनके सम्मुख खड़ा नहीं हो जायेगा कि वे शिखण्डी के पुरुष होने का प्रमाण दें?...

सहसा उनका मन पलटकर दूसरी ओर सोचने लगा; शिखण्डी जाते हुए जो सन्देश उनके लिए छोड़ गया था, उसी के आधार पर तो वे हिरण्य वर्मा को शान्त कर पाये थे। वे समझ गये थे कि शिखण्डी ने घर छोड़ने को संकट इसीलिए तो उठाया था कि न हिरण्य वर्मा उसे खोज पाये और न ही यह प्रमाणित कर पाये कि वह स्त्री है. ..और अब वह लौट आया है।...वह क्या समझता है?...क्या वह यह मानकर लौट आया है, कि हिरण्य वर्मा उसके पुरुष होने का वह

प्रमाण नहीं माँगेगा...अथवा वह अपने पुरुष होने का प्रमाण ले कर लौटा है?...पर नहीं; यदि वह पुरुष होता तो उसे घर छोड़कर भागने की आवश्यकता नहीं थी! और यदि वह स्त्री है तो पुरुषत्व का प्रमाण कहाँ से लायेगा?...

और सहसा द्रुपद ने जैसे स्वयं ही अपने–आपको डाँटा...प्रमाण हो या न हो...उनकी वह सन्तान सकुशल उनके पास आयी है, जिसे वे अब तक मृत्यु को प्राप्त हुई, यह स्वीकार कर चुके थे...

"उसे आने दो!"

द्वारपाल के बाहर जाने से पहले ही शिखण्डी ने कक्ष में प्रवेश किया। कदाचित् वह कपाट के साथ लगा खड़ा था और पिता की अनुमति की प्रतीक्षा कर रहा था। उसने क्षण–भर रुककर पिता को देखा और फिर उनके चरणों में झुक गया।

उस एक क्षण ने ही द्रुपद को अपने इस पुत्र की स्थिति कह सुनायी : वह अत्यन्त दुर्बल हो गया था, जैसे कई दिनों से कुछ खाया ही न हो। उसे कदाचित् चलने में भी कठिनाई हो रही थी, जैसे शरीर में कहीं घाव हो या कोई हड्डी चटख गयी हो; अथवा सम्भव है कि यह भी अत्यधिक दुर्बलता का ही परिणाम हो। आनन की जिस गोलाई और शरीर के जिस गदरायेपन के कारण वे उसे कन्या राशि का बालक कहते थे, वह सब अब विलीन हो चुका था। चेहरा अपनी गोलाई छोड़कर कुछ लम्बा हो गया था और शरीर का गदरायापन वैसे ही सूख गया था, जैसे कई दिन तक पानी न मिलने पर पौधा सूख जाता है...उसके शरीर पर आज उतने वस्त्र भी नहीं थे, जितने सामान्यतः वह लादे रहता था...

द्रुपद ने झुककर, उसे कन्धों से पकड़कर उठाया, "तुम अस्वस्थ हो पुत्र?"

"नहीं!" शिखण्डी की मुस्कान भी उसके आनन से शारीरिक पीड़ा का भाव पोंछ नहीं सकी, "यह दुर्बलता अस्वस्थता के कारण नहीं पिताजी! उपचार के कारण है।"

"तो तुम अस्वस्थ थे?" द्रुपद उसे अपनी भुजाओं में थामे हुए

ही, कक्ष से बाहर ले आये। उन्होंने उसे सहारा देकर आसन पर इस प्रकार बैठाया, जैसे कोई व्यक्ति किसी अत्यन्त कोमल वस्तु को बहुत सहेजकर कहीं रखता है। वे मुड़े, "द्वारपाल! दोनों रानियों, धृष्टद्युम्न तथा कृष्णा को सूचना दो कि राजकुमार शिखण्डी लौट आये हैं।" फिर शिखण्डी की ओर उन्मुख हुए, "तुम्हें किसी वस्तु की तत्काल आवश्यकता है पुत्र–भोजन, औषधि अथवा कोई और पदार्थ?"

"नहीं!" शिखण्डी के अधरों पर पुनः वह शुष्क मुस्कान आ गयी, "थोड़ा जल! मैं विश्राम कर ठीक हो जाऊँगा। बहुत थका हुआ हूँ। लम्बी यात्रा कर यहाँ तक पहुँचा हूँ।"

द्रुपद ने दासी की ओर देखा। वह पहले ही जल लाने के लिए मुड़ चुकी थी। द्रुपद शिखण्डी की ओर मुड़े, "तुम कहाँ चले गये थे पुत्र!" द्रुपद को अपने स्वर के स्नेह ने स्वयं ही आश्चर्य में डाल दिया था।

"मैं आपकी समस्या का समाधान ढूँढ़ने गया था पिताजी!"

"ढूँढ़ लाये?"

"हाँ, पिताजी!" शिखण्डी बोला, "आप दशार्णराज को सन्देश भिजवा सकते हैं कि वे जैसे चाहें मेरे पुरुषत्व का परीक्षण कर सकते हैं।"

द्रुपद ने विस्मय से उसकी ओर देखा, "क्या तुम यह प्रमाण लेने गये थे?"

"नहीं पिताजी!" शिखण्डी धीरे–से बोला, "वस्तुतः आपको और अपने इस परिवार को इस कठिनाई से निकालने के लिए मैं एक ही मार्ग खोज पाया था–आत्महत्या! मैं घर से मृत्यु की खोज में निकला था, ताकि न दशार्णराज मुझे खोज पायें और न ही मेरा नारीत्व प्रमाणित कर, आप पर कोई आक्षेप कर सकें...।"

द्रुपद जैसे सतर्क होकर बैठ गये।

"मैं इतने सघन वन में पहुँचा, जहाँ किसी मनुष्य के होने की कोई सम्भावना नहीं थी; और एक वृक्ष के नीचे, यह संकल्प कर पद्मासन लगाया–कि मृत्यु की प्रतीक्षा में मैं ईश्वर का ध्यान करूँगा। या तो कोई हिंस्र पशु आकर मुझे खा जायेगा अथवा अन्न–जल के अभाव में ही मेरे प्राण निकल जायेंगे।..."

"फिर?"

"मैं अपने संकल्प पर दो दिनों तक अडिग रहा।"

"तीसरे दिन मुझे अपने निकट किसी अन्य व्यक्ति की उपस्थिति का आभास हुआ। मैंने आँखें खोलीं। आँखों में करुणा–भरे एक यक्ष मेरे सामने खड़ा था। उसने मुझे अपना परिचय दिया। वह स्थूणाकर्ण यक्ष था और किन्हीं कारणों से वहीं, उस सघन वन में रहता था। वह पिछले दो दिनों से छिपकर मुझे देख रहा था। तीसरे दिन उसने मेरे सम्मुख प्रकट होने का निर्णय किया था। उसके बहुत आग्रह पर मैंने उसे अपनी समस्या बतायी और प्राण त्यागने का निश्चय भी सुना दिया।"

"तो तुम वस्तुतः नारी हो और पुरुष के छद्म–वेश में रहते रहे हो?" उसने पूछा।

'हाँ!' मैंने उत्तर दिया।

'तो तुम्हारी समस्या का समाधान यह है कि या तो तुम वस्तुतः पुरुष बन जाओ, अथवा अपना जीवन समाप्त कर दो।'

'पुरुष मैं बन नहीं सकता, इसलिए अपना जीवन समाप्त कर रहा हूँ।'

'क्या तुम सदा से पुरुष बनना चाहते रहे हो?' उसने पूछा।

'हाँ!'

'क्या तुम्हें लगता है कि तुम्हारा मन और मस्तिष्क, पुरुष का मन–मस्तिष्क है?'

'हाँ!'

'क्या तुम्हारा मन सुन्दर तथा युवा पुरुषों की तुलना में सुन्दर और युवा नारियों की ओर अधिक आकृष्ट होता रहा है?'

'हाँ!'

'तो मुझे अपने शरीर का परीक्षण करने दो।' वह बोला।

'पर क्यों?' मैंने चकित होकर पूछा।

'यह देखने के लिए कि क्या तुम सचमुच पुरुष बन सकते हो?'

'क्या यह सम्भव है?'

'कुछ लोगों के लिए सम्भव है।' यक्ष बोला, 'प्रकृति कुछ लोगों को भीतर से पुरुष और ऊपर से नारी बना देती है। ऐसी स्थिति में यह सम्भव है कि उसे बाहर से भी वही बना दिया जाये, जो वह भीतर से है।'

"यक्ष ने मेरे शरीर का वैसे ही परीक्षण किया, जैसे कोई वैद्य किसी रोगी का करता है। और अन्ततः वह बोला, 'यदि तुम्हारा संकल्प दृढ़ है; यदि तुम मनोकामना पूर्ण करने के लिए असह्य कष्ट उठा सकते हो, तो मैं तुम्हें पुरुष का शरीर दे सकता हूँ।' उसने मुझे देखा, 'सामान्यतः मैं किसी की ऐसी इच्छा पूर्ण नहीं करता। यक्षराज की ओर से हमें इसका निषेध है; किन्तु तुम आत्मघात करने पर तुले हो। तुम्हारी इच्छा पूर्ण करने का अर्थ है, एक मुमुर्षू व्यक्ति को प्राणदान। यह पुण्य कर्म माना गया है। मैं यह कार्य धर्म–कार्य समझकर करूँगा...तुम तैयार हो?'

"मैं बिना कुछ सोचे–समझे, कि वह क्या करना चाहता है, सहमत हो गया। वह मुझे उसी वन में, अपने आवास पर ले गया। उसने मुझे कितने ही दिनों तक सिवाय जड़ी–बूटियों के घोल के, और कुछ खाने को नहीं दिया। मेरे शरीर की मांसलता छँटती गयी और मैं कुछ दुर्बल भी हुआ; किन्तु मैं प्रसन्न था। फिर उसने मुझसे विभिन्न प्रकार के व्यायाम करवाये। प्रहर--प्रहर भर तक किसी एक मुद्रा में खड़ा कर देता था।...और अन्ततः उसने मेरे शरीर को कूटना और पीटना आरम्भ किया। यह सबसे अधिक कष्टप्रद प्रक्रिया थी। एक रात उसने एक घोल पिलाकर मुझे अचेत कर दिया; और उसी अचेतावस्था में उसने मेरे शरीर की शल्यक्रिया की। जब मैं सचेत हुआ, तो बहुत दुर्बल हो चुका था। शरीर का बहुत सारा रक्त बह गया था। स्थूणाकर्ण बहुत प्रसन्न था। उसने बताया कि हम लोग अपने प्रयोग में सफल हो गये हैं। मैं अब पूर्ण पुरुष हूँ–मन से भी और शरीर से भी। मैं कुछ दुर्बल हूँ और शरीर पर शल्यक्रिया के कारण उत्पन्न कुछ घाव हैं। अतः मुझे विश्राम करना होगा। यह समाचार मेरे लिए इतना सुखद था कि मैं तत्काल घर लौटना चाहता था; किन्तु उसने

मुझे आने नहीं दिया। उसका विचार था कि मैं शरीर की उस अवस्था में लम्बी यात्रा करूँगा तो अपने घर पहुँचने के स्थान पर, यम के घर पहुँच जाऊँगा। उसके पश्चात् वह मेरा उपचार करता रहा। शारीरिक बल और ऊर्जा के लिए विभिन्न प्रकार के घोल पिलाता रहा; और घावों पर लेप लगाता रहा। और जैसे ही उसने यह कहा कि अब मैं घर लौट सकता हूँ, मैं वहाँ से चल पड़ा। एक सप्ताह की यात्रा के पश्चात् मैं घर पहुँचा हूँ पिताजी!" शिखण्डी चुप हो गया।

"तुमने मेरे लिए बहुत कष्ट सहा है पुत्र!" द्रुपद बोले।

वे अपने स्थान से उठकर, शिखण्डी के निकट आये। उन्होंने अपनी हथेली से उसके केशों को सहलाया, "मैं जीवन–भर तुमसे उऋण नहीं हो सकता पुत्र!"

11

माँ का आशीर्वाद लेकर पाण्डव एक–एक कर कुम्भकार के घर से बाहर निकले। न तो कुन्ती चाहती थी कि वे लोग एक साथ बाहर जायें; और न उनकी ही अपनी ऐसी कोई इच्छा थी। सबसे पहले युधिष्ठिर और सहदेव गये। वे कुछ दूर निकल गये तो अर्जुन धीरे–धीरे बाहर निकला।

भीम चलने लगा, तो जैसे उसके मन में कोई बात आयी और वह रुक गया...

"क्या बात है भीम?"

"माँ! एक बात मेरे मन में बहुत देर से द्वन्द्व मचा रही है। अब चलते–चलते सोचा कि तुमसे कह ही दूँ।"

"क्या बात है पुत्र!"

"माँ! हम सबकी इच्छा है कि घटनाएँ तुम्हारे मनोनुकूल ही घटें। ज्येष्ठ ही स्वयंवर में भाग ले और कृष्णा को प्राप्त करे। किन्तु माँ! कृष्णा वीर्यशुल्का है।..."

"तो?"

"यदि वहाँ ऐसी प्रतिज्ञा हुई, जिसे ज्येष्ठ पूर्ण न कर सका, तो?"

कुन्ती भीम की आँखों में कुछ पढ़ती रही। फिर जैसे उससे सन्तुष्ट न होकर, अपनी ओर से कुछ न कह, उसने भीम को ही कुरेदना उचित समझा, "तो क्या तुम भी प्रतियोगी बनना चाहते हो? ज्येष्ठ के प्रतिद्वन्द्वी होना चाहते हो?"

"इसीलिए तो मैं कह नहीं रहा था माँ; कि कहीं तुम इसे मेरी लोलुपता न मान लो!" भीम बोला, "मैं ज्येष्ठ का प्रतिद्वन्द्वी नहीं होना चाहता; किन्तु यदि ज्येष्ठ असफल हो गया; अथवा वह प्रतिज्ञा ही ज्येष्ठ के क्षमता–क्षेत्र से बाहर हुई, तो क्या हम चुपचाप वापस लौट आयें?...या फिर जैसाकि पितामह वेदव्यास ने कहा है, मैं कोई अद्भुत पराक्रम दिखाऊँ? जो दायित्व ज्येष्ठ पूर्ण न कर सके, वह फिर मध्यम के स्कन्धों पर ही आ टिकता है।"

कुन्ती को लगा, वह ठीक ही कह रहा है। युधिष्ठिर के पश्चात् दायित्व उस पर ही तो पड़ते हैं; और वैसे भी यदि प्रतिज्ञा पूर्ण करने के लिए शारीरिक बल की ही आवश्यकता हुई, तो भीम ही तो उसे पूर्ण करेगा...

"कैसा अद्भुत पराक्रम करोगे तुम?"

"मैं कृष्णा का हरण करूँगा।"

कुन्ती कुछ क्षणों के लिए जड़ बनी खड़ी रही : क्या कहे वह? उसकी इच्छा और महर्षि के निर्देशों में विरोध उठ खड़ा हुआ था।...भीम उसकी आज्ञा की प्रतीक्षा में था...क्या कहे वह कि वे लोग भगवान वेदव्यास का आदेश न मानें? क्या वह स्वयं को महर्षि से श्रेष्ठतर समझती है? क्या कहे अपने पुत्र से कि पितामह का आदेश न मान कर माता का आदेश माने! श्वसुर सम, वयोवृद्ध, तपःसिद्ध महर्षि के आदेश को कुन्ती तिरस्कृत कर दे?...

और फिर बिना पराक्रम किये, पाण्डव आजीवन अज्ञातवास करते रहें?...किन्तु भीम प्रतिज्ञा पूर्ण करने के स्थान पर हरण की बात कर रहा है। जो पाण्डव अकेले दुर्योधन से भयभीत होकर अज्ञातवास करते रहे हैं, क्या वे आर्यावर्त्त की सारी राजशक्तियों को चुनौती देकर पांचाली कृष्णा का हरण करेंगे–बिना शस्त्रों के, बिना सेना के, बिना सहायकों के?...भीम का मनोबल कुछ अधिक ही ऊँचा था...

सहसा कुन्ती ने स्वयं को साधा, "पुत्र! दुस्साहस मत करना। केवल पराक्रम करना। महर्षि की इच्छा का पालन करना। अपने कामना–तुरंग के पीछे घिसटते मत जाना।"

भीम ने माँ के चरण छुए और चल पड़ा। उसके पीछे–पीछे ही नकुल भी रंगशाला की ओर बढ़ गया।

वेदव्यास ने जब कृष्णा के वीर्यशुल्का होने की बात कही थी, भीम तब से ही पर्याप्त ऊहापोह में था। वह जानता था कि ऐसे सारे अवसरों पर प्रतिज्ञा पूर्ण करने के लिए पर्याप्त शारीरिक बल और शस्त्रों का कौशल अपेक्षित होता था। युधिष्ठिर एक श्रेष्ठ योद्धा अवश्य था; किन्तु उसकी प्रवृत्ति युद्धानुकूल नहीं थी। इसीलिए न वह अर्जुन बन पाया था, न भीम! जाने स्वयंवर की प्रतिज्ञा क्या हो...सम्भव है कि उसमें युधिष्ठिर सक्षम न हो।...और यदि परीक्षा ऐसी ही है, कि उसमें युधिष्ठिर सफल हो सकता है, तो वहाँ ऐसे अनेक क्षत्रिय राजा और राजकुमार होंगे, जो उस परीक्षण में सफल हो सकते हैं। ऐसे में भगवान वेदव्यास की इच्छानुसार चरम पराक्रम कैसे दिखाया जा सकता है?

मुख्य पथ तक पहुँचते–पहुँचते भीम के मन का स्वर पर्याप्त मन्द हो गया था। बाहर इतने आकर्षण थे कि मन की ओर दृष्टि ही नहीं जाती थी। लगता था कि सारा नगर सजधज कर द्रुपद की रंगशाला की ही ओर चल पड़ा है। जैसे छोटी–छोटी जलधाराएँ बड़ी नदी की ओर; और समस्त नदियाँ निरन्तर समुद्र की ओर बहती चलती हैं, वैसे ही यहाँ जन–धाराएँ रंगशाला की ओर बह रही थीं।

रंगशाला के मुख्य द्वार से ही पृथक्–पृथक् मार्ग नियत कर दिये गये थे। द्वारपालों ने जब भीम को राजसमाज की ओर जाने वाले मार्ग पर रोककर, किसी भी राजपद से रहित, सामान्य तपस्वी ब्राह्मणों के खण्ड की ओर जाने वाले मार्ग की ओर मोड़ा तो भीम का मन उन्मादी अश्व के समान अपने पिछले दोनों पैरों पर खड़ा होकर क्रोध में फूत्कार करने लगा; किन्तु तत्काल ही उसके विवेक ने उसकी वल्गा

थाम ली। द्वारपाल अपना कर्त्तव्य ही कर रहा था। भीम ने जब सामान्य ब्राह्मण का वेश बना रखा था, तो वह उसे, उसी खण्ड की ओर ही तो प्रेरित करेगा।...और ब्राह्मण भी कैसा!...राजसभा से सम्बन्धित कोई वैभवशाली ब्राह्मण भी नहीं–मृगचर्म पहने हुए, शरीर पर भभूत रमाये, सिर पर जटाजूट धारण किये–वनवासी, तपस्वी ब्राह्मण!...

अपने मन का दमन भीम को अत्यन्त कष्टकारी लगा। वह उन द्वारपालों से कहना चाहता था कि वे पदवी को क्यों देखते हैं, प्रतिभा को क्यों नहीं देखते? दुर्योधन के षड्यन्त्र ने पाण्डवों को वारणावत में जलाने का प्रयत्न किया और भीम ने अपना वेश बदल लिया, तो भीम कुछ और हो गया क्या? और भीम जैसा राजा इस सारे राजसमाज में एक भी नहीं होगा–वह तो हिडिम्वन का राजा वृकोदर है। भीम अभी राजा वृकोदर बन जाये, तो इस राजसमाज के आधे राजा मूर्च्छित होकर अपने स्थान पर गिर पड़ें।...

भीम की कल्पना कुछ और आगे भी बढ़ती कि उसे स्मरण हो आया कि उसके भाई तो उसी ब्राह्मणों वाले खण्ड में बैठे उसकी प्रतीक्षा कर रहे होंगे। उसे उनके ही पास जाना है। वह व्यर्थ ही राजसमाज की ओर जाने के लिए उत्कंण्ठित हो रहा है।...भीम तत्परता से उसी ओर बढ़ गया।

उस खण्ड में उसे अपने भाइयों को ढूँढ़ने में तनिक भी कठिनाई नहीं हुई। वे सब लोग एक साथ नहीं बैठे थे; आस–पास ही बैठे हुए थे और उत्सुक नयनों से सारी रंगशाला और उसमें उपस्थित लोगों को देख रहे थे।...भीम को लगा कि वे पाँचों भाई एक ओर स्वयं को जन–सामान्य की दृष्टि से छिपाये हुए हैं और निरन्तर प्रयत्नशील हैं कि कोई उन्हें पहचान न ले; और दूसरी ओर भीम के ही समान शायद उन सबके मन में उत्कट लालसा है कि संसार उन्हें पाण्डव राजकुमारों के रूप में पहचाने तथा अज्ञातवास से उन्हें मुक्ति मिले...

सहसा भीम की दृष्टि राज–खण्ड की ओर उठी : वहाँ अभी कुछ हलचल हुई थी। कुछ लोग अभी–अभी आये थे और शेष लोग उठकर उनका स्वागत कर रहे थे। उनके वार्तालाप का कोई शब्द

यहाँ तक नहीं पहुँच रहा था; किन्तु इतना आभास मिल जाता था कि वहाँ हर्षोल्लास का वातावरण तो है ही, परिवेश में एक प्रकार की उत्तेजना भी छायी हुई है।

लोग अपने–अपने आसनों पर जा बैठे और उस खण्ड में कुछ स्थिरता आयी तो दृश्य भी स्पष्ट हुआ। नवागन्तुकों को पहचानने में भीम को कठिनाई नहीं हुई : दुर्योधन, दुःशासन, कर्ण, अश्वत्थामा, शकुनि... दुर्विषह, दुर्मुख, दुष्प्रघर्षण, विकर्ण, सह, युयुत्सु, वायुवेग, भीमवेगरव...

भीम की आँखों में रक्त उतर आया : ये हत्यारे वहाँ राजसमाज में सम्मानित अतिथि बने उच्चासनों पर बैठे हैं; और वह अपने भाइयों के साथ यहाँ सामान्य जन–समुदाय में अस्तित्वहीन अज्ञात के समान बैठा है। वे लोग कर्ता होंगे, और भीम तालियाँ बजाने वाला दर्शक होगा।

पेट की आँतों को चीरते हुए, जैसे कोई चीत्कार वक्ष की ओर बढ़ता है; वैसे ही भीम के मन में आदिम पशु सरीखी एक इच्छा उठी कि वह मार्ग की विघ्न–बाधाओं को रौंदता हुआ, राजाओं के मण्डप तक दौड़ता चला जाये; और बिना किसी शस्त्र के ही दुर्योधन का कण्ठ अपने इन्हीं हाथों से दबाकर, उसे पशु के समान मार डाले।... इस नरपिशाच ने दो–दो बार उसकी हत्या की है...उसकी माता और उसके भाइयों की हत्या की है, उनका राज्याभिषेक छीन लिया है, उनके वैभव का हरण कर लिया है...यह नीच, हत्यारा, पापी, दम्भी, यह पशु, सम्मानित अतिथि के समान राजसमाज में बैठा है...

युधिष्ठिर ने भी दुर्योधन को अपने साथियों के साथ मण्डप में आकर आसनासीन होते देखा। उसके मन में भी एक हूक उठी : यह सामने बैठा व्यक्ति हत्यारा था, आततायी। उसे किसी ने कोई दण्ड नहीं दिया था–न विधाता ने, न राजा ने, न समाज ने...वह यहाँ सम्माननीय था। यदि हत्यारों को राजाओं का अधिकार और सम्मान मिल जायेगा, तो प्रजा का क्या होगा?...और सहसा उसका ध्यान अपने भाइयों की ओर चला गया...कहीं भीम और अर्जुन ने उन्हें देख लिया...

उसकी दृष्टि भीम की ओर घूमी : भीम के चेहरे के उग्रभाव और उसकी आँखों की आरक्त आभा को देखते ही वह समझ गया कि भीम ने दुर्योधन को देख लिया है।...युधिष्ठिर के मन में भय जागा : कहीं भीम स्वयं को संयत नहीं रख सका तो?...उसकी दृष्टि अर्जुन की ओर घूमी : अर्जुन कदाचित् उन्हीं की ओर देख रहा था। सहदेव मुख नीचा किये, आत्मलीन–सा कुछ सोच रहा था। नकुल अभी–अभी आकर बैठा था और जाने क्यों अपना मुख पोंछ रहा था।...

"जो सामने दिखायी देता है, वही सत्य नहीं है पुत्र!" एक वृद्ध ब्राह्मण, जाने किस सन्दर्भ में, अपने साथी को समझा रहा था, "कई बार देखा गया है कि मलिन आत्मा को छिपाने के लिए चमकीला और भड़कीला वेश धारण किया जाता है; और मलिन वेश में एक से एक उज्ज्वल, द्युतिमान आत्माएँ मिल जाती हैं।..."

लगा, भीम के आक्रोश को अभिव्यक्ति का एक मार्ग मिला। बोला, "ठीक कह रहे हैं बाबा! ये जो स्वर्ण किरीटधारी, उज्ज्वल वस्त्र पहने, चँवर झुलाती दासियों की छाया में उस मण्डप में उच्चासनों पर बैठे हैं–वे क्या चरित्रवान लोग हैं? जाने कितने–कितने लोगों के अधिकार छीन कर, कितने लोगों के वैभव का हरण कर, और कितने लोगों की हत्याएँ कर, इन्हें ये आसन मिले हैं।"

अच्छा ही है–युधिष्ठिर बोला–इस प्रकार भीम इधर–उधर की कह–सुनकर, अपने आक्रोश को शान्त कर लेगा। नहीं तो यदि कहीं, वह कुछ कर बैठने को उद्यत हो जाता तो...किन्तु अपने आवेश में कहीं वह कुछ अधिक ही न कह जाये...

"रजोगुण तो पनपता ही दूसरों के दमन पर है पुत्र!" वह वृद्ध बोला, "कभी तुमने ऐसा सागर देखा है, जो सरिताओं का जल लिए बिना, इतना विराट हो गया हो?"

"प्रजा और राजा में तो एक समझौता है आर्य!" नकुल धीरे–से बोला, "सरिताएँ सागर को परिपूरित करती हैं और सागर अपना जल बरसाकर उनका पालन–पोषण करता है; उनके जीवन की रक्षा करता है।"

"तुम आदर्श का वर्णन कर रहे हो युवक!" वह ब्राह्मण बोला, "और मैं तुम्हें व्यवहार बता रहा हूँ। इन्हें अधिकार इसीलिए दिये गये कि वे प्रजा का पालन करें, उसका रक्षण करें। और इनमें से अधिकांश को देखो, तो वे प्रजा का भक्षण कर रहे हैं। वे अधिकार अपने कर्त्तव्य के लिए नहीं, अपने भोग के लिए चाहते हैं। ये लोग यह भूल जाते हैं कि जब वे एक व्यापक हित को भूलकर अपने सीमित स्वार्थ को साधने लगते हैं, तो उसी क्षण से उनकी अपनी जड़ें भी कटने लगती हैं। प्रजा–पालन बड़ा कठिन कार्य है पुत्र! आजकल का राजसमाज तो आततायियों का समाज हो गया है। उन कौरवों को ही देखो : अपने ही भाइयों को जलाकर मरवा डाला। और अब किरीट धारण कर, शाल–दुशाले ओढ़े भले लोग बने बैठे हैं। सब के सब दुर्वृत्त।...हाँ! हमारे राजा द्रुपद की बात और है। कैसे सन्नद्ध रहते हैं पिता–पुत्र! कहीं किसी ने तप्त–निःश्वास छोड़ा और राजा उसका कष्ट जानने के लिए दौड़ा... ।"

उसी समय राज–मण्डप में फिर एक बार हलचल मच गयी। कदाचित् फिर कोई नया अतिथि आया था। आगन्तुक कदाचित् बहुत ही महत्त्वपूर्ण व्यक्ति था। सारा मण्डप जैसे एक तीव्र उत्तेजना से ग्रस्त हो उठा था। कुछ लोग उठकर स्वागत के लिए बाहर भागे थे; कुछ मात्र अपने स्थान पर ही खड़े हो गये थे। जिन्होंने अपने वय अथवा पद की गरिमा के कारण अपने स्थान से उठना आवश्यक नहीं समझा था, अप्रभावित वे भी नहीं रह पाये थे।...

इस बार मण्डप में प्रवेश करने वाले कृष्ण और बलराम थे। उनके पीछे–पीछे सात्यकि, अक्रूर, उद्धव, कृतवर्मा तथा अन्य यादव योद्धा थे।...

पाँचों भाइयों की दृष्टि मिली और इस दृष्टि का उल्लास किसी से भी छिपा नहीं था।...अर्जुन के मन में एक विचित्र उत्कण्ठा जागी–सामने उसका मित्र कृष्ण खड़ा था...बस, इतनी ही तो दूरी थी।...वह कुछ ऊँचाई पर बनाये गये राजाओं के मण्डप में था, सब राजाओं से भेंट कर रहा था; हँस रहा था; उसके आनन पर सदा के समान अपनी

सम्मोहिनी माधुरी थी। कहीं चिन्ता की कोई रेखा नहीं थी, उसके चेहरे पर।...किन्तु उसे क्या पता कि उसका सखा अर्जुन, रंगशाला के इस ओर, यहाँ सामान्य निर्धन ब्राह्मणों के बीच इस अनामहीन भीड़ में भूमि पर बैठा हुआ, उसकी ओर देख रहा था।...एक विवेकहीन, उन्मादी, प्रबल इच्छा जैसे अर्जुन के सम्पूर्ण व्यक्तित्व को लीलती जा रही थी।...वह क्यों नहीं भाग कर जाता और कृष्ण को अपनी भुजाओं में भर लेता।...जब कृष्ण, बलराम और सात्यकि हैं...इतने यादव योद्धा हैं; और वे स्वयं पाँचों भाई...फिर किसका भय है पाण्डवों को?...किन्तु महर्षि व्यास ने उन्हें बाँध रखा था...उन्हें स्वयं प्रकट नहीं होना था। ...और अभी तो उन्हें कोई चरम पराक्रम भी करना था...

मांगलिक वाद्य बजने आरम्भ हो गये। मांगलिक वेश में सजे पांचाल सैनिक मण्डप में प्रवेश कर अनुशासन–बद्ध ढंग से अपने–अपने स्थान पर खड़े हो गये। सुन्दर उत्सवी वेश में सजी तरुणी दासियों ने मंगल घटों से सुशोभित मार्ग पर पुष्प बरसाने आरम्भ कर दिये।...

और सारी रंगशाला जैसे एक उन्माद में उठ खड़ी हो गयी... पंचाल नरेश महाराज द्रुपद की पुत्री, राजकुमारी कृष्णा, स्वयंवर मण्डप में प्रवेश कर रही थी।

आगे–आगे स्वयं राजा यज्ञसेन द्रुपद अपने राजपुरोहित के साथ चल रहे थे; और उनसे दो पग पीछे बहन कृष्णा को लेकर राजकुमार धृष्टद्युम्न आ रहा था।

सारे आयोजन के नियन्ता के रूप में द्रुपद अपने लिए नियत आसन पर आसीन हुए।

अर्जुन की दृष्टि द्रुपद पर टिक गयी : यह है पांचाल का राजा– तेजस्वी, शक्तिशाली, न्यायप्रिय और अपनी प्रजा का प्यारा।...उसके मन में अर्जुन के लिए कोई शत्रुता नहीं रही होगी; अर्जुन के मन में भी उसके लिए कोई वैर–भाव नहीं था।...किन्तु गुरु की इच्छा पूर्ण करने के लिए, अर्जुन ने इस वीर पुरुष को पराजित किया था,

अपमानित किया था; और बन्दी बना, लाकर गुरु के चरणों में डाल दिया था।...उस दिन अर्जुन धनुष–बाण लिए, विजयी योद्धा के रूप में गर्व से मस्तक ऊँचा उठाये आश्वस्त खड़ा था; और बँधे हाथों वाली बन्दी राजा द्रुपद सिर झुकाये चुपचाप खड़ा था। उसकी आँखों में अग्नि भी थी और अश्रु भी...और आज वही द्रुपद, इस सारे आयोजन के केन्द्र में स्वामी के रूप में बैठा है और अर्जुन बैठा है–यहाँ भूमि पर, तपस्वी, याचक ब्राह्मणों की इस भीड़ में, एक अस्तित्वहीन ब्राह्मण के रूप में, जिसका नाम तक अर्जुन नहीं था।...इस क्षण यदि द्रुपद को ज्ञात हो जाये कि वह वही अर्जुन है, जिसने उसे पराजित कर अपमानित किया था, तो कदाचित् अर्जुन का सिर उसके कन्धों पर नहीं रह पायेगा।...फिर भी महर्षि व्यास ने कहा था कि उन लोगों को यहाँ आना ही चाहिए...किन्तु महर्षि ने यह भी तो कहा था उन्हें स्वयं प्रकट नहीं होना है। थोड़ी देर पूर्व के उत्साह में यदि अर्जुन जाकर कृष्ण को अपनी भुजाओं में भर लेता...और उसे पहचान कर, एक ओर से दुर्योधन और दूसरी ओर से पांचाल उस पर टूट पड़ते, तो यादव योद्धा क्या करते?...

राजपुरोहित, राजा के आसन के सम्मुख बनाये गये मंच पर धर्माधिकारी के रूप में प्रतिष्ठित हुए। धृष्टद्युम्न, कृष्णा को लेकर रंगशाला के केन्द्र में बनाये गये विशिष्ट मण्डल में जा पहुँचा। कृष्णा हाथों में जयमाला लेकर, उपयुक्त स्थान पर खड़ी हो गयी। धृष्टद्युम्न बढ़कर उद्घोषक–पीठ पर आया। उसने एक सिंहदृष्टि जनसमुदाय पर डाली और दोनों भुजाएँ उठाकर जन–समूह को शान्त हो बैठ जाने का संकेत किया।

वाद्य–यन्त्र मौन हो गये। जन–समुदाय शान्त हो गया।

"अभ्यागत राजन्य समाज तथा उपस्थित जन–समाज सुनें। अपने पिता पंचालराज की आज्ञा और राजपुरोहित की अनुमति से मैं यह घोषणा कर रहा हूँ। पंचाल राजकुमारी, द्रुपद पुत्री कृष्णा इस स्वयंवर में अपने उपयुक्त वर वरण करेगी। राजकुमारी वीर्यशुल्का है, इसलिए यह चयन स्वयंवर की प्रतिज्ञा के अधीन होगा। उत्तम कुल, सुन्दर

रूप और श्रेष्ठ बल से सम्पन्न जो वीर प्रतिज्ञा पूरी करेगा, मेरी बहन उसी का वरण करेगी।"

धृष्टद्युम्न ने कर्मचारियों को संकेत किया। उन्होंने रज्जु खींचकर यवनिका हटा दी। यवनिका के पीछे से क्या प्रकट हुआ है, यह देखने के लिए जन–समुदाय कोलाहल के साथ उठ खड़ा हुआ।

धृष्टद्युम्न ने पुनः भुजा उठाकर लोगों को शान्त किया और उच्चस्वर में कहा, "सामने स्तम्भ पर यह एक यन्त्र टँगा है। यन्त्र निरन्तर घूम रहा है; और उसके ऊपर धातु की बनी एक मत्स्याकृति टँगी है।...और यहाँ यह विराट तथा कठोर धनुष रखा गया है। इसके साथ ये पाँच लौह बाण हैं। उत्तम कुल, सुन्दर रूप और श्रेष्ठ बल से सम्पन्न जो वीर इस धनुष की प्रत्यंचा चढ़ाकर, पाँच बाणों से एक साथ, इस घूमते यन्त्र में से ऊपर टँगी मत्स्याकृति का चक्षु–वेधन कर देगा, राजकुमारी अपने पति के रूप में उसका वरण करेगी।..."

धृष्टद्युम्न मौन हो गया; किन्तु इस बार पहले के समान जन–कोलाहल नहीं उठा। उपस्थित जन–समुदाय जैसे स्वयंवर की प्रतिज्ञा सुनकर स्तब्ध रह गया था।

युधिष्ठिर ने पांचाली को देखा था, तो देखता ही रह गया था। उसके मन में एक अनाम–सी इच्छा उठी थी कि पांचाली की दृष्टि भी उस पर पड़े। वह देखे कि साधारण लोगों में भी एक असाधारण व्यक्ति बैठा है। वह जाने कि यह हस्तिनापुर का युवराज, पाण्डुपुत्र युधिष्ठिर है। उसे लगा कि इतने समय के पश्चात् आज पहली बार उसे अपना इस प्रकार अज्ञात वनवासी ब्राह्मण का वेश असुविधाजनक लगने लगा था। यदि कहीं वह इस समय किसी भी प्रकार हस्तिनापुर का कुरु–युवराज युधिष्ठिर हो पाता...और अकस्मात् ही उसका मन कृतज्ञता से महर्षि के सामने झुक गया। ऋषि ने कितनी दूर की बात सोची थी! यदि आज पांचाली कृष्णा से युधिष्ठिर का सम्बन्ध हो जाता है, तो अकेले युधिष्ठिर का ही नहीं, सारे पाण्डवों का पुनर्जन्म होगा...और

यह भी कितना अच्छा किया महर्षि ने कि उन्हें स्वयं को प्रकट करने का निषेध कर दिया, अन्यथा बहुत सम्भव था कि पांचाली को देखने के पश्चात् युधिष्ठिर का उन्मत्त मन कोई असावधानी कर बैठता...

किन्तु स्वयंवर की प्रतिज्ञा सुनते ही युधिष्ठिर की सारी उत्तेजना जैसे झाग के समान स्वतः बैठ गयी।...यह प्रतियोगिता उसके लिए थी ही नहीं।...वह अच्छा धनुर्धर था–कृपाचार्य तथा आचार्य द्रोण का शिष्य! युद्ध होने पर महारथियों में ही गिना जायेगा।...किन्तु यह प्रतिज्ञा तो महारथियों अथवा अतिरथियों के वश की बात नहीं थी। पता नहीं इस प्रतिज्ञा की घोषणा भगवान महादेव के किस अंशावतार को ध्यान में रखकर की गयी थी, या...महाराज द्रुपद अपनी पुत्री का विवाह ही नहीं करना चाहते थे...या फिर सम्भव है कि पांचालों ने यह योजना सारे आर्यावर्त्त के वीरों को अपमानित करने के लिए बनायी हो...

युधिष्ठिर को लगा कि उसके लिए यहाँ बैठना अब सम्भव नहीं था। वह यह पराक्रम कर नहीं सकता; और पांचाली कभी यह जान नहीं सकती कि इन ब्राह्मणों के मध्य युवराज युधिष्ठिर बैठा है।...अच्छा है कि वह यहाँ से उठ ही जाये; अन्यथा यहाँ तो कदाचित् उसका श्वास ही रुद्ध हो जायेगा...किन्तु व्यासदेव ने कहा था कि पाण्डवों को काम्पिल्य में चरम पराक्रम करना पड़ेगा...पर युधिष्ठिर तो इस पराक्रम को करने की कल्पना भी नहीं कर सकता...भीम भी इस प्रतियोगिता के लिए उपयुक्त प्रत्याशी नहीं था, न ही नकुल और सहदेव इस प्रतिज्ञा को पूर्ण कर सकते थे। यह परीक्षण तो मात्र धनुर्धर अर्जुन के लिए ही हो सकता है। क्या भगवान वेदव्यास इसी परीक्षण को चरम पराक्रम कह रहे थे? क्या अर्जुन इस प्रतिज्ञा पर पूरा उतरेगा? माँ चाहती थीं कि उनमें से कोई भी अपने भाइयों का प्रतिद्वन्द्वी न बने... यहाँ इस प्रतिज्ञा ने स्वयं ही निर्णय कर दिया था कि उनमें से कोई भी अर्जुन का प्रतिद्वन्द्वी नहीं होगा।...वैसे भी यह पाण्डवों के अस्तित्व का प्रश्न है। उन्हें वारणावत की अग्नि में भस्म होकर कदाचित् इस स्वयंवर में पुनः शरीर धारण करना है। उनका यह पुनर्जन्म कदाचित् इस चरम पराक्रम के ही अधीन है...और यह पराक्रम केवल अर्जुन का

ही कार्य है...एक मात्र पाण्डव, जो यह अद्भुत कार्य करने की क्षमता रखता है।...क्षमता रखता भी है या युधिष्ठिर की अपने भाई के लिए यह ममता मात्र है!...यदि अर्जुन यह पराक्रम कर लेता है, तो वह भी तो युधिष्ठिर की ही विजय है। वे लोग पृथक्–पृथक् हैं ही नहीं–वे तो एक ही शरीर के विभिन्न अंग हैं। एकचक्रा में भी तो पाँच मुखों वाले यक्ष का एक मुख भीम था। यहाँ उसी दस भुजाओं वाले यक्ष की दो भुजाएँ अर्जुन है। वे पाँचों मिलकर एक व्यक्तित्व हैं, एक अस्तित्व! यह कर्म अर्जुन को ही करना होगा...

किन्तु यदि यह कार्य अर्जुन को ही करना है तो युधिष्ठिर के यहाँ बैठे रहने का क्या लाभ?...उसका मन संभ्रम की स्थिति में है, सँभाले सँभल नहीं रहा है, व्यर्थ ही कहीं पहचान लिए गये, तो कोई बवण्डर उठ खड़ा हो सकता है। कई बार वे लोग आपस में चर्चा करते हुए परिहास में ही कहा करते थे कि दुर्योधन यदि किन्हीं पाँच पक्षियों को भी एक साथ देखता है तो उसका पहला सन्देह यही होता है कि कहीं ये पाण्डव तो नहीं! कदाचित् इसीलिए माँ भी उन पाँचों को एक साथ किसी सार्वजनिक स्थान पर भेजना नहीं चाहतीं।...फिर यहाँ बैठे रहने का क्या लाभ, जहाँ इतने सारे लोग उन्हें पहचानते हैं–सारे कौरव, गन्धार, पांचाल, यादव...कौन नहीं पहचानता उन्हें? राजा द्रुपद को जिस ध्वज तले पराजित कर अपमानित किया गया था, उस युधिष्ठिर को यहाँ कौन नहीं पहचानता?...और कहीं अपने बड़े भाई को उपस्थित देख, अर्जुन यह पराक्रम करने में संकोच कर गया तो?...युधिष्ठिर को यहाँ से हट ही जाना चाहिए...कोई लाभ नहीं उसके यहाँ बैठने का...

युधिष्ठिर ने भीम की ओर देखा : भीम की आँखों में उत्तेजना नहीं थी। वहाँ शान्ति थी और पूर्ण स्पष्टता। उसने अर्जुन की ओर संकेत किया। युधिष्ठिर ने अर्जुन की ओर देखा : वह पांचाली की उपेक्षा कर उस यन्त्र को देख रहा था। उसे देखकर लगता था, जैसे स्वयंवर पांचाली का न होकर, यन्त्र का हो। उसे तो धनुर्विद्या का उन्माद था...जहाँ कहीं धनुर्विद्या की कोई बात हो, उसकी आत्मा

वहीं मँडराती रहती थी।... युधिष्ठिर ने नकुल की ओर देखा। किसी कारण से नकुल भी उसी की ओर देख रहा था।...युधिष्ठिर इतनी दूर से कुछ कह तो सकता नहीं था। वह उठकर खड़ा हो गया। नकुल की आँखों में प्रश्न–चिह्न कुछ और बड़े हो गये।...उसके पास से हो कर जाते हुए युधिष्ठिर बोला, "मेरा यहाँ बैठना व्यर्थ है। आवास पर माँ अकेली हैं।..." वह ब्राह्मणों वाले खण्ड से निकल, स्वयंवर–मण्डप से बाहर जानेवाले मार्ग की ओर चल पड़ा।

युधिष्ठिर मण्डप से बाहर निकला ही था कि नकुल और सहदेव दोनों ही उससे आ मिले।

"भैया! मध्यम और कनिष्ठ तो वहीं बैठे हैं।" सहदेव ने कहा।

"बच्चे नहीं हैं कि मार्ग भूल जायेंगे। वे अपने–आप आवास पर आ जायेंगे।" युधिष्ठिर की खीज जैसे फूट पड़ी...उसने तत्काल स्वयं को सँभाला, "जहाँ इतना बड़ा कौतुक हो रहा हो, वहाँ से भीम सहज ही उठकर कैसे चला आयेगा! वह तो अन्त तक सब कुछ देखेगा और फिर भिक्षाटन करके ही लौटेगा।"

नकुल ने आश्चर्य से युधिष्ठिर को देखा; क्या हो गया है ज्येष्ठ को! इस प्रकार तो न कभी भैया खीझे थे और न ही कभी उन्होंने भीम का इस प्रकार उपहास किया था।...

"आप कुछ विचलित हैं भैया!" नकुल कहे बिना रह नहीं सका।

"हाँ नकुल!" युधिष्ठिर का स्वर इतनी ही देर में शान्त और स्थिर हो गया था।

"क्यों भैया?"

युधिष्ठिर ने कुछ ऐसी हताश आँखों से नकुल को देखा, जैसे पूछ रहा हो–'क्या तुम नहीं समझते?' और फिर बोला, "जिस प्रकार से मृत पाण्डवों का पुनर्जन्म होना था, वह मैं नहीं कर पाया!"

"तो क्या हुआ!" सहदेव बोला, "किसी भी एक पाण्डव के पराक्रम से हम सभी पुनर्जीवित हो सकते हैं। सम्भव है, कनिष्ठ यह पराक्रम कर दिखाये।"

"ज्येष्ठ मैं हूँ।" युधिष्ठिर बोला, "अपने दायित्व इस प्रकार अपने

छोटे भाइयों पर डाल, उनके यश से यशस्वी होना मुझे अच्छा नहीं लगता सहदेव!"

"हम पाँचों में कोई भेद है भैया!"

"नहीं, भेद तो नहीं है; किन्तु ज्येष्ठ होने के नाते अपने भाइयों में मैं अपना स्वत्व बाँटता हुआ ही अच्छा लगता हूँ; उन्हें उनके स्वत्व से वंचित करता हुआ नहीं।" युधिष्ठिर का स्वर अवसादपूर्ण था।

आरम्भ में तो भीम के लिए अपने चारों ओर अनेक आकर्षक आकृतियाँ, विविध रोचक प्रसंग तथा विभिन्न आमन्त्रणकारी दृश्य थे; किन्तु पांचाली को देखने के पश्चात् से उसकी समग्र चेतना आकर उसी पर केन्द्रित हो गयी थी।...आज उसे पहली बार अनुभव हुआ था कि सारी सृष्टि में पुरुष के लिए, नारी से बढ़कर सुन्दर, आकर्षक तथा मनमोहक और कुछ नहीं है।...और उसी पुंजीभूत नारी–सौन्दर्य–पांचाली कृष्णा–का आज स्वयंवर था।...भगवान वेदव्यास ने उन्हें सायास यहाँ भेजा था कि पाण्डव यहाँ चरम पराक्रम करें...अर्थात् वे चाहते थे कि पांचाली, माता कुन्ती की पुत्रवधू बन जाये...उससे चरम पराक्रम क्या हो सकता है।...युधिष्ठिर यदि यहाँ हस्तिनापुर के युवराज के रूप में आया होता और पांचाली वीर्यशुल्का न होती तो कदाचित् यह सम्बन्ध सहज ही हो सकता था; किन्तु वर्तमान स्थिति में घटनाएँ क्या मोड़ लेंगी... वैसे महर्षि व्यास का चिन्तन निश्चित रूप से असाधारण है...सम्पूर्ण राजसमाज के सम्मुख अपना चरम पराक्रम दिखाकर ही तो पाण्डव अपनी श्रेष्ठता सिद्ध करेंगे और उस पापी, आततायी, हत्यारे दुर्योधन के माथे पर अपना चरण धर सकेंगे...भीम का मन जैसे उत्फुल्ल हो उठा। कैसा अद्भुत अवसर था...माता कुन्ती की पुत्रवधू पांचाली और दुर्योधन के मस्तक अथवा वक्ष पर भीम का पाँव...भीम की इच्छा हुई कि इस कल्पना मात्र से ही वह उठकर नृत्य करने लगे...

किन्तु स्वयंवर की प्रतिज्ञा सुनने के पश्चात् भीम का मन भी कुछ विचलित हो उठा।...यह प्रतिज्ञा युधिष्ठिर के लिए नहीं थी और उसका

अपना बल भी इसमें कुछ नहीं कर सकता था।...यह तो प्रतिज्ञा ही अर्जुन के लिए थी। अवश्य ही कृष्ण ने यह प्रस्ताव रखा होगा। वह तो यही चाहेगा कि अर्जुन का द्रुपद से सम्बन्ध हो जाये...

जब युधिष्ठिर ने उसकी ओर देखा था तो वह इसी विचार में मग्न था कि अर्जुन इस प्रतिज्ञा को पूर्ण कर लेगा; किन्तु युधिष्ठिर, नकुल तथा सहदेव के मण्डप से उठकर चले जाने के पश्चात् सहसा ही उसका मन उत्साह खो बैठा।...उसे लगा, वे अवश्य ही निराश होकर, उठकर चले गये हैं। युधिष्ठिर को अर्जुन से भी आशा नहीं रही होगी, तभी तो वह उठकर चला गया।...यदि सचमुच ही अर्जुन भी इस प्रतिज्ञा को पूरा न कर सका तो?...तो कृष्ण भी क्या कर लेगा?...

किन्तु भीम के मन में निराशा अधिक देर तक टिकी नहीं। उसका उत्साह जैसे दोगुनी शक्ति के साथ पुनर्जीवित हो उठा...यदि अर्जुन इस प्रतिज्ञा को पूर्ण नहीं कर सका, तो इसका अर्थ है कि कोई अन्य धनुर्धारी भी यह कार्य नहीं कर पायेगा...कोई नहीं कर पायेगा, तो भीम अपना पराक्रम करेगा...पांचाली को माता कुन्ती की पुत्रवधू बनना ही होगा...भीम पांचाली का हरण करेगा और चरम पराक्रम क्या होता है...माता की बात उसे क्षणभर को स्मरण भी हो आयी कि उसे पराक्रम करना था, दुस्साहस नहीं...किन्तु यह विचार उसके मन में टिका नहीं।...उसकी इच्छा हो रही थी कि वह हिडिम्बवन के महाराज वृकोदर का रूप धारण कर, एक बार ही इस सारे राजसमाज को तहस–नहस कर डाले...आज सारा संसार देख ले कि वह भीम है, पाण्डु–पुत्र भीम...

12

स्वयंवर की प्रतिज्ञा सुनने से पूर्व तक अर्जुन एक विचित्र निष्क्रिय मनःस्थिति में था।...स्वयंवर का सम्बन्ध विवाह से था, और अर्जुन के मन में अपने विवाह का विचार अभी अंकुरित नहीं हुआ था।...काम्पिल्य में आने तक वह भगवान वेदव्यास, माता तथा ज्येष्ठ की योजनाओं

में लिप्त हुए बिना ही, मौन रूप से उनके साथ सहमत होता आया था।...इस स्वयंवर–मण्डप में कृष्ण को देखकर वह ठीक–ठीक समझ पाया था कि व्यासदेव इस स्वयंवर को पाण्डवों के पुनर्जीवित हो उठने के साथ क्यों जोड़ रहे थे। कृष्ण को देखते ही, उसके मन में अद्‌भुत विश्वास जागा था। वे लोग अब निश्चित रूप से घोषणा कर सकते थे कि वे पाण्डव हैं, और अभी जीवित हैं। वे प्रत्यक्ष रूप से स्पष्ट शब्दों में दुर्योधन पर यह आरोप लगा सकते थे कि उसने वारणावत में जतुगृह बनवाकर, उसमें आग लगा, उनकी हत्या का पूर्ण प्रयत्न किया था।...स्वयंवर में तब भी उसकी कोई विशेष आसक्ति नहीं जागी थी।

द्रौपदी को देखकर उसने अवश्य अपनी कामना को पहचाना था; किन्तु माता की इच्छा को वह विस्मृत नहीं कर सकता था। स्वयंवर में भाग लेने का अधिकार ज्येष्ठ का ही था। वह उसका प्रतिद्वन्द्वी नहीं होना चाहता था...

किन्तु स्वयंवर की प्रतिज्ञा सुनते ही उसकी मनःस्थिति एक झटके के साथ बदल गयी थी। वह किसी चपल कुरंग के समान उन्मुक्त रूप से कूदता हुआ, सारे स्वयंवर–मण्डप में दौड़ लगाना चाह रहा था। यह स्वयंवर कहाँ लग रहा था...यह तो धनुर्विद्या का परीक्षण था...आर्यावर्त्त के सर्वश्रेष्ठ धनुर्धारी का चयन। गुरु द्रोण ने कहा था, अर्जुन विश्व का सर्वश्रेष्ठ धनुर्धारी है। ऐसे में जब अल्पज्ञ तथा कम क्षमतावान लोग भी गर्वपूर्वक अपनी विद्या का चमत्कार दिखाने जा रहे हों, वह मात्र एक दर्शक बना कैसे बैठा रहे?...किन्तु क्या करे वह? वह अपना नाम नहीं बता सकता। अपना परिचय नहीं दे सकता। ...व्यासदेव चाहते हैं कि वे लोग स्वयं, अपने–आपको प्रकट न करें, उनका पराक्रम ही उन्हें प्रकट करे...किन्तु यहाँ तो अर्जुन को लग रहा है कि स्वयंवर की इस प्रतिज्ञा की परिकल्पना ही उसको ध्यान में रखकर की गयी है। क्या द्रुपद जानते हैं कि पाण्डव जीवित हैं...और उनके यहाँ आने की सम्भावना है?...क्या द्रुपद के मन में अर्जुन के लिए वैर, द्वेष, विरोध...कुछ भी नहीं है? वे अर्जुन को अपने जामाता

के रूप में स्वीकार कर लेंगे?...अथवा यह सारी योजना किसी और की है?...विदुर काका तो यहाँ हैं नहीं! कदाचित् वे कभी पांचालराज द्रुपद से मिले भी न हों! तो फिर भगवान् वेदव्यास?...वासुदेव कृष्ण? ...कृष्ण इस स्वयंवर में प्रत्याशी नहीं है। क्या उसने यह सब अर्जुन के लिए किया है?...अर्जुन और द्रुपद के मध्य एक सम्बन्ध बनाने के लिए? अथवा अर्जुन को विश्व का सर्वश्रेष्ठ धनुर्धारी प्रमाणित करने के लिए?...यदि अर्जुन इस परीक्षा में सफल हो जाता है, द्रौपदी उसके कण्ठ में जयमाला डाल देती है; और तब द्रुपद को ज्ञात होता है कि वह हस्तिनापुर के सम्राट पाण्डु का पुत्र अर्जुन है—तो क्या प्रतिक्रिया होगी द्रुपद की?...क्या इसीलिए महर्षि व्यास चाहते हैं कि पाण्डव स्वयं को प्रकट न करें, किन्तु चरम पराक्रम करने से न चूकें? क्या वे द्रुपद के सामने पाण्डवों की क्षमता प्रमाणित करना चाहते हैं?...

क्षमता!...अर्जुन की क्षमता!...यह धनुष, ये पाँच बाण और यह यन्त्र!...ये सब चुनौती के रूप थे। अर्जुन ने एक बार हस्तिनापुर की रंगशाला में स्वयं को सर्वश्रेष्ठ धनुर्धारी प्रमाणित किया था...किन्तु वहाँ प्रतियोगिता केवल कुरु राजकुमारों के मध्य थी...यह प्रतियोगिता सीमित नहीं थी, निर्बन्ध थी; इसमें तो कोई भी भाग ले सकता था।...उसे यहाँ भी अपनी योग्यता प्रमाणित करनी होगी।...वह सर्वश्रेष्ठ धनुर्धारी न बन सका, तो फिर उसके जीवन में रह ही क्या जायेगा?...उसने और कुछ तो चाहा ही नहीं है—न विधाता से, न अपने जीवन से।... उसके मन से जैसे अपने और द्रुपद के मध्य घटी घटना धुल गयी। वह स्वयंवर मण्डप में नहीं बैठा था।...द्रौपदी का उसके लिए कोई अस्तित्व नहीं था।...यह यन्त्र...यह चुनौती...यह परीक्षा और विश्व का सर्वश्रेष्ठ धनुर्धारी बनने की उसकी साध...

किन्तु दुर्योधन, दुःशासन, कर्ण तथा शकुनि ही नहीं, यहाँ तो अश्वत्थामा भी बैठा है।...क्या द्रुपद और कौरवों के मध्य कोई वैमनस्य नहीं रहा? क्या उनकी शत्रुता समाप्त हो गयी?...क्या द्रुपद ने द्रोणाचार्य को भी क्षमा कर दिया है, जो अश्वत्थामा यहाँ सम्मानित अतिथि के रूप में वर्तमान है? यदि दुप्रद ने द्रोण और अश्वत्थामा

को भी क्षमा कर दिया है, तो उनका अर्जुन से ही क्या विरोध? फिर अर्जुन और उसके भाइयों को द्रुपद से क्या भय? शत्रुता तो द्रोण और द्रुपद की थी। अर्जुन तो गुरु द्रोण का उपकरण मात्र था। क्या द्रुपद इस बात को समझ पायेंगे?

किन्तु द्रुपद को पराजित कर, बाँध कर साधारण दास के समान, द्रोणाचार्य के चरणों में डालने वाला तो अर्जुन ही था।...कहीं ऐसा तो नहीं कि दुर्योधन ने यहाँ भी चातुरी दिखायी हो और द्रुपद को यह समझा दिया हो कि इस सारे काण्ड का अपराधी तो अर्जुन था। अब जब वही जीवित नहीं है, कौरवों और पांचालों में कैसी शत्रुता?...

अर्जुन का मन थम गया; अवश्य ऐसा ही हुआ होगा। तभी तो इतने सारे कौरव राजकुमार, शकुनि, कर्ण और अश्वत्थामा यहाँ निर्द्वन्द्व होकर पूर्ण प्रतिष्ठा के साथ विराजमान हैं। वे दोनों पक्ष जब एक–दूसरे के शत्रु थे; वे अलग–अलग भी पाण्डवों के लिए घातक थे। और अब...जब वे परस्पर एक–दूसरे के मित्र बन चुके हैं–सम्मिलित रूप से वे पाण्डवों के लिए अत्यधिक घातक हो सकते हैं...

किन्तु स्वयंवर की प्रतिज्ञा?...कहीं उन्हें सन्देह तो नहीं हो गया कि पाण्डव जीवित हैं; और इस स्वयंवर के माध्यम से अर्जुन को खोज कर उसका वध करना चाहते हों? वे जानते हैं कि जहाँ अर्जुन होगा, वहीं उसके आस–पास, उसके भाई भी होंगे...कहीं यह स्वयंवर, पाण्डवों का यम–पाश ही तो नहीं है?...नहीं; ऐसा नहीं हो सकता!... उन्हें भगवान वेदव्यास ने यहाँ आने का निर्देश दिया था...और यहाँ तो स्वयं वासुदेव कृष्ण वर्तमान है। कृष्ण ऐसे घृणित षड्यन्त्र का अंग कभी नहीं हो सकता...

अपने इसी ऊहापोह में अर्जुन ने एक–एक कर, अनेक छोटे–बड़े राजाओं और राजकुमारों को अपना भाग्य–परीक्षण करते देखा...किन्तु उसके मन में एक क्षण के लिए भी कोई दुश्चिन्ता नहीं जागी। वह जानता था कि इनमें से कोई धनुष उठाकर उसे अपनी भुजा में सँभाल नहीं पायेगा; कोई उसकी प्रत्यंचा नहीं चढ़ा पायेगा; यदि कोई प्रत्यंचा चढ़ा भी लेगा, तो वह इन पाँच बाणों को प्रत्यंचा पर रखकर

धनुष–परिचालन भी नहीं कर पायेगा, लक्ष्य–वेध की तो बात ही क्या...

और तब उसने देखा, अंगराज कर्ण यन्त्र की ओर आ रहा था।... उसे आश्चर्य हुआ था कि दुर्योधन ने स्वयं पहले न आकर, इसे कैसे पहले आने दिया...एक बार इस प्रश्न ने अश्वत्थामा के आने पर भी सिर उठाया था; किन्तु फिर स्वयं ही यह सोचकर शान्त भी हो गया था कि कदाचित् दुर्योधन जानता है कि अश्वत्थामा यह लक्ष्य–वेध नहीं कर पायेगा...किन्तु कर्ण?...सम्भव है कि कर्ण लक्ष्य–वेध कर ले!...क्या दुर्योधन, पांचाली का विवाह, कर्ण से हो जाने देगा?...या दुर्योधन से कर्ण तथा अश्वत्थामा की यह सन्धि तो नहीं कि यदि वे स्वयंवर में विजयी हुए, तो वे लोग पांचाली, दुर्योधन को सौंप देंगे?...

कर्ण धनुष के पास आ पहुँचा था। उसने धनुष को उठाकर, अपनी भुजाओं में तौला। थोड़े से प्रयत्न से उसने प्रत्यंचा भी चढ़ा ली और बाण उठाने के लिए उसने अपना हाथ बढ़ाया...

सहसा स्वयं कृष्णा का एक वाक्य चीत्कार के समान सारे स्वयंवर–मण्डप में गूँज गया, "स्वयंवर की प्रतिज्ञा के अनुसार प्रतियोगी को उत्तम कुल, सुन्दर रूप तथा श्रेष्ठ बल से सम्पन्न होना चाहिए। ...मैं सूतपुत्र से विवाह नहीं करूँगी।..."

सारी रंगशाला स्तब्ध रह गयी, जैसे वह पांचाली का वाक्य न हो, आकाश से इन्द्र का वज्र गिरा हो। न कहीं कोई शब्द था, न गति, निमिष–भर को तो किसी ने जैसे पलकें भी नहीं झपकीं।...किन्तु जिस आकस्मिकता से इस स्तब्धता ने सारे मण्डप को जकड़ा था, उसी आकस्मिकता से स्तब्धता खण्डित भी हुई।...ब्राह्मणों के खण्ड से, एक गगनभेदी अट्टहास उठा और उसके साथ ही सारी रंगशाला में कोलाहल मच गया।

अर्जुन ने बिना ग्रीवा फेरे ही समझ लिया कि यह अट्टहास भीम का था; और उसने भी देखा कि कृष्ण की दृष्टि ने उस अट्टहास करनेवाले कण्ठ के स्वामी को लक्ष्य कर लिया था।...अर्जुन समझ नहीं पाया कि यह शुभ था या अशुभ...क्योंकि भीम को पहचानने वाला अकेला कृष्ण ही तो नहीं था यहाँ...

कर्ण के पश्चात् शिशुपाल, जरासन्ध और शल्य आये। उन्हें लौटने में अधिक समय नहीं लगा। और तब उठा–दुर्योधन!...अर्जुन का मन सहसा ही जैसे आशंकाओं के मेघों से तमसाछन्न हो गया...कहीं...कहीं... दुर्योधन सफल हो गया तो? पांचाली दुर्योधन की हो जायेगी; धार्तराष्ट्र और पांचाल एक हो जायेंगे; और पाण्डव सदा के लिए वारणावत की भस्म में दबकर रह जायेंगे।...अर्जुन को लगा, जैसे उसकी आँखों के सम्मुख प्रत्येक स्थिर वस्तु घूम गयी। उसकी समझ में नहीं आया कि समस्त ब्रह्माण्ड विचलित कैसे हो गया...किन्तु जब तक दुर्योधन धनुष के निकट पहुँचा, सब कुछ पुनः स्थिर हो चुका था...अर्जुन का मन भी...'दुर्योधन यह लक्ष्य–वेध कभी नहीं कर सकता।' उसने स्वयं अपने–आप से कहा, यदि दुर्योधन यह कर सकता है, तो भीम भी कर सकता है, युधिष्ठिर भी और अश्वत्थामा भी!... अश्वत्थामा इस परीक्षण में असफल होकर अपना अपमान करवा चुका है। दुर्योधन वही मूर्खता करने जा रहा है। युधिष्ठिर तो स्वाभिमानी और बुद्धिमान है, जो मण्डप में से ही उठकर चला गया। वह जानता है कि यह परीक्षण उसके सामर्थ्य से बाहर है।...

दुर्योधन ने धनुष को झुकाकर प्रत्यंचा चढ़ाने का प्रयत्न किया, तो उसे शक्तिशाली झटका लगा। उसने धनुष छोड़ दिया और अपना हाथ झटकने लगा, जैसे अँगुलियों में इतनी चोट आ गयी हो, जिसे वह सह न सकता हो...अर्जुन समझ नहीं पाया कि दुर्योधन ने प्रत्यंचा के साथ ऐसा क्या किया था कि प्रत्यंचा ने उसकी अँगुलियों को चटखा दिया...

अर्जुन ने पलटकर भीम की ओर देखा; कहीं वह फिर से अट्टहास न कर बैठे।...भीम मन्द–मन्द मुस्कराता हुआ, बड़ी एकाग्रता से दुर्योधन की पीड़ा को देख रहा था। अट्टहास करने की उसकी कोई तैयारी नहीं थी। शायद वह अपने पिछले अट्टहास से ही सँभल चुका था; या फिर अर्जुन को दुर्योधन का ही आभारी होना चाहिए था कि उसने घाव खाकर भी चीत्कार नहीं किया, अन्यथा भीम अवश्य ही अट्टहास करता। दुर्योधन अपने चीत्कार को पी गया तो भीम ने भी अपने अट्टहास को अपने कण्ठ से नीचे ही रोक लिया था...

दुर्योधन के असफल होकर लौटने के पश्चात् राजसमाज में से कोई व्यक्ति नहीं उठा। अर्जुन ने देखा; यादवों में से कोई भी अपने स्थान पर से नहीं हिला। कृष्ण, बलराम, उद्धव, सात्यकि, कृतवर्मा, अक्रूर...अन्य इतने यादव वीर...इनमें से कोई भी प्रतियोगिता में नहीं उतरेगा?...यह क्या था? क्या यादवों को पांचाली में कोई रुचि नहीं थी? क्या वे पांचालों के सम्बन्धी होना नहीं चाहते थे? तो फिर वे लोग द्वारका से चलकर, काम्पिल्य तक क्या करने आये थे?...या वे स्वयं को इस लक्ष्य–वेध के लिए अक्षम मानते थे? या...या अर्जुन को यह अवसर प्रदान करने के लिए ही, कृष्ण ने उन सबको बाँध रखा था...

महर्षि व्यास ने कहा था कि वासुदेव कृष्ण चाहता है कि पाण्डव उस समय अपना चरम पराक्रम करने के लिए उठें, जब दुर्योधन का राजन्य तेज तथा अपनी श्रेष्ठता का अहंकार मलिन हो चुका हो; और पाण्डवों का उत्साह तेज सूर्य के प्रकाश के समान जाज्वल्यमान हो...अर्जुन को लगा, वह कृष्ण का मन्तव्य पूर्णतः समझ रहा है।...

अर्जुन ने भीम की ओर देखा; भीम की आँखों में सहमति का भाव ही नहीं था; वह अपनी मुस्कान तथा सिर के संकेत से, उसे उठने के लिए प्रेरित कर रहा था।... अब अर्जुन के लिए रुकना असम्भव था...

अर्जुन उठ खड़ा हुआ...इसी क्षण की प्रतीक्षा में तो उसके प्राण अटके हुए थे...

यह क्षण कदाचित् उसके ही नहीं, सारे पाण्डवों के जीवन के चरम उत्कर्ष का क्षण था...किन्तु यही क्षण तो परम जोख़िम का क्षण भी था। सामने दुर्योधन, दुःशासन, अश्वत्थामा, कर्ण, शकुनि...सब बैठे हैं...इधर महाराज द्रुपद सिंहासन पर विराजमान हैं, शस्त्रास्त्रों से सज्जित धृष्टद्युम्न यज्ञ–वेदी के निकट खड़ा है। चारों ओर पांचाल योद्धा सन्नद्ध खड़े हैं...और इन सबके मध्य, अर्जुन अपनी परीक्षा के लिए जा रहा है। सारे उपस्थित जन–समुदाय की दृष्टि उस पर है। किसी भी क्षण, कोई भी व्यक्ति इस जटाजूट के भीतर भी उसे पहचान सकता है...उसके कारण भीम भी पहचाना जा सकता है...दुर्योधन जब उन मृतक पाण्डवों को इस प्रकार देखेगा, तो क्या उन्मत्त होकर, पुनः

उनका वध करने का प्रयत्न नहीं करना चाहेगा? राजा द्रुपद अपने अपमान का प्रतिशोध नहीं चाहेंगे?...

अर्जुन ने दृष्टि उठाकर देखा : कदाचित् अभी तक न जन–समुदाय समझ पाया था, न स्वयंवर के आयोजक ही, कि वह स्वयंवर–यन्त्र की ओर जाने के लिए अपने स्थान से उठा है। रंगशाला में इतनी भीड़ एकत्रित थी। अनेक लोग अपने स्थान पर किसी सुविधा अथवा असुविधा के कारण उठते और बैठते ही रहते थे। सम्भवतः उसे भी उसी प्रकार का सामान्य दर्शक समझा जा रहा था।...किन्तु अब वह ब्राह्मणों की भीड़ से बाहर निकलकर केन्द्रीय मण्डप की ओर बढ़ रहा था। उसने सहज रूप में देखा कि लोगों की दृष्टि उस पर केन्द्रित हो रही थी... कदाचित् लोग उसकी इच्छा को भाँपने का प्रयत्न कर रहे थे।... और सहसा ब्राह्मणों के उस मण्डप में से एक हर्ष–निनाद उठा। जाने किसने एक ब्राह्मण के इस आत्म–परीक्षण को अपने सम्पूर्ण समुदाय के लिए गर्व का विषय मानकर यह हर्ष–ध्वनि की थी; और परिणामतः ब्राह्मणों का सारा मण्डप ही गूँजता चला गया।...

अर्जुन ने देखा, अपने आसन पर अधलेटे–से हताश दुर्योधन ने भी एक दृष्टि उस पर डाली थी। किन्तु उसके व्यवहार में कहीं ऐसा कोई संकेत नहीं था कि उसे इस वनवासी ब्राह्मण के अर्जुन होने का रंचमात्र भी सन्देह हुआ हो...। अर्जुन की दृष्टि कृष्ण पर पड़ी : कृष्ण के मुख पर मन्दहास बिखर गया था। उसकी आँखों में उल्लास था। वह कदाचित् अर्जुन को पहचान गया था।...और फिर अर्जुन ने देखा, कृष्ण ने यादव–दल को संकेत किया। वे लोग जैसे पूरी सावधानी से अपनी सतर्कता छिपाते हुए सारे मण्डप में फैल गये थे। उनका विशेष लक्ष्य हस्तिनापुर का राजपरिवार लगता था। बलराम तो जा कर दुर्योधन के निकट ही बैठ गया था। कुछ लोग लक्ष्यवेध निकट से देखने के व्याज से, अपने स्थान से उठकर आगे आ गये थे। ...अर्जुन स्पष्ट देख रहा था कि कृष्ण ने यह व्यवस्था द्रुपद, द्रौपदी तथा धृष्टद्युम्न की सुरक्षा के लिए की है। स्वयं कृष्ण अपने स्थान

पर बैठा, वैसे ही मन्द–मन्द मुस्करा रहा था, जैसे न कोई असाधारण बात हुई हो, और न ही होने वाली हो...

तो क्या महर्षि को कृष्ण ने रक्षा–व्यवस्था का वचन दिया था? पाण्डवों के दोनों परम शत्रु–धृतराष्ट्र और पांचाल–आमने–सामने बैठे थे; किन्तु वे भी परस्पर मित्र नहीं थे। पहचाने जाने पर पाण्डवों पर एक ने प्रहार किया, तो दूसरा उसका साथ देगा; अथवा शत्रुवत् उसका विरोध करेगा?...अर्जुन कुछ निर्णय नहीं कर पा रहा था।...शायद कृष्ण भी नहीं जानता था; किन्तु उसकी मुस्कान मुखर रूप से कह रही थी, वह किसी भी विषम परिस्थिति के लिए तैयार था।

अर्जुन आकर द्रुपद के सम्मुख खड़ा हो गया। उसने ब्राह्मणवत् एक हाथ उठाकर राजा को आशीर्वाद दिया, "राजन्! तुम्हारा मनोरथ पूर्ण हो। मैं लक्ष्य–वेध का इच्छुक हूँ। मैं प्रतियोगी के रूप में आपको मान्य हूँ?"

द्रुपद ने जैसे आँखें पूर्णतः खोलकर ध्यान से अर्जुन को देखा : कुछ परिचित–सा था यह चेहरा।...किन्तु क्या परिचित था? शमश्रु और जटाजूट के मध्य केवल प्रशस्त भाल, दो द्युतिमान नयन, तीक्ष्ण तथा उन्नत नासिका, मुस्कान–मण्डित ये अधर...नहीं! इस व्यक्ति को उन्होंने कभी नहीं देखा। यह उनका भ्रम मात्र है...

द्रुपद ने स्वीकृति में सिर हिला दिया।

अर्जुन ने यज्ञवेदी के सम्मुख आकर यज्ञ के ब्रह्मा को साष्टांग प्रणाम किया, "राजपुरोहित! आपका आशीर्वाद मुझे प्राप्त है?"

राजपुरोहित ने आशीर्वाद की मुद्रा में हाथ उठा दिया।

अर्जुन ने क्षण–भर रुककर द्रौपदी और धृष्टद्युम्न को भी देखा : द्रौपदी कमनीय थी, असाधारण सौन्दर्य और महिमा से मण्डित राजकुमारी!...अर्जुन को लगा, वह मात्र संसार की अद्वितीय सुन्दरी ही नहीं थी–वह पाण्डवों की प्राणदायिनी देवी भी थी। वह उनकी मुक्तिदायिनी भी थी। यदि अर्जुन धनुर्धर की इस परीक्षा में सफल हो गया, तो देश–विदेश के इस राजसमाज और जन–सामान्य के सम्मुख वह आर्यावर्त्त का श्रेष्ठ धनुर्धर घोषित होगा। पाण्डवों का वीर पांचालों

से सम्बन्ध हो जायेगा। देश–विदेश से एकत्रित इस समाज के सम्मुख पाण्डवों को पुनः जीवन–दान मिलेगा; उनकी प्रतिष्ठा स्थापित होगी, उनका अधिकार उन्हें मिलेगा...

अर्जुन ने उत्साह–स्फूर्त हाथों से धनुष उठा लिया।...यह वह धनुष था, जिसकी प्रत्यंचा चढ़ाने के प्रयत्न में आधे से अधिक वीर झटका खाकर, भूमि पर आ गिरे थे; और लज्जा से मस्तक नत किये हुए, बिना आँखें उठाये ही, अपने स्थान को लौट गये थे। जिन वीरों ने प्रत्यंचा चढ़ा ली, उनसे धनुष सध नहीं पाया और बाण दिग्भ्रमित हो गये। जिन लोगों ने बाण चलाये, उनके बाण यन्त्र में उलझकर रह गये; और लक्ष्य को नहीं वेध सके...

अर्जुन ने धनुष को अपने हाथ में उठाया। उसके शरीर के सारे रोम जैसे सिहर उठे। उसे लगा, जैसे कई युगों के पश्चात् उसने अपने हाथ में धनुष लिया था।...वारणावत छोड़ने से आज तक वह शस्त्रविहीन, निरीह वनवासी ब्राह्मण था। आज हाथ में धनुष उठाते ही वह पाण्डु–पुत्र, द्रोण–शिष्य अर्जुन हो गया था। हाथ में धनुष आते ही मन की आशंकाएँ लुप्त हो गयीं, शत्रुओं का भय विलीन हो गया...रक्त के कण–कण में आत्मविश्वास जाग उठा।...

उसने धनुष का भली प्रकार निरीक्षण किया। उसकी प्रत्यंचा को देखा। अपने बायें पैर के अँगूठे के साथ धनुष को टेका, बायें हाथ के बल से उसे झुकाया और इससे पहले कि धनुष की ऐंठ उसके भुजबल को पराजित कर, उसके नियन्त्रण से निकलकर, उसे झटककर परे फेंकती, उसने स्फूर्ति से अपने दाहिने हाथ की सहायता से उस पर प्रत्यंचा चढ़ा दी।

मण्डप में कर्ण–भेदी तालियाँ गड़गड़ायीं। ब्राह्मणों के मण्डप में सबसे अधिक कोलाहल हुआ; और उनमें भीम का स्वर सबसे ऊपर पड़ रहा था...कहीं भीम का यह उत्पात उनका रहस्य ही उद्घाटित न कर दे...

राजसमाज की आँखें विस्फारित हो उठीं।

अर्जुन ने कृष्ण की ओर देखा; वह बहुत आश्वस्त मुद्रा में मुस्करा रहा था; जैसे कह रहा हो 'साधु मित्र! अब लक्ष्य–वेध भी कर ही डालो।'

अर्जुन की दृष्टि द्रौपदी की ओर जाने से स्वयं को नहीं रोक सकी; द्रौपदी के चेहरे पर एक मुग्ध मुस्कान थी और लज्जा की कैसी हल्की–सी लालिमा उसके कपोलों से कानों तक फैली हुई थी!

अर्जुन का मन इस बार मुग्ध मयूर–सा नृत्य कर उठा। उसके मन ने जैसे अपनी अवस्था, अपने सम्बन्ध और अपना लक्ष्य सब कुछ विस्मृत कर दिया। उसके मन ने पूरी तन्मयता से द्रौपदी की कामना की।...इस बार शक्तिशाली पांचालों का सम्बन्ध और उसके माध्यम से अधिकार प्राप्त करने का लक्ष्य पूर्णतः विस्मृत हो गया। अब द्रौपदी किसी अन्य लक्ष्य का साधन नहीं थी। वह स्वयं ही साध्य हो उठी थी।...अर्जुन को लगा, उसका अपना हृदय इस क्षण इतना बदल गया है कि स्वयं अर्जुन का उसे पहचानना कठिन हो रहा है। यह अपने कौशल पर गर्विष्ट वीर और उद्दाम हृदय नहीं था। यह तो रूप का उपासक, प्रेम का याचक, घुटनों पर टिका नतमस्तक हृदय था। इसे द्रौपदी प्राप्त न हुई, तो यह टूक–टूक हो जायेगा।

उसने बाण हाथ में लिए और यन्त्र की ओर देखा : सारी वृत्तियाँ जैसे एकाग्र हो गयीं। उस घूमते हुए यन्त्र के मध्य से होकर अर्जुन के बाणों को ही नहीं, उसकी दृष्टि और हृदय को भी लक्ष्य तक पहुँचना था। इस कार्य के लिए मात्र धनुर्धर की तन्मयता ही नहीं, एक योगी की एकाग्रता अपेक्षित थी। अर्जुन को लगा, उसके आस–पास का संसार जैसे विलीन होता जा रहा है। उसके निकट न स्वयंवर–मण्डप था, न यह विराट समाज। उसे जैसे अपना भी बोध न रहा...बस, वे बाण थे और घूमते हुए यह यन्त्र के बीच से झाँकता हुआ लक्ष्य... प्रत्यंचा खिंची और बाण छूटे। कठोर शब्द हुआ और लक्ष्य टूटकर भूमि पर आ गिरा...

चारों ओर कोलाहल मच गया! अर्जुन समझ नहीं पाया कि यह हर्ष–ध्वनि थी, या मात्र उन्माद। यह उसका समर्थन था या विरोध...या मात्र कौतुक देखनेवालों का, मनोरंजन से उत्पन्न कोलाहल...

उसने उस ओर अधिक ध्यान दिया भी नहीं। उसकी दृष्टि द्रुपद, पांचाली तथा धृष्टद्युम्न पर टिकी थी...उनकी प्रतिक्रिया क्या थी? क्या

वे स्वीकार कर लेंगे कि वह परीक्षा में सफल हो गया है; इसलिए वे इस भभूत रमाये, मृगचर्म धारण किये, जटाधारी ब्राह्मण को अपने जामाता के रूप में अंगीकार कर लेंगे? क्या द्रौपदी उसे अपने पति के रूप में ग्रहण करेगी?...

उन तीनों के चेहरों पर उसे सन्तोष ही दिखायी पड़ रहा था। इतना ही नहीं, उसे लगा कि द्रुपद ने धृष्टद्युम्न को संकेत किया है और धृष्टद्युम्न, पांचाली को लेकर आगे बढ़ा है।...और तब उसने देखा कि सचमुच द्रौपदी उसके निकट आकर, उसके सम्मुख खड़ी हो गयी।

अर्जुन ने पहली बार उसे इतने निकट से देखा। उसकी शिराओं में जैसे मद लहराया...

कृष्णा ने अर्जुन की ग्रीवा में जयमाला डाली तो अर्जुन ने उसे पुनः देखा, यह रूप सचमुच अद्वितीय था, कमनीय था किसी भी पुरुष के मन में कामना जगा सकता था।...बड़ी–बड़ी श्याम आँखें, जैसे खिले हुए कमल–दल हों। केश काले–काले और घुँघराले। उभरे हुए लाल रंग के नख। सुन्दर भौंहें, मनोहर और स्थूल उरोज...उसके अंगों से नील–कमल की सी गन्ध आ रही थी।...

और सहसा अर्जुन सजग हुआ...यह धनुर्विधा की परीक्षा मात्र नहीं थी; यह संसार के सर्वश्रेष्ठ धनुर्धारी का चुनाव मात्र ही नहीं था।...यह स्वयंवर था। उसने स्वयंवर की प्रतिज्ञा पूरी कर दी थी...तो उसकी उपलब्धि है–द्रौपदी!...और सहसा उसे कृष्ण का ध्यान आ गया।... कृष्ण और उसके सिद्धान्त! कर्म और उसका फल! और जब कर्म निष्काम न हो तो फल कर्ता का बन्धन बन जाता है...द्रौपदी ने उसे बाँध लिया था...संसार की अद्वितीय सुन्दरी, यह कामिनी उसे उसकी धनुर्विद्या के पुरस्कार सरीखी मिली थी।...गुरु द्रोण की शस्त्रशाला में वर्षों अभ्यास करते हुए क्या उसने कभी सोचा था कि वह यह सारा अभ्यास पांचाली कृष्णा के लिए कर रहा है?...शायद इसलिए कृष्ण कहता है कि निष्काम कर्म करो, उसका फल तो तुम्हें प्रकृति देगी ही...व्यक्ति की दृष्टि तो सीमित है। वह अपनी सीमित दृष्टि से ही तो फल की कामना कर सकता है...किन्तु प्रकृति अनन्त है। उसकी

दृष्टि मनुष्य की तुलना में बहुत दूर तक देखती है।...अर्जुन ने अपनी धनुर्विद्या की चरम उपलब्धि के रूप में भी द्रौपदी की कल्पना नहीं की थी।...किन्तु प्रकृति ने अनायास ही उसे अर्जुन की भुजाओं में ला थमाया था।...

अर्जुन को जैसे उन्माद हो आया...वह आर्यावर्त्त का सर्वश्रेष्ठ धनुर्धारी था। उसने पांचालों की वीर्यशुल्का राजकुमारी को अपने बाहुबल से जीता था। वह उनको जामाता के रूप में स्वीकार्य था। वह पांचालों का जामाता था। पाण्डवों के मित्र यादव अतिरथी शस्त्रास्त्रों से सज्जित होकर, सम्मुख खड़े थे...इस समय अर्जुन और उसके भाई दीन–हीन नहीं थे, निर्बल और असहाय नहीं थे। वह चाहे तो इसी क्षण अपने हत्यारों से प्रतिशोध ले सकता है। सामने दुर्योधन बैठा है। एक बाण...

चारों ओर एक भाग–दौड़ मची हुई थी। अनेक ब्राह्मण अपने सजातीय विजेता ब्राह्मण युवक को निकट से देखने के लिए, उसे बधाई देने और उसे साधुवाद करने, उसकी ओर भागे चले आ रहे थे। अर्जुन प्रायः उनसे घिर गया था...भीम अभी भी उससे कुछ दूरी बनाये, निकट ही खड़ा था। यह धैर्य तथा संयम तो विचित्र था, भीम से इसकी अपेक्षा अर्जुन ने कभी नहीं की थी...

"आर्य आर्य!" धृष्टद्युम्न ने धीरे–से कहा, "पिताजी के पास आशीर्वाद के लिए चलें।"

अर्जुन और द्रौपदी, मन्थर गति से आकर, द्रुपद के सम्मुख खड़े हो गये....

13

तभी राजसमाज वाले मण्डप से शिशुपाल का चीत्कार सुनाई दिया, "यह क्षत्रिय राजाओं का अपमान है। क्षत्रिय राजकुमारियों का स्वयंवर इसलिए नहीं होता कि कंगले जटाधारी ब्राह्मण उनको प्राप्त करें। क्षत्रियों के इस स्वयंवर में ब्राह्मणों के आने का अर्थ ही क्या है?"

"चलो! इस तपस्वी का वध कर, बलात् द्रौपदी को इससे छीन लो, द्रुपद इसकी सहायता करे, तो उसका भी वध कर दो।" कोई अज्ञात राजा चिल्ला रहा था।

"साधु!" जाने कहाँ से कृष्ण प्रकट हो गया। उसने अर्जुन के कन्धे पर हाथ रखा, "पराजित, हतवीर्य इन तेजमलिन राजाओं के कारण विचलित होने का कोई कारण नहीं।" और वह पुनः भीड़ में कहीं खो गया।

अर्जुन ने देखा, राजाओं की भीड़ शस्त्रास्त्र चमकाती हुई उनकी ओर बढ़ रही थी। उनके आगे–आगे दुर्योधन और कर्ण थे।

'क्या इन्होंने हमें पहचान लिया है?' अर्जुन के मन में प्रश्न उठा। क्या वे इस अवसर का लाभ उठाकर, पुनः उनका वध करना चाहते हैं? अथवा...अथवा...यह द्रुपद और दुर्योधन का सम्मिलित षड्यन्त्र है? क्या उनकी योजना इस प्रकार पाण्डवों को मार डालने की है?

किन्तु अर्जुन को भय क्या था! उसके हाथ में विराट और शक्तिशाली धनुष था। स्वयंवर की प्रतिज्ञा के लिए रखे गये बाणों से भरा तूणीर उसने अपनी पीठ पर बाँध लिया था।...उसने दृष्टि उठायी...थोड़ी ही दूरी पर कृष्ण खड़ा था। उसके अधरों पर मोहिनी मुस्कान थी; और उसकी आँखों में क्या था?...वह मुग्ध भाव से अर्जुन को देख रहा था, अथवा अपनी आँखों के माध्यम से कोई ऊर्जा उसके शरीर में उँड़ेल रहा था...कृष्ण की उपस्थिति मात्र से अर्जुन में विश्वास जागता था...

इस समय उसका आत्मबल सम्पूर्ण संसार से अकेले ही भिड़ लेने के लिए व्यग्र हो रहा था। वह द्रौपदी और पांचालों को दिखा देना चाहता था, वह मात्र प्रतियोगिताओं का ही विजेता नहीं था, वह युद्ध में भी दुर्धर्ष अजेय वीर था।...वे देख लें कि जिसने द्रौपदी को जीता है, वह मात्र अभ्यासवीर नहीं, युद्धवीर भी है...

पांचालों के चेहरे पर कहीं कोई घबराहट अथवा व्यग्रता नहीं थी। वे अपने राजा, युवराज और राजकुमारी को घेरकर खड़े थे। उनके अनेक योद्धा रंगशाला में चारों ओर फैल गये थे।...किन्तु ये योद्धा तो

साधारण सैनिक मात्र थे। ये लोग दुर्योधन, कर्ण, अश्वत्थामा, शिशुपाल और शल्य जैसे योद्धाओं से युद्ध करने में समर्थ नहीं थे।...और उन महारथियों से युद्ध करने के लिए कोई महारथी युद्ध–वेश सजा कर नहीं आया था–न द्रुपद, न धृष्टद्युम्न, न शिखण्डी, न कोई अन्य सोमकवंशी पांचाल वीर...तो क्या यह सारा आयोजन केवल इसलिए था कि पाण्डवों को इस व्याज से यहाँ बुलाकर असहाय अवस्था में दुर्योधन को सौंप दिया जाये, ताकि वह अपने योद्धाओं से घेरकर उन्हें मार डाले, और कोई जान भी न पाये कि यहाँ पाण्डवों की दूसरी बार हत्या की गयी है? यदि कोई जान पाये तो इतना ही जान पाये कि स्वयंवर की इस अराजक स्थिति में, राजाओं की भीड़ के हाथों कुछ अज्ञातवासी ब्राह्मणों की मृत्यु हो गयी...

किन्तु वहाँ कृष्ण खड़ा मुस्कुरा रहा था : वह शस्त्र–बद्ध था। बलराम था, सात्यकि था, उद्धव था, कृतवर्मा था। वे अतिरथी थे। समर्थ और सशस्त्र थे।...और कोई कुछ भी करे, कृष्ण, अर्जुन के विरुद्ध कभी कोई षड्यन्त्र नहीं रच सकता।...और यदि कृष्ण भी उसके विरुद्ध षड्यन्त्र रचने लगे, तो अर्जुन के लिए उचित था कि वह उसमें अपने प्राण दे दे...कृष्ण को खोकर, जीवन में और रस ही क्या था!...

अर्जुन के लिए अब और रुकना सम्भव नहीं था। हत्यारा दुर्योधन उसके निकट से निकटतम होता जा रहा था। उसके साथ उसका अनन्य स्वामिभक्त मित्र कर्ण था। यही कर्ण हस्तिनापुर की रंगशाला में भी उसके साथ युद्ध करने को बहुत उत्सुक हो रहा था...

अर्जुन ने अपने धनुष पर बाण रखा और प्रत्यंचा को खींचा...

उसने स्पष्ट देखा कि प्रत्यंचा के खिंचते ही निस्तेज दुर्योधन की आँखों में भय कौंधा और वह कर्ण की ओट में हो गया। अब केवल कर्ण ही आगे बढ़ रहा था...क्या दुर्योधन ने उसे पहचान लिया था?...

दूसरी ओर से लम्बे–ऊँचे डील–डौल का, प्रौढ़ वय का मद्रराज शल्य, राजाओं की एक भीड़ का नेतृत्व करता हुआ आगे बढ़ रहा था। उसके हाथ में भारी गदा थी...अर्जुन के मन में क्षण भर के लिए एक तीव्र इच्छा जागी कि कोई इस मद्रराज को बताये कि तुम

जिनसे लड़ने जा रहे हो, वे पाण्डव हैं...तुम्हारी बहन माद्री के पुत्र... यह समय लड़ने का नहीं है, उनकी पीठ ठोंकने का है...तुम्हें चाहिए कि उनकी रक्षा करे!

"ओह, यह अधर्मी सूतपुत्र!" ब्राह्मणों की भीड़ में से किसी ने कहा, "और यह युद्ध–लोलुप मद्रराज! इसे तो बस युद्ध चाहिए। जहाँ जो चाहे, जिससे चाहे भिड़ा दे...।"

राजाओं की भीड़ पर्याप्त निकट आ गयी थी...

सहसा भीम ने मण्डप के एक स्तम्भ को ज़ोर की एक ठोकर मारी और दोनों हाथों से उसने स्तम्भ को खींच लिया, जैसे धरती पर जमे वृक्ष का तना ही उसने उखाड़ लिया हो।...भीम के हाथ में यह एक अद्भुत शस्त्र था। इतने लम्बे और मोटे लट्ठ का प्रयोग भीम ही कर सकता था। वह इससे गदाधारियों तथा खड्गधारियों की भीड़ को दस हाथ दूर ही रोककर, उनपर प्रहार करने में सक्षम था।

"भयभीत मत होना!" भीम ने धीरे–से कहा, "पांचाली को लेकर ही जायेंगे।"

विचित्र व्यूह रचा था दोनों भाइयों ने।

सहसा बाणों की एक बौछार–सी आयी, जिसे अनुभवहीन धनुषों से, लक्ष्यहीन ढंग से फेंका गया था। ऐसे बाणों से अर्जुन को तनिक भी भय नहीं था। ये बाण तो उन धनुर्धारियों की मूर्खता के परिचायक भर थे, जो अपने बाण व्यर्थ ही नष्ट कर रहे थे।...

कर्ण ने अपने धनुष को टंकारा और एक विकराल बाण छोड़ा। ...अर्जुन के उत्साह की आज कोई सीमा नहीं थी।...आज, उसे जैसे युद्ध का अवसर नहीं मिला था, मनोवांछित वरदान प्राप्त हुआ था। उसने हर्ष–नाद किया और धनुष पर चढ़ा हुआ बाण छोड़ दिया। उसके पश्चात् तो बाणों की झड़ी ही लग गयी।...

राजाओं की भीड़ थम गयी। आगे बढ़ना उसके लिए सम्भव नहीं था।

इतने में ही कृष्ण की गर्जना सुनायी दी, "इस ब्राह्मण युवक ने पूर्णतः धर्मसम्मत, नैतिक और वैधानिक ढंग से वीर्यशुल्का पांचाली

को, पत्नी के रूप में प्राप्त किया है। अब जो राजा उसके विरुद्ध अधर्म–युद्ध करेंगे, उन्हें इन ब्राह्मण वीरों के साथ–साथ, यादवों और पांचालों से भी युद्ध करना पड़ेगा।...यह मेरी अन्तिम चेतावनी है।"

और अर्जुन ने देखा, यादव अतिरथी जैसे उस भीड़ में व्यूह–बद्ध ढंग से धँस गये...

भीम ने अपना लट्ठ ज़ोर से घुमाया और शल्य के साथ आने वाले आक्रमणकारी राजा ही नहीं, भीम की रक्षा करने की उत्सुकता में उसे घेरे खड़े ब्राह्मणों को भी अपनी रक्षा के लिए भागना पड़ा।

भीम ने दूसरी बार लट्ठ घुमाया और अपने आस–पास दस हाथ तक की वृत्ताकार भूमि खाली करा ली। उसके चेहरे पर आक्रामक उत्साह था...आँखों में से झाँकता हिंस्र उन्माद...'यह दुर्योधन कहाँ रहा गया?' वह सोच रहा था। आज कहीं वारणावत–काण्ड का प्रतिशोध भी ले लिया जाता और हस्तिनापुर के राजसिंहासन के उत्तराधिकार का निर्णय भी हो जाता...

इस बार अकेला शल्य ही आगे बढ़ा। उसने भीम को घूरकर देखा, "साहस है तो मल्ल–युद्ध कर! लट्ठ लेकर क्या खड़ा है!"

भीम ने क्षण भर का भी विलम्ब नहीं किया। तत्काल लट्ठ फेंक दिया।...अर्जुन सावधान हो गया। भीम अब निःशस्त्र था। अर्जुन का दायित्व बढ़ गया था। उसके धनुष की टंकार वर्तुलाकार घूम रही थी और उसकी बाण–वर्षा की छाया में भीम और शल्य निर्भय लड़ रहे थे। कर्ण, धनुर्विद्या की अपनी सम्पूर्ण दक्षता के साथ भी न स्वयं आगे बढ़ पा रहा था, न किसी और के लिए मार्ग बना पा रहा था। दुर्योधन तो उसकी पीठ से जैसे चिपक ही गया था। उसकी आँखों में वैसा भय था, जैसा प्रेत देखने के पश्चात् होता है...और अर्जुन का मन निरन्तर एक ही प्रश्न कर रहा था, 'दुर्योधन उनको पहचान चुका है?'

भीम और शल्य एक–दूसरे से गुँथ गये। पहले झपाटे में शल्य भीम को खदेड़कर दूर ले गया। भीम के पैर जैसे पृथ्वी पर जम नहीं पा रहे थे। वह पीछे ही पीछे हटता जा रहा था। लगता था कि

अगले ही क्षण शल्य उसे धराशायी कर, उसके वक्ष पर बैठेगा...सम्भव है कि वह उसकी हत्या कर दे...किन्तु अकस्मात् ही अद्भुत स्फूर्ति से भीम छिटककर एक ओर हो गया; और शल्य अपने ही वेग में मुँह के बल गिर पड़ा।

द्रौपदी के चेहरे पर विस्मयपूर्ण मुस्कान आयी...इतना भारी–भरकम शरीर और ऐसी स्फूर्ति...अद्भुत है यह युवक...

अगले ही क्षण, शल्य उठकर डगमगाता–सा खड़ा हो गया...और भीम जैसे इसी अवसर की प्रतीक्षा में था। उसने झुककर शल्य को अपने कन्धे पर उठा लिया और वृत्ताकार घूमने वाले यन्त्र के समान उसे घुमाना आरम्भ किया। शल्य, वायु में ही असहाय–सा, उस पक्षी के समान हाथ–पाँव मार रहा था, जो पंख तो फड़फड़ाये, किन्तु उससे गति प्राप्त न कर सके...और भीम ने जैसे क्रीड़ा–सी करते हुए, उसे उठाकर धरती पर दे मारा...उसके कण्ठ पर पाँव रखा और हँसकर पूछा, "अधर्म युद्ध करने वाले पापी! हो जाऊँ खड़ा? तुझ अधम के प्राण धरती पर बोझ बनकर न रहें।..."

अर्जुन का मन हुआ, पुकारकर भीम से कहे, 'हत्या मत करना! यह नहीं जानता कि हम कौन हैं; किन्तु हम तो मातुल शल्य को जानते हैं।' किन्तु कहने–सुनने का अवसर नहीं था। उसे कर्ण से भी निबटना था और राजाओं की शेष भीड़ को भी शल्य की सहायता के लिए आने से रोकना था...

शल्य के मुख से कोई शब्द नहीं निकला। भीम ने देखा, उसकी आँखों में क्षोभ था, असहायता थी और शायद विवश मृत्यु की प्रतीक्षा...

"जा अधर्मी! तू नहीं जानता कि अपने अज्ञान में तू किनसे लड़ रहा है।" भीम ने अपना पाँव उसके कण्ठ से हटा लिया, "हम हत्या–व्यवसायी नहीं हैं। किन्तु यदि भविष्य में तू कभी फिर इन हत्यारों के पक्ष से अधर्म–युद्ध करने आया, तो तेरे प्राण नहीं बचेंगे।" भीम ने निश्चेष्ट लेटे शल्य पर पाद–प्रहार किया, "उठ! और चुपचाप चला जा। बिना सोच–विचार किये, युद्ध की तेरी आतुरता के लिए इतना ही दण्ड पर्याप्त है।"

और शल्य, सचमुच ही उठकर चुपचाप चला गया। उसने न पुनः लड़ने का प्रयत्न किया, और न दृष्टि उठाकर भीम की ओर देखा।

"साधु वीर!" द्रुपद के मुख से अनायास निकला।

भीम ने पुनः अपना लट्ठ उठा लिया और आकर अर्जुन के पास खड़ा हो गया। वह पुनः प्रहार के लिए तैयार था।

"वीरवर अंगराज!" कृष्ण ने पुकारकर कहा, "तुम भी विचार कर देखो। जो पांचाली तुम्हें कभी स्वीकार नहीं करेगी, उसके लिए तुम उसके पति की ब्रह्महत्या कर, पुण्य अर्जित करना चाहते हो, अथवा ब्राह्मण के हाथों युद्ध में पराजित तथा अपमानित होकर, अपनी वीरता को कलंकित करना चाहते हो?"

कृष्ण के शब्दों ने जैसे कर्ण की भुजा थाम ली। वह धनुष–बाण लिए प्रहारक मुद्रा में खड़ा सोचता रहा...और सहसा उसकी भुजाएँ नीचे झुक गयीं, "मुझे आपका निर्णय मान्य है केशव!"

अर्जुन ने देखा, विद्रूप से दुर्योधन का चेहरा कैसा तो पिशाची हो आया था।

राजाओं की भीड़ विदा हो गयी। राजसमाज का मण्डप प्रायः रिक्त हो गया था; जन–सामान्य की उत्सुकता, उत्कण्ठा में परिणत होती जा रही थी। विभिन्न प्रकार की कल्पनाओं और इच्छाओं ने तत्काल ही कथाओं का रूप धारण कर लिया था। कोई इन दो भाइयों को छद्‌म वेश में आये देवगण बता रहा था और कोई उन्हें परशुराम के वंशज ठहरा रहा था। ब्राह्मण समुदाय में अनेक लोगों का विचार था कि ब्राह्मणों को शास्त्रों के साथ शस्त्रों का भी अभ्यास करना चाहिए। इतनी सारी सुविधाएँ केवल क्षत्रियों के लिए ही नहीं छोड़ देनी चाहिए। उनके अनुसार आज सारे जम्बूद्वीप के क्षत्रियों के सम्मुख ब्राह्मणों की क्षमता प्रमाणित हुई थी...

अर्जुन और भीम के चारों ओर भीड़ सघन होती जा रही थी। जन–सामान्य को उन दोनों भाइयों से कुछ दूरी पर रोके रखने के लिए द्रुपद के दण्डकारों को पर्याप्त श्रम करना पड़ रहा था।...

"आओ पुत्र! प्रासाद में पधारो।" अन्ततः द्रुपद ने कहा, "मैं तुम्हारा पूर्ण और विस्तृत परिचय जानने को व्यग्र हूँ।"

द्रुपद की विचित्र स्थिति थी। उनकी आँखें बार-बार भीम और अर्जुन के चेहरों पर परिचित रेखाएँ ढूँढ़ रही थीं। उनका मन बार-बार कह रहा था कि उन्होंने इन दो ब्राह्मण युवकों को पहले कभी नहीं देखा है; और उनकी स्मृति बार-बार संभ्रम की स्थिति उत्पन्न कर रही थी।

अर्जुन के मन में एक टीस उठी।...इच्छा हुई कि तत्काल अपना परिचय देकर, रहस्य की इस नीहारिका का अन्त कर दे...किन्तु उसके कानों में बार-बार महर्षि व्यास की चेतावनी गूँज जाती थी...और कुछ दूर ही सही, किन्तु ठीक उसकी आँखों के सम्मुख कृष्ण खड़ा था।...उसकी आँखों में परिचय और अपरिचय का भाव एक ही साथ विद्यमान था। वह न तो अपरिचितों के समान उनकी उपेक्षा कर रहा था और न ही परिचितों के समान आकर, उनके कण्ठ से लग रहा था।...निश्चित रूप से वह इसे पाण्डवों को प्रकट करने का उचित अवसर नहीं मानता होगा...पर कहीं वह उन्हें पहचान ही न रहा हो तो?...यदि पहचान नहीं रहा तो उसने उनके लिए यादवों के समर्थन की घोषणा क्यों की? उनकी सुरक्षा के लिए आगे क्यों बढ़ा? उसने कर्ण को अर्जुन के साथ युद्ध करने से विरत क्यों किया?...निश्चय ही वह उन्हें पहचान रहा है और किसी कारण-विशेष से, इस बात को प्रकट नहीं कर रहा...'पर क्यों?' अर्जुन ने अपने-आपसे पूछा; किन्तु कृष्ण की बातें तो कृष्ण ही जानता है।...सहसा अर्जुन की आँखों के सम्मुख एक पुराना दृश्य घूम गया...उसने इसी राजा द्रुपद को युद्ध में पराजित कर, रज्जु से बाँध, आचार्य द्रोण के चरणों में डाल दिया था...यदि द्रुपद उसे पहचान ले, धृष्टद्युम्न को उसका आभास भी हो जाये...अर्जुन इस समय पांचालों की भूमि पर खड़ा था। यहाँ द्रुपद की सेनाएँ थीं और उनका शासन था। धृष्टद्युम्न तथा शिखण्डी जैसे योद्धा उनके बेटे थे...वे लोग दुर्योधन से भी अधिक क्रूर हो सकते थे...

भीम मुक्त कण्ठ से हँसा, "मेरा परिचय तो मेरा यह लट्ठ ही है; पर सम्बन्ध की दृष्टि से मैं इस धनुर्धारी का बड़ा भाई हूँ।"

द्रुपद की आँखें, एक बार फिर, भीम के अट्टहास करते आनन पर क्षण भर को टिकीं; किन्तु उस जटाजूट, सघनश्मश्रु तथा भस्म–मण्डित वर्ण में कुछ भी परिचित न पाकर लौट आयीं; "अद्भुत है तुम्हारा यह शस्त्र!" अपनी आशंकाओं और जिज्ञासाओं में दबे द्रुपद स्पष्ट रूप से हँस नहीं पा रहे थे।

"आर्यश्रेष्ठ!" अर्जुन मधुर स्वर में बोला, "हम वनवासी ब्राह्मण हैं; राजप्रसादों में जाकर क्या करेंगे।...इस समय तो हमें अनुमति दें। हमारी माता हमारी प्रतीक्षा कर रही होगी। ऐसी उपलब्धि के अवसर पर माता का आशीर्वाद न लेना हमारे लिए अधर्म होगा।"

द्रुपद की आँखों में असमंजस उभरा, "कृष्णा के स्वयंवर तक का समय बहुत सारी आशंकाओं और दुष्कल्पनाओं से पीड़ित रहकर व्यतीत किया है पुत्र! क्या तुम नहीं चाहते कि मेरा दुष्काल अब समाप्त हो?"

"आपका दुष्काल समाप्त हुआ।" भीम बोला, "अब आप प्रभु से प्रार्थना करें कि हमारा भी दुष्काल समाप्त हो।"

"तुम्हारी बात सत्य हो पुत्र!" द्रुपद ने जैसे मन–ही–मन कोई निश्चय किया, "यह भीड़ तुम्हें छोड़ेगी नहीं। मेरे दण्डधर तुम्हें तुम्हारे आवास तक पहुँचा आयेंगे।"

"इन्हें कहिए कि ये हमें भीड़ के मध्य तक छोड़ आयें।" अर्जुन ने ब्राह्मणों के समान हाथ उठाकर, द्रुपद को आशीर्वचन कहा और बोला, "चलो पांचाली!"

"पर तुम लोग ठहरे कहाँ हो?" द्रुपद ने उसके मार्ग में अड़ते हुए–से कहा।

"नगर के बाहर, एक कुम्भकार के घर में।"

अर्जुन चल पड़ा। द्रौपदी उसके साथ थी; और भीम उनसे दो डग आगे, आगे, जैसे उनके लिए मार्ग बनाता चल रहा था।

14

महाराज द्रुपद अपने हिण्डोले पर बैठे अत्यन्त मन्द गति से झूल रहे थे। पाँचों पाण्डव, धृष्टद्युम्न और शिखण्डी–आसनों पर बैठे थे। द्रौपदी और कुन्ती कुछ दूर पुष्पों की क्यारियों के निकट थीं; किन्तु विदुर को आते देख, वे भी लौट आयी थीं।

राजकीय और सामाजिक औपचारिकताओं की समाप्ति पर विदुर ने आसन ग्रहण किया; किन्तु द्रुपद ने उसे वहाँ बैठने नहीं दिया। वे स्वयं उठकर विदुर के पास आये और उनकी भुजा थामकर उसे अपने हिण्डोले तक ले गये।

"आप यहाँ बैठिये! मेरे साथ!"

"महाराज! एक राजदूत को इतना सम्मान दे रहे हैं!"

"नहीं आर्य विदुर! मैं एक राजदूत के प्रति नहीं, अपने समधी के प्रति अपनी आत्मीयता निवेदित कर रहा हूँ।" द्रुपद बोले, "मैं आपको पाण्डवों के अभिभावक के रूप में स्वीकार करता हूँ। यद्यपि यह अति गोपनीय है, फिर भी युधिष्ठिर ने मुझे बताया है कि आपने किस प्रकार देवी कुन्ती और उनके पुत्रों के प्राणों की रक्षा की है। धृतराष्ट्र के शासन में रहते हुए भी इतना संकट मोल लेकर यदि आपने यह उद्यम न किया होता, तो कदाचित् आर्यों का यह श्रेष्ठतम परिवार जीवित ही न बचता। इच्छा तो होती है कि आपके श्रेय को सारे आर्यावर्त्त में प्रचारित किया जाये..."

"नहीं महाराज!" विदुर बोला, "ऐसा न करें। यह अत्यन्त गोपनीय तथ्य है।"

"समझता हूँ।" द्रुपद बोले, "आपकी सुरक्षा के लिए आवश्यक है कि यह तथ्य गोपनीय ही रहे। आपका हस्तिनापुर के कुरुओं की राजसभा में रहना, शासन और राजकुल में महत्वपूर्ण बने रहना तथा सुरक्षित रहना–मेरे जामाताओं के अभ्युदय के लिए आवश्यक है आर्य!"

"आप मुझे कुछ अधिक ही महत्त्व दे रहे हैं।" विदुर मुस्कुराया, "मैं कुरुओं का एक साधारण राजदूत हूँ। इस समय महाराज धृतराष्ट्र की

ओर से सन्देश लेकर आया हूँ। उन्होंने कहलवाया है कि उन्हें पाण्डव अपने पुत्रों से कम प्रिय नहीं हैं। उन्हें यह जानकर अत्यन्त प्रसन्नता हुई है कि जिन पाण्डवों को वे मृत मान चुके थे, वे अभी तक जीवित हैं।"

भीम उच्च स्वर में हँसा।

द्रुपद ने उसकी ओर देखा; किन्तु बोले कुछ नहीं। विदुर ने पूछ ही लिया, "क्यों हँस रहे हो पुत्र?"

"काका! महाराज धृतराष्ट्र की प्रसन्नता की कल्पना करके हँस रहा हूँ।" भीम बोला, "उनको समाचार मिला होगा तो प्रसन्नता से उनकी हृदय-गति रुकने-रुकने को हो आयी होगी। कपाल स्वेद से नहा गया होगा; आँखों के सम्मुख अन्धकार छा गया होगा।"

"पुत्र! मैं तो उनका सन्देश कह रहा हूँ।" विदुर बोले।

"कहिए आर्य!" द्रुपद बोले।

"उन्होंने भाभी कुन्ती, उनके पुत्रों तथा वधू कृष्णा के लिए भेंटस्वरूप अनेक बहुमूल्य वस्त्राभूषण भेजे हैं, और उन्हें स्वीकार करने की प्रार्थना की है। उन्होंने आपके लिए तथा राजकुमारों के लिए भी कुछ उपहार भेजे हैं। उन्होंने कहा है कि आपके साथ इस सम्बन्ध की स्थापना से वे स्वयं को गौरवान्वित अनुभव करते हैं।" विदुर ने रुककर द्रुपद की ओर देखा, "कृपया द्वारपालों को आदेश दें कि वे मेरे अनुचरों को उपहारों के साथ यहाँ उपस्थित होने की अनुमति दें।"

द्रुपद ने प्रतिहारी की ओर देखा, "द्वारपालों को आदेश दो।"

हस्तिनापुर से आये अनुचरों ने उपहार लाकर, प्रस्तुत किये, और विदुर ने अपने हाथों उन्हें एक-एक व्यक्ति को भेंट किया।

"तुम लोग जाकर विश्राम करो।" विदुर ने अपने अनुचरों से कहा।

द्रुपद ने भी संकेत से अपने प्रतिहारियों को दूर भेज दिया।

एकान्त पाते ही विदुर बोला, "महाराज धृतराष्ट्र ने कहा है कि देवी कुन्ती तथा उनके पुत्रों का काम्पिल्य-निवास पर्याप्त दीर्घ हो चुका है, अब यदि आप अन्यथा न मानें तो उन्हें हस्तिनापुर लौटने की अनुमति दें। उनके बन्धु-बान्धव उनके जीवित होने का समाचार पाकर अब उनसे मिलने के लिए उत्कण्ठित हैं।..."

भीम पुनः हँसा। किन्तु इस बार विदुर ने उससे कुछ भी पूछे बिना, अपनी बात पूरी की, "हस्तिनापुर की प्रजा अपने प्रिय राजकुमारों के दर्शनों को लालायित हो रही है, और वैसे भी श्वसुरालय में इतने दिनों तक निवास करना कुरुवंशियों को शोभा नहीं देता। उन्हें अपने घर लौट आना चाहिए।" विदुर अपनी बात समाप्त कर मौन हो गया।

द्रुपद ने तत्काल कोई उत्तर नहीं दिया। अन्य कोई व्यक्ति भी नहीं बोला।

अन्ततः द्रुपद ही बोले, "आर्य विदुर! आपका सन्देश मैंने सुन लिया। धृतराष्ट्र के सन्देश के उत्तर में क्या कहना अथवा क्या करना है–उसका निर्णय हम कुछ समय पश्चात् करेंगे।" उन्होंने रुककर सीधे विदुर के नयनों में देखा, "अब आप धृतराष्ट्र के दूत अथवा सन्देशवाहक मन्त्री नहीं हैं। आपको यदि मैंने मात्र कुरुओं का राजदूत ही माना होता तो आपसे सिंहासन–कक्ष में भेंट की होती। वह भेंट राजकीय मर्यादा में बँधी हुई होती और उसमें पारिवारिक आत्मीयता रंच मात्र भी न होती।...किन्तु मैं आपसे एक आत्मीय सम्बन्धी के रूप में बात कर रहा हूँ और आपसे यही सम्बन्ध रखना चाहता हूँ। आपसे अधिक पाण्डवों का शुभचिन्तक और कोई नहीं है। इसलिए पूछता हूँ कि क्या इस समय पाण्डवों का हस्तिनापुर लौटना उनके हित में है?"

विदुर ने क्षण–भर द्रुपद की ओर देखा और बोला, "महाराज! आपकी चिन्ता मैं समझता हूँ, किन्तु हस्तिनापुर गये बिना, तो पाण्डवों को उनका राज्य मिल भी नहीं सकता।"

"वह ठीक है।" द्रुपद बोले, "आपके आने से पूर्व हम भी इधर हस्तिनापुर जाने की ही योजना बना रहे थे; किन्तु हम दूसरे ढंग से हस्तिनापुर जाना चाहते हैं।"

"दूसरे ढंग से?"

"हाँ; आर्य विदुर! हम हस्तिनापुर पर सैनिक अभियान करना चाहते हैं। हम चाहते हैं कि पाण्डव हस्तिनापुर जायें। उनके साथ पांचाल सेनाएँ जायें, धृष्टद्युम्न और शिखण्डी भी जायें, बहुत सम्भव है, मैं भी जाऊँ। उनके साथ कृष्ण, बलराम और सात्यकि भी जायें।

अन्य यादव महारथी और द्वारका का सैन्यबल भी जाये। सम्भव हो तो हमारे मित्र मत्स्य और पाण्डवों की मौसी का पुत्र, शिशुपाल भी जाये। हम हस्तिनापुर को चारों ओर से घेर लें। ऐसे में यदि धृतराष्ट्र और वह दुर्योधन–अपनी सेना भेजें, उनकी ओर से द्रोण, भीष्म और कर्ण युद्ध करने आयें तो हम उनसे युद्ध करें। हम उनके रक्त में स्नान कर, हस्तिनापुर में प्रवेश करेंगे। पाण्डव अपने बल और शौर्य से अपना राज्य प्राप्त करेंगे...।"

विदुर की आँखों में एक विचित्र द्युति कौंधी, "आपकी प्रतिहिंसा इस व्याज से अपना प्रतिशोध तो नहीं चाहती महाराज?"

"क्यों? क्या अपने जामाताओं को, उनका षड्यन्त्रपूर्वक छीना गया राज्य वापस दिलाना प्रतिहिंसा और प्रतिशोध है?"

"नहीं!" विदुर ने कहा, "उसका प्रयत्न तो मैं और पितृव्य भीष्म भी कर रहे हैं, किन्तु हमने अभी तक यह नहीं सोचा कि पाण्डव कुरुवंशियों की रक्त–सरिताओं में तैरते हुए हस्तिनापुर के राजसिंहासन तक पहुँचेंगे। युद्ध तो अन्तिम उपाय है महाराज!"

"युद्ध है तो अन्तिम उपाय ही।" द्रुपद बोले, "किन्तु क्या अन्तिम उपाय का प्रयोग करने का समय नहीं आ गया? क्या धृतराष्ट्र और उसके पुत्रों ने पाण्डवों को उनकी माता के साथ जीवित जला देने का षड्यन्त्र नहीं किया? यदि आपने रक्षा न की होती, तो पाण्डव जीवित बचे होते क्या?...और कौन प्रतिज्ञापूर्वक कह सकता है कि अब पुनः पाण्डवों की हत्या का प्रयास नहीं किया जायेगा...और जब यह प्रयास किया जायेगा, तो द्रोण और भीष्म उसके समर्थक नहीं होंगे?"

"जहाँ तक मैं समझता हूँ, यदि परिस्थितियाँ वैसी ही रहीं, जैसी थीं, तो दुर्योधन पुनः हत्या का प्रयत्न कर सकता है," विदुर ने कहा, "किन्तु द्रोणाचार्य इस समय पाण्डवों को, कौरवों का आधा साम्राज्य दिलवाने का प्रयत्न कर रहे हैं; और पितृव्य भीष्म मानते हैं कि हस्तिनापुर के राज्य पर दुर्योधन का नहीं, युधिष्ठिर का अधिकार है..."

"तो फिर उन्होंने वारणावत में पाण्डवों के वध का समर्थन क्यों किया?"

"आचार्य द्रोण अपने समर्थन अथवा विरोध के कारण स्वयं ही

जानते हैं, किन्तु पितृव्य भीष्म ने कुरुवंश के किसी भी व्यक्ति के वध का समर्थन नहीं किया है।" विदुर रुका, "जहाँ तक मैं जानता हूँ, कदाचित् पितृव्य को आज तक यह मालूम ही नहीं है कि वारणावत में क्या होना था और क्या हुआ!"

"बहुत अबोध हैं वे।" द्रुपद के स्वर में स्पष्ट व्यंग्य था, "जब द्रोण ने मुझे अपमानित कर आधा पंचाल छीन लिया था, तब भी उन्हें पता लगा था या नहीं कि कौरव–सेनाएँ क्या कर रही हैं?"

"वह मालूम था उन्हें।"

"तो उन्होंने द्रोण को यह अनीति करने की अनुमति कैसे दी?"

"उनसे मैंने कभी पूछा नहीं। शायद किसी को यह पूछने का अधिकार भी नहीं है।" विदुर बोला, "किन्तु मैं समझता हूँ कि वह सब द्रोण को आचार्य नियुक्त करते समय उनकी गुरु–दक्षिणा सम्बन्धी स्वीकृत प्रतिज्ञाओं के अन्तर्गत हुआ। वैसे..."

"वैसे क्या?" द्रुपद की आँखों में स्पष्ट रोष था।

"पितृव्य प्राचीन परम्परा के क्षत्रिय–शौर्य के समर्थक सैनिक हैं। बहुत सम्भव है कि कौरव राजकुमारों द्वारा पंचाल पर आक्रमण उन्हें क्षत्रिय–नीति के अनुकूल लगा हो।" विदुर ने कहा, "किन्तु यह मैं शपथपूर्वक कह सकता हूँ कि पितृव्य को न तो भीम को विष दिये जाने की घटना ज्ञात है; और न ही वारणावत के षड्यन्त्र का पता है।"

"तो उन्हें यह सब बताया क्यों नहीं जाता?" द्रुपद उग्र स्वर में बोले, "उनकी नाक के नीचे इतना उत्पात हो और उनकी समाधि ही न टूटे–क्या यह उचित है?"

"इस गोपनीयता के भी कुछ कारण रहे हैं महाराज!" विदुर बोला, "पितृव्य कुलवृद्ध हैं; किन्तु उनके हाथ में कोई सत्ता तो है नहीं। उन्हें ये सूचनाएँ दी जायें और वे क्रोध में दुर्योधन इत्यादि को ताड़ना तो दे आयें किन्तु पाण्डवों की रक्षा न कर सकें, तो?"

"किन्तु अब पाण्डव समर्थ हैं।"

"तो अब वे स्वयं अपने पितामह को सब कुछ बता सकते हैं।" विदुर ने उत्तर दिया, "किन्तु अब साक्षी और प्रमाण के रूप में मुझे

उपस्थित होना होगा। मैं भयभीत नहीं हूँ; किन्तु फिर हस्तिनापुर में मेरा रहना सम्भव नहीं होगा।"

द्रुपद का आवेश विचारलीन हो गया, "ठीक है। उन्हें आवश्यकतानुसार ही सूचनाएँ दी जायें।" वे रुके, "...तो आपका प्रस्ताव है कि मैं पाण्डवों और देवी कुन्ती को आपके साथ हस्तिनापुर भेज दूँ?"

"आप उन्हें मेरे साथ भेजें, जैसे वे महाराज धृतराष्ट्र का निमन्त्रण स्वीकार कर हस्तिनापुर लौट रहे हों; किन्तु उन्हें असुरक्षित न भेजें। इतनी व्यवस्था तो कर ही दें कि यदि कौरव सेना उन पर आक्रमण करे तो वे आत्मरक्षा कर सकें।"

द्रुपद मन–ही–मन विचार करते बैठे रहे और फिर जैसे किसी निष्कर्ष पर पहुँचकर बोले, "मैं आपका प्रस्ताव स्वीकार करता हूँ। पाण्डव अपनी राजधानी हस्तिनापुर में लौटेंगे। उनके साथ सेना नहीं, छद्म सेना जायेगी। फिर भी प्रकट रूप से कुछ महारथी साथ होंगे। कृष्ण आ जाये, तो मैं उसके साथ भी परामर्श करना चाहूँगा। मेरी इच्छा है कि वह भी पाण्डवों के साथ हस्तिनापुर जाये। उसकी उपस्थिति मात्र से घटनाओं का रूप बदल जाता है।..." द्रुपद का स्वर उनकी विह्वल मनःस्थिति का भेद खोल रहा था, "किन्तु फिर भी आर्य विदुर! पाण्डवों की सुरक्षा का दायित्व आपका होगा। हस्तिनापुर का भीतरी व्यूह आप सँभालेंगे और आवश्यकता पड़ते ही, मैं बाहर से अपने पूरे सैन्य–बल के साथ हस्तिनापुर पर आक्रमण करूँगा।...क्यों? तुम सहमत हो युधिष्ठिर?" द्रुपद ने पहली बार युधिष्ठिर से पूछा।

"पूज्य! आप हमारे सबसे बड़े मित्र और सहायक ही नहीं, हमारे पिता के समान संरक्षक हैं।" युधिष्ठिर का स्वर कोमल होते हुए भी चिन्ता का भार वहन कर रहा था, "किन्तु मैं राज्य के लिए अपने बन्धु–बान्धवों से युद्ध करना नहीं चाहता।..."

"ओह ज्येष्ठ!" भीम ने भूमि पर पाँव पटका।

विदुर ने भीम की उपेक्षा कर कहा, "चिन्ता मत करो पुत्र! मेरा विचार है कि अभी युद्ध की स्थिति नहीं आयी है।"

और फिर वह द्रुपद की ओर मुड़ा, "महाराज! अब अनुमति दें। मुझे महर्षि वेदव्यास के दर्शन करने के लिए जाना है।"

"अवश्य! अवश्य!! महर्षि के सुलभ होते हुए भी, उनके दर्शन न करना तो स्वयं को वंचित करना है।" द्रुपद बोले, "मैं भी सोच ही रहा था कि उनके चरणों में थोड़ा समय व्यतीत करूँ। हमारा सौभाग्य है कि वे काम्पिल्य में गंगा–तट पर ठहरे हैं। जाने वे कब प्रस्थान का निश्चय कर लें।"

"किसी भी स्थान पर अनावश्यक आवास महर्षि की प्रकृति नहीं है।" विदुर बोला, "कृष्णा के विवाह के पश्चात् भी यदि वे अभी यहीं हैं, तो बहुत सम्भव है कि वे किसी की प्रतीक्षा कर रहे हों।"

"किसी की प्रतीक्षा?" द्रुपद के चेहरे की रेखाएँ कुछ गहरी हो गयीं।

"हो सकता है कि वे मेरी ही प्रतीक्षा कर रहे हों।" विदुर ने हँस कर कहा, "सम्भव है कि वे पाण्डवों के हस्तिनापुर जाने की प्रतीक्षा कर रहे हों...।"

द्रुपद विचारलीन ही रहे। बोले कुछ नहीं।

विदुर ने उन्हें प्रणाम किया, कुन्ती के चरण छुए, और पाण्डवों, द्रौपदी, धृष्टद्युम्न तथा शिखण्डी को आशीर्वाद देकर पग बढ़ा दिये। द्रुपद भी विश्राम के लिए चले गये; और कुन्ती भी अधिक देर तक वहाँ नहीं रुकी।

"आर्यपुत्र!" द्रौपदी ने युधिष्ठिर को सम्बोधित किया, "क्या आप समझते हैं कि दुर्योधन आपको हस्तिनापुर का राज्य थाल में सजा कर दे देगा?"

युधिष्ठिर को अकस्मात् पूछे गये इस प्रश्न का सन्दर्भ समझने में कुछ क्षण लगे। वह बोला, "उससे ऐसी अपेक्षा तो नहीं की जा सकती।"

"तो फिर जब वह स्वेच्छा से आपको अपना अधिकार भी नहीं देगा और आप युद्ध भी नहीं करेंगे, तो आप राज्य कैसे प्राप्त करेंगे?" द्रौपदी बोली, "आप क्षत्रिय होकर युद्ध से मुँह मोड़ रहे हैं?"

युधिष्ठिर ने उसे उन आँखों से देखा, जिनमें अपने गलत समझे जाने की पीड़ा थी, "मैं युद्ध से मुँह नहीं मोड़ रहा। मैंने केवल यह कहा है कि मैं स्वजनों से युद्ध नहीं करना चाहता।"

"स्वजन कौन है?"

भीम ज़ोर की ताली बजाकर हँसा, ठीक पूछा कृष्णा ने–स्वजन कौन है? जिन्होंने हमारा सर्वस्व छीन लिया, हमारी हत्या का प्रयत्न किया और अब भी हमारा राज्य लिए बैठे हैं–वे हमारे स्वजन हैं, तो फिर हमारे शत्रु कौन होंगे?

"भीम!" युधिष्ठिर के स्वर में बड़े भाई का आदेश था, "क्या पितामह भीष्म, गुरु द्रोण, गुरुपुत्र अश्वत्थामा, पितृव्य महाराज धृतराष्ट्र तथा उनके पुत्र हमारे स्वजन नहीं हैं?"

"स्वजन तथा परजन की परिभाषा इतनी कठिन तो नहीं है आर्यपुत्र!" द्रौपदी बोली, "रक्त–सम्बन्ध से लोग स्वजन होते अवश्य हैं; किन्तु क्या अपने व्यवहार से वे अन्यजन नहीं हो जाते? युद्ध तो आपको उनसे ही करना होगा, जो आपका स्वत्व छीन लेते हैं। आपके आचार्य द्रोण, पिताजी के कितने आत्मीय थे। भैया के तो वे गुरु भी थे; किन्तु आज काम्पिल्य में कोई भी उन्हें अपना आत्मीय और स्वजन नहीं कहेगा। और दूसरी ओर वासुदेव कृष्ण से हमारा कोई रक्त–सम्बन्ध नहीं है; किन्तु आज उनसे बढ़कर, हमारा आत्मीय और स्वजन दूसरा कोई नहीं है।"

"वह ठीक है पांचाली!" युधिष्ठिर बोला, "किन्तु राज्य कोई ऐसी वस्तु तो नहीं, जिसके लिए नृशंसतापूर्वक रक्तपात किया जाये और वह भी अपने रक्त–सम्बन्धियों का! मानव–जीवन का लक्ष्य, राज्य तो नहीं है।"

"मानव–जीवन का लक्ष्य मात्र राज्य नहीं है।" इस बार भीम बोला, "किन्तु अपने अधिकारों की रक्षा करना तो मानव–धर्म है। आप अपने धर्म पर भी नहीं चलेंगे धर्मराज?"

"ठीक है! अधिकारों की रक्षा हमें करनी चाहिए!" युधिष्ठिर बोला, "किन्तु यदि इस समय दुर्योधन अपनी दुर्बुद्धि के कारण हठ पर अड़ा है, तो क्या हम थोड़ा धैर्य नहीं रख सकते? उसकी दुर्बुद्धि के कारण सम्पूर्ण कौरव–वंश का नाश कर दें?"

"नहीं! कौरव–वंश का नाश क्यों करें! दुर्योधन की दुर्बुद्धि को पुरस्कृत करें। उसे कुरुओं का साम्राज्य प्रदान कर दें; क्योंकि वह

विवेक, धर्म और न्याय–कुछ भी नहीं समझता। आप तो धर्म के बहुत अच्छे व्याख्याता हैं महाराज!" द्रौपदी ने कहा।

"कृष्णा!" अर्जुन पहली बार बोला, "धर्म, न्याय और अधिकारों की बात ठीक ही है; किन्तु ज्येष्ठ की अनृशंसता को भी समझने का प्रयत्न करो। यदि सांसारिक न्याय और अधिकारों के आधार पर तर्क करोगी, तो धर्मराज बहुत विवेकी प्रतीत नहीं होंगे। रजोगुण की तुला पर सतोगुण मूर्खता का पर्याय ही सिद्ध होता है; किन्तु मनुष्य में कुछ दैवी गुण भी होते हैं, जो सांसारिक राग–द्वेष के कारण विचलित नहीं होते। ज्येष्ठ के चरित्र के उन दैवी गुणों को समझने का प्रयत्न करो। उनके स्तर तक उठकर देखोगी, तो धर्मराज का चरित्र कुछ और ही दिखायी देगा। उनका द्वन्द्व समझकर ही कोई समाधान हो सकता है। मध्यम के साथ मिलकर उनका परिहास करोगी, तो समस्या नहीं सुलझेगी।"

अर्जुन के सम्बोधन से ही जैसे द्रौपदी पूर्णकाम हो गयी। कैसी सटीक बात कही थी अर्जुन ने! स्वयं युधिष्ठिर ने भी अपनी बात कभी इस प्रकार अभिव्यक्त नहीं की थी। द्रौपदी को लगा, वह अर्जुन के रूप और बल ही नहीं, उसकी बुद्धि पर भी मुग्ध होती जा रही है। उसका मुग्ध–भाव तो चाहता था कि वह लपककर, अर्जुन के कण्ठ में अपनी भुजाएँ डाल दे और कहे, 'प्रियतम! मैं तो तुम्हारी इच्छा भर से सब कुछ त्याग सकती हूँ! तुम्हारा साहचर्य मिले तो फिर साम्राज्यों का क्या करना है मुझे!...' किन्तु उसकी व्यावहारिक बुद्धि उसकी मुग्धावस्था को इतना अधिकार देने को प्रस्तुत नहीं थी। वह बार–बार उसे चेतावनी देती थी, 'कृष्णे! कहीं भावना में बह न जाना। यह यथार्थ संसार है। यहाँ मात्र भावना से कार्य नहीं होते। महाराज द्रुपद ने स्वयंवर में सम्पूर्ण आर्यावर्त्त के सर्वश्रेष्ठ धनुर्धर को इसलिए उसके पति के रूप में नहीं चुना था कि वह उसकी भुजाओं में लिपटी वन–विहार करती रहे। अपमान के उस दाह को वह कैसे भूल सकती है! द्रोण अभी जीवित है, ससम्मान हस्तिनापुर में रह रहा है, उसे आश्रय देने वाले भीष्म और धृतराष्ट्र सुरक्षित और जीवित हैं। द्रोण के बल पर ऐंठने वाला दुर्योधन, तुम्हारे पतियों के राज्य का

अधिपति बना घूम रहा है।...तुम्हें अब अपने पिता के अपमान का ही प्रतिशोध नहीं लेना है, तुम्हें तो अपने पतियों के आततायी हत्यारों को भी दण्डित करना है।...'

"धर्मराज का द्वन्द्व अपने स्थान पर है सव्यसाची!" द्रौपदी ने उत्तर दिया, "किन्तु द्वन्द्व तो हम सबके हैं।"

"इसीलिए तो हम धैर्यपूर्वक, विवेक की सहायता से, उनका समाधान खोज रहे हैं।" अर्जुन शान्त स्वर में बोला, "युद्ध से हम सब घृणा करते हैं; किन्तु युद्ध ही हमारा व्यवसाय, धर्म और बल भी है। धर्मराज अभी युद्ध की अनिवार्यता से सहमत नहीं हैं।"

द्रौपदी ने आश्चर्य से देखा : भीम ने अर्जुन के कथन को वैसे ही परिहास में नहीं उड़ाया, जैसे कि वह युधिष्ठिर की बात को उड़ा देता था। कहीं ऐसा तो नहीं कि वह धर्मराज को भावुक तथा अर्जुन को विवेकी मानता हो; या फिर वह धर्मराज के आदेशों को मात्र अनुशासन के रूप में स्वीकार करता हो और अर्जुन से वह वस्तुतः स्नेह करता हो। अनुशासन की प्रतिक्रिया में विद्रोह जागता है; किन्तु स्नेह से द्रोह कौन कर सकता है!...

"अच्छा! तुम लोग बैठो।" युधिष्ठिर उठता हुआ बोला, "मैं माँ के पास हो आऊँ।"

"आर्यपुत्र मुझसे रुष्ट होकर जा रहे हैं क्या?" द्रौपदी की वाणी में आशंका तथा आँखों में विनोद की चपलता थी।

"नहीं प्रिये!" युधिष्ठिर की मुस्कान भी गम्भीर थी, "तुमसे रूठने की नृशंसता तो भीम नहीं कर सकता।"

"जो दुर्योधन से रुष्ट नहीं हुआ, वह तुमसे क्या रुष्ट होगा।"

"पांचाली!" भीम पुनः हँसा।

"तो फिर माँ से मिलने के व्याज से आप हम लोगों को छोड़ कर क्यों जा रहे हैं?" इस बार द्रौपदी भीम के परिहास से सहमत नहीं हो पायी थी।

"व्याज का मुझे अभ्यास नहीं है कृष्णे!" युधिष्ठिर बोला, "मुझे सत्य ही माँ से कुछ विचार–विमर्श करना है।"

द्रौपदी ने जैसे युधिष्ठिर के कथन की सत्यता जानने के लिए सारे भाइयों के चेहरों का शोध किया : सब ही सहमत थे–युधिष्ठिर के कथन में असत्य तो होता ही नहीं, व्याज भी नहीं था। जीवन की छोटी–मोटी असुविधाओं को टालने के लिए भी वह व्याज का अवलम्ब नहीं होता। युधिष्ठिर का वचन, सत्य का पर्याय था।

द्रौपदी के मन में युधिष्ठिर का सम्मान बहुत बढ़ गया। पिता, महाराज द्रुपद ने पहले दिन से अपनी सन्तान को यही सिखाया था : कष्ट, दुख, समस्या, संकट, द्वन्द्व को टालने के लिए असत्य का अवलम्ब मत लो; सत्य से सम्मुख–साक्षात्कार करो। सत्य से व्यक्ति दुर्बल नहीं होता; सत्य उसे बल देता है तथा बल संकट का मुँह मोड़ भी सकता है और उसे सहन करने की क्षमता भी देता है।...

युधिष्ठिर माता के कक्ष में आया।

कुन्ती मुस्कुरायी, "मैं तुम्हारी प्रतीक्षा ही कर रही थी पुत्र!"

"तुम जानती थीं, कि मैं आऊँगा?"

कुन्ती खुलकर हँसी, "द्वन्द्व की स्थिति में अभी तुम्हें अपनी पत्नी के पास जाने का अभ्यास नहीं है पुत्र, तो माता के पास ही आओगे।"

युधिष्ठिर ने माँ की ओर देखा, "मेरे मन के द्वन्द्व का तुम्हें ज्ञान था माँ?"

"अभी तुम्हारा मन मेरे लिए अबूझ नहीं हुआ है पुत्र!" कुन्ती सहज होती हुई बोली, "तुम्हें ही नहीं, तुम्हारे सारे भाइयों को कुछ नयी बातें समझाना चाहती हूँ वत्स!"

"क्या माँ?"

"तुम लोगों ने अब तक माँ को जाना है युधिष्ठिर, नारी को नहीं।" कुन्ती बोली, "अब तुमने विवाह किया है। नारी से तुम्हारा सम्पर्क हुआ है। क्रमशः उसे जानोगे; किन्तु इतना बता देना मेरा धर्म है कि नारी को माँ समझने की भूल मत करना।"

"नारी ही तो माँ होती है।" युधिष्ठिर ने जैसे प्रतिवाद किया।

"नहीं वत्स!" कुन्ती हँसी, "एक शरीर में रहते हुए भी, नारी माँ नहीं होती। माँ की दृष्टि में क्षमा होती है, मन में वात्सल्य होता है और दान में हाथ उठा होता है; नारी की दृष्टि में निषेध और आलोचना होती है, मन में कामना होती है; और हाथ याचना में फैला होता है। माँ समर्पण का सात्विक जीवन जीती है पुत्र! वह अल्पसन्तोषी होती है–सीधी–सादी और सरल! नारी समर्पित होती नहीं, समर्पण माँगती है। वह कभी सन्तुष्ट नहीं होती। सरलता का कोई तत्त्व उसके निर्माण में होता ही नहीं। वह बहुत जटिल रचना है स्रष्टा की। उसकी थाह पाना बहुत कठिन होता है।..."

"पर तुम तो ऐसी नहीं हो माँ!" युधिष्ठिर चकित–सा बोला।

"यही तो कह रही हूँ।" कुन्ती मुस्कुरायी, "मैं तुम्हारी माता हूँ। मैंने तुम लोगों को पुत्र के रूप में देखा है, पुरुष के रूप में नहीं। जिसे मैंने पुरुष में देखा था, उसके प्रति मैं भी ऐसी नहीं थी। इसीलिए तो कह रही हूँ पुत्र, नारी को समझने का प्रयत्न करो। ऐसा न हो कि तुम पांचाली को प्रसन्न न रख सको।"

"पांचाली को प्रसन्न रखने के लिए क्या करना होगा माँ?"

"राज्य अर्जित करो। जीवन से जूझो। नारी को अपने पुरुष का मात्र अर्जन प्रिय होता है, विसर्जन नहीं। नारी को जीवन से जूझता पुरुष कमनीय लगता है, उससे भयभीत होता अथवा उसकी उपेक्षा करता नहीं। माँ अपने असमर्थ, पराजित और दुर्बल पुत्र को भी, बढ़ कर अपने आँचल में समेट लेती है और कभी उसका विरोध नहीं करती; किन्तु नारी अपने पुरुष को न असमर्थ देखना चाहती है, न पराजित, न दुर्बल! मैंने तुम्हारे पिता द्वारा संसार त्यागने का समर्थन नहीं किया था। उनकी तपस्या को साधना में परिवर्तित कर दिया था, ताकि वे अपनी सांसारिक इच्छाओं की सिद्धि कर सकें। नारी को समझो पुत्र! पांचाली को तुम्हारी समृद्धि से प्रसन्नता होगी। उसे वस्त्र, आभूषण, सम्पत्ति और सत्ता प्रिय होगी पुत्र!"

"किन्तु मैंने तो ऐसी पत्नी की कामना नहीं की थी माँ!"

"तुम्हारी इच्छा अथवा अनिच्छा से तो प्रकृति के नियम नहीं बदल जायेंगे पुत्र!..."

"पांचाली के मन में इतना लोभ है?"

"मैं पांचाली की तो बात ही नहीं कर रही पुत्र! मैं तो नारी मात्र की बात कर रही हूँ। उसमें से न पांचाली अपवाद है, और न स्वयं तुम्हारी माता कुन्ती।"

"लोभ कोई सद्‌गुण तो नहीं है माँ!"

"ठीक कहते हो पुत्र! किन्तु नारी की जीवन की सुख–समृद्धि के प्रति ललक को मैं लोभ नहीं कहती, जिसे संयत किया जाना चाहिए। वह तो उसकी प्रकृति है पुत्र!" कुन्ती ने रुककर युधिष्ठिर को देखा, "तुमने वट–वृक्ष देखा न?"

"हाँ, माता!"

"वह अपना विकास कर प्रसन्न है। उसकी शाखाएँ हैं, पत्र हैं, जटाएँ हैं, छोटे–छोटे फल हैं, जो किसी के काम नहीं आते। वह महावृक्ष पथिकों को छाया देकर, अपने जीवन की सार्थकता पा लेता है। किन्तु दूसरी ओर हरसिंगार का एक छोटा–सा वृक्ष भी तो होता है न पुत्र!"

युधिष्ठिर ने अनायास ही जैसे सहमति में सिर हिला दिया।

"ऋतु आते ही वह पुष्पित हो उठता है। चारों ओर सुगन्ध फैलाता है; किन्तु किसी को छाया नहीं देता। नारी जीवन में रूप और गन्ध का जो महत्त्व है, उसके लिए क्या तुम उसे दोषी ठहराओगे? क्या उसे लोभी कहोगे?"

"नहीं माँ!"

"वैसे ही नारी भी प्रकृति का रूप है पुत्र! वह पुष्पित और पल्लवित होना चाहती है। उसके जीवन में रूप, रस, गन्ध...सब के लिए ललक है। जैसे प्रकृति मदमाती और इठलाती है, वैसी ही नारी भी है पुत्र! उसके शरीर की संरचना जैसे पुरुष से भिन्न है, वैसे ही मन की संरचना भी पुरुष के मन से मेल नहीं खाती।"

"किन्तु माँ! क्या वह कभी सन्तुष्ट नहीं होती? क्या उसका मन जीवन के भोग से कभी नहीं भरता?"

"शरीर की असमर्थता उसे बाध्य कर दे, तो कर दे; किन्तु उसकी कामना तृप्त नहीं होती पुत्र!" कुन्ती बोली, "पांचाली के पास आभूषणों के भण्डार हों, तो भी यदि तुम उसे एक स्वर्ण–कंगन ला कर दोगे तो वह आह्लाद से खिल उठेगी। वह स्वर्ण तथा बहुमूल्य मणि–माणिक्य से लदी होगी, तो भी वेणी में लगाने के लिए एक पुष्प की कामना उसे अतृप्त रखेगी। यह नारी का सहज रूप है। यह उसका दोष नहीं है।"

"किन्तु माँ!" युधिष्ठिर बोला, "द्रौपदी पण्डिता है, शास्त्रज्ञ है, बौद्धिक क्षेत्र में उसकी गति है। वह जीवन के मर्म को समझती है। क्या उसके बाद भी, उसके मन में कंचन की कामना रहेगी?"

"जीवन के आस्वाद के प्रति नारी के मन में ग्लानि का भाव नहीं है पुत्र! जैसाकि बौद्धिक पुरुष के मन में है। इसलिए शास्त्र तथा तत्व–ज्ञान भी द्रौपदी के नारी–गुणों को नष्ट नहीं करेगा। तुम उसे भौतिक समृद्धि से ही प्रसन्न करने का प्रयत्न करो पुत्र! तुम उसे त्यागपूर्ण उदात्त जीवन की परिकल्पनाओं और प्रयत्नों से लुभा नहीं सकोगे। मुझे पूर्ण विश्वास है कि तुम्हारे पितामह कुरुश्रेष्ठ भीष्म किसी नारी के स्वप्न–पुरुष नहीं हो सकते। यदि कोई नारी उन्हें मुग्ध करने में समर्थ हुई होती तो उन्हें जीवन–सरिता के तट पर इस प्रकार द्रष्टा के रूप में खड़ा न रहने देती; तत्काल उन्हें खींचकर मध्य धार में ले आती और वे निरन्तर उसके पीछे–पीछे तैरते दिखायी देते।..."

लगा, युधिष्ठिर का जैसे कोई मोह भंग हो रहा हो। उसने अवसन्न स्वर में पूछा, "माँ! क्या नारी कभी अपने पुरुष के लिए भी माता नहीं हो सकती?"

"केवल क्षणिक रूप से! स्थायी रूप से यह कभी सम्भव नहीं है। पुरुष की दृष्टि ही उसे नारी बना देती है पुत्र! न पुरुष कभी पुत्र हो पायेगा, और न नारी ही कभी माँ हो पायेगी!"

युधिष्ठिर मौन हो गया, जैसे उसके सारे प्रश्न समाप्त हो गये हों; किन्तु जीवन ने उसे कोई सन्तोषजनक उत्तर न दिया हो।

"अब एक बात अपनी ओर से कहती हूँ पुत्र!" कुन्ती पुनः बोली,

"तुम्हें मैंने धर्मराज का पुत्र माना है। तू धर्म का पुत्र है वत्स! धर्म का दूसरा नाम यम है–यम; मृत्यु का देवता। तू इतना कोमल क्यों है पुत्र? तेरा हृदय करुणा से इस प्रकार विगलित क्यों हो उठता है? तू यम के समान कठोर नहीं बनेगा, तो धर्म का पालन कैसे करेगा? अधर्म को दण्डित कैसे करेगा? अधर्म के लिए तू कराल काल नहीं बनेगा, दुष्ट–दलन नहीं करेगा, तो इस संसार में धर्म की स्थापना कैसे होगी?...मैं कब से प्रतीक्षा कर रही हूँ पुत्र, कि तुम लोग समर्थ हो जाओ और अपने पिता को वंचित करने वाले दुष्टों को, स्वयं तुम लोगों की हत्या का प्रयत्न करने वाले आततायी हत्यारों को, उनके पापों का दण्ड दो...और अब जब अवसर आया है, तुम कह रहे हो कि तुम युद्ध नहीं करोगे, क्योंकि वे स्वजन हैं! जहाँ तक सम्पत्ति का सम्बन्ध है पुत्र! जब तक भाई साथ होता है, वह सबसे समर्थ सम्बल होता है, और जैसे ही वह पृथक् होता है–वह सबसे बड़ा शत्रु होता है। अपने शत्रुओं को पहचान पुत्र! और अपनी पत्नी, अपने भाइयों तथा माता का पालन कर। अपने अधिकारों के लिए युद्ध वीरता का लक्षण है, नृशंसता का प्रमाण नहीं!"

"तुम ठीक कहती हो माँ!" युधिष्ठिर धीरे–से बोला, "मैं समझ गया हूँ, मुझे अब पुत्र के स्थान पर पुरुष ही बनना होगा।..."

15

भीम ने हाथ उठाकर अपने पीछे आनेवाले सारे लोगों को रुकने का संकेत किया।

रुकने की आज्ञा प्रचारित होती गयी और गज, अश्व तथा रथ रुकते चले गये।

"भैया! खाण्डवप्रस्थ सामने दिखायी दे रहा है।" भीम अपने हाथी से उतरकर युधिष्ठिर के रथ के पास आ गया, "आपकी आज्ञा हो तो यहीं शिविर स्थापित कर दिया जाये। यहाँ शिविरों तथा रसोई की व्यवस्था हो और हम लोग आस–पास का क्षेत्र देख आयें।"

"देखने को है ही क्या?" युधिष्ठिर के कुछ कहने से पहले ही नकुल बोला, "चारों ओर वन–ही–वन हैं। जहाँ वन नहीं हैं, वहाँ पथरीली पहाड़ियाँ हैं, जिन पर तृण भी नहीं उगता।"

"नहीं! ऐसी बात नहीं होनी चाहिए।" युधिष्ठिर की वाणी आश्वस्त थी, "कौरवों की प्राचीन राजधानी है। पुरुरवा, आयु, नहुष तथा ययाति ने यहीं से शासन किया था। यहाँ हमारा प्राचीन प्रासाद है। उससे लगा खाण्डवप्रस्थ नगर है, जहाँ हमारी प्रजा निवास करती है।"

"मुझे तो यहाँ कुछ भी दिखायी नहीं पड़ रहा।" भीम ने अपनी आँखों पर हथेली की छाया करते हुए दूर तक देखने का अभिनय किया।

"महाराज! यहाँ शिविर स्थापित करने का तो आदेश दे ही दीजिए।" कृष्ण ने कहा, "आस–पास कुछ दर्शनीय है या नहीं, इससे क्या अन्तर पड़ता है।"

"हाँ!" अर्जुन बोला, "प्रासाद है तो ठीक है, नहीं तो हमें बनाना है। नगर है तो उसका पुनरुद्धार करना है, नहीं है तो बसाना है। अब रहना तो यहीं है न। महाराज धृतराष्ट्र ने हमें जो राज्य और राजधानी दी है, उसका हम अपमान तो नहीं कर सकते!"

"अर्जुन! तुम्हारी वाणी में पितृव्य के प्रति कटुता है...।"

"मेरे मन में तो उनके प्रति घृणा है।" भीम ने युधिष्ठिर की बात काट दी, "मेरी समझ में नहीं आता कि आपके मन में उनके व्यवहार की कोई प्रतिक्रिया होती क्यों नहीं। उन्होंने हमारे विरुद्ध कौन–सा षड्यन्त्र नहीं रचा और तब भी आप चाहते हैं कि अर्जुन की वाणी में पितृव्य के लिए कटुता तक न आये। आप मनुष्य नहीं हैं क्या?"

"ज्येष्ठ, मनुष्य तो हैं ही मध्यम! किन्तु धर्मराज भी हैं। वह अकारण ही धर्मराज नहीं कहलाते।" कृष्ण का स्वर इस समय परिहास शून्य ही नहीं पर्याप्त गम्भीर भी था, "उन्होंने अपने 'स्व' को जीत लिया है। जिस मन में सर्वभूताय प्रेमरूपी ईश्वर होना चाहिए, उसमें वे घृणा को स्थान दें...केवल इसलिए, क्योंकि कुरुराज धृतराष्ट्र के मन में अपने भ्रातुष्पुत्रों के प्रति प्रेम नहीं है। यह तो वैसा ही हुआ कि एक व्यक्ति ने अपने घर में मल भर लिया है और वह मल यदा–कदा दूसरों पर

फेंकता रहता है, इसलिए आप भी अपने घर में मल भर लें, ताकि आप भी अपनी सुविधानुसार उस पर मल फेंक सकें।"

"प्रकृति के नियमों के अनुसार स्वाभाविक तो यही है।" भीम ने उत्तर दिया।

"किसी एक का स्वभाव ही तो मानव धर्म नहीं है। धर्म तो प्रकृति का अतिक्रमण कर आत्मस्थ होकर ही सिद्ध होगा।" कृष्ण ने उत्तर दिया, "साधारण मनुष्य प्रकृति के नियमों का दास होता है मध्यम! किन्तु असाधारण व्यक्ति का सारा उपक्रम उन नियमों का स्वामी बनने के प्रयत्न में है।" कृष्ण ने रुककर भीम को देखा, "अब तुम महाराज की ओर से शिविर स्थापित करने की घोषणा प्रचारित कर दो और चलो हमारे साथ। मैं तुम्हें तुम्हारा वह प्रासाद और नगर दिखाता हूँ।"

"तुम इस क्षेत्र से परिचित हो माधव?" अर्जुन ने कुछ आश्चर्य से पूछा।

कृष्ण के चेहरे पर सम्मोहनपूर्ण मुस्कान उभरी, "धनंजय! यह क्षेत्र चाहे कौरवों के राज्य के अन्तर्गत माना जाता है, किन्तु है यह यमुना के तट पर, गंगा–तट पर नहीं। यमुना हमारी नदी है। मथुरा, वृन्दावन, गोकुल...कुछ भी तो यहाँ से दूर नहीं है।"

वे सब लोग कृष्ण के पीछे–पीछे चल रहे थे। अर्जुन, कृष्ण के सबसे अधिक निकट था। युधिष्ठिर, भीम तथा बलराम उनके पीछे थे और इस प्रयत्न में थे कि कुन्ती और द्रौपदी भी उनके साथ–साथ चल सकें। नकुल और सहदेव सबसे पीछे थे और खाण्डवप्रस्थ सम्बन्धित अपनी जानकारी को लेकर विवादों में उलझे हुए थे।

झाड़ियों के बीच बनी धुँधली पगडण्डियों पर कृष्ण के पग बढ़ते जा रहे थे।...यह तो स्पष्ट ही था कि मनुष्य के चरण इन मार्गों पर पड़ते रहते हैं। नहीं तो इन पगडण्डियों का अस्तित्व ही न होता। किन्तु, यहाँ न पथ थे, न राजपथ। यहाँ रथों का आवागमन नहीं हो सकता था। दस–दस अश्वों की पंक्तियाँ साथ–साथ नहीं चल सकती थीं, यदि पाण्डवों को यहाँ रहना है तो उन्हें पथ और राजपथों का निर्माण करना होगा। भवनों, हवेलियों, अट्टालिकाओं

और प्रासादों का निर्माण करना होगा। जब मनुष्य रहने लगेंगे तो उनकी आवश्यकताओं की आपूर्ति के लिए क्या नहीं बनाना पड़ता... जब यादव कुशस्थली पहुँचे थे, तो वहाँ क्या था? यादवों ने भी तो द्वारका जैसे वैभवशाली नगर का निर्माण किया। प्रत्येक नगर कोई–न–कोई राजा बसाता ही है, तो पाण्डव अपने लिए एक नया नगर नहीं बसा सकते क्या?...

कृष्ण के पग रुक गये। उन्होंने सामने संकेत किया, "वह है तुम्हारे दुर्ग की प्राचीर! उसके भीतर ही कौरवों का प्राचीन प्रासाद भी है।"

सबकी दृष्टि उस लक्ष्य पर टिक गयी, किन्तु नयनों के वे सारे युगल प्रसन्नता के स्थान पर आश्चर्य से भर गये थे। उनमें आश्चर्य में, अपनी अपेक्षा से बहुत कम पाने का विषाद भी था।

"यह प्राचीर!" भीम ने निकट जाकर उस दीवार पर अपने पैर से प्रहार किया, "प्राचीर है यह और वह भी कौरवों के प्राचीन दुर्ग की प्राचीर!"

प्रहार से दीवार का एक भाग भरभराकर गिर गया। उसमें ढेर सारी मिट्टी थी और पत्थर के नाम पर कुछ छोटे–मोटे कंकर–रोड़े।

"क्या कर रहे हो मध्यम!" कृष्ण ने टोका, "तुम अपने दुर्ग की प्राचीर स्वयं ही ढा दोगे तो रहोगे कहाँ?"

"इसमें रहने से अच्छा है कि हम अपने शिविर में ही रहें। वस्त्रों का बना मण्डप इससे कहीं सुखद होगा।" भीम के स्वर में आक्रोश था।

"भीम! यह प्राचीन दुर्ग है।" युधिष्ठिर का स्वर नम्र और सहज था, "सम्भव है उस समय बाहरी प्राचीर ऐसी ही बनायी जाती हो। सम्भव है उन लोगों को इससे दृढ़ प्राचीर की आवश्यकता ही न होती हो। यह कौरव सम्राटों का दुर्ग है। उसकी सीमारम्भ का संकेत ही पर्याप्त है। यह भय तो उन्हें कभी रहा ही नहीं होगा कि कोई उनके दुर्ग के भीतर आकर उन पर आक्रमण करेगा..."

"यह भी तो सम्भव है कि उनके काल में यह प्राचीर इस रूप में रही ही न हो!" सहदेव ने अपना विचार प्रकट किया, "यह तो किसी खँडहर की प्राचीर लगती है।"

"ठीक है! ठीक है।" भीम ज़ोर से हँसा, "खँडहर की प्राचीर तो देख ली, अब खँडहर को भी देख लेते हैं। चलो कृष्ण! आगे बढ़े।"

कृष्ण और अर्जुन आगे बढ़ गये तो शेष लोग भी चल पड़े।

युधिष्ठिर अब भी पहले के ही समान शान्त और निर्द्वन्द्व दिखायी पड़ रहे थे, किन्तु भीम के चेहरे पर अब परिहास की एक रेखा भी नहीं थी। उसकी गम्भीरता कुछ अवसन्न दिखायी दे रही थी। वह थोड़ी देर तो आत्मलीन–सा चलता रहा, किन्तु अधिक समय तक आत्मदमन करना उसके लिए सम्भव नहीं था।

"माँ! तुम चलते–चलते थक तो नहीं गयीं?"

कुन्ती ने चकित दृष्टि से भीम को देखा, इस प्रश्न की आवश्यकता ही कहाँ थी। अभी थोड़ी देर पहले तक तो वह रथ में यात्रा कर रही थी। वह चली ही कितनी दूर है?...

"नहीं पुत्र! अभी से थक जाऊँगी तो...।"

"नहीं। धूप बड़ी कष्टदायक है न!" भीम को भी अपने प्रश्न की निरर्थकता समझ में आ गयी थी, "आज सूर्य बहुत प्रखर है। सूर्य नहीं, तपन है यह तो।"

कुन्ती ने कोई उत्तर नहीं दिया। वह भीम को जानती थी। कुछ और ही था जो उसके मन में उथल–पुथल मचाकर उसे व्याकुल किये हुए था। यह प्रश्न तो उस व्याकुलता को छिपाने के लिए एक आवरण मात्र था। वह यह भी जानती थी कि भीम अपने भावों को अधिक देर तक छिपा नहीं पायेगा। अभी थोड़ी ही देर में वह मन में छिपी प्रत्येक बात उगल देगा।...कुन्ती को अधिक देर प्रतीक्षा नहीं करनी पड़ी।

भीम ने दो–तीन बार द्रौपदी पर उचटती हुई दृष्टि डाली और फिर वह उसके निकट चला गया।

"यदि खाण्डवप्रस्थ का यह प्राचीन प्रासाद सचमुच ही खँडहर निकला अथवा वह उतना भव्य न हुआ जैसे कि काम्पिल्य और हस्तिनापुर के प्रासाद हैं तो क्या तुम्हें बहुत कष्ट होगा?" उसने बहुत धीरे–से पूछा।

भीम ने चाहे धीरे–से ही पूछा था, किन्तु उसका स्वर अब भी इतना ऊँचा तो था ही कि कुन्ती उसका एक–एक शब्द स्पष्ट सुन सकती।...तो यह चिन्ता है भीम की। कुन्ती ने मन–ही–मन सोचा, 'पत्नी की भावना को लेकर कितना चिन्तित है उसका पुत्र।'...किन्तु कुन्ती को अच्छा लगा...चाहे भीम के प्रश्न में उसका 'काम' भी झलक रहा था, किन्तु उसे अपनी पत्नी की सुविधा–असुविधा का ध्यान तो था।...

"मैंने जिसके गले में वर–माला डाली थी, वह न तो राजा था आर्यपुत्र! और न ही उसके पास कोई प्रासाद था।" द्रौपदी ने सहज भाव से कहा, "मैंने तो एक भिक्षोपजीवी तपस्वी का वरण किया था।"

"ओह हाँ!" भीम के मुख से अनायास ही निकल गया, "वह तो मैं भूल ही गया था।"

कुन्ती यह देख नहीं पायी कि भीम द्रौपदी के उत्तर पर मुग्ध हुआ या नहीं, किन्तु वह स्वयं अपनी पुत्रवधू के इस उत्तर पर मुग्ध हो उठी : सचमुच द्रुपद–कन्या बहुत ही समझदार थी। अपनी राजधानी में आकर वह प्रफुल्लित थी, किन्तु उस राजधानी के स्थान पर एक वन पाकर भी वह हताश नहीं थी। वह जीवन के उतार–चढ़ाव का सामना सहज ढंग से कर पायेगी। वह प्रत्येक स्थिति में, जीवन के प्रत्येक सुख–दुख में, अपने पतियों का साथ निभा पायेगी।

भीम के मन की आशंका मिट गयी। वह फिर से अपनी सहज प्रफुल्लित मनःस्थिति में लौट आया था।

"तो देवि! तुम अपने उस पति का, जिसका तुमने वरण किया था, इसलिए तो तिरस्कार नहीं कर दोगी कि अब वह भिक्षोपजीवी तपस्वी नहीं रहा?" भीम ने पुनः द्रौपदी से पूछा।

"उन्नति और विकास का अधिकार तो सबको है आर्यपुत्र!" द्रौपदी भी जैसे क्रीड़ामय बालिका हो गयी थी, "निर्धन तपस्वी कभी–कभी समृद्ध राज्य का स्वामी भी हो जाता है, जैसे आचार्य द्रोण हो गये हैं।"

भीम चौंका : यह द्रौपदी का परिहास था या उपालम्भ! आचार्य द्रोण को एक समृद्ध राज्य का स्वामी बनाने के लिए तो पाण्डव ही निमित्त बने थे।...किन्तु द्रौपदी के चेहरे के भावों से उसके मन की बात

जान लेना भीम के लिए सरल नहीं था। वह अपनी सहज उल्लसित मुद्रा में उसकी ओर देखकर जैसे पूछ रही थी, 'आर्यपुत्र! आप मेरे उत्तर से संतुष्ट हुए न!'

भीम के मन में एक नया भाव उदित हो रहा था।...उसके जीवन में अब तक बहुत कम नारियाँ आयी थीं। सबसे पहले उसने अपनी माँ को जाना था, किन्तु माँ को सदा माँ के रूप में ही देखा था, नारी के रूप में नहीं। माँ को भीम ने कभी अपने अस्तित्व से पृथक् नहीं माना। माँ को प्रसन्न करने के लिए, उसका मन जीतने के लिए, उसे स्वयं पर मुग्ध करने के लिए कभी कोई विशिष्ट प्रयत्न करने की इच्छा उसके मन में नहीं जागी थी। माँ और उसकी प्रसन्नता कभी भी पृथक नहीं रही। पता नहीं वह माँ का अंग था अथवा माँ उसका अंग थी, पर यह तो स्पष्ट ही था कि वे एक–दूसरे से बाहर नहीं थे, इसलिए एक–दूसरे को पा लेने के भाव का कोई अस्तित्व ही नहीं था। माँ से वंचित हो जाने के भय से उसका कभी परिचय ही नहीं हुआ।...

वह कुछ समय हिडिम्बा के साथ भी रहा था। हिडिम्बा उसके लिए मात्र एक स्त्री थी। समय–समय पर उसने उसको सराहा, उससे लगाव का अनुभव किया, उसकी कामना भी की, वह उसके लिए चरम सुख का कारण भी बनी, किन्तु उससे वंचित हो जाने के भय ने उसे कभी नहीं सताया। हिडिम्बा स्वयं ही उस पर इतनी मुग्ध थी कि भीम ने कभी यह सोचा ही नहीं कि उसे मुग्ध करने के लिए भीम को कोई प्रयत्न भी करना है।...किन्तु यह पांचाली...। इसने भीम के मन को कई नये सत्यों और नयी परिस्थितियों का साक्षात्कार कराया था।...भीम स्वयं समझ नहीं पा रहा था कि बार–बार क्यों उसके मन में कामना उठती है कि वह कुछ ऐसा करे कि पांचाली उस पर प्रसन्न हो जाये? वह क्यों चाहता है कि पांचाली उससे उदासीन न रहे? क्यों रह–रह कर उसे यह भय व्याप जाता है कि कहीं वह उससे रुष्ट न हो जाये? क्यों वह उसके लिए इतनी कमनीय है और क्यों उसकी अनुकूलता भीम को अपने लिए उपलब्धि लगने लगती है?...

वे लोग एक द्वार के पास जाकर रुक गये। यह दुर्ग का भीतरी द्वार था और यहीं से मार्ग प्रासाद तक जाता था।

सबकी दृष्टि द्वार की ओर उठी। द्वार असाधारण रूप से ऊँचा था। इतना कि दीर्घाकार गज भी अपने सुसज्जित हौदे के साथ उसमें से आ–जा सके। कपाट किसी साधारण–सी पुरानी लकड़ी के बने हुए थे, और न तो वे असाधारण रूप से दृढ़ दिखायी पड़ते थे, न ही उनमें कला अथवा सौन्दर्य का कोई आकर्षण था। राजद्वार तो वह एकदम नहीं लग रहा था।

युधिष्ठिर ने अपने भाइयों तथा कुन्ती और द्रौपदी के चेहरों पर उड़ती–सी एक दृष्टि डाली। उनके चेहरे पर आयी हताशा की मलिनता किसी से छुपी नहीं थी। निश्चित रूप से, प्राचीर के समान ही प्रासाद के इस मुख्य–द्वार ने भी सबको निराश ही किया था।

उसने आगे बढ़कर कपाट खोल दिये, किन्तु द्वार में प्रवेश करने के स्थान पर वह एक ओर हटकर खड़ा हो गया, "बलराम भैया! सबसे पहले आप कृष्ण के साथ भीतर प्रवेश करें।"

बलराम शायद सहज भाव से आगे बढ़कर द्वार में प्रवेश कर ही जाते कि कृष्ण ने उनका हाथ थाम लिया, "भैया! प्रासाद में सबसे पहले बुआ के चरण पड़ने चाहिए।"

बलराम ठिठककर खड़े रह गये।...पता नहीं क्यों हर बार औचित्य का ध्यान कृष्ण को ही आता है...

कुन्ती ने सबसे पहले भीतर प्रवेश किया और उसके पश्चात युधिष्ठिर तथा द्रौपदी ने। कृष्ण तथा बलराम शेष पाण्डवों के साथ भीतर आये। अब सब स्वतन्त्र रूप से उस 'प्रासाद' को निरख–परख रहे थे। कोई किसी से कुछ भी कह नहीं रहा था किन्तु यह भाव सबके ही मन में था कि यह राजाओं के रहने योग्य प्रासाद नहीं था।...

"यह प्रासाद तो लगता ही नहीं है।" अन्ततः भीम ने कह ही दिया, "अधिक से अधिक, यह किसी भूस्वामी की पुरानी हवेली भर हो सकती है।"

"मुझे भी लगता है कि यह मूल प्रासाद है ही नहीं।" कृष्ण ने

जैसे आत्मलीनता की स्थिति में कहा, "कौरवों द्वारा राजधानी का त्याग कर दिये जाने पर प्रासाद को देखनेवाला कोई नहीं रहा होगा। उसे कुछ वर्षा, धूप और वायु ने नष्ट किया होगा और कुछ यमुना के जल ने। यह भवन तो बाद के किसी राजपुरुष अथवा कौरवों द्वारा नियुक्त किसी प्रशासक भू–स्वामी ने ही बनवाया होगा।"

"किन्तु केशव! कहीं–न–कहीं उस प्रासाद के ध्वंसावशेष तो होंगे।" अर्जुन ने प्रतिकार किया।

"सम्भव है कि खोजने पर कुछ मिल जाये।" कृष्ण ने उत्तर दिया, "किन्तु मुझे विश्वास है कि आस–पास के ग्रामों तथा बस्तियों में रहने वाले लोगों ने कोई रक्षक न देखकर उस प्रासाद की ईंट–ईंट निकालकर अपने घरों में लगा ली होगी।"

"हमारी प्रजा चोर है क्या?" नकुल के स्वर में हल्का–सा आक्रोश था।

"चोर भी हैं ही।" कृष्ण ने कहा, "किन्तु सामान्य प्रजा तो उसे व्यर्थ का पड़ा मलवा समझकर उठा ले गयी होगी। उन्होंने मान लिया होगा कि वे उस वस्तु का उपयोग कर रहे हैं, जिसे राजा व्यर्थ ही नष्ट कर रहा था।"

"तुम लोग किन विवादों में उलझ गये हो।" सहसा कुन्ती ने कहा, "पहले तो यह निश्चय करो कि हमें ठहरना कहाँ है–शिविर में अथवा यहाँ–इस प्रासाद अथवा हवेली में, जो कुछ भी यह है?"

"हाँ! माँ ठीक कह रही हैं।" युधिष्ठिर ने कहा, "यात्रा से माँ भी थक गयी होंगी और पांचाली भी। हमें पहले ठहरने की व्यवस्था करनी चाहिए।"

"मैं शिविर की अपेक्षा यहाँ...इस भवन में ठहरना अधिक श्रेयस्कर समझूँगी।" द्रौपदी ने कहा, "अब यह हमारा घर है, जैसा भी है। घर के होते हुए, हमें शिविर में ठहरने की क्या आवश्यकता है।"

"पर यह भवन तुम्हारे रहने योग्य नहीं है पांचाली!" भीम बोला।

"तो क्या जब तक मेरे रहने योग्य भवन नहीं बनेगा, हम शिविरों में ही रहते रहेंगे?" द्रौपदी ने पूछा।

"कृष्णा ठीक कह रही है।" कृष्ण ने द्रौपदी का पक्ष लिया, "भवन को घर तो वही बनायेगी, भवन चाहे जैसा भी हो। अभी तो हमें कृष्णा

की इच्छा को देखते हुए इसी भवन को सुविधानुसार अपना आवास बना लेना चाहिए, बाद में चाहे मध्यम हस्तिनापुर नगर के बराबर का एक प्रासाद बनवाकर पांचाली को भेंट कर दें।"

16

विदुर एकटक उसे देख रहे थे। उनकी दृष्टि से छिपा नहीं था कि दुःशासन सहज नहीं है। वह इतना उत्तेजित क्यों है? वह इतना भयानक क्यों दिख रहा है? क्या वह भयभीत है? क्या वह जानता है कि दुर्योधन के आदेश और अपने मन के कलुष से जो दुष्कर्म वह करने जा रहा है, उससे पाण्डव कितने क्रुद्ध हो जायेंगे, और उसका मूल्य दुःशासन को ही चुकाना होगा...क्या वह अपने उस भय को दबाये रखने के लिए इतना भयंकर बनने का प्रयत्न कर रहा है?...

दुःशासन ने द्रौपदी के निकट जाकर, जैसे क्षण–भर अपने बल को तौला और फिर एक झटके से, उसके केश पकड़ लिए। द्रौपदी ने तमककर अपना झुका हुआ सिर ऊपर उठाया...

भीम अपने स्थान पर बैठा नहीं रह सका। वह उठकर खड़ा हो गया और जैसे आकाश को भेद देने के लिए ऊपर आँखें उठा कर बोला, "युद्ध में इस नीच दुःशासन का वक्ष चीरकर, मैंने इसका रक्तपान नहीं किया, तो मैं पाण्डु–पुत्र भीम नहीं..."

द्रौपदी ने भी न्याय की याचना की मुद्रा एक झटके के साथ त्याग दी। वह भीम के स्वर में अपना तेजस्वी स्वर मिलाकर बोली, "राजसूय यज्ञ के पश्चात अवभृथ स्नान करने वाले ये केश, जो तूने खींचे हैं नीच। ये जब तक तेरे वक्ष के रक्त से नहीं धुलेंगे तब तक इनकी वेणी नहीं बनेगी।"

दुःशासन ठिठक गया। उसके हाथों से द्रौपदी के केश छूट गये। उसकी आँखों में एक भय कौंधा। उसे लगा, वह द्रौपदी के केश नहीं, सहस्रों जिह्वाएँ लपलपाते हुए नाग थे, उसने उन्हें छुआ नहीं, और उन्होंने उसे डसा नहीं।

और भीमसेन की प्रतिज्ञा।...बाल्यावस्था में कितनी ही बार वह भीम से गदा–युद्ध और मल्ल–युद्ध कर चुका है। भीम ने कितनी ही बार उसे अखाड़े में पटक–पटककर मारा है...वह सब तो अभ्यास था, क्रीड़ा थी...और इस समय तो भीम क्रोध में है यदि सचमुच ही इस समय वह अपनी गदा लेकर कूद पड़ा, तो फिर उसकी गदा की चोट से दुःशासन को कोई नहीं बचा सकेगा...दुर्योधन भी नहीं। सेनाएँ खड़ी–की–खड़ी रह जायेंगी, और भीम उसका वक्ष फाड़ डालेगा...उसे न पितामह रोकेंगे, न गुरु द्रोण और न कृपाचार्य। जब दुर्योधन को ही कोई नहीं रोक रहा, तो भीम को ही कोई क्यों रोकेगा...

एक सिहरन–सी उसकी रीढ़ की हड्डी में दौड़ गयी।

धृतराष्ट्र ने इन प्रतिज्ञाओं को सुना। उसका दृष्टिहीन चेहरा भी इनसे अप्रभावित नहीं रह सका। अनिष्ट की आशंका, उन अन्धी आँखों से भी प्रकट हो रही थी।...पर क्या वह दुर्योधन के आनन्दोत्सव में विघ्न डाल सकता है...या...या द्रौपदी के उत्पीड़न के माध्यम से पाण्डवों का यह अपमान, उसे भी सुख की सिहरन दे रहा है... पाण्डवों से पराजित, अपमानित और हेठा होकर दुर्योधन बार–बार रोया है। उसकी पीड़ा ने धृतराष्ट्र को भी रुलाया है...आज दुर्योधन का यह महोत्सव चाहे धर्म है या अधर्म, न्याय है या अन्याय...पर इसमें पाण्डवों की हार हुई है, वे अपमानित हुए हैं...

तभी विदुर का स्वर पुनः गूँजा, "राजन्। अब भी समय है। चाहो तो कुरुकुल को बचा लो। मैं कहता हूँ कि यह अधर्म है। यदि हस्तिनापुर की राज–सभा धर्म की रक्षा नहीं करेगी, तो धर्म भी उसकी रक्षा नहीं करेगा।"

"विदुर।" दुर्योधन का स्वर जैसे खड्ग की धार लिए हुए था, "तुम अपनी रक्षा करो। चुपचाप बैठ नहीं सकते, तो सभा से बाहर निकल जाओ।"

विदुर का चेहरा अपमान से लाल हो उठा, किन्तु न वह दुर्योधन से सम्बोधित हुए, न सभा से बाहर गये। सभा से बाहर जाकर, क्या वह इस यातना से मुक्त हो पायेंगे?

क्या वह धर्म, न्याय अथवा पाण्डवों की रक्षा कर पायेंगे? आवेश में बाहर निकल गये, तो दुर्योधन का मन–चाहा ही करेंगे। आवेश को दबाकर ही रखना होगा।

इससे पहले कि विदुर दुर्योधन को कोई उत्तर देते या उसकी उपेक्षा कर, धृतराष्ट्र से पुनः धर्म की रक्षा का अनुरोध करते, धृतराष्ट्र पुत्र विकर्ण उठकर अपने स्थान पर खड़ा हो गया, "मैं विदुर काका का पूर्ण समर्थन करता हूँ। मैं क्षत्रियों की इस सभा से अनुरोध करता हूँ कि वह इस पाप–व्यवहार में हस्तक्षेप करे। इस अधर्म और अन्याय को रोके। हस्तिनापुर की राजसभा में एक सती नारी का अपमान होगा, तो इस पाप के प्रायश्चित्त स्वरूप भार्गव परशुराम को एक बार फिर से पृथ्वी को क्षत्रियों से रिक्त करना पड़ेगा। पाण्डवों को अपने परिजनों के रूप में इस उत्सव पर आनन्द और मनोरंजन में सम्मिलित होने के लिए बुलाया गया था। उनका अपमान करने के लिए नहीं। द्रौपदी इस कुल की वधू है। उस सती का अपमान..."

विकर्ण की बात पूरी भी नहीं हुई थी कर्ण जैसे तड़पकर उठ खड़ा हुआ और अपने गम्भीर स्वर में बोला, "विकर्ण! बड़ों के सम्मुख बोलने और उसका विरोध करने से पहले, अपनी बुद्धि और तर्क–क्षमता को भी तौल लेना चाहिए। जिन पाण्डवों का समर्थन कर रहे हो, उनसे ही यह सीख लो कि अवस्था में स्वयं से बड़े लोगों की बुद्धि पर अविश्वास नहीं करना चाहिए। तुम ठीक कहते हो कि कुलवधू सभा में नहीं आती, किन्तु वेश्याएँ तो सदा ही सभाओं में बुलाई ही नहीं, नचाई भी गयी हैं।" कर्ण के मन का समस्त कलुष उसके चेहरे पर प्रकट हो गया, "द्रौपदी कुलवधू नहीं है। पाँच पतियों की भार्या, कुलवधू हो ही कैसे सकती है। वह कुलटा है। वह वेश्या है। उसे चाहिए कि अब वह अपने हारे हुए इन दास पतियों को त्यागकर अपने लिए कोई नया पुरुष खोज ले। सर्वश्रेष्ठ तो यह है कि वह युवराज की भोग्या हो जाये।" कर्ण का चेहरा विकृत भावों से काला हो गया था, "दुःशासन। तुम पाण्डवों के साथ–साथ इस वेश्या के भी वस्त्र उतार, उसे निर्वस्त्र कर दो।"

भीष्म ने जिस दृष्टि से कर्ण को देखा, वह कह रही थी कि 'मुझे पहले ही पता था कि तू निकृष्टतम धातु का बना हुआ पिशाच है। तू कोई अच्छी बात सोच ही कैसे सकता है।" किन्तु उन्होंने जिह्वा से कुछ नहीं कहा। उनके मौन ने अवश्य कहा, 'तुम जैसे शोहदों के मुँह कौन लगे।'

दुर्योधन की वासना को कर्ण के वाक्य से बल मिला। अनायास ही उसके दाहिने हाथ ने अपनी दाहिनी जंघा से वस्त्र हटा दिया, और हाथ के संकेत से द्रौपदी को अपनी जंघा पर बैठने का निमन्त्रण दिया। मुख से उसने एक शब्द भी नहीं कहा।

भीम ने चिंघाड़कर, अपनी गदा उठा ली, लगा, वह लपककर दुर्योधन तक जा पहुँचेगा, और एक ही प्रहार में या तो उसकी जंघा तोड़ देगा, या उसका मस्तक चूर कर देगा।

सभा में सनसनी फैल गयी। सबके हाथ अपने शस्त्रों तक जा पहुँचे। भीष्म को लगा कि सर्वनाश का क्षण आ पहुँचा है। जो क्षति दुर्योधन और शकुनि नहीं कर पाये, वह इस कर्ण ने कर दी।

धृतराष्ट्र अपनी अन्धी आँखों में उत्सुकता और जिज्ञासा भरे, शून्य में घूर रहा था : जाने क्या हो रहा है, सभा में।

अर्जुन ने भीम का हाथ पकड़ लिया, और दबे हुए स्वर में बोला, "क्या कर रहे हो भाई?"

"छोड़ दो अर्जुन।" भीम के स्वर में फुफकार थी, "यदि दुर्योधन को नहीं मारा, तो मेरा हाथ धर्मराज पर उठ जायेगा।"

अर्जुन की दृढ़ता में तनिक भी कमी नहीं आयी, "स्थिति की गम्भीरता को समझो। वे हमें इतना अपमानित करना चाहते हैं कि हमारा धैर्य चुक जाये और हम धर्म त्याग दें। धर्म–अधर्म को भूल कर, हम या तो उनसे भिड़ जायें, या आपस में लड़ मरें। इन दोनों ही परिस्थितियों में हमारा सर्वनाश हो जायेगा भाई।"

भीम की समझ में कुछ आया, और कुछ नहीं भी आया। युधिष्ठिर और अर्जुन का धर्म–बन्धन उसे रोक रहा था, और उसका आक्रोश ध्वंस मचा देने के लिए अकुला रहा था।

परिणामतः भीम के हाथ–पैर तो नहीं हिले, किन्तु उसकी जिह्वा

मुक्त हो गयी, "मैं पाण्डु–पुत्र भीमसेन प्रतिज्ञा करता हूँ कि इस दुष्ट युवराज दुर्योधन की जंघा इसी गदा से तोड़ूँगा। न तोड़ूँ तो मुझे सद्‌गति न मिले।"

भीम की प्रतिज्ञा का सबसे अधिक प्रभाव धृतराष्ट्र पर हुआ। उसे अब पता चला कि सभा में उसकी अन्धी आँखों के सम्मुख कुछ और अघटनीय घट गया है।

दुर्योधन ने भयंकर अट्टहास किया। अपने उस अट्टहास की अनुरणन ध्वनि उसने अपने हृदय में भी अनुभव की। उसे लगा, यदि उसने कोई भयंकर आघात कर भीम को तत्काल मौन नहीं किया, तो जो भय वह भीम के मन में उत्पन्न करना चाहता है, वह उसके अपने मन में जम जायेगा...

"दास भीम। गदा मेरे पास भी है, और जंघा तुम्हारी भी है।" और सहसा वह दुःशासन की ओर मुड़ा, "दुःशासन। दासी को निर्वस्त्र करो।"

दुःशासन का काँपता हुआ हाथ द्रौपदी के वस्त्र की ओर बढ़ा, और आधी सभा जैसे अपने स्थान पर उठकर खड़ी हो गयी।

द्रौपदी ने अपनी प्रज्वलित आँखें आकाश की ओर उठाईं। सभा में उपस्थित किसी व्यक्ति से अब कोई आशा नहीं थी। उसके मुख से आर्त्त स्वर फूटा, "मैं महाराज पाण्डु की पुत्रवधू, वीर पाण्डवों की पत्नी, पंचाल वीर द्रुपद की पुत्री, धृष्टद्युम्न की बहन और वासुदेव कृष्ण की सखी हूँ।..."

दुःशासन का हाथ ठिठक गया। उसके कानों में निरन्तर एक ही स्वर गूँज रहा था...'मैं वासुदेव कृष्ण की सखी हूँ...'

उसने अपना मस्तक झटका और द्रौपदी की ओर क्रूर दृष्टि से देखा।

"मेरा ऐसा अपमान, जैसा कभी किसी साधारण दासी का भी नहीं हुआ। शत्रुघाती मधुसूदन! सखा कृष्ण! कहाँ हो तुम। मेरे पति मेरी रक्षा नहीं कर रहे। समर्थ होकर भी वे धर्म के रूप में अधर्म के बन्धन में बँधे हैं। स्वयं अपनी मर्यादा से बँधे वे असमर्थ हैं। तुम समर्थ हो कृष्ण। तुम धर्म के मर्मज्ञ हो। तुम जानते हो, यह धर्म नहीं है। इनका नाश करो कृष्ण। मेरी रक्षा करो।..."

दुःशासन की आँखों के सम्मुख इन्द्रप्रस्थ की सभा घूम गयी, मधुसूदन, शत्रुघाती कृष्ण। कृष्ण ने अपनी तर्जनी पर सुदर्शन चक्र रखकर फेंका था, और शिशुपाल का मस्तक कटकर भूमि पर जा गिरा था।...और सहसा दुःशासन को लगा, उसके चारों ओर सुदर्शन चक्र ही सुदर्शन चक्र हैं। वे उसके कण्ठ के बहुत निकट थे। अभी उसका मुण्ड भी कटकर धरती पर लुढ़कने लगेगा......

दुःशासन की उठी भुजा लटक गयी। उसके पगों के नीचे धरती जैसे डोल रही थी। उसका मस्तक स्थिर नहीं था। वह अपना माथा पकड़कर बैठ गया...

सभा में भीषण कोलाहाल मच गया।

"क्या हुआ? क्या हुआ?" धृतराष्ट्र ने पूछा, "क्या हो गया?"

भीष्म अत्यन्त उद्वेलित हो उठे थे...उन्होंने शासन में हस्तक्षेप न करने की प्रतिज्ञा कर रखी थी, माता सत्यवती के सम्मुख हस्तिनापुर राज्य और राजपरिवार की रक्षा की प्रतिज्ञा भी तो उन्होंने ही की थी। यदि इस सोपान पर भी वह धृतराष्ट्र को यह घातक और नृशंस क्रीड़ा बन्द करने का परामर्श नहीं देते, तो कुरुकुल का नाश होकर रहेगा। ऐसे में वह शासन में हस्तक्षेप न करने का संकल्प चाहे निभा लें, किन्तु राजकुल की रक्षा की उनकी प्रतिज्ञा का पालन नहीं हो पायेगा।

"क्या हो गया?" धृतराष्ट्र ने पुनः पूछा।

"होते-होते रह गया।" भीष्म बोले, "फिर भी बहुत कुछ हो गया। अब भी यदि कुरुकुल की कुशल चाहते हो, इसे यहीं रोक दो। द्रौपदी की रक्षा करो। पाण्डवों का राज्य उन्हें लौटाकर उन्हें मुक्त करा दो।"

धृतराष्ट्र की अन्धी आँखों ने उस दिशा में देखा, जिधर दुर्योधन बैठा था।

तभी अपनी दासियों के साथ गान्धारी, सभा के भवन पर प्रकट हुई, "मुझे महाराज के पास ले चलो।"

धृतराष्ट्र चौंका, गान्धारी क्या करने आयी है इस सभा में?

दासियों ने लाकर गान्धारी को धृतराष्ट्र के निकट बैठा दिया।

"क्या बात है गान्धारी?" धृतराष्ट्र ने धीरे-से पूछा।

"मुझे ज्ञात हुआ है कि दुःशासन एकवस्त्रा द्रौपदी को केशों से पकड़कर घसीटकर सभा में लाया है।" गान्धारी बोली, "वह अपनी रक्षा के लिए मेरे कक्ष की ओर भागी थी, किन्तु दुःशासन ने उसे मेरे पास पहुँचने नहीं दिया।" गान्धारी ने टटोलकर धृतराष्ट्र की भुजा थाम ली, "मैंने पांचाली को अपने भवन में इसलिए नहीं ठहराया था कि वह वहाँ असुरक्षित रहे और मेरा अपना ही पुत्र उसे इस प्रकार घसीटता ले आये।" गान्धारी की पकड़ कुछ दृढ़ हुई और उसका स्वर कठोर हो गया, "गन्धार के राजप्रासाद से मैं तो पशुबल से घसीटकर हस्तिनापुर लायी ही गयी थी, अब क्या कुरुकुल की वधुएँ भी घसीटी जाकर सभाओं में लायी जायेंगी?"

"क्या चाहती हो?" धृतराष्ट्र ने पूछा।

"द्रौपदी को मुक्त कीजिए और पाण्डवों को उनका राज्य लौटा दीजिए।"

"दुर्योधन नहीं मानेगा।"

"आपके पुत्र आपके नियन्त्रण में रहने चाहिए।" गान्धारी बोली, "दुर्योधन न माने तो उसका त्याग कीजिए। वह अपने शत्रुओं से युद्ध करे, राजनीति के षड्यन्त्र रचे, किन्तु मुझे ऐसा पुत्र नहीं चाहिए, जो नारी के सम्मान की रक्षा न कर सके।"

"गान्धारी।"

"हाँ महाराज। यह मेरा अन्तिम निर्णय है...।"

दुर्योधन ने अपने पिता का निष्प्राण–सा चेहरा देखा, तो सहम गया। यह क्या हो गया है राजा धृतराष्ट्र को? वह इतने भयभीत तो कभी दिखायी नहीं दिये। दुःशासन का इस प्रकार भयभीत होकर चकराकर गिर जाना...माता का इस प्रकार सभा में आना और पिता का इस प्रकार भयभीत हो जाना।...दुर्योधन को लगा, उसकी सारी उपलब्धियों पर उसका यह वृद्ध, अन्धा और अदूरदर्शी पिता, पानी फेर देगा। किससे भयभीत हैं ये लोग? कृष्ण से? वह कब से अनुभव कर रहा है कि कृष्ण का बढ़ता हुआ प्रभाव उसके लिए बहुत हानिकारक है। कृष्ण जिस प्रकार देवत्व की ओर बढ़ता जा रहा है, उससे अन्य लोग उसके सामने

एकदम बौने होते जा रहे हैं। दुःशासन का भय, उसके मन की दुर्बलता न मानकर, कृष्ण की शक्ति का चमत्कार मान लिया जायेगा।...इसी से भयभीत होकर, उसके पिता कहीं कोई अनर्थ न कर बैठें।

वह धृतराष्ट्र के निकट आया, "पिताजी।"

"हाँ पुत्र।"

"क्या हुआ?"

"तुम्हारे पितामह और तुम्हारी माता ने कहा है कि यदि मैं कुरुकुल का हित चाहता हूँ, तो पाण्डवों का धन और राज्य उन्हें लौटाकर, उन्हें दासत्व से मुक्त कर दूँ।"

"आपने क्या सोचा है?"

"मैं सोचता हूँ कि उन्होंने उचित ही कहा है।"

"पिताजी। यदि आपने ऐसा कुछ कर दिया, तो हमारा सारा प्रयास निष्फल हो जायेगा। पाण्डवों के मन में आज तक हमारे लिए शत्रुता का भाव नहीं था। आज जो कुछ हुआ है, उसके पश्चात वे हमारे शत्रु ही हो सकते हैं। यदि आपने उन्हें मुक्त कर दिया, तो वे अपनी सेनाएँ लेकर हस्तिनापुर पर चढ़ दौड़ेंगे।"

"मैं जानता हूँ पुत्र।"

"फिर भी आप उन्हें मुक्त करने की सोच रहे हैं?"

"तुमने कहा था कि तुम इस द्यूत–क्रीड़ा के माध्यम से पाण्डवों के ऐश्वर्य का हरण करना चाहते हो। वह तुम कर चुके। तुमने उनके राज्य का भी हरण कर लिया।...किन्तु तुम अपने मन को संयत नहीं रख पाये। तुम्हारे मन में द्रौपदी की आकांक्षा भी जाग उठी है।"

"ऐसा नहीं है पिताजी! वह हमारी दासी मात्र है।"

"हस्तिनापुर के राजप्रासाद में और भी तो इतनी दासियाँ हैं, और किसी दासी को तो राजसभा में बुलाकर, निर्वस्त्र करने का प्रयत्न नहीं किया गया।"

"उसने मुझे इन्द्रप्रस्थ में अपमानित किया था पिताजी।"

"उसने तुम्हारे प्रति अपनी घृणा प्रकट की थी, तुम उसके प्रति अपनी आसक्ति प्रकट कर रहे हो।"

"कैसे पिताजी?"

"दासी होने के नाते उसे इतना अपमानित किया जा रहा है कि उसके लिए दासत्व असह्य हो उठे, और अपनी मुक्ति के लिए, कुछ भी करने को तैयार हो जाये। तुम्हारा वह मित्र कर्ण उसे उकसा रहा है कि वह कोई और पति चुन ले, ताकि वह दासत्व से मुक्त हो सके। ऐसे में वह किसे चुनेगी...तुम्हें या कर्ण को?"

"पिताजी। यह बात नहीं है।"

"यह बात है दुर्योधन!" धृतराष्ट्र ने कहा, "मैं तुम्हें दुखी नहीं देख सकता इसलिए तुम्हारी बात मान जाता हूँ। किन्तु पुत्र, मुझे अपने कुल की रक्षा भी करनी है। पाण्डवों को द्यूत में हराकर, उनसे धन ले लेने में हस्तिनापुर की समृद्धि थी, कुरुकुल का नाश नहीं। इसलिए मैं सहमत हो गया था, किन्तु पाण्डवों और द्रौपदी को दास बनाकर पीड़ित करने में सारा कौरव–वंश नष्ट हो जायेगा। भीम की प्रतिज्ञाएँ तुमने सुन ही ली हैं।...मैं यह नहीं होने दूँगा दुर्योधन।"

"हमारा कोई अनिष्ट नहीं होगा पिताजी। आप मेरा विश्वास करें।" दुर्योधन बोला, "वे अपने धर्म में बँधे बैठे हैं। वे स्वयं मानते हैं कि वे हमारे दास हैं। वे न हमारा विरोध करेंगे, न प्रतिकार। हाँ। यदि आपने उन्हें मुक्त कर दिया, तो वे अवश्य अपनी सेनाओं के साथ हम पर टूट पड़ेंगे।"

"वे अपने धर्म में बँधे हैं," धृतराष्ट्र ने उत्तर दिया, "उनके मित्र और सम्बन्धी नहीं। एक कृष्ण का नाम सुनकर दुःशासन को चक्कर आ गया। जब कृष्ण और धृष्टद्युम्न अपने अन्य मित्रों के साथ अपनी सेनाएँ लेकर आयेंगे, तब तुम्हें कौन बचायेगा? और युद्ध तो होगा ही। भीमसेन की प्रतिज्ञाएँ सुन ली हैं न।"

दुर्योधन स्तब्ध–सा खड़ा अपने पिता को देखता रहा, और फिर चेतावनी भरे स्वर में बोला, "उन्हें मुक्त कर देने से, उनका राज्य उन्हें लौटा देने से युद्ध नहीं होगा?"

"नहीं। वे कृतज्ञ हो कर, अपनी ओर से युद्ध नहीं करेंगे।"

"युद्ध तो अब होगा ही पिताजी। उसे आरम्भ चाहे कोई करे।"

दुर्योधन दृढ़तापूर्वक बोला, "आप यदि यह समझते हैं कि उन्हें मुक्त कर देने से युद्ध नहीं होगा, तो आप उन्हें मुक्त कर दें, किन्तु उनका राज्य और धन–धान्य, मैं उन्हें लौटाने नहीं दूँगा। यदि आपने ऐसा कुछ किया तो फिर या तो मैं आत्मघात कर लूँगा, या हस्तिनापुर छोड़कर वनों में चला जाऊँगा।"

धृतराष्ट्र के कुछ कहने से पूर्व ही गान्धारी ने कठोर स्वर में कहा, "तो तू अपना निर्णय इसी क्षण कर ले। द्रौपदी अब और अपमानित नहीं होगी।"

धृतराष्ट्र की दृढ़ता में दरारें पड़ गयीं। "नहीं। पुत्र को इस प्रकार तिरस्कृत मत करो। कोई ऐसा मार्ग निकालो कि साँप भी मर जाये और लाठी भी न टूटे।"

"पाण्डवों और द्रौपदी से कहिए कि वे कह दें कि युधिष्ठिर को उन्हें दाँव पर लगाने का कोई अधिकार नहीं था।" दुर्योधन बोला, "वे घोषणा करें कि धर्मराज का यह कृत्य अधर्मयुक्त था।"

"नहीं। वे अपना धर्म नहीं छोड़ेंगे।" धृतराष्ट्र ने पूर्णतः आश्वस्त स्वर में कहा।

धृतराष्ट्र का आत्मविश्वास देखकर दुर्योधन हतप्रभ रह गया। कुछ क्षणों में स्वयं को सँभालकर बोला, "ठीक है। तो फिर उन्हें प्रतिबन्धयुक्त, दासत्वमुक्ति दीजिए।"

"कैसा प्रतिबन्ध?"

"उनकी स्वतन्त्रता, उनका राज्य और धन–वैभव उन्हें विभिन्न चरणों में लौटाया जायेगा।" दुर्योधन बोला।

"नहीं। उनको अभी दासत्व मुक्ति दो।" गान्धारी बोली, "इसी क्षण।"

"माँ!" दुर्योधन हताश होता जा रहा था।

"ठहरो।" धृतराष्ट्र का स्वर पर्याप्त संयत और शान्त था, "तुम क्या चाहते हो दुर्योधन?"

"वे लोग अपनी दासत्व–मुक्ति के प्रतिशोध में बारह वर्षों तक वनवास करेंगे।" दुर्योधन बोला, "उन्हें पूर्णतः मुक्त तभी माना जायेगा,

जब वे बारह वर्षों का वनवास सफलतापूर्वक पूर्ण कर एक वर्ष का अज्ञातवास करेंगे। यदि हमने उस एक वर्ष में उन्हें खोज निकाला, तो वे पुनः बारह वर्षों के लिए वनवास करेंगे, और तेरहवाँ वर्ष अज्ञातवास। यदि अज्ञातवास के उस एक वर्ष में हम उन्हें खोज नहीं पाये, तो हम उनका राज्य और धन–धान्य लौटा देंगे।"

धृतराष्ट्र ने कुछ क्षण तक प्रतीक्षा की कि शायद गान्धारी कुछ बोले, किन्तु गान्धारी कुछ नहीं बोली तो धृतराष्ट्र ने कहा, "यदि कुरुकुल पर संकट न आये, तो मैं तुम्हारी किसी इच्छा का विरोध कभी न करूँ दुर्योधन। किन्तु तुम्हारी इच्छाएँ अपनी सीमा नहीं जानतीं, और सीमा तो सागर की भी होती है, जहाँ उसकी लहरें रेत में अपना अस्तित्व खो देती हैं या चट्टानों से टकराकर लौटा करती हैं।"

दुर्योधन ने कोई उत्तर नहीं दिया।

धृतराष्ट्र ने अपना राजदण्ड ऊँचा किया। कोलाहल शान्त हो गया।

"पुत्री कृष्णे।" धृतराष्ट्र ने अपने स्वर को साधकर कहा, "तुम्हारे प्रश्न का उत्तर किसी ने भी नहीं दिया। उस प्रश्न का उत्तर मेरे पास भी नहीं है। कई बार ऐसी स्थिति आ जाती है कि धर्म–अधर्म का निर्णय कठिन हो जाता है।"

द्रौपदी समझ नहीं पा रही थी कि पुत्र तथा पत्नी के साथ विचार–विनिमय कर, धृतराष्ट्र ने क्या निश्चय किया है...

"यदि हम मान लें कि स्वयं को हार जाने के पश्चात तुम्हें दाँव पर लगाने का अधिकार युधिष्ठिर को नहीं था, तो हम इस निष्कर्ष पर पहुँचेंगे कि युधिष्ठिर ने तुम्हें दाँव पर लगाकर अधर्म किया।" धृतराष्ट्र ने कहा, "और यदि हम यह स्वीकार करें कि स्वयं को हार कर भी तुम्हें दाँव पर लगाने का अधिकार युधिष्ठिर को था, तो प्रश्न उठता है कि एक दास को स्वतन्त्र नागरिक पर इस प्रकार का अधिकार हो ही कैसे सकता है। इस प्रकार धर्म–अधर्म का निर्णय करना कठिन है पुत्री।" धृतराष्ट्र ने रुककर कहा, "पर यह धर्म–सभा नहीं, क्रीड़ा–सभा है। इसलिए राजा के रूप में मैं धर्म का नहीं, क्रीड़ा का निर्णय कर रहा हूँ।..."

सारी सभा के कान खड़े हो गये : क्या निर्णय कर रहे हैं धृतराष्ट्र।

"यह क्रीड़ा थी, अतः क्रीड़ा ही रहेगी।" धृतराष्ट्र ने कहा, "यह वास्तविक द्यूत होता, जिसमें वस्तुतः एक–दूसरे के धन–हरण का प्रयत्न होता, तो मैं उसे आरम्भ में ही रोक देता। मैंने उसे इसलिए नहीं रोका, क्योंकि यह तो अपने बन्धु–बान्धवों से मिलने का एक अवसर था। अतः क्रीड़ा में विजयी दल वस्तुतः पराजित दल के धन का स्वामी नहीं होता। थोड़ा–सा दण्ड भुगतकर पराजित दल पुनः अपनी वास्तविक स्थिति को प्राप्त कर लेता है। मैं चाहता हूँ कि इस क्रीड़ा में भी वही हो।"

धृतराष्ट्र ने मौन होकर अपनी अन्धी आँखों से सभा की प्रत्येक दिशा में देखा, जैसे जानना चाह रहा हो कि उसकी इस भूमिका का सभा पर कैसा प्रभाव पड़ा है।...उत्तर में जब कोई कुछ नहीं बोला, तो धृतराष्ट्र ने पुनः कहा, "द्रौपदी दासी है या नहीं...इसका निर्णय धर्म करे, पर यदि द्यूत के नियमों के अधीन वह दासी है भी, तो कुलधर्म का निर्वाह करते हुए, मैं उसे दासत्व से मुक्त करता हूँ। कुरुकुल की पुत्रवधू दासी नहीं हो सकती।" धृतराष्ट्र रुका, "कुरुकुल के पुत्र भी दास नहीं रह सकते। इसलिए पाँचों पाण्डव दासत्व–मुक्ति के प्रतिशोध में बारह वर्षों तक वनवास करेंगे। वन में पूर्णतः अदास होंगे, किन्तु न वे किसी राज्य में प्रवेश करेंगे, और न राज्य स्थापित करेंगे, और न सैन्य–संग्रह करेंगे। यदि वे बारह वर्षों का यह प्रतिबन्धित वनवास पूरा कर लेंगे, तो तेरहवें वर्ष में अज्ञातवास करेंगे। यदि अज्ञातवास की अवधि में उन्हें खोज निकाला गया, तो उन्हें पुनः बारह वर्षों के लिए वनवास करना होगा।...और यदि उन्हें अज्ञातवास में कोई खोज नहीं पाया, तो वे इन्द्रप्रस्थ के राज्य को अपने धन–धान्य के साथ पुनः प्राप्त करने के अधिकारी होंगे।"

भीष्म को लगा कि धृतराष्ट्र ने इस समय चरम धूर्तता का प्रमाण दिया है। उसने पाण्डवों से उनका सर्वस्व छीन कर भी एक प्रकार से उन्हें अनुगृहीत ही किया है। उसने अपने पुत्रों को पाण्डवों और उनके मित्रों से सुरक्षित कर लिया है...और पाण्डव...।

...भीष्म ने अनुभव किया, अपने इन पौत्रों के प्रति उनके मन में स्नेह से कहीं अधिक श्रद्धा जन्म ले रही थी...उन्होंने प्रतिकार में समर्थ और सक्षम होते हुए भी, यह सारा अपमान सहा, किन्तु अपना धर्म नहीं छोड़ा। कितने उदात्त मानव हैं वे! तभी तो कृष्ण उनसे इतना प्रेम करते हैं।...और यह दुर्योधन!...दुष्ट...नीच...अत्याचारी और अहंकारी। कैसी बाध्यता है भीष्म की कि इसे भी उन्हें अपना पौत्र स्वीकार करना पड़ता है।

17

धृष्टद्युम्न वन में पाण्डवों से मिलने आया था। उस परिवेश में उन्हें देखकर उसकी आँखों में ख़ून उतर आया था; किन्तु वह क्या करता। वे अपनी इच्छा से वहाँ आये थे। उसके वश में होता तो वह तत्काल हस्तिनापुर पर आक्रमण कर देता। पर वह मन में आक्रोश लिए घूम रहा था। पाण्डव इतने शान्त क्यों हैं? क्षत्रिय इस प्रकार शान्त नहीं रहते।...

"कैसे हो?"

"प्रसन्न हूँ।" द्रौपदी ने कहा, "हम सब प्रसन्न हैं।"

"इस स्थिति में भी प्रसन्न?"

द्रौपदी कुछ मुस्कुरायी, "यदि व्यक्ति के मन में कुछ लोगों के प्रति आक्रोश हो, तो वह उसे अपनी हथेली पर लिए प्रदर्शित करता रहे? तुम आये हो भैया। चाहे वन में आये हो; किन्तु मेरे द्वार पर आये हो। मेरे इस निवास में तुम्हारा सत्कार होना चाहिए। अपना दुखड़ा तो मैं रो ही लूँगी। पहले तुम मुझे काम्पिल्य का समाचार तो दो। पिताजी कैसे हैं? भैया शिखण्डी नहीं आये? वे कैसे हैं?..."

धृष्टद्युम्न ने उसकी बात बीच में ही काट दी, "पिताजी ठीक हैं। इस प्रकार का दुखद समाचार सुनकर, जो मनःस्थिति उनकी हो सकती है, वह हुई है।... और शिखण्डी की बात पूछ रही हो, उन्होंने कहा है कि वे अपनी बहन अथवा पाण्डवों से, वन के कुटीरों में मिलकर, उनके साथ बैठकर रोना नहीं चाहते। वे पाण्डवों का साक्षात्कार,

युद्ध के समारोह में ही करेंगे। वे यहाँ नहीं आये। वहाँ आयेंगे, जहाँ वह वृद्ध, पाखण्डी भीष्म होगा, जिसकी आँखों के सम्मुख, यह सारा अत्याचार हुआ और वह धर्म की सूक्ष्म गति को देखता रहा। इस बार आमना–सामना होने पर या भीष्म नहीं रहेंगे, या शिखण्डी! वे हस्तिनापुर पर सैनिक अभियान के लिए तो तत्पर थे, यहाँ आने के लिए नहीं!"

धृष्टद्युम्न ने मौन होकर द्रौपदी की ओर देखा : द्रौपदी के चेहरे पर किसी प्रकार की प्रतिक्रिया नहीं थी। वह अत्यन्त सहज भाव से अपने भाई की ओर देख रही थी।... और सहसा, वह मुस्कुरायी।

"शिखण्डी भैया आरम्भ से ऐसे ही रहे हैं। उनके संकल्प इतने भयानक होते हैं कि सामान्य मन उनका वेग भी झेल नहीं सकता।"

काम्पिल्य में शिखण्डी अपने भांजों के साथ था।

वह उन्हें कैसे सान्त्वना दे। कैसे उन्हें समझाये कि उनके साथ जो अन्याय हुआ है, उसका प्रतिकार होगा। उन्हें फिर से अपना घर–बार और राज्य प्राप्त होगा। उनका सब कुछ लौटेगा। उन्हें न चिन्ता करने की आवश्यकता है, न डरने की।

"अब और सहन करने की आवश्यकता नहीं है पुत्र!" शिखण्डी ओजस्वी स्वर में बोला, "पाप का घट पूर्ण हुआ। अब सारे पापी दण्डित होंगे... दुर्योधन और धृतराष्ट्र भी, उनके रक्षक द्रोण और भीष्म भी। इनमें से किसी को भी क्षमा नहीं किया जायेगा।"

द्रुपद जानते थे, शिखण्डी ने सबके मन की बात कही थी; किन्तु वह तो भविष्य में होना था। सामने वर्तमान था। कठोर वर्तमान! तेरह वर्षों तक इन बच्चों को अपने माता–पिता से विलग रहना था। जब तक ये अपने माता–पिता से मिलेंगे, ये इतने बड़े हो चुके होंगे कि माता के आँचल के स्थान पर किशोरियों के कटाक्ष इन्हें अधिक आकर्षक लगेंगे... बेचारी कृष्णा! वह तो अपने पुत्रों से ऐसी वियुक्त हुई कि...

"पुत्रो, तुम्हारी माता तुम्हारे साथ नहीं है, किन्तु यह उसी का घर है। उसने अपना सारा शैशव एवं कैशोर्य इसी प्रासाद में व्यतीत किया है। तुम इसे अपना ही घर समझकर यहाँ रहो...।"

"किन्तु मातामह!" श्रुतकर्मा ने उन्हें रोक दिया, "माता ने तो कहा था कि इसे अपना घर नहीं समझें।"

द्रुपद ही नहीं; धृष्टद्युम्न और शिखण्डी भी चौंक उठे। यह कृष्णा ने क्या समझाया अपने पुत्रों को?...

"क्या कहा था तुम्हारी माता ने पुत्र?" द्रुपद ने संयत होकर पूछा।

"माँ ने कहा था, यह वनवास तो एक व्याज मात्र है पुत्र!" श्रुतकर्मा ने अपनी माता के शब्दों को दोहराया, "वैसे भी तुम लोगों की अवस्था गुरुकुल में जाने की है। क्षत्रिय राजकुमार बारह वर्षों तक गुरु–गृह में रहकर तपस्यापूर्वक शिक्षण प्राप्त करते हैं। तुम अपने मातामह के घर जा रहे हो, किन्तु उसे अपना घर नहीं गुरु–गृह ही समझना। तुम्हारे मातामह वहाँ कुलपति हैं। वे तुम्हारे प्रति कठोर नहीं हो सकेंगे।... किन्तु तुम्हारे गुरु होंगे मातुल धृष्टद्युम्न और शिखण्डी। वे कठोर अनुशासन को माननेवाले गुरु हैं। उनके प्रशिक्षण–काल में जितना स्वेद बहाओगे, युद्ध–क्षेत्र में रक्त उतना ही कम बहेगा। यदि स्वेद बचाओगे, तो रक्त बहाना पड़ेगा पुत्र! इसलिए अपने गुरुओं का कठोर अनुशासन सहन करना, श्रम करना और अपने को श्रेष्ठ योद्धा बनाकर उस गुरु–कुल से लौटना। न अपने पिता का नाम कलंकित करना, न मेरे पिता को लज्जित करना।"

द्रुपद की आँखें भर आयीं... उनकी पुत्री, उनकी अपेक्षा से कहीं अधिक तेजस्विनी थी। वह सचमुच अग्नि–कुण्ड से उत्पन्न हुई थी...

"तो ठीक है पुत्र! कल से तुम्हारा शिक्षण आरम्भ हो!" द्रुपद बोले, "तुम शस्त्र–शिक्षा अपने मातुल–द्वय से प्राप्त करोगे। तुम्हारे प्रशिक्षक होंगे, पांचालों के श्रेष्ठतम शस्त्र–ज्ञाता; किन्तु पुत्र, तुम्हें शास्त्र का ज्ञान भी होना चाहिए। श्रेष्ठ और विद्वान ब्राह्मण तुम्हें शास्त्र का ज्ञान देंगे, ताकि तुम्हारा ज्ञान और चारित्र्य–दोनों विकसित हो सकें।"

द्रुपद ने समाचार सुना और चिन्ता ने उसके मन को घेरना आरम्भ कर दिया।... पाण्डवों ने यह कैसा निर्णय कर लिया!...

धृष्टद्युम्न और शिखण्डी—दोनों ही काम्पिल्य में नहीं थे। सन्ध्या से पहले वे लौटेंगे भी नहीं। तो द्रुपद किसी से चर्चा कर, अपना मन भी हल्का नहीं कर सकते थे...

एकान्त कक्ष में बैठे—बैठे मन ऊब गया, बाहर निकल, प्रासाद के खुले चौबारे पर टहलने लगे... यह क्या कर दिया युधिष्ठिर ने?... पर युधिष्ठिर से और अपेक्षा भी क्या की जा सकती थी... द्रुपद को कई बार लगा था कि युधिष्ठिर की प्रवृत्ति अपने परिवेश से युद्ध करती रहती है।... गृहस्थों में वह संन्यासी था, क्षत्रियों में ब्राह्मण था, राजाओं में वीतराग तपस्वी था... सब लोग उसे घेरकर, उससे वह सब करवाना चाहते थे, जिसके लिए उसके मन में कोई उत्साह नहीं था।... द्रुपद को तो यह सब उसी दिन समझ लेना चाहिए था, जिस दिन कृष्णा का स्वयंवर हुआ था। हारे हुए पराजित राजा भी कृष्णा को अर्जुन से छीन लेना चाहते थे; और युधिष्ठिर था कि स्वयंवर की प्रतिज्ञा सुनते ही, उठकर चला गया था... जिसके वह योग्य नहीं है, उसकी आकांक्षा ही क्यों करे। जिस कृष्णा को पाने के लिए संसार भर के राजा लालायित थे, उसका विवाह युधिष्ठिर से हो रहा था; और युधिष्ठिर कह रहा था कि कृष्णा का विवाह केवल उसके साथ नहीं पाँचों भाइयों के साथ कर दिया जाये... युधिष्ठिर ने देने के लिए सदा अपनी हथेली खुली रखी है, आधिपत्य जमाये रखने के लिए उसने कभी अपनी मुट्ठी बन्द नहीं की... फिर उससे द्रुपद क्या अपेक्षा कर सकते हैं?...

अपने ऊहापोह में सारा दिन द्रुपद व्याकुलता से पीड़ित रहे। सन्ध्या समय धृष्टद्युम्न प्रासाद में लौटा तो द्रुपद ने तत्काल उसे अपने पास बुला लिया, "शिखण्डी नहीं आया अभी?"

"आते ही होंगे!" धृष्टद्युम्न बोला, "वे नये बन रहे बाणों का निरीक्षण करने गये थे।"

"तुमने समाचार सुना, धृष्टद्युम्न?" द्रुपद अब स्वयं को रोक नहीं पाये।

"क्या?"

"युधिष्ठिर ने अर्जुन को तपस्या करने के लिए इन्द्रकील पर्वत पर भेज दिया है।"

"अर्जुन अब काम्यक वन में नहीं है?" धृष्टद्युम्न ने पूछा।

"नहीं! वहाँ से तो वह कब का चला गया। अब तक तो वह इन्द्रकील पर्वत पर पहुँच चुका होगा!"

"तो काम्यक वन में दुर्योधन से उनकी रक्षा कौन करेगा?" धृष्टद्युम्न जैसे अपने–आप से पूछ रहा था, "यह धर्मराज ने क्या किया?"

"यह तो वही जाने," द्रुपद का आक्रोश तरल होकर अब उनके मन के बाहर निकलने लगा था, "इसकी तो सदा की नीति रही है कि जिससे उसको लाभ हो सकता हो, उसी को त्याग दो।"

"पर अर्जुन को इस समय तपस्या की क्या आवश्यकता थी?" धृष्टद्युम्न खीझकर बोला, "यह समय युद्ध के अभ्यास का है न कि तपस्या का! शत्रुओं को तपाने के स्थान पर स्वयं ही तपने चल दिया!"

"महर्षि वेदव्यास के कहने पर, उसने अर्जुन को दिव्यास्त्रों की प्राप्ति के लिए इन्द्रकील पर्वत पर भेजा है।..." द्रुपद ने जैसे उसकी क्रोधाग्नि को उकसाया।

"महर्षि वेदव्यास कोई युद्ध–विशारद हैं, अथवा कोई महान् अनुभवी महासेनापति, जिनके कहने पर अर्जुन को इन्द्रकील पर्वत के उस शीत में असहाय मृत्यु की उपलब्धि के लिए भेज दिया?" धृष्टद्युम्न का स्वर कटु होता जा रहा था, "कहीं यह भी दुर्योधन की ही कोई चाल तो नहीं?"

"दुर्योधन की चाल हो या न हो, जो कुछ हुआ है, वह शुभ नहीं है।" द्रुपद बोले, "अर्जुन तो वहाँ उस शीत में अप्राकृतिक मृत्यु को प्राप्त होगा और दूसरी ओर चारों पाण्डव तथा कृष्णा, काम्यक वन में सदा असुरक्षित रहेंगे। कर्ण के बाणों से उसकी रक्षा कौन करेगा?"

द्रुपद पूछ नहीं रहे थे। वे केवल अपने मन की आशंकाओं को प्रकट कर रहे थे। धृष्टद्युम्न भी इस बात को समझता था और वह उनके प्रश्न का उत्तर देने का प्रयत्न भी नहीं कर रहा था... किन्तु उसके लिए भी चिन्ता का विषय तो यह था ही!

उसी समय शिखण्डी ने कक्ष में प्रवेश किया, "गुप्तचर सूचना लाये हैं पिताजी! कि हस्तिनापुर में दुर्योधन और उसके मित्र बहुत प्रसन्न हैं कि उन्हें कुछ करने की आवशकता ही नहीं पड़ी और युधिष्ठिर ने अर्जुन जैसे धनुर्धर को उनके मार्ग से हटाकर, गलने के लिए इन्द्रकील पर्वत पर भेज दिया है।"

"दुर्योधन के प्रसन्न होने का तो यह विषय ही है।" द्रुपद बोले, "जो वह चाहता था, युधिष्ठिर ने कर दिया।"

"मुझे यह तो नहीं लगता कि इन्द्रकील पर्वत पर तपस्या करने से धनंजय की मृत्यु हो जायेगी, किन्तु यह अवश्य लगता है कि आध्यात्मिक साधनाओं से अर्जुन की वृत्तियाँ बदल जायेंगी। उसका मन भीरु भी हो सकता है, और कोमल भी। मन में वैराग्य उन्पन्न हो गया, तो स्थिति और भी जटिल हो जायेगी। वह युद्ध से विरत हो जायेगा। शस्त्रों का अभ्यास करने के स्थान पर, शास्त्रों का पारायण करने लगेगा। युद्ध–क्षेत्र में खड़े होने के स्थान पर किसी कुटिया में आँखें बन्द कर बैठ जायेगा। युधिष्ठिर की अनृशंसता ही हमारे लिए कम कष्टदायक नहीं है, अब यह अर्जुन भी वैसी ही करुणा अपने मन में संचित कर वहाँ से लौटा, तो स्वयं तो वह युद्ध करेगा नहीं, हमें भी लड़ने नहीं देगा।"

बाहर अनेक पगों की आहट हुई और द्रौपदी के पाँचों पुत्रों ने कक्ष में प्रवेश कर द्रुपद, धृष्टद्युम्न तथा शिखण्डी को प्रणाम किया।

सहसा धृष्टद्युम्न, प्रतिविंध्य की ओर मुड़ा, "युधिष्ठिर–कुमार! मुझे बताओ कि जब तुम अपना बल बढ़ाना चाहोगे, युद्ध–कौशल को समृद्ध करना चाहोगे, तो तुम नये–से–नये शस्त्रों का निर्माण करवाओगे, उनका अभ्यास करोगे; अथवा किसी पर्वत की गुफा में बैठकर आध्यात्मिक साधना करोगे, ताकि तुम्हें कुछ दिव्यास्त्रों और देवास्त्रों की प्राप्ति हो?"

द्रुपद समझ रहे थे कि युधिष्ठिर के प्रति अपनी खीझ, धृष्टद्युम्न युधिष्ठिर के पुत्र पर उगल रहा था... किन्तु, वह यह क्यों भूल रहा था कि प्रतिविंध्य युधिष्ठिर का ही नहीं, कृष्णा का भी पुत्र था।... वैसे भी इन कोमल बालकों के प्रति इतनी कठोरता शोभनीय नहीं है...

प्रतिविंध्य की समझ में धृष्टद्युम्न का प्रश्न तो आ गया था, किन्तु वह यह नहीं समझ पा रहा था कि उससे यह प्रश्न पूछा क्यों जा रहा है।

"मातुल! पहले आप राज्य–पालन का सामर्थ्य प्राप्त करना चाहेंगे अथवा पहले प्रजा एकत्रित कर तब राज्य स्थापित करेंगे?" उसने उत्तर देने के स्थान पर प्रतिप्रश्न किया।

धृष्टद्युम्न ने चकित दृष्टि से उसकी ओर देखा : कैसा विचित्र बालक है यह! एक सीधे से प्रश्न का सीधा उत्तर न देकर, एक अनावश्यक–सा प्रश्न पूछ रहा है।

"यह क्या मेरे प्रश्न का उत्तर है प्रतिविंध्य?" धृष्टद्युम्न ने हल्के–से रोष के साथ पूछा।

"नहीं!" उत्तर श्रुतकर्मा ने दिया, "आप भाई के प्रश्न का उत्तर देंगे, उसमें से आपके प्रश्न का उत्तर भी प्राप्त होगा।"

धृष्टद्युम्न के उत्तेजित मन में, दोनों ही बालकों के कथन के तल तक जाने का धैर्य नहीं था। जाने ये दोनों क्या कर रहे थे।

"मैं पहले राज्य स्थापित करूँगा, तो ही प्रजा की कामना करूँगा।" धृष्टद्युम्न बोला, "राज्य ही नहीं होगा, तो प्रजा की कामना का लाभ?"

"तो मेरे पिता भी पहले अपने मन की हिंस्र वृत्तियों को नियन्त्रित करेंगे फिर महादेव से दिव्यास्त्रों की कामना करेंगे।" श्रुतकर्मा बोला, "मन पर नियन्त्रण न हो और मनुष्य को असाधारण बल प्राप्त हो जाये, तो वह अमर्यादित रूप से हिंस्र होकर, ईश्वर की सृष्टि का अनावश्यक विनाश करता है।"

धृष्टद्युम्न का आक्रोश तो शान्त नहीं हुआ; किन्तु उसका विवेक श्रुतकर्मा के तर्क में बँधकर, विवश हो गया... धृष्टद्युम्न ने स्पष्ट रूप से अर्जुन की तपस्या के विषय में कुछ भी तो नहीं कहा था, किन्तु प्रतिविंध्य भी समझ गया था और श्रुतकर्मा भी कि वह क्या कह रहा था ... अद्भुत् हैं ये बालक! निश्चित रूप से पाण्डवों की चिन्तन–प्रक्रिया पांचालों से भिन्न है।... वे लोग अपने प्रति न्याय तो चाहते हैं, किन्तु किसी का अहित करना नहीं चाहते...

द्रुपद के मन को कुछ शान्ति मिली... युधिष्ठिर दूरदर्शी है... उसने कुछ सोचकर ही, अर्जुन को तपस्या के लिए भेजा है। महर्षि वेदव्यास का परामर्श, उनके लिए घातक नहीं हो सकता... दुर्योधन तो मूर्ख है, जो उनकी नीति नहीं समझता... स्वयं द्रुपद और उसके पुत्र भी युधिष्ठिर की नीति समझ नहीं पाये तो बेचारा दुर्योधन उसे क्या समझेगा, जिसकी बुद्धि, देह–बुद्धि, आसक्ति और भोग से ऊपर उठ ही नहीं सकती...

"वह तो ठीक है प्रतिविंद्य और श्रुतकर्मा!" सहसा शिखण्डी बोला, "पहले भुजा में शक्ति संचित की जाती है और फिर गदा उठायी जाती है। पहले मन को संयत किया जाता है और तब शस्त्र अर्जित किये जाते हैं। किन्तु..." उसने रुककर द्रौपदी के पाँचों पुत्रों पर दृष्टि डाली, "किन्तु जब तक अण्डे में से शावक बाहर नहीं निकलता, तब तक उस पर अण्ड–कवच ही नहीं, स्वयं शावक की माता का भी पूर्ण संरक्षण रहता है।... धनंजय की तपस्या पूर्ण होने तक उसके लिए किसी सुरक्षा–कवच की व्यवस्था नहीं की गयी है। धनंजय आँखें मूँद कर बैठा तपस्या करता रहे और दुर्योधन अथवा कोई अन्य शत्रु, उसका वध कर जाये, तो?... दूसरी ओर धर्मराज और उनके भाई अपने लिए अर्जुन रूपी सुरक्षा–कवच के लौट आने की प्रतीक्षा करते रहें और उस कवचहीनता की स्थिति में कोई उन पर घातक प्रहार कर जाये तो?" शिखण्डी रुका, "पाँचों पाण्डव इकट्ठे रहते, तो अर्जुन तपस्या करते हुए भी, अपने भाइयों द्वारा रक्षित रहता और शेष भाइयों को भी अर्जुन का युद्ध–कौशल निरन्तर उपलब्ध रहता।..."

"आप एकदम ठीक कहते हैं मातुल!" सुतसोम कुछ अटपटे–से स्वर में बोला, "किन्तु यह भी सम्भव है कि काम्यक वन धनंजय की तपस्या के लिए उपयुक्त न हो और धर्मराज ने अपनी सुरक्षा का कोई उपाय सोच रखा हो।" सुतसोम ने वक्र दृष्टि से शिखण्डी की ओर देखा, "आप यह भूल रहे हैं कि पाण्डवों की सुरक्षा के लिए उनके महासेनापति, मध्यम पाण्डव, महावीर भीमसेन ही पर्याप्त हैं।"

द्रुपद को लगा, भीम की इस उपेक्षा से सुतसोम आहत हुआ है।

वैसे उसका कथन सत्य है। दैनन्दिन के साधारण संकटों से तो पाण्डवों की रक्षा भीम ही करता रहा है। सेनाओं के युद्ध की स्थिति हो, तो बात और है।... वैसे ये बालक ठीक ही तो कह रहे हैं।... काम्पिल्य में तो इतनी ही सूचना आयी है कि अर्जुन तपस्या के लिए इन्द्रकील पर्वत की ओर चला गया है; किन्तु युधिष्ठिर की वास्तविक योजना क्या है, यह तो द्रुपद जानते ही नहीं...

"और मातुल!" सुतसोम पुनः बोला, "जब तक पाण्डव स्वयं अपनी रक्षा के लिए सन्नद्ध नहीं हो जाते, क्या वह उनके मित्रों का दायित्व नहीं है, कि वे उनकी रक्षा करें?"

धृष्टद्युम्न का मन कुछ सहम गया... उसने यह तो सोचा कि युधिष्ठिर को क्या करना चाहिए... यह नहीं सोचा कि स्वयं उसे क्या करना चाहिए... सुतसोम अपने पिता के समान उसके सम्मुख कटु ही नहीं, एक वीभत्स सत्य को उसके नग्न रूप में प्रस्तुत कर रहा था... क्या यह धृष्टद्युम्न का कर्तव्य नहीं था कि वह देखे कि जब तक पाण्डव अपनी व्यवस्था नहीं कर लेते, वह अपने सैन्य–बल के माध्यम से उनकी रक्षा करे... कृष्ण तो प्रतीक्षा नहीं करते कि कोई उनकी सहायता के लिए निवेदन करे... तो धृष्टद्युम्न किसकी प्रतीक्षा कर रहा है?...

"तुम ठीक कह रहे हो पुत्र! हमें ही अपना दृष्टिकोण कुछ बदलना पड़ेगा।" द्रुपद सस्नेह बोले, "अच्छा! अब तुम लोग जाकर विश्राम करो। तुम लोग दिन भर के शस्त्राभ्यास से थके हुए होगे! प्रातः फिर जल्दी उठना है। कल के शस्त्राभ्यास के लिए, तुम्हारे प्रशिक्षकों के साथ, तुम्हारे मातुल तथा शिखण्डी भी होंगे। इसका अर्थ समझते हो?"

"हाँ! हम कल कुछ और नया सीखेंगे, केवल पुरातन का पुनर्वतन ही नहीं करेंगे।" शतानीक बोला।

"नहीं बुद्धू!" श्रुतसेन ने उसे टोका, "कल कठोर अभ्यास होगा; संकटपूर्ण प्रशिक्षण होगा।"

"दोनों बातें ठीक हैं।" धृष्टद्युम्न ने कहा, "नया भी सीखोगे और कठिन भी! तुम क्षत्रिय हो। सत्य और न्याय के लिए शस्त्र धारण

करनेवाले हो। इसलिए तुम्हें न स्वेद गिराने से पीछे हटना होगा, न रक्त बहाने से!"

"हम तैयार हैं!" पाँचों भाइयों ने अपनी भुजायें उठाकर कहा।

"पर मातामह! आप हमारे साथ कब चलेंगे?" प्रतिविंद्य के प्रश्न में प्रेमपूर्ण अनुरोध था।

"मातामह अब वृद्ध हो गये हैं, उन्हें विश्राम चाहिए।" सुतसोम ने उसे टोक दिया।

"तुम्हारे प्रपितामह से तो अधिक वृद्ध नहीं हूँ।" द्रुपद हँसे, "कौरवों के महासेनानायक आचार्य द्रोण, मेरी ही अवस्था के हैं। क्या उन्होंने युद्ध–कर्म छोड़ दिया कि मैं शस्त्राभ्यास से विरत हो जाऊँ। अभी तो मुझे द्रोण और उसके स्वामियों के नाश के लिए एक महासमर लड़ना है।"

प्रतिविंद्य ने गर्वपूर्वक, सुतसोम की ओर देखा; और नयन मटका कर बोला, "तुम मेरे मातामह को वृद्ध नहीं कह सकते।"

18

"ठीक है।" युधिष्ठिर ने एक दीर्घ श्वास छोड़ा, "तो हम अपने सेनापतियों के चयन के विषय में भी सोच लें, परस्पर चर्चा कर लें।"

"आप राजा हैं। आप जिसे चाहें, अपना प्रधान सेनापति नियुक्त कर सकते हैं।" कृष्ण बोले।

"हमारे पास सात अक्षौहिणी सेना है। उसका नेतृत्व करने के लिए सात नायक हैं : महाराज द्रुपद, मत्स्यराज विराट, मध्यम पाण्डव भीमसेन, महारथी धृष्टद्युम्न, शिखण्डी, महावीर सात्यकि और चेकितान। अब प्रश्न है इनमें से सेना के नेतृत्व के लिए, महानायक को चुनने का।" उन्होंने सबकी ओर देखा, "बताइए, आप लोगों का क्या मत है?"

"मेरा विचार है कि महारथी शिखण्डी को ही यह दायित्व सौंपा जाना चाहिए।" भीम ने सबसे पहले कहा।

"क्यों? ऐसी क्या विशेषता है शिखण्डी में?" कृष्ण सहास उसे देख रहे थे, "आप कहीं इसलिए तो यह नाम प्रस्तावित नहीं कर रहे

कि सब लोग एकमत होकर कहें, इससे तो मध्यम पाण्डव भीम ही श्रेष्ठ रहेंगे।"

"नहीं!" भीम ने कुछ उत्तेजित होकर कहा, "मैंने शिखण्डी का नाम इसलिए प्रस्तावित नहीं किया है कि वे हमसे अधिक शूरवीर अथवा बलवान हैं; इसलिए भी नहीं कि वे हमसे अधिक रणकुशल हैं, अथवा उनका सैनिक अनुभव हमसे कुछ अधिक है। मैं इसलिए कह रहा हूँ कि हम पाँचों भाई अपना मन कितना भी कठोर बना लें, कौरवों के प्रति हमारे मन में वह भाव आ ही नहीं सकता, जो शिखण्डी के मन में है।"

"अर्थात् हम उनके प्रति वैसे नृशंस नहीं हो सकेंगे?" युधिष्ठिर बोले।

"ऐसा ही समझ लीजिए।" भीम ने कहा, "उन्होंने भीष्म का वध करने की प्रतिज्ञा की है। दूसरी ओर हम सब अपने पितामह से इतना प्रेम करते हैं कि उनके देहावसान की कल्पना भी नहीं कर सकते, कामना कैसे करेंगे और कर्म का तो कहना ही क्या। फिर हमारी सेना का मुख्य भाग पांचाल सेना का ही है। शिखण्डी सेनापति होंगे तो उनके सैनिकों में अधिक उत्साह रहेगा और उनको यह अपना ही युद्ध लगेगा। महाराज द्रुपद और धृष्टद्युम्न को भी इससे कोई विरोध नहीं होगा।..."

"यदि इन सब बातों को महत्त्व दिया जाये तो मेरा विचार है कि प्रधान सेनापति का पद धृष्टद्युम्न को दिया जाना चाहिए।" अर्जुन ने भीम की उग्रता के ठीक विपरीत मन्द और मधुर स्वर में कहा, "वेसे तो सबसे पहले महाराज द्रुपद का नाम आना चाहिए था, किन्तु समर्थ होने पर भी वे वृद्ध हैं। उन पर इतने बड़े युद्ध का भार नहीं डाला जाना चाहिए। यह उनके लिए कष्टकर हो सकता है। हम अपनी विजय के लिए उनके प्राणों को दाँव पर लगाना नहीं चाहेंगे। धृष्टद्युम्न अभी युवक हैं, समर्थ हैं। आचार्य द्रोण के वध के लक्ष्य से अग्निकुण्ड में से जन्मे हैं। प्रतिशोध की भावना उनमें भी कम नहीं है।"

"मैं भी समझता हूँ कि सबसे पहले यह अधिकार महाराज द्रुपद

का ही है।" नकुल ने कहा, "वे अवस्था में बड़े हैं। वीर और अनुभवी हैं। मूल विरोध तो उनका ही है। उनकी आज्ञा के अधीन रहकर युद्ध करने में किसी का स्वाभिमान आहत नहीं होगा।"

"तुम्हारा क्या विचार है बुद्धिमान सहदेव?" युधिष्ठिर ने पूछा।

"मैं समझता हूँ कि हम लोग मत्स्यराज विराट की भूमि पर स्थित हैं और उनकी सेना तथा परिवार की हमें पूरी सहायता है।" सहदेव ने कहा, "वे युद्ध कुशल और वीर हैं...। हमें उनकी उपेक्षा नहीं करनी चाहिए।"

"महाराज विराट के प्रति, मेरे मन में पूर्ण सम्मान है, किन्तु सहदेव ने इस बात पर ध्यान नहीं दिया कि मत्स्य सेना की सारी वीरता तो कीचक के कारण थी। सुशर्मा कीचक से पीड़ित था, मत्स्यराज से नहीं।" भीम ने कहा, "भावना अपने स्थान पर है, किन्तु हमको यह युद्ध जीतना है, मात्र अपनी कृतज्ञता का प्रदर्शन नहीं करना है। मैंने मत्सयराज को सुशर्मा से युद्ध करते देखा है। मुझे नहीं लगता कि वे सात अक्षौहिणी सेना का, ग्यारह अक्षौहिणी सेना के विरुद्ध नेतृत्व कर पायेंगे।"

सब मौन थे।

"हमारे पास अभी तीन नाम और भी हैं।" युधिष्ठिर बोले, "सात्यकि, चेतिकान और भीम।"

"यद्यपि मध्यम पाण्डव के नेतृत्व में आगे बढ़नेवाला सैनिक विजय के प्रति सबसे अधिक आश्वस्त हो सकता है, किन्तु उनका नाम मैं प्रधान सेनापति के लिए प्रस्तावित नहीं कर रहा।" कृष्ण बोले, "मैं चाहता हूँ कि वे प्रधान सेनापति का भी अनुशासन करें। सात्यकि के शौर्य के विषय में मुझे तनिक भी सन्देह नहीं है, किन्तु वह अवस्था में छोटा है और उसमें धैर्य का अभाव हो सकता है। उसके गुरु उसकी आज्ञा के अधीन होकर लड़ें, यह बहुत न्यायसंगत व्यवस्था नहीं है। फिर उसके सेनापति बनने से यादवों की राजनीति आपके लिए घातक हो सकती है। चेतिकान के पास भी व्यक्तिगत शौर्य ही है, जो पाण्डवों की सेना का प्रधान सेनापति बनने के लिए पर्याप्त नहीं है।"

"तो फिर श्रीकृष्ण ही प्रधान सेनापति का नाम बताएँ।" युधिष्ठिर बोले।

सबने कृष्ण की ओर देखा।

"मैं समझता हूँ कि प्रधान सेनापति पद के लिए धृष्टद्युम्न ही सर्वश्रेष्ठ योद्धा है।" कृष्ण बोले, "प्रधान सेनापति में जितने गुण आप चाहते हैं, वे सब उनमें हैं।... और उनके प्रधान सेनापति बनने से आपकी सेना और सेनानायकों में किसी प्रकार का रोष भी नहीं जागेगा तथा कुरुवंशियों के मन में उतना ही आतंक उत्पन्न होगा, जितना भीम के नाम से दुःशासन के मन में हो सकता है।"

युधिष्ठिर ने एक–एक कर अपने सारे भाइयों की ओर देखा : सब सहमत प्रतीत होते थे। कहीं किसी के चेहरे पर असन्तोष नहीं था।

"तो हमारा सर्वमान्य निर्णय है कि धृष्टद्युम्न हमारे प्रधान सेनापति हों।" युधिष्ठिर बोले, "अब हम अपनी सेना को प्रयाण का आदेश दे सकते हैं।"

"युद्धभूमि का चयन हो गया क्या?" अर्जुन ने पूछा।

"उसका चयन दुर्योधन ने कर लिया है।" कृष्ण बोले, "उसकी सेनाएँ कुरुक्षेत्र में अपना स्कन्धावार बना रही हैं। वह वहीं व्यूहबद्ध होकर हमारी सेना पर आक्रमण करेगा।"

युधिष्ठिर ने भीम की ओर देखा, "ठीक है?"

"मेरे लिए सारे स्थान ठीक हैं।" भीम ने कहा, "मुझे तो दुर्योधन की जंघा तोड़नी है, और वह कार्य कहीं भी हो सकता है।..."

"तो फिर ठीक है। धृष्टद्युम्न को सूचित करो। उपप्लव्य के दुर्ग की रक्षा के लिए खाइयों, परकोटों और रक्षक प्रहरियों की समुचित व्यवस्था करो, ताकि हमारी अनुपस्थिति में उपप्लव्य के दुर्ग में रहने वाली स्त्रियों, बालकों तथा धन को लूटने का कोई प्रयत्न न कर सके!" युधिष्ठिर बोले, "रथों, अश्वों तथा हाथियों को चलने के लिए तैयार किया जाये। सबके आगे मध्यम पाण्डव भीमसेन, प्रधान सेनापति धृष्टद्युम्न के साथ चलेंगे और प्रभद्रकगण उनकी रक्षा के लिए उन्हें घेर कर चलेंगे। उनके साथ नकुल, सहदेव, अभिमन्यु, और द्रौपदेय जायेंगे। उनके पश्चात् शकट, हाट, डेरे तम्बू इत्यादि चलेंगे। कोष को विश्वस्त योद्धाओं की रक्षा में सावधानी से ले जाया जाये। शस्त्रास्त्रों

का परिवहन कुशल योद्धाओं के संरक्षण में हो। चिकित्सालय वैद्य साथ चलें।" युधिष्ठिर रुके, "उसके पश्चात् मेरे साथ पाँचों कैकेय कुमार, धृष्टकेतु, अभिभू, श्रेणिमान, वसुदान और शिखण्डी चलेंगे। सेना के पिछले भाग में मत्सराज विराट, पंचालराज द्रुपद, महाराज कुन्तिभोज, सुधर्मा और धृष्टद्युम्न के पुत्र चलेंगे। श्रीकृष्ण और अर्जुन सबकी देखभाल करते हुए, स्वेच्छा से चलेंगे और उनकी रक्षा के लिए अनाधृष्टि, चेकितान तथा सात्यकि उनको घेरकर चलेंगे।"

"ऐसा ही होगा धर्मराज!" भीम ने कहा।

"स्कन्धावार के लिए हिरण्वती नदी के तट पर कोई समतल प्रदेश देखना, जहाँ घास और ईंधन का बाहुल्य हो। न हमारे पशुओं को खाद्य और जल का अभाव हो और न हमारे सैनिकों को। जल तो हिरण्वती से ही आयेगा, किन्तु अन्न का पर्याप्त भण्डार साथ लेकर चलो। वहाँ घास मिल जाये तो ठीक, अन्यथा हमारे पास घास और भूसी का पर्याप्त भण्डार होना चाहिए। शिविरों के लिए भूमि सात्यकि नापें, खाई इत्यादि खुदवाने का कार्य श्रीकृष्ण करें। स्कन्धावार के निर्माण में ध्यान रहे कि विभिन्न शिविरों के मध्य आवागमन के लिए सुरक्षित मार्ग हों, ताकि खाद्य तथा शस्त्रास्त्रों के परिवहन में किसी प्रकार की बाधा न हो।..."

"और यदि हमारे कार्य में दुर्योधन के सैनिक बाधा उपस्थित करें?" भीम ने पूछा।

"तो बल प्रयोग कर सकते हो।" युधिष्ठिर बोले, "युद्ध करना है तो स्कन्धावार का निर्माण करना ही होगा। सुरक्षित तथा सुविधाजनक स्कन्धावार का अर्थ है, विजय की अधिक सम्भावना। अतः सैनिकों के लिए उचित व्यवस्था करो।"

19

"जय हो महासेनापाति!"

भीष्म का विचार प्रवाह भंग हुआ।

"आर्य! महाराज युधिष्ठिर अपने भाइयों और श्रीकृष्ण के साथ आपको प्रणाम करने आये हैं।"

"आने दो।"

कृष्ण और पाँचों पाण्डवों ने आकर उन्हें प्रणाम किया।

"कैसे हो पुत्र युधिष्ठिर!"

"आपकी कृपा है पितामह!" युधिष्ठिर बोले, "आज के युद्ध में आपका शौर्य अद्भुत था।"

भीष्म मुस्कुराये : अपनी सेना के संहारक की वीरता और क्षमता की प्रशंसा कर रहा है युधिष्ठिर। युद्ध भी इनका मन रंचमात्र मलिन नहीं किया है।

"पंचाल सेना तो त्राहि–त्राहि कर उठी थी पितामह!" भीम उत्फुल्ल मन से बोला, "उनसे सावधान रहिएगा। द्रुपद, शिखण्डी और धृष्टद्युम्न आपके वध के लिए भीषण रूप से व्यग्र हैं।"

भीष्म बोले, "वैसा ही व्यग्र दुर्योधन भी है...तुम लोगों के वध के लिए।"

"उससे कहिए, मुझसे द्वन्द्वयुद्ध कर ले। उसी से जय–पराजय का निर्णय हो जाये।" भीम और भी खुलकर हँसा, "व्यर्थ का नरसंहार क्यों करवा रहा है।"

"वह तो कहता है कि युद्ध के लिए उत्तरदायी तुम लोग हो।" भीष्म सहज स्नेह से बोले, "यदि तुम लोग सन्धि कर लो..."

कृष्ण के नेत्रों में जैसे चपला कौंधी। उन्होंने भीष्म को देखा : शत्रुओं का सेनापति युद्ध के मध्य सन्धि की बात कर रहा था, "सन्धि की प्रतिज्ञा क्या होगी पितामह! कि पाण्डव अपने राज्य की माँग छोड़ दें और अपने हाथों से अपने शीश काटकर दुर्योधन के चरणों में डाल दें?"

भीष्म उदास हो गये। उनका मन कह रहा था, कैसी सटीक बात कही है, कृष्ण ने। ऐसा ही तो चाहता है दुर्योधन। पर मुख से इतना ही कहा, "वासुदेव! क्या ऐसे भी सन्धि होती है?"

"आततायियों की सन्धि तो ऐसी ही होती है पितामह!" कृष्ण बोले, "सन्धि की कोई सम्भावना होती तो वह उसी दिन हो जाती, जिस दिन मैं हस्तिनापुर गया था। किन्तु दुर्योधन..."

"पितामह! मैं युद्ध के आरम्भ तक पिछली सारी घटनाएँ विस्मृत

कर अपने–आपको समझाता रहा कि कौरव हमारे भाई हैं। वे हमसे अलग नहीं हैं। और दुर्योधन यह मानता रहा कि वे हमारे भाई नहीं हैं।" अर्जुन ने थमकर पितामह को देखा, "चलो, न सही भाई। तुम हमसे पृथक् ही सही। जो भाई नहीं होते, वे शत्रु तो नहीं होते। पर वह कहता है कि तुम पृथक् हो, अन्य हो, इसलिए हमारे शत्रु भी हो। वह शत्रु भाव ही रखता, पर हमें जीने तो देता, किन्तु वह तो कहता है कि यदि शत्रु हो तो तुम्हें जीवित रहने का अधिकार नहीं है।"

"यही है तो दुखद तथ्य है तात!"

"अब तो हम भी दुर्योधन से सहमत हो गये हैं कि वे हमसे पृथक् हैं, अन्य हैं। हम परस्पर शत्रु हैं; और शत्रु का वध न्यायोचित है। शत्रु के वध का अधिकार उन्हें ही नहीं, हमें भी है। ऐसा क्यों है कि वे अपने शत्रु को मारें तो वह न्यायोचित कर्म है, और हम अपने शत्रु को मारें तो हम नरसंहार के अपराधी हैं। जो कुछ वह कर रहा है, वही हम करते हैं तो वह हमें दोषी क्यों ठहराता है?" भीम साकार प्रश्न बना बैठा था।

"मैं यह नहीं कहता कि तुम कुछ भी अनुचित कर रहे हो पुत्र! तुम्हारे स्थान पर कोई और होता तो यह कर्म वर्षों पहले करता। किन्तु..." उन्होंने रुककर पाण्डवों की ओर देखा, "किन्तु तुम्हारी सहमति से दुर्योधन अपने दुष्कृत्यों में सफल हो गया है। वह तो चाहता ही था कि तुम उसकी बात मान लो। यह तुमने मान ली। कुरुवंश का विनाश आज तक तुमने रोका था पुत्र!...पर कदाचित अब वह बच नहीं पायेगा।..."

"यह तो आप स्वीकार करेंगे ही पितामह!" सहदेव बोला; "कि युद्ध करेंगे तो हम विजयी होने का प्रयत्न भी करेंगे।"

"अवश्य।" लगा पितामह की आँखें गीली हो आयीं, "विजय की कामना से ही लोग युद्ध करते हैं। तुम ही क्यों, तुम्हारी विजय की कामना तो मैं भी करता हूँ। विजय तुम्हारी ही हो। मैं तुम्हें आशीर्वाद देता हूँ। तुम लोग कुरुवंश का धर्म हो, उसका पुण्य हो।"

युधिष्ठिर ने पितामह का यह रूप पहले कभी नहीं देखा था। वे

कुछ विस्मित स्वर में बोले, "पितामह, विजय का आशीर्वाद आप हमें दे रहे हैं, और धनुष लेकर दुर्योधन के पक्ष से युद्ध भी आप करते हैं। आपके जीवित रहते, हमारी विजय हो कैसे सकती है? और आपके वध की हम कल्पना भी नहीं कर सकते। आपकी कामना और कर्म परस्पर विरोधी नहीं हैं पितामह?"

लगा, पितामह अपनी भीगी आँखों को छिपाने के लिए हँस पड़े, "मैं सारा जीवन ऐसा ही रहा हूँ पुत्र! मेरी इच्छाएँ, कामनाएँ, मेरा चिन्तन–इन सबके विरुद्ध रहा है मेरा कर्म। आजीवन मैं वीतराग बना रहा और बड़ी गृहस्थी को ढोने का प्रयत्न भी करता रहा। स्नेह किसी से करता रहा, और कन्धे पर किसी और को उठाये रहा। जिनकी पूजा करता था, उसने युद्ध किया; जिनसे प्रेम करता था, उनको ठुकराता रहा। मेरा जीवन तो द्वन्द्वों का पुंज रहा है! किन्तु अब द्वन्द्व अधिक दिन नहीं चलेंगे...। तुम्हारी विजय की कामना कर रहा हूँ तो तुम्हारे मार्ग में खड़ा भी नहीं रहूँगा।..."

"आप युद्ध से निरस्त होंगे पितामह?" अर्जुन चकित था।

"नहीं!" पितामह जैसे अपने–आप में लौट आये थे, "क्षत्रिय युद्ध से निरस्त नहीं होता पार्थ! जीवन से निरस्त होता है।"

"तो हमारी विजय कैसे होगी?" युधिष्ठिर ने कहा, "सत्य तो यह है पितामह! कि हम लोग युद्ध में आपसे त्रस्त हो रहे हैं। हम आपसे इसी विषय में चर्चा करने ही आये थे। हमारी विजय का रथ किस मार्ग से होकर जायेगा?"

भीष्म हँसे, "यदि मैं तुम्हारी विजय के मार्ग में खड़ा हूँ तो मुझे हटाना तो तनिक भी कठिन नहीं है। मैंने इस युद्ध से पूर्व दो प्रतिज्ञाएँ की हैं। क्या तुम्हें उनका ज्ञान नहीं है?"

"हमें ज्ञान है।" युधिष्ठिर बोले, "आपने प्रतिज्ञा की है कि आप हम पाँचों में से किसी का वध नहीं करेंगे और शिखण्डी से युद्ध नहीं करेंगे।"

"तो फिर कठिनाई क्या है?" भीष्म हँस रहे थे।

"हम आपकी मृत्यु की कामना नहीं करते, इसलिए अर्जुन आपका

वध नहीं करेगा और हम शिखण्डी को आपसे युद्ध करने नहीं देंगे।" युधिष्ठिर बोले।

"दुर्योधन यह सुनेगा तो तुम्हें मूर्ख कहेगा।" भीष्म की वाणी में उसके लिए प्रशंसा का भाव था।

"उससे अपने लिए बुद्धिमान के रूप में मान्यता लेने के लिए हम अपने पितामह के वध का पातक तो नहीं कर सकते।" अर्जुन बोला, "और उसकी दृष्टि में तो आपकी दोनों प्रतिज्ञाएँ आत्मघाती हैं।"

भीष्म चुपचाप अर्जुन को देखते रहे। फिर बोले, "सुनो पुत्रो! मैं यह युद्ध अपनी विजय के लिए नहीं लड़ रहा। न मैं दुर्योधन को विजयी बनाने के लिए युद्ध कर रहा हूँ। मैं जिस प्रयोजन से तुम्हारे और दुर्योधन के मध्य खड़ा था, उसका पूरा होना अब सम्भव नहीं है। मेरे युद्ध का अब कोई प्रयोजन नहीं है। मैं युद्ध से निरस्त होना चाहता हूँ। क्षत्रिय हूँ, इसलिए पीछे नहीं हट सकता। अतः मेरी सहायता करना चाहते हो तो मेरा वध करो। वध नहीं करना चाहते तो, इतना क्षत–विक्षत तो कर ही दो कि मैं युद्ध–क्षेत्र में खड़ा ही न रह सकूँ। मैं जानता हूँ कि न तुम मेरा अपमान करना चाहते हो, न मेरा वध।..." उन्होंने अर्जुन की ओर देखा, "तब प्रश्न यह है कि क्या तुम चाहते हो कि मैं शिखण्डी के हाथों मारा जाऊँ? तुम कितने दिन मुझे उससे बचाते रहोगे। वह जब भी मेरे सामने पड़ेगा, मैं अपना धनुष त्याग कर खड़ा हो जाऊँगा। द्रुपद, धृष्टद्युम्न और शिखण्डी मेरा वध करना चाहते हैं। तुम उन तीनों का विरोध कर मेरी रक्षा नहीं कर पाओगे। अन्ततः वह क्षण आयेगा ही।...और मुझे यह एकदम सम्मानजनक नहीं लगता।..."

"आपका वध!" अर्जुन बोला, "शिखण्डी के हाथों? यह आप क्या कह रहे हैं पितामह!"

"यह तो युद्ध है पुत्र!" भीष्म हँसे, "मैंने कुरुवंश की रक्षा का संकल्प किया था। यदि मैंने तुम्हारा वध किया तो वंश की रक्षा कैसे होगी? एक ही मार्ग है कि तुम मेरा वध कर दो ताकि मैं वंशघाती न बनूँ।"

"पितामह!" कृष्ण बोले।

"हाँ वासुदेव! जीवन भी एक युद्ध है और युद्ध में कभी–कभी बड़ी विकट परिस्थितियाँ आती हैं।" भीष्म बोले, "दुर्योधन विषबीज है। वह इस वंश का नाश करके रहेगा। मैं वंशनाश का सहभागी नहीं होना चाहता, न इस घटना का साक्षी। जब तक मुझे सन्धि की कुछ आशा थी, मैं युद्ध क्षेत्र में बना रहा। अब कोई आशा शेष नहीं है। मैं जीते जी युद्धक्षेत्र से हट नहीं सकता। धनंजय! मुझे क्षेत्र से हटा दो पुत्र!"

उनके मध्य एक सन्नाटा–सा टँग गया। इतनी बड़ी सेना का इतना समर्थ सेनापति और कैसा असहाय!...

"पितामह!" अन्त में कृष्ण ही बोले, "क्या अर्जुन में सामर्थ्य है कि वह युद्ध में आपको पराजित कर सके?"

लगा कि पितामह ने जैसे आँखें स्वच्छ करने के व्याज से अश्रु पोंछे हैं, "दुर्योधन मानता है कि मैं युद्ध करूँ तो धनंजय मुझे पराजित नहीं कर पायेगा। वह उसे मेरी वीरता समझता है। यह नहीं जानता कि वह इसलिए है क्योंकि अर्जुन के हाथ मुझ पर उठते नहीं। अर्जुन के मन में स्नेह है मेरे लिए। मैं यह मानता हूँ कि विराटनगर का युद्ध प्रमाण है कि हम धनंजय की क्षमता पर किसी प्रकार का अविश्वास नहीं कर सकते।"

सब चुपचाप पितामह को देखते रहे।

और फिर जैसे पितामह ने बड़े उत्साह से कहा, "तुम लोग जानते ही हो कि तुम्हारी सेना में मेरे वध के लिए कौन सबसे अधिक उत्कंठित है।"

"शिखण्डी।" सारे पाण्डव सहमत थे।

पितामह हँस पड़े, "अम्बा ने ही पुनर्जन्म लिया है। वह अन्तिम बार विदा होते हुए कह गयी थी कि वह उस जन्म में मेरी हत्या न कर पायी तो दूसरा जन्म लेगी। लगता है शिखण्डी के रूप में आयी है, नहीं तो मुझसे क्या इतनी शत्रुता है शिखण्डी की। पता नहीं यह उनकी शत्रुता है या प्यार है। प्रेम नहीं मिला तो शत्रुता पाल ली। कौन जाने लोहा–चुम्बक एक–दूसरे के शत्रु होते हैं या मित्र। किन्तु वे एक–दूसरे की ओर आकृष्ट अवश्य होते हैं। शिखण्डी मेरी ओर

खिंच रहा है।...शिखण्डी या शिखण्डिनी।..." पितामह हँसे, "शिखण्डी को अनेक लोग आरम्भ में स्त्री ही मानते रहे हैं। मैं आज भी उसे स्त्री रूप ही मानता हूँ। लगता है कि कुछ देय है मेरी ओर। अम्बा को उसका देय नहीं दे पाया। शिखण्डिनी को दूँगा। उसकी कामना पूरी करूँगा। उसे कामनापूर्ति का वर देता हूँ।"

"पर वह अम्बा नहीं है तात! वह शिखण्डी है, द्रुपद का पुत्र। महारथी शिखण्डी। वह शस्त्रधारी योद्धा है। वह आपका वध कर देगा।" भीम के मुख से जैसे अकस्मात् ही निकला।

"जानता हूँ।" भीष्म बोले, "तभी तो उसे कामनापूर्ति का वर दे रहा हूँ।"

"यह तो आत्मवध है पितामह!" कृष्ण बोले।

"नहीं! यह तो मेरी मुक्ति है वासुदेव! स्वैच्छिक मुक्ति! मेरे पिता ने मुझे यही वर दिया था।" वे जैसे किसी और लोक से बोल रहे थे, "मैं जब कुरुवंश का नाश रोक नहीं सकता, तो इस जीवन रूपी बन्धन में बँधे रहने का प्रयोजन क्या है। मैं स्वेच्छा से मुक्त हो रहा हूँ।"

"पितामह! अपनी इस स्वीकारोक्ति का महत्त्व समझ रहे हैं न?" कृष्ण बोले, "आप अपने शत्रुओं को युद्ध में अपने वध का आदेश दे रहे हैं।"

"शत्रुओं को नहीं। अन्य पक्ष को।" पितामह हँसे, "यही तो अन्तर है, मुझमें और दुर्योधन में।"

"पितामह!..." अर्जुन ने कुछ कहना चाहा।

"पार्थ!" पितामह ने मध्य से ही उसकी बात काट दी, "अब कहने–सुनने का अवसर नहीं है। मैं न और युद्ध करना चाहता हूँ, न युद्ध से भागना चाहता हूँ। क्षत्रिय के समान क्षेत्र में आया था, क्षत्रिय के समान हटूँगा। स्त्री पर शस्त्र नहीं उठाऊँगा।" वे हँस रहे थे, "पर मेरे मन में एक पीड़ा है पार्थ!"

"क्या पितामह?" अर्जुन कुछ चकित था।

"मैं शिखण्डी जैसे साधारण योद्धा के बाणों से नहीं मरना चाहता। भीष्म जैसे योद्धा के लिए यह बहुत सम्मानजनक मृत्यु नहीं है वत्स! मुझे वीरों की सम्मानजनक मृत्यु चाहिए पुत्र! मेरी तो कामना है कि

मैं संसार के अन्यतम धनुर्धारी के बाणों से आहत होकर गिरूँ। देवव्रत भीष्म युद्ध में साधारण सैनिक की मृत्यु नहीं मरना चाहता।"

"यह कैसे होगा पितामह!" युधिष्ठिर बोले।

"पार्थ समझता है और समझता है पार्थसारथि!" पितामह हँस रहे थे।

अर्जुन ने मुख उठाकर भीष्म को देखा : क्या कह रहे हैं पितामह! युद्ध के आरम्भ से ही उसके मन में जो द्वन्द्व थे, क्या पितामह उन्हें जानते हैं? कृष्ण ने कहा था, युद्ध में व्यक्तिगत राग–द्वेष नहीं होते। क्षात्रधर्म का निर्वाह ही उसका एकमात्र कर्तव्य है।...क्या पितामह उसे वही सन्देश नहीं दे रहे। क्या वे उसके मन के द्वन्द्वों को काटने में उसकी सहायता कर रहे हैं, उसे उसके धर्म की ओर प्रवृत्त कर रहे हैं...युद्ध में प्रवृत्त हुआ तो उसे पितृघाती भी बनना होगा?...

वह अवाक् बैठा पितामह को देखता रहा।

"दुर्योधन ने मुझे आदेश दिया है कि कल के युद्ध में किसी न किसी महानायक को धराशायी होना ही होगा; अम्बा अपने प्रतिशोध के लिए जन्म–जन्मान्तर में भटक रही है और सृष्टि के धारक धर्म की इच्छा है कि युधिष्ठिर इस युद्ध में विजयी हों।..." पितामह ज़ोर से हँसे, "मैं चाहता हूँ कि दुर्योधन की इच्छा पूरी हो पुत्र! अम्बा को उसके प्रतिशोध ताप से मुक्ति मिले और संसार में धर्म की स्थापना हो।" पितामह ने आशीर्वाद की मुद्रा में अपना हाथ उठा दिया।

"पर मैं आपका वध नहीं कर सकता पितामह!" अर्जुन का स्वर रुदन के निकट पहुँच चुका था।

"मत करना वध। मैं तो केवल इतना ही कह रहा हूँ कि मुझे युद्धक्षेत्र से हटा दो।" भीष्म ने उसे स्नेह से देखा, "मेरे सुख के लिए इतना तो तुम्हें करना ही चाहिए।"

"चलो अर्जुन!" कृष्ण ने अर्जुन को और बोलने नहीं दिया। वे पितामह की ओर मुड़े, "आपकी इच्छा पूरी होगी पितामह! आप युद्ध क्षेत्र से अर्जुन के द्वारा ही हटाये जायेंगे।"

20

दूत चला गया और एक सर्वव्यापी मौन छा गया।

अन्ततः द्रौपदी ने ही कहा, "हम सब जानती हैं कि पितामह के भूमिपात से किसी को भी प्रसन्नता नहीं होगी। वे जैसे भी थे, पाण्डवों को प्रिय थे। किन्तु हम यह भी जानती हैं कि हमारी विजय के लिए पितामह का पतन आवश्यक था।...युद्ध की दृष्टि से यह समाचार हमारे लिए सुखद है।"

"आप ठीक कह रही हैं।" देविका ने सबसे पहले उसका समर्थन किया, "पितामह के पतन के बिना पाण्डवों की जय हो ही नहीं सकती थी।"

"यह तो ठीक है, किन्तु इस सारी सूचना में मुझे पाण्डवों का गौरव कहीं दिखाई नहीं देता।" बलंधरा ने द्रौपदी की ओर देखा, "एक वृद्ध को उसके प्रेमपाश में बाँधकर स्वयं उससे यह रहस्य प्राप्त करना कि उसका वध कैसे किया जा सकता है; और फिर आर्य शिखण्डी को सम्मुख खड़ा कर, पितामह को निहत्था कर, उन्हें बाणों से बाँध देना। यह तो कोई वीरता नहीं है जीजी!"

द्रौपदी ने ही नहीं, देविका और करेणुमती ने भी बलंधरा की ओर इस प्रकार देखा, जैसे कह रही हों कि उन्हें पहले से ही आशंका थी कि वह ऐसी ही कोई बात कहेगी।

"बलंधरा! अब तुम इस पूर्वश्रुत कथा को इस प्रकार सुनो।" द्रौपदी ने कहा, "पाण्डव पहले दिन से जानते थे कि पितामह ने दो प्रतिज्ञाओं के साथ दुर्योधन का सेनापतित्व स्वीकार किया था। पहली यह कि पाण्डव उनके लिए अवध्य होंगे और दूसरी यह कि किसी स्त्री पर, अथवा उस पुरुष पर जो पहले कभी स्त्री रह चुका है, वे शस्त्र नहीं उठाएँगे।"

"तो?" बलंधरा के स्वर में न केवल असहमति थी, वरन् स्पष्ट चुनौती भी थी।

"पाण्डवों ने यह जानते हुए भी कि पितामह को इस विधि से थोड़े ही समय में धराशायी किया जा सकता है, उसका उपयोग नहीं

किया। क्यों? क्यों पहले ही दिन उस विधि से पितामह का वध नहीं किया और विराट के दोनों पुत्रों को बचा लिया? क्योंकि पाण्डव वीर हैं और पितामह से प्रेम करते हैं। शिखण्डी ने जब कभी भीष्म पितामह पर आक्रमण किया, कौरवों के कितने-कितने महारथी और अतिरथी उन पर टूट पड़े और धनंजय ने शिखण्डी को वह सुरक्षा प्रदान नहीं की, जो वे कर सकते थे। शिखण्डी हर बार असफल होकर लौट आये और पितामह पाण्डवों की सेना को काटते रहे।" द्रौपदी ने कहा, "तुमने कभी ध्यान नहीं दिया बलंधरा! कि धर्मराज ने श्रीकृष्ण को कई बार उपालम्भ दिया कि अपनी सेना को कटती देखकर भी धनंजय पितामह का वध नहीं करते।"

"हाँ! उपालम्भ दिया तो था।" बलंधरा ने कहा, "पर उससे क्या सिद्ध होता है?"

"श्रीकृष्ण भी दो बार रथ से कूदकर पितामह को मारने के लिए कुरुक्षेत्र में उनकी ओर दौड़े थे?"

"हाँ!"

"क्यों?" द्रौपदी ने पूछा, "क्या इसलिए कि धनंजय पितामह का वध कर नहीं सकते थे अथवा वे करना नहीं चाहते थे?"

बलंधरा ने कुछ नहीं कहा।

"यदि धनंजय असमर्थ होते तो श्रीकृष्ण स्वयं रथ से कूदकर उन्हें उत्तेजित क्यों करते? धर्मराज रुष्ट क्यों होते?" देविका ने उसकी ओर देखा।

बलंधरा इस बार भी कुछ नहीं बोली।

"स्पष्ट है कि सव्यसाची पितामह का वध करने में समर्थ होते हुए भी उनका वध नहीं करना चाहते थे।" सुभद्रा ने कहा, "वे उनसे प्रेम करते थे। उन्हें अपनी सेना का कटना स्वीकार्य था, किन्तु वे पितामह का वध करना नहीं चाहते थे।"

"तो फिर वध किया क्यों?" बलंधरा बोली।

सुभद्रा का वर्ण कुछ तप्त हुआ। लगा कि वह बलंधरा को कोई कठोर बात ही न कह दे।

"वध तो होना ही था बलंधरा! समरभूमि में शत्रुपक्ष से लड़ने वाले योद्धा का वध नहीं किया जायेगा तो पराजय स्वीकार करनी पड़ेगी।" देविका ने बात सँभाल ली, "तुम इसे इस प्रकार देखो। पाण्डव पहले ही दिन आर्य शिखण्डी को सम्मुख खड़ा कर पितामह का वध कर सकते थे, किन्तु उन्होंने ऐसा नहीं किया। दूसरी ओर पितामह लड़ भी रहे थे और दुर्योधन को सन्धि कर लेने के लिए समझा भी रहे थे। शायद पाण्डव भी ऐसी ही किसी सन्धि की प्रतीक्षा कर रहे हों। पर अपनी सेना को कटते देख धर्मराज को भी तीव्र इच्छा होने लगी थी कि पितामह का वध हो जाना चाहिए। श्रीकृष्ण ने पहले दिन से ही स्पष्ट कर दिया था कि वे पितामह का वध शीघ्रातिशीघ्र चाहते हैं। उधर दुर्योधन भी पितामह से रुष्ट हो रहा था कि उनके सेनापतित्व में पाण्डवों का वध नहीं हो रहा है। अतः वह भी पितामह की मृत्यु की कामना कर रहा था ताकि वह कर्ण को सेनापति के रूप में समरभूमि में ला सके। तीसरी ओर पितामह देख रहे थे कि सन्धि की कोई सम्भावना नहीं थी और सेना प्रतिदिन कट रही थी। जिन कौरवों की वे रक्षा करना चाहते थे, उनके दोनों पक्ष उनकी मृत्यु की कामना कर रहे थे। हारकर उन्होंने पाण्डवों से कह ही दिया कि वे शिखण्डी के हाथों मरना नहीं चाहते। उन्हें अर्जुन के हाथों मरने का यश मिले। यह तो एक हताश व्यक्ति की गौरवपूर्ण आत्महत्या है।"

"तो पाण्डव उनके शिविर में क्या पूछने गये थे?" बलंधरा अपनी बात से टलने को तैयार नहीं थी।

"अनुमति लेने गये थे कि अब वे पितामह का वध कर ही दें।" सुभद्रा ने कहा।

बलंधरा ज़ोर से हँस पड़ी, "अपने वध्य से भी कोई वध की अनुमति लेता है?"

"पाण्डव लेते हैं।" द्रौपदी ने जैसे दृढ़तापूर्वक किसी सिद्धान्त का प्रतिपादन किया, "युद्धारम्भ के समय भी धर्मराज अपना कवच उतारकर, अपने विरुद्ध लड़ने वाले अपने गुरुओं और कुलवृद्धों से अनुमति लेने गये थे।"

"विचित्र हैं ये पाण्डव भी।" बलंधरा ने जैसे अपने आपसे कहा।

"तभी तो वे असाधारण हैं।" देविका बोली।

"एक बात मेरे मन में भी है जीजी!" करेणुमती बोली, "पूछूँ?"

"किससे पूछना है?" सुभद्रा की आँखों में असाधारण चंचलता थी, और वह बलंधरा की ओर देख रही थी।

द्रौपदी को जाने क्यों सुभद्रा की उस चंचल मुस्कान में से कृष्ण झाँकते दिखाई दिये : है तो यह उनकी बहन ही।

"नहीं! मैं बलंधरा जीजी से नहीं पूछ रही।" करेणुमती बोली, "मैं तो आप सबके सम्मुख अपनी एक जिज्ञासा रखना चाहती हूँ—उत्तर जिस किसी के भी पास हो।"

"जिज्ञासा क्या है?" देविका ने पूछा।

"आप किसी भी प्रकार काल–गणना कर लें, पितामह की अवस्था इतनी कम नहीं हो सकती कि वे इस प्रकार का युद्ध कर सकें। और वे युद्ध ही नहीं कर रहे थे, प्रलय मचा रहे थे। तरुणों की तरुणाई भी उनकी सक्रियता और स्फूर्ति के सम्मुख लज्जित हो रही थी।"

"तुम कितनी अवस्था आँकती हो उनकी?" देविका ने पूछा।

"किसी भी गणित से उनकी अवस्था कम–से–कम सवा सौ से डेढ़ सौ वर्षों के बीच होनी चाहिए।" करेणुमती बोली।

"हाँ! इतनी तो होनी ही चाहिए।" देविका ने कहा और सुभद्रा की ओर देखा।

सुभद्रा ने भी सहमति में सिर हिला दिया।

"तो फिर जहाँ हम मनुष्य मात्र की अधिकतम आयु सौ वर्ष मानते हैं, वहाँ एक व्यक्ति न केवल डेढ़ सौ वर्ष तक जीवित हो, वरन् युवाओं के समान युद्ध कर रहा हो, इसे कोई कैसे स्वीकार कर सकता है?"

"पर यह सत्य है। हमारे सामने है।" बलंधरा बोली, "इसे झुठलाया नहीं जा सकता।"

"सत्य है, इसीलिए तो मेरे मन में यह जिज्ञासा है। कैसे सम्भव है यह? पितामह ने इसे कैसे सम्भव किया? क्या यह मात्र ब्रह्मचर्य के कारण है, अथवा उनके पास कोई सिद्धि है?" करेणुमती ने बारी–बारी उन सबकी ओर देखा।

"वैसे तो आचार्य द्रोण की अवस्था भी कम नहीं है।" सुभद्रा ने कहा, "और कृपाचार्य ही कौन–से छोटे हैं।"

"मानने को मान लो कि आचार्य भी कम तपस्वी नहीं हैं।" देविका ने कहा, "किन्तु पितामह के विषय में तो यह भी कहा जाता है कि उन्हें अपने पिता से इच्छामृत्यु का वरदान मिला है।...क्या यह सब इसके कारण है?"

"नहीं! मैं इससे सहमत नहीं हूँ।" द्रौपदी ने कुछ आवेश में कहा, "में तो वैसे ही शाप और वरदान पर बहुत विश्वास नहीं करती, पर महाराज शान्तनु के विषय में तो यह एकदम सत्य नहीं हो सकता। उन्होंने कौन–सी तपस्या की थी कि उन्हें कोई सिद्धि प्राप्त होती, जिससे वे किसी को वरदान दे सकते। वे तो साधारण भोगी पुरुष थे। पहले गंगा के प्रेम में डूबे रहे और फिर सत्यवती के मोह में निमज्जित हो गये। यदि वैसे पुरुष को भी वरदान देने की शक्ति मिल सकती है तो फिर हम–तुम क्यों किसी को वर नहीं दे सकतीं?"

"वरदान न सही। मुझे तो शाप की शक्ति मिल जाये तो मैं अभी इसी क्षण दुर्योधन को भस्म कर दूँ।" बलंधरा बोली।

"बस! बस!! बात तो पितामह की अवस्था और उनकी क्षमता की थी।" देविका ने कहा, "और फिर उनकी इच्छामृत्यु की। क्या है इन सबका कारण?"

सबकी दृष्टि द्रौपदी पर आ टिकी थी।

"तुम लोग मुझसे इसका उत्तर माँग रही हो?" उसने कुछ विस्मित स्वर में पूछा।

"हाँ!" करेणुमती बोली, "तो और कौन उत्तर देगा?"

"इसका उत्तर तो तुम लोगों को श्रीकृष्ण से ही माँगना चाहिए। वे ही जानते हैं जन्म–मृत्यु के रहस्यों को।"

"अब श्रीकृष्ण यहाँ उपस्थित नहीं हैं तो उनकी सखी ही उत्तर दे।" सुभद्रा ने हँसकर कहा।

"क्यों? उनकी बहन क्यों न दे?" द्रौपदी भी हँसी।

"क्योंकि उनकी बहन न उनकी सखी के समान विदुषी है, न

उतनी बुद्धिमती, न ही उसे जीवन का इतना अनुभव है।" सुभद्रा गम्भीर हो गयी थी।

"मैं तुम्हारी अपेक्षाओं पर पूरी उतरूँगी कि नहीं, कह नहीं सकती, किन्तु प्रयत्न करती हूँ।" द्रौपदी की मुद्रा भी चिन्तनशील हो गयी, "मेरे मन में एक ही बात आती है। उपनिषद् कहते हैं :

पृथ्वी अप् तेजः अनिल खे समुत्थिते, पंचात्मके योग गुणे प्रवृत्ते।
न तस्य रोगः न जरा न मृत्युः, प्राप्तस्य योगाग्निमयं शरीरम्।।

यदि पितामह ने भी पृथ्वी, जल, तेज, वायु और आकाश—इन पाँचों महाभूतों का सम्यक् प्रकार से उत्थान होने पर तथा इनसे सम्बन्ध रखने वाले पाँच प्रकार के योग सम्बन्धी गुणों की सिद्धि हो जाने पर, योगाग्निमय शरीर को प्राप्त कर लिया है, तो उनको न तो रोग सतायेगा, न बुढ़ापा आयेगा और न ही उनकी मृत्यु होगी, अर्थात् उनकी मृत्यु उनकी अपनी इच्छा के अधीन होगी।"

"क्या यह सब सम्भव है जीजी!" करेणुमती के स्वर में अविश्वास था।

"मैं कह नहीं सकती करेणु!" द्रौपदी ने कहा, "मुझे स्वयं इसका कोई अनुभव नहीं है; किन्तु शास्त्र कह रहा है और हमारे सामने पितामह का उदाहरण है। मानना न मानना तो अब श्रद्धा—अश्रद्धा का प्रश्न है।"

"यदि यह सम्भव है तो कुछ और योगी भी तो होने चाहिए। एक अकेले पितामह ही क्यों?" बलंधरा बोली, "पर हमें तो और कोई दिखाई नहीं पड़ता।"

"होने को तो कृष्ण द्वैपायन व्यास भी हैं।...और देख सको तो देखो, श्रीकृष्ण और धनंजय की अवस्था पर भी क्या काल का कोई प्रभाव दिखाई पड़ता है? क्या वे भी चिरयुवा नहीं लगते?" द्रौपदी ने हँसकर कहा, "और यदि इस प्रकार के योगी होते हैं तो उन सबका हमारे आसपास होना भी आवश्यक नहीं है। फिर भी मैं आग्रह नहीं कर सकती कि तुम लोग इस स्पष्टीकरण को स्वीकार कर ही लो।"

"विचित्र बात है।" बलंधरा जैसे अपने आपसे बोली, "मानो तो समस्या, न मानो तो समस्या। यह गोरखधन्धा तो मेरी समझ से एकदम ही बाहर है।"

"मुझे तो उससे भी विचित्र वे सूचनाएँ लगती हैं, जो पितामह के धराशायी हो जाने के बाद की हैं।" सुभद्रा ने कहा।

"पार्थ द्वारा उन्हें बाण का तकिया देने की? बाण द्वारा धरती से जल प्रकट करने की?" द्रौपदी ने पूछा।

"हाँ! और यह भी कि पितामह के शरीर में बाण आर–पार धँसे हैं और वे उन पर ही सोए हैं।"

कुछ क्षणों तक द्रौपदी ने कुछ नहीं कहा। फिर अकस्मात् ही बोली, "द्वन्द्व मेरे मन में भी है। या तो उपनिषद् की उक्ति के प्रकाश में पितामह के योगाग्निमय शरीर को स्वीकार कर लें। उससे यह माना जा सकता है कि पितामह को बाणों के इस प्रकार आर–पार हो जाने पर भी कोई कष्ट नहीं हो रहा है। या फिर कष्ट तो हो रहा है; किन्तु उनकी मृत्यु नहीं हो सकती, क्योंकि वह उनकी इच्छा के अधीन है।"

"सम्भव तो यह भी है, किन्तु यह भी तो हो सकता है कि पितामह के शरीर में कुछ ऐसे बाण धँस गये हों, जिन्हें निकालना न तो विशल्यकारी औषधियों के लिए सम्भव है और न ही शल्यचिकित्सकों के लिए।" देविका ने कहा।

"क्यों? शल्यचिकित्सकों के लिए क्यों सम्भव नहीं है?" सुभद्रा ने पूछा।

"बाणों को निकालने की शल्यक्रिया उनके प्राण भी ले सकती है।" देविका ने उत्तर दिया, "ऐसे में वे अपने पर्यंक पर लेटे हों, तो भी बाण–शैया पर सोए ही माने जायेंगे। वे उन बाणों की चुभन, उनकी पीड़ा से तो मुक्त नहीं हो सकते।"

"वैसे योगशास्त्र का यह भी कहना है कि साधक यदि अपना स्वरूप पहचान कर स्वयं को आत्मा के रूप में देखता है और इस शरीर से पृथक् अनुभव करने लगता है, तो उसे इस शरीर का कोई कष्ट पीड़ित नहीं करता।" द्रौपदी ने कहा, "वह बिना किसी पीड़ा का अनुभव किये, अपने हाथों से अपने शरीर के अंगों को काट सकता है।"

"हमारी कठिनाई यह है कि हमारा सत्य केवल वह है, जिसको स्वयं हमने अनुभव किया है।" सहदेव की पत्नी विजया ने पहली बार मुँह खोला, "जो हमारे अनुभव क्षेत्र से बाहर है, उसका विश्वास हम

कैसे कर लें।...किन्तु पितामह का उदाहरण हमें बहुत कुछ सोचने को बाध्य करेगा।"

"और वह बाण का तकिया और बाण का धरती में से जल निकाल कर पिलाना?" बलंधरा ने जैसे उन्हें स्मरण कराया।

"यह तो मुझे किसी कवि की अतिशयोक्तिपूर्ण कल्पना ही लगती है।" देविका ने कहा, "बाकी तुम लोगों की इच्छा।"

"क्यों? क्या धनंजय एक ऐसा बाण नहीं मार सकते थे, जो पितामह के सिर को नीचे से सहारा तो दे किन्तु उनको आहत न करे?" सुभद्रा ने कहा, "एकलव्य ने भी तो कुत्ते का मुँह बाणों से भर दिया था, किन्तु उसे आहत नहीं किया था?"

"बात तो ठीक है।" द्रौपदी ने समर्थन किया।

"बात तो ठीक ही है।" देविका बोली, "किन्तु मैं सोचती हूँ कि धनंजय और शिखण्डी ने युद्ध में पितामह को इतने बाण मारे थे कि उनके शरीर का कोई भाग बाणशून्य नहीं था। शरीर पर कवच भी रहा होगा। उस कवच को भी भेदा गया। तो क्या उनके कण्ठ और माथे पर कोई बाण नहीं मारा गया होगा? शिरस्त्राण के बाद भी कन्धों से ऊपर बहुत सारा भाग अनावृत होता है। मारा ही होगा। ऐसे में तकिया देने के लिए और बाण क्या मारना।" देविका ने रुककर सुभद्रा को देखा, "वैसे तुम्हारी इच्छा भई। नहीं तो धनंजय के लौटने पर उनसे पूछ लेना।"

"मानना न मानना तो अपने अनुभव, अपनी बुद्धि और अपनी श्रद्धा पर निर्भर करता है," द्रौपदी ने कहा, "पर इतना तो कहना ही होगा कि जो भी हुआ, बहुत अद्‌भुत हुआ।"

सुभद्रा हँसी, "जीजी ने तो चर्चा के समापन की ही घोषणा कर दी।"

21

सहसा उसने आँखें खोल दीं और आकाश की ओर ताकने लगा, जैसे वहाँ कहीं उसकी समस्या का समाधान लिखा हो। योगियों के विषय

में उसने पढ़ा था कि जब वे किसी समस्या से अत्यधिक ग्रस्त हो जाते हैं तो उनको या तो उनका अपना मन ही गुरु बनकर समस्या का समाधान कर देता है, या फिर उन्हें अपनी समस्या का समाधान आकाश पर लिखा हुआ दिख जाता है।...पर अश्वत्थामा की समस्या का समाधान आकाश पर लिखा हुआ नहीं था। वहाँ तो असंख्य तारे थे। उनका लेख पढ़ना अश्वत्थामा के वश का नहीं था। न तो वह वैसा योगी ही था, न वैसा ज्योतिषाचार्य।...उसकी आँखें आकाश से उतरकर वट वृक्ष की शाखाओं पर टिक गयीं।...उसने अब तक ध्यान नहीं दिया था कि उसकी शाखाओं पर असंख्य नीड़ बने हुए थे। जाने कितने पक्षी यहाँ रहते थे। वे सब एक ही प्रकार के पक्षी होंगे। कदाचित् ये कौओं के ही घोंसले थे। वे सब शान्त मन से अपने–अपने नीड़ों में सोए हुए थे और अश्वत्थामा उनका प्रहरी बना हुआ ऊपर ताक रहा था।

सहसा उसे उन घोंसलों से बाहर एक बड़ा–सा पक्षी दिखाई दिया। अश्वत्थामा ने ध्यान से देखा : यह एक वृहदाकार उल्लू था। उसकी आँखें अन्धकार में भी चमक रही थीं।...यह यहाँ क्या कर रहा है? उसने सोचा। यह अपने घोंसले से भटककर इधर आ गया है क्या?...पर उल्लू रात के अन्धकार में कैसे भटक सकता है। उसे तो दिखाई ही रात में देता है। हाँ! उसे दिखाई दे रहा था। वह बहुत सधे पैरों से एक शाखा पर चल रहा था। रुक–रुककर जैसे घोंसलों में झाँक रहा था। क्या देख रहा था वह? कोयल होती तो अश्वत्थामा समझ लेता कि वह देखने आयी है कि उसने अपने अण्डे कौवे के घोंसले में रख दिये थे, उनमें से बच्चे निकल आये या नहीं। पर यह तो उल्लू था। एक बड़ा–सा भयंकर उल्लू। यह यहाँ क्या कर रहा था?...उसने जैसे एक डाल का निरीक्षण पूरा कर लिया और फिर बड़ी सावधानी से दूसरी डाल पर चला गया।

अश्वत्थामा की रुचि बढ़ गयी। यह किसी भी पक्षी की साधारण गतिविधि नहीं थी। वह अवश्य ही किसी विशेष प्रयोजन से यहाँ आया है।...और तभी उस उल्लू ने एक भयंकर शब्द किया और अत्यन्त

स्फूर्ति से कौओं के घोंसलों पर टूट पड़ा। कौए नींद में थे। उन्हें रात को वैसे भी दिखाई नहीं दे रहा था। पर उल्लू था कि किसी सिद्ध योद्धा के समान अपना काम करता जा रहा था। वह एक घोंसले पर झपटता था और उसके पंख, उसकी चंचु और उसके पंजे किन्हीं तीक्ष्ण शस्त्रों के समान कौओं का संहार करने लगते। किसी के पंख नोच दिये, किसी का कण्ठ काट दिया, किसी के पैर तोड़ डाले। वह किसी को खा नहीं रहा था, बस संहार मचा रहा था। कौओं में हाहाकार मचा हुआ था किन्तु न तो कोई कौआ उससे लड़ने आया, न किसी ने अपने बचाव में उस पर चोंच मारी। विधवाविलाप वाली स्थिति थी।...अश्वत्थामा को आश्चर्य हो रहा था कि पंख होते हुए भी कौए उड़कर कहीं जा नहीं रहे थे। पर हाहाकार मचा रहे थे और मरते जा रहे थे।...

अश्वत्थामा को लगा कि वह भी सिद्ध योगी है। तभी तो उसकी समस्या का समाधान प्रकृति ने स्वयं उसके सामने प्रकट कर दिया है।...कितना सीधा और स्पष्ट। यह उल्लू दिन के समय असमर्थ रहा होगा। उसे सूर्य के प्रकाश में कुछ दिखाई नहीं देता। इसलिए वह रात को आया।...अश्वत्थामा भी तो दिन के समय सम्मुख युद्ध में पाण्डवों और पांचालों को मार नहीं सकता था; किन्तु छल से तो वह भी उनका वध कर सकता था।...

सहसा उसका मन स्तब्ध रह गया।...अश्वत्थामा क्यों क्रुद्ध था धृष्टद्युम्न से? इसीलिए तो कि उसने आचार्य को छल से मारा था। तो अश्वत्थामा भी छल का ही आश्रय ले रहा था।...धृष्टद्युम्न ने कदाचित् आचार्य को छल से नहीं मारा था; किन्तु वह अवसर की प्रतीक्षा में रहा था। अवसर मिलते ही उसने उनका मस्तक काट लिया। आचार्य को अनशन ही करना था तो युद्धस्थल से दूर कहीं जाकर करते। क्यों बैठ गये, युद्धभूमि में ही शस्त्रहीन होकर।...भीम भी तो अवसर की ही प्रतीक्षा में था। दुर्योधन उछला और उसने गदा दे मारी। उछलते हुए दुर्योधन को सोचना चाहिए था कि वह अपनी दोनों जंघाएँ उसकी गदा के सम्मुख परोस रहा है कि लो मुझे खा जाओ।...

उसे लगा कि अश्वत्थ फिर से जाग उठा था, उसके भीतर। वही मन था, वही अन्तरात्मा थी। वह उसे चिढ़ा रहा था। उसे नीति का पाठ सिखा रहा था।...अश्वत्थामा चिढ़ गया। उसने अपना आत्मबल एकत्रित किया और बोला, "क्षत्रिय का कर्त्तव्य है विजय प्राप्त करना। किसी भी प्रकार अपने लक्ष्य तक पहुँचना।...इस लोक में जिस काम को गर्हणीय समझा जाता हो, जिसकी सब भरपूर निन्दा करते हों, वह भी क्षत्रिय का कर्त्तव्य माना गया है। क्योंकि उससे उसे विजय की प्राप्ति होती है।"

"ठीक है।" अश्वत्थ बोला, "तो फिर पाण्डवों की किस बात के लिए निन्दा करते हो। उन्होंने तो कभी सोए हुए शत्रु पर प्रहार नहीं किया। रात के अन्धकार में किसी के शिविर पर आक्रमण नहीं किया। युद्धभूमि के बाहर किसी का वध नहीं किया। तुम ऐसा निन्दित कर्म करोगे?"

"इसमें निन्दित क्या है।" अश्वत्थामा जैसे शास्त्र के शब्दों को अधिकारपूर्वक उच्चरित कर रहा था, "शत्रुओं की सेना थक गयी हो, विदीर्ण हो गयी हो, भोजन कर रही हो, प्रस्थान कर रही हो, उस पर प्रहार करना चाहिए, क्योंकि उससे क्षत्रिय को विजय प्राप्त होती है। ऐसे क्षत्रिय को धिक्कारना नहीं चाहिए।...यह क्षत्रिय का नहीं दस्यु का दर्शन है। क्षत्रिय के लिए विजय से भी महान् है धर्म। तुम धर्म का नाश करोगे।" अश्वत्थ बोला।

अश्वत्थामा जैसे बहरा हो गया था। वह किसी की बात नहीं सुन सकता था, केवल अपनी कह सकता था। बोला, "जो सेना अर्द्धरात्रि के समय अवचेत पड़ी हो, जिसका नायक नष्ट हो गया हो, जिसके योद्धाओं में फूट पड़ गयी हो, उस पर शत्रु को अवश्य प्रहार करना चाहिए, क्योंकि उससे उसे विजय की प्राप्ति होगी।"

"विजय की नहीं नरक की प्राप्ति होगी।" अश्वत्थ बोला।

"नरक तो नरक सही, पर मैं इन पांचालों को जीवित नहीं रहने दूँगा।"

अश्वत्थामा ने कृपाचार्य और कृतवर्मा को झकझोरकर जगाया, "उठो। हम यहाँ सोने के लिए नहीं आये हैं। हमारा युद्ध चल रहा है। हमें युद्ध करना है। हमें अपने शत्रुओं का वध करना है।"

"पौ फट गयी क्या?" कृपाचार्य ने पूछा।

"पौ फट जायेगी तो पाण्डव भी जाग जायेंगे मातुल।" अश्वत्थामा बोला, "हमें तो उन्हें सोए हुओं को ही मारना है।"

"क्या?" कृतवर्मा ने पूछा।

"हाँ! मैंने निश्चय कर लिया है कि मैं उन सोए हुए पांचालों पर आक्रमण कर उनके जागने से पहले ही उनको मार दूँगा।" अश्वत्थामा बोला, "मेरे पास और कोई मार्ग नहीं है।"

कृपाचार्य अवाक् खड़े रह गये। यह उनका भागिनेय था, उनकी सारी शस्त्र परम्परा का उत्तराधिकारी। यह आचार्य द्रोण का पुत्र था, जिसने स्वयं आचार्य से ब्रह्मशिर का ज्ञान पाया था। उसमें साहस नहीं है कि अपने शत्रुओं के सामने दिन के उजाले में खड़ा हो सके। वह रात के अँधेरे में उनको उल्लू के समान मार डालना चाहता है।

"यह तो बहुत लज्जा का विषय है अश्वत्थामा!" वे बोले।

"संसार का अद्वितीय वीर महाबली राजा दुर्योधन मारा गया, जिसके लिए हमने पाण्डवों से वैर बाँधा था।..."

"पहली बात तो यह है अश्वत्थामन्! कि वह संसार का अद्वितीय वीर नहीं था। भीम के बल के सामने वह कुछ भी नहीं है, इसलिए वह महाबली नहीं है।" कृपाचार्य बोले, "दूसरी बात यह है कि जहाँ तक मेरा सम्बन्ध है, मैंने पाण्डवों से युद्ध अवश्य किया है, उनसे वैर नहीं बाँधा। तुम वैर के कारण लड़े, मैं तो तुम्हारे स्नेह के कारण लड़ा, आचार्य की सहायता के लिए लड़ा, हस्तिनापुर राज्य के प्रति अपने दायित्व के कारण लड़ा।"

"जो भी हो।" अश्वत्थामा का सारा आक्रोश उसके शब्दों में आ समाया, "एक मूर्धाभिषिक्त सम्राट् के मस्तक पर लात मारते हुए नीच भीम ने क्रूरता की पराकाष्ठा कर दी है।"

"क्या वह द्रौपदी को निर्वस्त्र करने से भी अधिक क्रूर था?" कृपाचार्य ने पूछा।

अश्वत्थामा को और शब्द नहीं मिले। उसने दाँत पीसे और अपनी कटि पर हाथ रखकर आकर कृपाचार्य के सम्मुख चुनौती की

मुद्रा में खड़ा हो गया, "आपकी बुद्धि मोह से नष्ट न हो गयी हो तो बताइए, हमें क्या करना चाहिए? हमारी शक्ति, हमारा सम्मान, हमारा वर्चस्व–सब कुछ समाप्त हो चुका है। मैं इस स्थिति को स्वीकार नहीं कर सकता। बताइए कि अपने खोए हुए गौरव को प्राप्त करने के लिए हमें क्या करना चाहिए? मुझे अपने पिता के अपमान का प्रतिशोध लेने के लिए क्या करना चाहिए?"

"सत्य को स्वीकार करना चाहिए।"

"सत्य क्या है?" अश्वत्थामा गुर्राया।

"दैव कुछ दे रहा हो और हम पुरुषार्थ न करें तो दैव भी नष्ट हो जाता है; किन्तु द्वैव विरोधी हो तो हमारा पुरुषार्थ भी कुछ नहीं कर सकता।" कृपाचार्य बोले, "दुर्योधन लोभी और अदूरदर्शी था। उसने अपने मूर्ख अहंकार के बहकावे में आकर अपने शुभचिन्तक कुलवृद्धों से विचार विमर्श नहीं किया, अपने शुभैक्षियों का निरादर किया। अपने दुष्ट मित्रों के परामर्श से, सारे सात्विक लोगों के मना करने पर भी धर्मपरायण और सच्चरित्र पाण्डवों से वैर बाँधा। आचार्य ने कभी दुर्योधन का समर्थन नहीं किया, किन्तु कर्ण असुर स्वभाव का धैर्यशून्य और अविवेकी व्यक्ति था। हमने उस पापी का अनुसरण किया, इसीलिए हम भी इस दारुण दशा को प्राप्त हुए हैं।"

कृपाचार्य की दृढ़ता के सामने अश्वत्थामा का मनोबल खड़ा नहीं रह सका। कुछ नम्र होकर बोला, "तो हमें क्या करना चाहिए।"

कृपाचार्य के मन में पुनः युधिष्ठिर के सम्मुख शस्त्रसमर्पण का विचार आया किन्तु उन्होंने कुछ कहा नहीं। जानते थे कि शस्त्रसमर्पण की बात सुनते ही अश्वत्थामा भड़क उठेगा।

"हम महाराज धृतराष्ट्र, महारानी गान्धारी और महा बुद्रिमान विदुर के पास चलें। उन्हें सब कुछ बतायें। उनसे विचार–विमर्श करें। फिर जैसा वे श्रेयस्कर समझें, वैसा ही हम करें।"

अश्वत्थामा ने अपना सिर पीट लिया। असहाय, हताश, भय से काँपते नेत्रहीन वृद्धों तथा पाण्डवों के परम मित्र विदुर के पास जाकर क्या होगा? यह शुद्ध मूर्खता थी। पाण्डवों के चरणों में आत्मसमर्पण

करने का इससे सरल मार्ग और क्या हो सकता है। उसने कृपाचार्य की ओर देखा। उसे लगा कि वृद्धावस्था के कारण मातुल की बुद्धि भ्रष्ट हो चुकी है। वे उसके शोक के नाश में उसके सहायक नहीं हो सकते। वे तो उसका ही नाश कर डालेंगे।

"मातुल! संकट में पड़ने से जो बुद्धि मेरे भीतर उत्पन्न हुई है, वह मेरे शोक का नाश करने वाली है। मैं अपने दिव्य धनुष और देवास्त्रों के होते हुए भी, अपने पिता के वध का प्रतिशोध न ले सकूँ, तो वीरों को क्या मुँह दिखाऊँगा।" अश्वत्थामा का मुख आवेश से विकृत हो रहा था, "आज मैं किसी नियम, किसी अनुशासन, किसी मर्यादा को नहीं मानूँगा। आज तो मेरा धर्म प्रतिशोध ही है। कृष्ण हस्तिनापुर में है। पाण्डव दुर्योधन के शिविर की रक्षा कर रहे हैं। पांचाल अपने कवच उतारकर, रथों में जुते हुए घोड़ों को खोल, निश्चिन्त सो रहे होंगे कि उन्हें जगाऊँगा तो भी नहीं जागेंगे। मैं उनके शिविर में घुसकर उनका सर्वनाश कर दूँगा। पांचालों के टुकड़े कर अपने पिता का प्रतिशोध, तथा पाण्डव पुत्रों को कुचलकर दुर्योधन का प्रतिशोध लूँगा। ऐसा अवसर फिर कभी नहीं आयेगा। मैं आज की रात पितृऋण तथा मित्रऋण दोनों से एक साथ मुक्ति पा जाऊँगा। मैं सोए हुए धृष्टद्युम्न के सिर को पशु के मस्तक के समान बलपूर्वक मरोड़ दूँगा। पांचालों और पाण्डवों के पुत्रों को अपने खड्ग से टुकड़े–टुकड़े कर डालूँगा।"

कृपाचार्य का मन काँप गया। अश्वत्थामा ऐसा संकल्प कर चुका है तो उसे उससे विरत करना असम्भव है। पता नहीं पांचालों के शिविर और उनकी वस्तुतः वही स्थिति है, जैसी अश्वत्थामा कह रहा है या फिर पांचालों के शिविर और उनकी यह सब कल्पना ही कर रहा है। यदि यह सफल हो भी गया तो यह तो पितृऋण से उऋण हो जायेगा, किन्तु उसकी प्रतिक्रिया पाण्डवों पर क्या होगी? वे इसके साथ क्या व्यवहार करेंगे? वे इसे जीवित छोड़ देंगे क्या? कृपाचार्य का अपना कोई पुत्र है नहीं। कृपी का भी यही एकमात्र पुत्र है। इसे ही कृपाचार्य ने अपना भागिनेय माना है और इसे ही अपना पुत्र।...वे कहीं आश्वस्त हो जाना चाहते थे कि वह इस महायुद्ध से जीवित

बचकर निकल आया है; किन्तु लगता है कि नियति कुछ और ही लीला रच रही है।

"पुत्र अश्वत्थामा!" कृपाचार्य बोले, "तुम बहुत थके हुए हो, इसीलिए बहुत उत्तेजित भी हो। ऐसी मनःस्थिति में प्रबल शत्रु से युद्ध करना हितकर नहीं है।"

"तो?" अश्वत्थामा ने उनकी ओर अविश्वास की दृष्टि से देखा।

"इस समय कवच और ध्वजा खोल कर विश्राम करो। कल प्रातः हम दोनों ही तुम्हारे साथ चलेंगे।"

कृतवर्मा उनका संवाद चुपचाप सुन रहा था। उनके मन में द्वन्द्व चल रहा था। समझ नहीं पा रहा था, उसे क्या करना है। अश्वत्थामा पांचालों को मारने की योजना बना रहा था। उनके शिविर में सात्यकि तो नहीं था। वह तो पाण्डवों के साथ दुर्योधन के शिविर में होगा। ऐसे में इस काली अँधियारी रात में पांचालों के शिविर में घुसने का कृतवर्मा के लिए क्या औचित्य था?

"तुम मेरा विश्वास करो अश्वत्थामा! तुम अपने पराक्रम से ही अपने शत्रुओं का वध करने में समर्थ हो। अतः रात को विश्राम करो। तुम्हें जागते हुए बहुत समय हो चुका है।" कृपाचार्य बोले, "कहीं लम्बे समय तक सो न पाने के कारण ही नींद की तन्द्रा में तुम अपना पूर्ण पराक्रम प्रकट न कर सको; और युद्ध का परिणाम तुम्हारी इच्छा के प्रतिकूल हो जाये। नींद पूरी हो जाने से तुम्हारा चित्त स्वस्थ हो जायेगा। फिर तुम समरभूमि में अपना मनचाहा कर सकोगे। प्रातः उनके शिविर में जाकर अपने नाम की घोषणा कर उनका संहार करना।"

कृपाचार्य के मन में भी जैसे कोई अन्धड़ चल रहा था। यह मूर्ख नहीं समझ रहा है कि जिसे वह पांचालों के सर्वनाश का प्रयत्न कह रहा है, वह उसकी अपनी मृत्यु है।...यही क्षण था, जब वे अपने भागिनेय को जीवित बचा ले जाने का प्रयत्न कर सकते थे, अन्यथा बहुत देर हो जायेगी। उनके मन में बार–बार शकुनि का चित्र उभरता था। एक वह मातुल भी था जिसने वर्षों प्रयत्न किया और अपने भागिनेय को निरन्तर उसके विनाश की ओर अग्रसर किया। वे नहीं

चाहते कि कोई उनकी तुलना शकुनि से करे। वे अपने भागिनेय को इस महाप्रलय में से जीवित बचा लेना चाहते हैं।...अभी कुछ नहीं बिगड़ा था। आचार्य द्रोण जीवित नहीं हो सकते थे। दुर्योधन के प्राण नहीं बचाये जा सकते थे; किन्तु वे अपना वैर त्याग कर युधिष्ठिर के पास चले जायें तो अश्वत्थामा अभी जीवित बच सकता था।...युद्ध तत्काल समाप्त होना चाहिए। मृत्यु की यह आँधी थमनी चाहिए। शस्त्र वापस अपने कोश में जाने चाहिए। तब ही अश्वत्थामा बचेगा। युद्ध चलता रहा तो पांचालों और पाण्डवों की कोई क्षति हो न हो, किन्तु अश्वत्थामा जीवित नहीं बचेगा।...

"अभी थोड़ा विश्राम कर लो अश्वत्थामा!" कृप पुनः बोले, "प्रातः मैं और कृतवर्मा समरभूमि में पाण्डवों को परास्त किये बिना पीछे नहीं हटेंगे।"

अश्वत्थामा जैसे छिटककर उनसे कुछ दूर चला गया, "जो व्यक्ति शोक से आतुर हो, अमर्ष से भरा हो, चिन्ता कर रहा हो अथवा कामना में आसक्त हो, वह सो कैसे सकता है। मुझ पर तो इन चारों का ही आक्रमण हुआ है।" अश्वत्थामा बोला, "मेरे पिता का वध कर धृष्टद्युम्न जीवित नहीं बच सकता। वह मेरा वध्य है। मैं तो आज सोते हुए अपने शत्रुओं का संहार करके निश्चिन्त होने पर ही विश्राम करूँगा।"

"तुम्हारी बुद्धि दुर्भावना से युक्त है और तुम्हारी इन्द्रियाँ तुम्हारे वश में नहीं हैं। तुम हितकर वचन समझ नहीं पाओगे। तुम्हारी बुद्धि पर जड़ता छायी हुई है।" कृपाचार्य भी कुछ उत्तेजित हो उठे, "अपने दूषित अन्तःकरण के कारण पापात्मा पुरुष कल्याणकारी पथ को छोड़कर बहुत से पाप कर्म करने लगता है। भाग्यहीन व्यक्ति मना करने पर भी दुष्कर्म से निवृत्त नहीं होता। अपने मन को संयत कर मेरी बात सुनो। ऐसा न हो कि बाद में पश्चात्ताप करना पड़े। अभी सो जाओ। कल प्रातः युद्ध करना। रात को युद्ध करने का निन्दनीय प्रस्ताव छोड़ दो।"

अश्वत्थामा ने आग्नेय नेत्रों से कृपाचार्य की ओर देखा और बोला, "पाण्डव पहले ही धर्म की मर्यादा के सैकड़ों टुकड़े कर चुके हैं। वे सब के सब पापी और धर्मशून्य हैं। आप उनकी निन्दा क्यों नहीं करते।"

वह कृपाचार्य का उत्तर सुनने के लिए भी नहीं रुका। उसने अपने घोड़े रथ में जोत लिए और रथारूढ़ होकर बोला, "मैं प्रयत्न करूँगा कि पापी धृष्टद्युम्न मेरे द्वारा एक पशु की भाँति मारा जाये। उसे किसी भी प्रकार शस्त्रों से हताहत क्षत्रिय को मिलने वाले लोकों की प्राप्ति न हो।"

कृपाचार्य अपने स्थान पर किंकर्तव्यविमूढ़ से खड़े, जाते हुए अश्वत्थामा को देख रहे थे और कृतवर्मा की आँखें कृपाचार्य पर लगी हुई थीं। क्या करेंगे कृपाचार्य? और कृतवर्मा को क्या करना चाहिए।

कृपाचार्य किसी भी मूल्य पर अश्वत्थामा को इस संकट में से निकलना चाहते थे किन्तु वह इस समय उन्मत्त हो रहा था। उसे रोकना असम्भव था।...तो क्या वे उसे जाने दें? अपने पुत्र सरीखे, अपनी विधवा बहन के एकमात्र पुत्र को पांचालों के शिविर में जाने दें मरने के लिए? उसकी कोई सहायता न करें?...नहीं! वे ऐसा नहीं कर सकते। वे उसे मरने नहीं दे सकते। इस युद्ध में किसने मर्यादा नहीं तोड़ी? किस ने पाप नहीं किया? पर क्या किसी ने अपने आत्मीय जन का त्याग किया? तो वे ही क्यों धर्म पर अड़ने की बात सोचते हैं। उनका पहला धर्म तो अपने भागिनेय की रक्षा करना ही है...

"चलो कृतवर्मा!" वे बोले और अपने घोड़ों की ओर बढ़ गये।

कृष्ण का रथ आकर शिविर के सम्मुख रुका ही था कि वे समझ गये कि उनकी अनुपस्थिति में कुछ–न–कुछ असाधारण घटित हो गया था। लक्षण अच्छे नहीं लग रहे थे। जिस शिविर में इस समय गतिविधि का भूचाल और विजयोत्सव का उल्लास होना चाहिए था, जिस शिविर में इस समय सारी सत्ता का केन्द्र स्थापित हो जाना चाहिए था, उस शिविर पर किसी भयानक शोक की छाया मँडरा रही थी। सारा शिविर जैसे किसी भयंकर रुदन में लिपटा हुआ था। इतनी निःस्तब्धता तो पराजित कौरवों के उस समय के शिविर में भी नहीं थी, जब कृष्ण पाण्डवों के साथ इस पर अधिकार करने आये थे।

वे द्वार तक आये तो द्वारपाल सहास अभिवादन और स्वागत के स्थान पर अपने सिर झुकाए मौन खड़े थे। युधिष्ठिर ने कृष्ण को आते देखा तो अपने स्थान से उठे और फफककर उनके कन्धे से जा लगे।

"अनर्थ हो गया गोविन्द!" वे बोले, "मैं शत्रुओं को पूर्णतः जीतकर अन्त में फिर उनसे पराजित हो गया।..."

"क्या?" कृष्ण के स्वर में गहरी आशंका थी।

"प्रमाद से बड़ा कोई शत्रु नहीं होता।" युधिष्ठिर बोले, "मनुष्य के लिए प्रमाद उसकी मृत्यु ही है। हमें भी प्रमाद रूपी इस नाग ने डस लिया।"

"क्या हुआ धर्मराज!" कृष्ण ने उनकी पीठ पर स्नेह से हाथ फेरा, "एक रात्रि भर में ऐसा क्या हो गया, जो पिछले अट्ठारह दिनों में नहीं हुआ था?"

"रात्रि भर में ही तो प्रलय हो गया श्रीकृष्ण! आकाश से गाज गिरी और सर्वनाश हो गया।" युधिष्ठिर बोले, "पांचालों के शिविर पर रात को आक्रमण हुआ और हमारे सारे बन्धु–बान्धव और पुत्र मारे गये।"

"क्या?" कृष्ण चौंके, "सारे बन्धु–बाँधव और पुत्र? कोई नहीं बचा?"

"सब लोग मारे गये होंगे। हम तक तो धृष्टद्युम्न का एक सारथि ही पहुँचा है।" युधिष्ठिर बोले, "उसने बताया है कि रात को किसी समय शिविर में होनेवाले चीत्कारों से उसकी नींद टूटी थी। उसने रात को काफी मदिरा पी ली थी। इसलिए सचेत होने में कुछ समय लगा। लगता था कि कुछ लोग शिविर के भीतर घुस आये हैं। वे सामने पड़नेवाले प्रत्येक व्यक्ति की हत्या कर रहे हैं। जो सामने पड़ा, खड्ग से उसके टुकड़े कर दिये, जो बचकर भागा, उसे बाण से मार दिया गया। शिविर में तीन ओर से आग लगा दी गयी। किसी ने हाथी और घोड़े खोल दिये। भगदड़ में किसने किसको कुचला और कौन अग्नि में दग्ध होकर मर गया कुछ पता ही नहीं चला।"

"मैंने हस्तिनापुर जाते हुए कहा था धर्मराज! कि युद्ध अभी समाप्त नहीं हुआ है।" कृष्ण बोले, "कुछ पता लगा, कौन लोग थे वे?"

"धृष्टद्युम्न का सारथि तो केवल इतना ही बता पाया कि वे

संख्या में कदाचित् तीन थे। जिसमें से एक तो प्रकट था और दो द्वार के बाहर कहीं छिपे हुए थे। जो प्रकट था, उसके हाथ में रक्तस्नात् खड्ग था। वह स्वयं भी रक्त से नहाया हुआ था। अग्नि की लपटों के उजाले में एकदम राक्षस या कोई प्रेत लग रहा था। मृत्यु के उस ताण्डव में सारथि पहचान भी नहीं सका कि वे कौन थे। वे तीन अलग–अलग लोग थे अथवा उसने एक ही व्यक्ति को अनेक बार देखा और उन्हें तीन व्यक्ति मान बैठा–यह भी वह नहीं जानता।" अर्जुन ने बताया, "उसकी सूचना पर हम लोग शिविर में देखने गये थे। धृष्टद्युम्न का शव कुचला हुआ था, जैसे किसी ने उसके वक्ष और कण्ठ पर ताण्डव किया हो। उसे शस्त्र से नहीं मारा गया था। लगता है कि रात को या तो वह निद्रा में ही मार डाला गया या फिर तन्द्रा और आकस्मिकता के कारण वह अपनी रक्षा नहीं कर पाया और इस अपमृत्यु को प्राप्त हुआ।"

"युधामन्यु और उत्तमौजा को भी ठीक वैसे ही बिना शस्त्र के कण्ठ दबाकर मारा गया है।" भीम बोला, "उसके पश्चात् कदाचित् शिविर में लोग जाग गये थे। प्रतिविंध्य की कोख में खड्ग भोंका गया है। सुतसोम की दाहिनी भुजा कटी हुई है। उसमें उसका शस्त्र रहा होगा। बाद में उसकी पसली में खड्ग भोंककर उसे काट दिया गया है। शतानीक का सिर कटा हुआ है। श्रुतकर्मा हाथ में परिघ लेकर सोया हुआ है। उसका मुख काटकर विकृत कर दिया गया है। श्रुतकीर्ति के हाथ में धनुष है किन्तु उसका कुण्डलयुक्त मस्तक कटा हुआ है।"

"हम दुर्योधन के माता–पिता के दुख की चिन्ता कर रहे थे और वे हमारे शिविर पर रात्रि को आक्रमण कर उसे अग्निसात कर रहे थे।" कृष्ण की आँखें क्रोध की लालिमा लिए हुए थीं, "और शिखण्डी?"

"दो खण्डों में कटा शिखण्डी का शव भी प्रभद्रकों के शवों के मध्य पड़ा है।" अर्जुन ने कहा।

"क्या वे अश्वत्थामा, कृतवर्मा और कृपाचार्य ही थे?" कृष्ण ने पूछा।

"वे ही थे।" भीम ने कहा, "दुर्योधन के निकट जो चार सन्देशवाहक हमने छोड़े थे, वे भी सूचना देने आये थे।"

22

रथ भी रुक गये।

हस्तिनापुर से चलते हुए ही युधिष्ठिर ने सैनिकों को साथ ले जाने से मना कर दिया था। वे पितामह के पास राजा के रूप में नहीं, मात्र उनके पौत्र के रूप में ही जाना चाहते थे। तो फिर सैनिकों का क्या काम।

"कहाँ हैं पितामह?" भीम ने धीरे–से कृष्ण से पूछा, "तुमने रथ से उतार भी लिया और वे कहीं दिखाई भी नहीं पड़ रहे।"

"उनके पास पैदल ही जायेंगे।" कृष्ण बोले, "इसे युद्धक्षेत्र मत समझो मध्यम! कि रथ से उतरते ही व्यक्ति असुरक्षित हो जाता हो। अब यह धर्मक्षेत्र कुरुक्षेत्र है। अतः यहाँ ऋषि आश्रम की मर्यादा का पालन होना चाहिए।"

वे लोग अत्यन्त विनीत भाव से भीष्म के निकट पहुँचे। वहाँ न कोई सैनिक था, न राजकर्मचारी। पता नहीं दुर्योधन ने ही वहाँ किसी को नियुक्त नहीं किया था या युद्ध की अवधि में वे सब लोग भाग गये थे। पितामह के निकट आरण्यकों का पूरा समुदाय उपस्थित था, जो उनको घेर कर बैठे, वैदिक मन्त्रों का उच्चार कर रहे थे। उनका नेतृत्व स्वयं महर्षि वेदव्यास कर रहे थे। इन लोगों को आते देखकर आरण्यकजन मौन हो गये। उन्होंने पितामह तक इनके पहुँचने का मार्ग भी बना दिया।

युधिष्ठिर ने आरण्यक समुदाय को हाथ जोड़कर प्रणाम किया। वेदव्यास के चरण छुए और फिर उन्होंने कृष्ण को आगे कर दिया। वे स्वयं पितामह के निकट जाने का साहस नहीं कर पाये। पितामह को देखकर यह कहना कठिन था कि वे शैया पर लेटे थे या शरशैया पर। वे शैया पर लेटाये अवश्य गये थे; किन्तु उनके शरीर से सारे बाण निकाले नहीं गये थे। अनेक बाण उनके शरीर में चुभे हुए थे; और कुछ तो शरीर के आरपार ही हो गये थे। उन बाण को स्थान देने के लिए शैया की रस्सियों में आवश्यक व्यवस्था कर दी गयी थी।

पितामह के शरीर का बोझ तो शैया पर था किन्तु उनके शरीर में चुभे कुछ बाण धरती को भी छू रहे थे।

"ये बाण?" युधिष्ठिर ने ऋषि समुदाय की ओर देखा।

"विशल्यकारिणी बूटी असफल हो गयी है। शल्य चिकित्सकों ने इन बाणों को निकालने में अपनी असमर्थता जता दी है पुत्र!" वेदव्यास बोले, "उनका कहना है कि इन बाणों को निकालने का प्रयत्न किया जायेगा तो देवव्रत भीष्म की तत्काल मृत्यु हो जायेगी।"

कृष्ण ने पितामह के ललाट पर अपना हाथ रखा। पितामह ने आँखें खोल दीं। मुँह ऊपर उठाया और कृष्ण को पहचानते हुए, हाथ जोड़कर कहा, "मधुसूदन!..."

"आप मुझे इस नाम से क्यों पुकार रहे हैं?" कृष्ण कुछ लीलामय हो गये।

भीष्म ने मुस्कुराने का प्रयत्न किया, "तुममें साक्षात् विष्णु रूप देखता हूँ वासुदेव! अतः विष्णु के सारे नाम तुम्हारे ही नाम लगते हैं। तुम ही हरि हो, तुम ही मुरारी हो, तुम ही कैटभारि हो।" उनकी पुतलियाँ घूमीं, "ओह! मेरे पौत्र आये हैं।"

सहसा उनकी दृष्टि कृपाचार्य पर थम गयी, "यह अच्छा किया कृप! कि तुमने फिर से इनके सिर पर हाथ रख दिया। इनको तुम्हारी बहुत आवश्यकता है।"

"मेरी तो इनसे कभी कोई शत्रुता थी ही नहीं।" कृपाचार्य बोले, "युद्ध में युधिष्ठिर के विपक्ष की ओर से लड़ा अवश्य; किन्तु मैं पाण्डवों का विरोधी तो कभी नहीं था गंगानन्दन!"

"ठीक कहते हो।" भीष्म बोले, "किन्तु यही निर्णय कहीं हमने कुछ पहले कर लिया होता तो कदाचित् मानवता का कुछ हित ही होता।" उनकी दृष्टि फिर से आकर कृष्ण पर टिक गयी, "आपने बहुत कृपा की श्रीकृष्ण! कि इस अन्त समय में मुझे दर्शन देने चले आये।"

कृष्ण मुस्कुराए, "आपकी इन्द्रियाँ तो प्रसन्न हैं पितामह? बुद्धि व्याकुल तो नहीं है?"

"इन बाणों के गड़ने से जो जलन हो रही है, उसके कारण बड़ी व्यथा है गोविन्द! सारा शरीर पीड़ा के मारे शिथिल हो गया है;

और बुद्धि कुछ काम नहीं कर रही। मेरा बल शरीर का त्याग–सा करता मालूम पड़ता है। प्राण निकलने को उतावले हो रहे हैं। मर्मस्थल में बड़ी पीड़ा है। दुर्बलता के कारण जिह्वा तालू से लग गयी है।"

"ये कष्ट तो शरीर का धर्म है। आत्मा को उसका अनुभव भी नहीं होता।" कृष्ण बोले, "आप जानते हैं कि आपका शरीर इन सबसे मुक्त होने वाला है।"

"आपकी कृपा बनी रहे तो शरीर के रहते भी ये कष्ट मुझे विचलित नहीं करेंगे।" भीष्म बोले, "यह युधिष्ठिर मुझसे इतनी दूर रूठा–सा क्यों खड़ा है?"

"धर्मराज मानते हैं कि राज्य के लोभ के कारण वे अपने भाई बन्धुओं के नाश के निमित्त बने। वे बहुत लज्जित हैं। वे आपसे भी डरते हैं; और शाप से भी। इसी से आपके निकट नहीं आ रहे।"

भीष्म ने युधिष्ठिर की ओर देखा और संकेत से निकट आने के लिए कहा। युधिष्ठिर हाथ जोड़कर उनकी ओर बढ़े।

"जैसे दान, अध्ययन और तप ब्राह्मण का धर्म है, उसी प्रकार समरभूमि में शत्रुओं के शरीर को मार गिराना, क्षत्रिय का धर्म है। जो असत्य के मार्ग पर चलनेवाले पिता, दादा, भाई, गुरुजन, सम्बन्धी तथा बन्धु–बान्धवों को संग्राम में मार डालता है, वह धर्म का ही प्रतिपादन करता है। जो क्षत्रिय, धर्म की मर्यादा का उल्लंघन करने वाले पापाचारी गुरुजनों का युद्ध में वध करता है, वही धर्म को जानता है। लोभवश सनातन धर्म की मर्यादा का उल्लंघन करनेवाले स्वजनों को जो क्षत्रिय युद्ध में मार गिराता है, वही निश्चित रूप से धर्म को जानता है। संग्राम में शत्रु के ललकारने पर क्षत्रिय को सदा ही युद्ध के लिए उद्यत रहना चाहिए। मनु ने कहा है कि युद्ध क्षत्रिय के लिए धर्म का पोषक, स्वर्ग प्राप्ति का साधन और लोक में यश फैलाने का माध्यम है।"

युधिष्ठिर की आँखों में अश्रु आ गये। उन्होंने पितामह के दोनों चरण पकड़ लिए, "मेरी बुद्धि यह सब स्वीकार करती है। मैंने अपना कर्तव्य मानकर युद्ध किया भी है; किन्तु मेरे मन की खिन्नता नहीं जाती।"

"बैठ जाओ, पुत्र!" पितामह ने कहा।

युधिष्ठिर भूमि पर बैठ गये। अन्य पाण्डवों और युयुत्सु ने भी अपने लिए वहीं स्थान बना लिया।

"जैसे गर्भवती स्त्री अपने प्रिय भोजन का परित्याग कर, केवल गर्भस्थ बालक के हित का ध्यान रखती है, उसी प्रकार धर्मात्मा राजा को भी प्रजा का ही ध्यान रखना चाहिए। उसे चाहिए कि वह अपने प्रिय बन्धुओं के हित में नहीं, जनहित में कार्य करे।" भीष्म बोले, "जो अपराधियों को दण्ड देने में संकोच नहीं करता और सदा धैर्य रखता है, उस राजा को कभी कोई भय नहीं होता।"

"आप ठीक कहते हैं पितामह!" युधिष्ठिर बोले, "किन्तु मेरे मन में अनेक शंकाएँ हैं। मैंने अपने लोभ में अपने भाई बन्धुओं को नष्ट करवा दिया। आप सोचिए, मैंने छल से आपका वध किया, अपने सहोदर महावीर कर्ण को भी मरवा दिया।..."

"कर्ण तुम्हारा सहोदर कैसे था?" भीष्म ने कुछ चौंककर पूछा।

"वे माता कुन्ती के ही कानीन पुत्र थे।" युधिष्ठिर ने धीरे–से बताया।

"किन्तु कुन्ती ने तो यह कभी नही बताया।"

"माता सत्यवती ने भी तो कभी नहीं बताया था कि मैं उनका पुत्र हूँ।" वेदव्यास ने कहा।

"तुम्हें कैसे ज्ञात हुआ युधिष्ठिर?" भीष्म ने पूछा।

"माता ने ही बताया।" युधिष्ठिर बोले, "जब हम स्वजनों और आर्य वीरों को जलांजलि दे रहे थे तो माता कुन्ती शोक से कातर हो, रोती हुईं मन्द वाणी में बोलीं, 'पाण्डवो! कर्ण को भी जलांजलि दो। वह तुम्हारा बड़ा भाई है। वह सूर्य का अंश था और मेरी कन्यावस्था में मेरे ही गर्भ से उत्पन्न हुआ था।'" युधिष्ठिर रो पड़े, "द्यूतसभा में मैं कर्ण के पैरों की ओर देखता था तो उनके प्रति मेरा रोष शान्त हो जाता था। कर्ण के दोनों पैर एकदम माता कुन्ती के चरणों के सदृश्य थे। मैं प्रायः सोचता था कि माता के चरणों और कर्ण के पैरों में इतनी समानता क्यों है? मैं क्या जानता था कि वे माता की ही सन्तान हैं।..."

"यदि कुन्ती कहती है तो वह तुम्हारा सहोदर ही था; किन्तु तुम भूलते हो कि वह बाल्यावस्था से ही भीम का बल, अर्जुन की स्फूर्ति,

तुम्हारी बुद्धि, नकुल और सहदेव की विनय, अर्जुन और कृष्ण की मैत्री और पाण्डवों के प्रति प्रजा का अनुराग देखकर ईर्ष्या से जल उठता था। इसीलिए उसने बाल्यावस्था में ही दुर्योधन के साथ मित्रता कर ली थी।..."

"तब वे नहीं जानते थे कि हम उनके भाई हैं।" युधिष्ठिर ने कहा।

"और मरते समय वह यह जानता था या नहीं?"

"जानते थे।"

"फिर भी वह तुम्हारा शत्रु बना रहा!" भीष्म बोले, "क्यों द्वेष करता रहा वह तुम लोगों से अन्त तक?"

"दैववश...।" युधिष्ठिर बोले।

"और स्वभाववश भी। वह अपने स्वभाव से बाध्य था।" भीष्म बोले, "तुमने कभी पूछा कुन्ती से कि अन्त तक उसने तुमसे यह रहस्य क्यों छिपाये रखा? माँ होकर भी अपने एक पुत्र को दूसरे पुत्र के हाथों मरने क्यों दिया?"

"पूछा था।" युधिष्ठिर बोले, "मैंने कहा था, यह क्या किया माँ! यदि कहीं तुमने पहले ही बता दिया होता तो यह युद्ध ही क्यों होता? उन्होंने कहा, इसीलिए तो तुम्हें बताया नहीं पुत्र! मैंने पूछा, आप चाहती थीं कि वे मारे जायें?"

"तो क्या कहा कुन्ती ने?" भीष्म ने पूछा।

"उन्होंने कहा, 'नहीं! पर मैं चाहती थी कि कौरव दण्डित हों। कर्ण को बचाने के प्रपंच में मुझे दुर्योधन बचता दिखाई देता था।' और माँ ने कहा कि पांचाली का अपमान कर कर्ण भी वध्य हो गया था। मेरा पुत्र था तो क्या। एक पापी पुत्र की रक्षा करना मेरा दायित्व था या न्याय और धर्म की स्थापना के लिए, उसे और उसके मित्रों को यमराज की भेंट करना?"

"तो पुत्र! अब इससे अधिक कोई और तुम्हें समझा भी क्या सकता है।" भीष्म मौन हो गये, सहसा उन्होंने आँखें खोलीं और बोले, "इस द्वन्द्व में तुम अकेले ही तो नहीं हो। मुझे लगता है कि मैंने भी आजीवन इसी द्वन्द्व को झेला है और श्रीकृष्ण भी आज तक उसी द्वन्द्व को जी रहे हैं।"

"केशव?" सारे पाण्डव चकित थे।

"आश्चर्य हुआ।" कृष्ण मुस्कुराये, "यह आज से नहीं है, उसी दिन से है, जिस दिन मैं मथुरा आया था। मैं अपनी प्रभुता प्रकाशित करके अपने सजातीयों और कुटुम्बियों को अपना दास बनाना नहीं चाहता। मुझे जो भोग प्राप्त होते हैं, उनका आधा ही भाग अपने उपभोग में लाता हूँ। शेष कुटुम्ब के लिए छोड़ देता हूँ; और उनकी कड़वी बातें सुनकर भी उनको क्षमा कर देता हूँ। इन कुटुम्बीजनों के कटु वचन मेरे हृदय को सदा मथते और जलाते रहते हैं।"

"केशव! आपको भी कोई कटु वचन कह सकता है?" सहदेव ने कुछ आश्चर्य से पूछा।

"क्यों? शिशुपाल को भूल गये तुम? दुर्योधन को मेरे विरुद्ध बोलते नहीं सुना? बलराम भैया को मेरा विरोध करते नहीं देखा?" कृष्ण अब भी मुस्कुरा रहे थे।

"वह तो है किन्तु आप असहाय तो नहीं हैं न!" अर्जुन ने कहा।

"अन्धक और वृष्णि वंश में बहुत से वीर हैं, वे अत्यन्त सौभाग्यशाली, महा बलवान और दुःसह पराक्रमी हैं। वे सबके सब सदा उद्योगशील भी बने रहते हैं। ये वीर जिसके विरोधी हों, उसका जीना कठिन है। जिसके पक्षधर हो जायें, उसका पराजित होना असम्भव है। किन्तु उन योद्धाओं का क्या उपयोग है मेरे लिए। अक्रूर और उग्रसेन ने आपस में वैमनस्य रखकर, मुझे इस प्रकार अवरुद्ध कर दिया है कि मैं इनमें से किसी एक का पक्ष नहीं ले सकता। यह जानते हुए भी कि आर्य सत्राजित के वध में अक्रूर का हाथ है और वही स्यमन्तक मणि लेकर भाग गया है, मुझे उसे निमन्त्रित कर सादर द्वारका में बुलाना पड़ा। यह जानते हुए भी कि स्यमन्तक मणि उसकी सम्पत्ति नहीं है, वह मणि उसे सौंपनी पड़ी। और उग्रसेन को तो मैं त्याग ही नहीं सकता। आपस में लड़ने वाले उग्रसेन और अक्रूर, सात्यकि और कृतवर्मा—दोनों ही जिसके स्वजन हों, वह अपने द्वन्द्व का क्या समाधान करे, मेरे सबसे बड़े सहायक मेरे अपने भाई बलराम मेरे विरोधी हो जायें तो...मेरी स्थिति तो दो जुआरियों की एक ही माता के समान है,

जो एक की विजय चाहती है किन्तु दूसरे की पराजय नहीं चाहती। मैं दोनों सुहृदों में से एक की विजय की कामना करता हूँ तो दूसरे की पराजय नहीं चाहता।..."

"पर केशव! आपके तो अपने ही परिवार में आपके इतने सहायक हैं।..." नकुल ने कहा।

"बलराम भैया में सदा से ही असीम बल रहा है। वे उससे व्यस्त रहते हैं। जो उनकी इच्छा के विरुद्ध जाता है, उस पर उस बल का प्रयोग करने की बात सोचते हैं। यह आप सबने देख लिया है।" कृष्ण बोले, "गद में सुकुमारता है, अतः वह श्रम नहीं करता। प्रद्युम्न अपने रूप पर मुग्ध रहता है। इन सब बन्धुओं के होते हुए भी मैं एकाकी ही हूँ। न मैं उनकी सहायता ले सकता हूँ, न कर सकता हूँ।..."

"युधिष्ठिर! सोचो मेरे पुत्र!" भीष्म बोले, "इसी प्रकार मैं भी सदा दोनों पक्षों का हित चाहने के कारण, दोनों ही ओर से कष्ट पाता रहा हूँ। दोनों की रक्षा करने का प्रयत्न करता रहा हूँ। परिणाम तुम्हारे सामने है।"

"पर मैंने तो आपका भी छल से वध कर दिया।" युधिष्ठिर की आँखों में पुनः अश्रु आ गये।

"तुमने क्या छल किया पुत्र! छल तो मैंने अपने साथ किया। अपने प्राण तुम्हें सौंप दिये और दुर्योधन के पक्ष से युद्ध करने लगा।" भीष्म ने मुस्कुराने का प्रयत्न किया, किन्तु शारीरिक पीड़ा ने उन्हें मुस्कुराने नहीं दिया, "युद्ध के पहले ही दिन से तुम भी जानते थे और अर्जुन भी कि शिखण्डी के सामने आने पर मैं बाण नहीं चलाऊँगा, फिर भी तुम लोग दस दिनों तक शिखण्डी से मेरी रक्षा करते रहे। तुम्हारे स्थान पर दुर्योधन होता तो मैं पहले ही दिन इस स्थिति में पहुँच गया होता।" उन्होंने युधिष्ठिर की ओर देखा, "इसे छल कहते हो तुम?" वे रुके, "यदि मैंने पाण्डवों और धार्तराष्ट्रों दोनों को ही अपना स्वजन न माना होता; केवल धर्म का पक्ष लिया होता, तो कदाचित् इतना बड़ा नरसंहार न होता।"

"पितामह! युद्ध करना आवश्यक नहीं था, आप वैसे भी तो दुर्योधन से उसका राज्य वापस ले सकते थे।" सहदेव ने कहा।

"नहीं ले सकता था पुत्र!" भीष्म बोले, "तुम लोग नहीं जानते कि यादवों के इस संघ की कठिनाइयों की चर्चा जब श्रीकृष्ण ने नारद से की थी तो नारद ने समाधान के रूप में क्या कहा था।"

"क्या कहा था?" युधिष्ठिर ने आतुर स्वर में पूछा।

"बताओ केशव! क्या कहा था नारद ने?"

"देवर्षि ने कहा था, 'अक्रूर और उग्रसेन से उत्पन्न हुई यह कष्टदायिनी आपत्ति, जो आपको प्राप्त हुई है, यादवों के अपने ही कृत्यों का परिणाम है। आपने जिनके नाम गिनाये हैं, वे सब आपके ही वंश के हैं। आपने स्वयं जिस ऐश्वर्य को प्राप्त किया था, उसे किसी प्रयोजनवश, स्वेच्छा से अथवा कटु वचनों के भय से दूसरे को दे दिया। इस समय उग्रसेन को दिया गया वह ऐश्वर्य दृढ़मूल हो चुका है। अन्य लोग भी उनके सहायक हैं। अब उस दिये हुए ऐश्वर्य को उगले हुए अन्न की भाँति वापस लेने का प्रयत्न किया जायेगा तो यादवों में विकट फूट पड़ सकती है।...बड़े प्रयत्न से, अत्यन्त दुष्कर कर्म अर्थात् महान् संहार रूपी युद्ध करने पर राज्य वापस लिया जा सकता है, परन्तु उसमें धन का बहुत व्यय और असंख्य मनुष्यों का विनाश होगा। यदि यादव संघ में फूट पड़ गयी, तो समूचे संघ का विनाश हो जायेगा। इसलिए आप वैसा ही करें, जिससे यादव गणतन्त्र राज्य का मूलोच्छेद न हो जाये।'"

"मेरी तो समझ में नहीं आता कि लोग कृष्ण की बातों का तिरस्कार कैसे कर सकते हैं।" भीम ने कहा।

"बुद्धि, क्षमा और इन्द्रियनिग्रह के बिना तथा धन वैभव के त्याग के अभाव में, कोई गणराज्य किसी बुद्धिमान व्यक्ति की आज्ञा के अधीन नहीं रहता है।" भीष्म बोले, "पर क्या यादव आज अपने वैभव के त्याग और इन्द्रिय निग्रह के लिए सहमत हैं? नहीं। एकदम नहीं। श्रीकृष्ण कितना भी टाल लें किन्तु अन्त में उन्हें भी यादवों के प्रति कठोर होना ही पड़ेगा, जैसे कि तुम हुए। मैं नहीं हो पाया तो मैंने अपने प्राण दिये।" पितामह ने रुककर युधिष्ठिर की ओर देखा, "मैंने प्राण इसलिए नहीं दिये कि तुम हठपूर्वक शोक को पकड़कर बैठे रहो और हस्तिनापुर बिना राजा के रहे।"

"मैं राज्य कैसे करूँ।" युधिष्ठिर फिर विह्वल हो उठे, "मैं नगर में प्रवेश कर रहा था। भीम मेरा रथ हाँक रहा था। अर्जुन ने छत्र उठा रखा था। नकुल ने चँबर और सहदेव ने व्यजन। महाराज धृतराष्ट्र और माता गान्धारी अपनी पालकी में मेरे आगे चल रहे थे। माता कुन्ती, द्रौपदी तथा कुरुकुल की अन्य स्त्रियाँ पीछे आ रही थीं। नगर के द्वार पर मेरे हितैषियों ने जलपूरित कलश और श्वेत पुष्प सजा रखे थे। हमारे पुरोहित धौम्य मुनि के नेतृत्व में ब्राह्मण समुदाय आगे चल रहा था। तब एक ब्राह्मण आया। उसके हाथ में अक्ष माला थी, मस्तक पर शिखा और त्रिपुण्ड। वह आकर निर्भय मेरे रथ के सामने खड़ा हो गया। बोला, 'राजन्! नगर के सारे ब्राह्मणों के प्रतिनिधि के रूप में मैं तुमसे कह रहा हूँ कि तुम अपने भाई बन्धुओं का वध करने वाले एक दुष्ट राजा हो। तुम्हारे जीवन को धिक्कार है। तुम्हारे जैसे पुरुष के जीने का क्या लाभ? बन्धु–बान्धवों का नाश कर, गुरुजनों की हत्या कर तो तुम्हारा मर जाना भी अच्छा है, राज्य करना नहीं।'"

"पितामह! वह चार्वाक था।" कृष्ण ने कहा।

"तो अपनी मृत्यु के पश्चात् भी दुर्योधन अपना युद्ध लड़ रहा है।" भीष्म बोले, "चार्वाक् राक्षस है जो ब्राह्मण के वेश में विचरण करता है।"

"आपने ठीक पहचाना आर्यश्रेष्ठ!" कृपाचार्य बोले, "दुर्योधन ने अन्तिम समय में हमें यह कहा भी था कि चार्वाक् को सूचना दे देना कि मुझे किस प्रकार मारा गया है। वह मेरा प्रतिशोध लेगा।"

"तो अन्य ब्राह्मणों ने कुछ नहीं कहा क्या?" पितामह ने पूछा।

"कहा क्यों नहीं।" कृष्ण बोले, "अन्य ब्राह्मणों ने स्पष्ट विरोध किया। वे बोले, 'महाराज! यह न हमारा प्रतिनिधि है और न ही यह हमारी बात कह रहा है। हम तो आपको यह आशीर्वाद देते हैं कि आपकी राजलक्ष्मी सदा बनी रहे।'"

"अच्छा किया, उन ब्राह्मणों ने इतनी बात तो कह दी, अन्यथा होता यह है कि चार्वाक् के मित्र तो बोलते हैं और बहुत ऊँचे स्वर में बोलते हैं; किन्तु धर्म के पक्षधर अपनी गम्भीरता, शालीनता अथवा भीरुता के कारण मौन रह जाते हैं।" पितामह बोले, "युधिष्ठिर!

तुम एक चार्वाक् की आलोचना से इतने पीड़ित हो और नगर के जो सारे ब्राह्मण तुम्हारे पक्ष में हैं, उनकी बात पर कान भी नहीं दे रहे हो। ऐसा मत करो पुत्र! मन में ग्लानि मत रखो। दुर्योधन चला गया है; किन्तु उसकी परम्परा अभी शेष है और सदा रहेगी, इसलिए धर्म को भी अपना युद्ध निरन्तर चलाये रखना पड़ेगा। जाओ पुत्र! शत्रु को मारो क्योंकि उसी से प्रजा सुरक्षित होगी।" उन्होंने कृष्ण की ओर देखा, "वासुदेव!"

"पितामह!" कृष्ण अपना कान उनके मुख के निकट ले आये।

"युधिष्ठिर का राज्याभिषेक कर दिया?"

"हाँ पितामह!"

"युवराज किसे बनाया?"

"मध्यम पाण्डव भीम युवराज हैं। आय–व्यय का दायित्व संजय को दिया है। वे ही देखेंगे कि कौन–सा कार्य पूर्ण हुआ और कौन–सा अभी शेष है। नकुल सेना की गणना और पंजीकरण इत्यादि देखेंगे। उसके भोजन तथा वेतन का दायित्व सँभालेंगे। शत्रुओं पर आक्रमण और दुष्टदलन का कार्य अर्जुन करेंगे। सहदेव सदा राजा के साथ रहेंगे और उनकी रक्षा के दायित्व का वहन करेंगे। महाराज धृतराष्ट्र और माता गान्धारी की सेवा और देखभाल का दायित्व महात्मा विदुर, युयुत्सु तथा संजय को दिया गया है। दीन–दुखियों और अपंगों के लिए आवास, भोजन तथा वस्त्र आदि की देखभाल महाराज युधिष्ठिर स्वयं कर रहे हैं।"

"उचित ही किया वासुदेव!" भीष्म बोले, "आवास के लिए पाण्डवों ने कौन–सा स्थान चुना है?"

"धर्मराज तो राजप्रासाद में रहेंगे। मध्यम पाण्डव भीम को दुर्योधन का राजमहल दिया गया है। अर्जुन दुःशासन के भवन में निवास करेंगे। मैं और सात्यकि आजकल वहीं हैं। दुर्भर्षण के महल में नकुल हैं; और सहदेव को दुर्मुख वाला महल दिया गया है।"

"आचार्य! तुमको तो धर्मराज के व्यवहार से कोई कष्ट नहीं है?"

"नहीं शान्तनुनन्दन!" कृपाचार्य बोले, "युद्ध में किया गया मेरा आचरण तो जैसे युधिष्ठिर को स्मरण ही नहीं है। वे मेरे साथ ऐसा

व्यवहार करते हैं, जैसे वे राजा और मैं राजकर्मचारी न होकर, वे गुरुकुल के ब्रह्मचारी हों और मैं गुरुकुल का आचार्य हूँ।"

"तुम प्रसन्न हो युयुत्सु?"

"पितामह! मेरा और महाराज धृतराष्ट्र का तो असाधारण सम्मान हो रहा है।"

"युधिष्ठिर! सजातीय बन्धुओं और सगे–सम्बन्धियों के समुदाय को स्पर्धा और ईर्ष्या के कारण, वश में करना असम्भव हो जाये, मित्र ही शत्रु हो जायें तो राजा को कठोर होना ही पड़ता है। तुमने कुछ भी अनुचित नहीं किया है। तुम सदा धर्म पर चलते रहे हो।" भीष्म बोले, "और एक बात सदा स्मरण रखो, जहाँ श्रीकृष्ण हैं, वहीं धर्म है, और जहाँ धर्म है, वहीं जय है। अपनी ग्लानि से मुक्त होकर उत्साह को धारण करो पुत्र!"

"गंगानन्दन!" वेदव्यास आगे बढ़ आये।

भीष्म ने सिर उठाकर उनकी ओर देखा।

"मेरा विचार है कि युधिष्ठिर अब प्रकृतस्थ हो चुके हैं। श्रीकृष्ण आपकी सेवा में काफी बैठ चुके। अब इन लोगों को हस्तिनापुर जाने की आज्ञा दीजिए।"

भीष्म सहमत लगे। बोले, "राजन्! अब तुम नगर में प्रवेश करो। चिन्ता का त्याग करो। अपने कर्तव्यों को यज्ञकर्म मानकर उनको पूरा करो। क्षत्रिय धर्म में स्थिर रहकर देवताओं और पितरों को तृप्त करो। तुम अवश्य कल्याण के भागी होगे। प्रजा को प्रसन्न रखो, मन्त्रियों को सान्त्वना दो। सुहृदों का सत्कारपूर्वक सम्मान करो। मन्दिर के आसपास के फले हुए वृक्ष पर, बहुत से पक्षी आकर आश्रय लेते हैं, उसी प्रकार तुम्हारे मित्र और हितैषी, तुम्हारे आश्रय में रहकर जीवन निर्वाह करें। यही मेरी कामना है।" वे रुके, "जब सूर्यनारायण दक्षिणायन से निवृत्त होकर, उत्तरायण पर आ जायें, तब मेरे पास आना।"

"तब?" युधिष्ठिर आगे कुछ बोल नहीं सके।

"मुझे संसार से विदा करने आना। मेरा प्रेतकर्म भी तुम्हें ही करना है।" भीष्म बोले, "मैं उस समय संसार से विदा होना नहीं चाहता, जब सूर्यास्त हो चुका हो, अन्दर–बाहर अँधेरा हो, तेजोमयी प्रज्वलित अग्नि

अपना तेज खोकर धुँधुआ रही हो, प्रसन्न और उल्लसित चन्द्रमा के स्थान पर कृष्ण पक्ष का क्षीण चन्द्रमा हो। मैं संसार से उस समय विदा होना चाहता हूँ, जब अग्नि अपने पूरे तेज से प्रज्वलित हो, सूर्य चमक रहा हो, शुक्ल पक्ष का चन्द्रमा बढ़ रहा हो। आकाश निरभ्र और सुन्दर हो।"

"आप उत्तरायण में प्राण त्यागना चाहते हैं?" कृपाचार्य ने पूछा।

"हाँ! उत्तरायण में।" भीष्म बोले, "मैं उस समय विदा होना चाहता हूँ, जब मेरा मन प्रसन्न हो, निर्मल हो। मैं उस समय विदा होना चाहता हूँ जब मेरी बुद्धि प्रकाशित हो रही हो। मैं अवसाद में, रोते हुए, आसक्ति के मेघों के अज्ञान में लिपटा हुआ, इस संसार से विदा होना नहीं चाहता। मैं मुक्त होकर यहाँ से जाना चाहता हूँ, ताकि लौटकर फिर न आना पड़े। आजीवन स्वयं को बाँधे रखा है, अब निर्बंध होकर जाना चाहता हूँ। इसीलिए मैं प्रकृति के उत्तरायण की भी प्रतीक्षा करूँगा और अपने शरीर के उत्तरायण की भी।" वे रुके, "अब तुम जाओ पुत्र! बहुत सारे लोग तुम्हारी प्रतीक्षा में होंगे।"

वेदव्यास ने युधिष्ठिर को उठाया, कृपाचार्य ने उन्हें चलने का संकेत किया और कृष्ण ने भीष्म को प्रणाम कर, सबके लिए विदा की प्रक्रिया आरम्भ कर दी।

रथ में बैठने से पहले कृष्ण ने धर्मराज को भुजा से थाम लिया, "पितामह की बात पर विचार करें, धर्मराज! अग्नि यज्ञ की प्रतीक है और यज्ञ कर्म का। पितामह अन्त समय तक कर्म करते हुए जाना चाहते हैं। सूर्य बुद्धि का प्रतिनिधि है। जीवन के अन्तिम क्षण तक कर्म यज्ञ की ज्वाला जलती रहनी चाहिए। सतत कर्तव्य करते हुए मृत्यु आ जाये तो मनुष्य धन्य होता है। मन में ग्लानि रखने का कोई अर्थ नहीं है। पितामह ने अपने हाथों से इतने लोगों का वध किया है। वे भी तो सोच सकते हैं कि उनकी असमर्थता के कारण ही कौरवों का विनाश हुआ है। यदि वे धृतराष्ट्र अथवा दुर्योधन को नियन्त्रित कर पाते तो यह युद्ध होता ही क्यों। फिर भी वे ग्लानि नहीं रखना चाहते, पूरे चन्द्रमा को देखकर जाना चाहते हैं। चन्द्रमा मन का, मन की भावना का प्रतिनिधि है। प्रसन्न मन से जाना चाहते हैं, क्योंकि वे अपना कर्म कर रहे थे। समरभूमि में गिरने के क्षण तक उनके हाथ में धनुष था,

फिर भी वे प्रसन्न हैं। अन्तिम समय तक हाथ से कोई न कोई कार्य होता रहे, भावना की पूर्णिमा चमकती रहे, हृदयाकाश में आसक्ति के मेघ न हों, बुद्धि सतेज रहे। ऐसा परम कल्याणकारी अन्त पाने के लिए, निरन्तर दक्ष रहकर अन्त समय तक लड़ते रहना होता है। एक क्षण के लिए भी मन में कोई अशुभ भाव नहीं आने देना चाहिए।"

"मैं समझता हूँ केशव। पर मैं पितामह जैसा समर्थ नहीं हूँ।"

"पितामह समर्थ हैं। आपको उन पर विश्वास है?"

"क्यों नहीं।"

"तो फिर उनकी बात मानें, हम धर्म की ओर थे। पितामह अधर्म के पक्ष से लड़े, तो भी उनके मन में ग्लानि नहीं है, क्योंकि उन्होंने जिसे अपना धर्म माना, वही किया; जब स्वयं को असमर्थ अथवा अनावश्यक पाया, स्वयं को समरभूमि से हटा लेने का प्रबन्ध कर लिया। आजीवन स्वयं को बाँधे रखनेवाले महापुरुष ने इस समय स्वेच्छा से स्वयं को मुक्त कर लिया। यही इच्छामुक्ति है। आप उनके ही आदर्श पर चलें। मुझे कोई आपत्ति नहीं है। बस इस बात को स्वीकार कर लें कि आपने अपना कर्म किया। आपने कोई अपराध नहीं किया।"

"आप ठीक कह रहे हैं केशव!"

"तो आप भी अपने अवसाद को तिलांजलि दीजिए, ग्लानि का त्याग कीजिए।" कृष्ण बोले, "आपको अपार निर्माण करना है। इस युद्ध में हुए नाश की क्षतिपूर्ति करनी है। इसलिए इस हताशा से स्वयं को बन्धनमुक्त कीजिए। धर्म किसी को बाँधता नहीं, वह मुक्त करता है। यह जीवन में अवसाद नहीं उत्सव लाता है। पितामह प्राण त्यागने के लिए उत्तरायण की प्रतीक्षा कर रहे हैं, किन्तु उत्तरायण केवल मृत्यु के लिए ही नहीं होता, वह जीने के लिए भी परम उपयोगी है। आप जीवन के लिए अपने मन में उत्तरायण अवतरित करें।"

"आप सत्य कह रहे हैं केशव! पितामह और आपकी कृपा से मेरी दृष्टि निर्मल हो रही है।"

कृष्ण ने उनकी भुजा छोड़ दी और अपने रथ की ओर बढ़ गये।

□□